光尘
LUXOPUS

金融街

浮华背后

The Financial Street
Behind the Glitz

梁成 著

四川教育出版社

图书在版编目（CIP）数据

金融街：浮华背后 / 梁成 著 .— 成都 ：四川教育出版社，2023.6
ISBN 978-7-5408-8608-0

Ⅰ. ①金… Ⅱ. ①梁… Ⅲ. ①长篇小说—中国—当代 Ⅳ. ①I247.5

中国版本图书馆CIP数据核字（2023）第089920号

JINRONG JIE FUHUA BEIHOU

金融街：浮华背后

梁成 著

出 品 人　雷　华
责任编辑　刘　青
责任校对　宁彦铭
责任印制　田东洋
出版统筹　慕云五　马海宽
项目监制　王　鑫
产品经理　王清宇
营销推广　林亦霖　金　茜
装帧设计　张一帆
出版发行　四川教育出版社
地　　址　四川省成都市锦江区三色路238号新华之星A座
邮政编码　610023
网　　址　www.chuanjiaoshe.com
印　　刷　文畅阁印刷有限公司
版　　次　2023年8月第1版
印　　次　2023年8月第1次印刷
开　　本　880 mm×1230 mm 1/32
印　　张　12
书　　号　ISBN 978-7-5408-8608-0
定　　价　59.00元

目录

引子

01

我的一位大学老师曾经说过，历史真相被层层包裹，时间越久越模糊。

我希望自己的亲身经历能够为外界所知，让大家真正了解金融街上发生的事情，真正了解影子私募基金这个行业。这不仅是对我自己、对所有共同经历者的一个交代，也是对这个时代负责任。

因此，就像卢梭写《忏悔录》一样，我将忠实地写下自己在金融街的工作和生活，所有的人和事都将会不打折扣地呈现给读者。

我相信，真相并不可怕，可怕的是误解和谎言。

02

回首在金融街的那段时光，如梦如幻。在那些日子里，有许多让我或欣喜若狂，或怅然若失，或脸红心跳的时刻。

其中最难忘的片段发生在一个深冬的雾霾之日。

那天下午，吴伟群和我再次踏入中国人寿广场 B 座高区电梯。这是我每天上下班使用的电梯，少说也搭乘过上百次了。但是这一回的心情却完全不同。一位不苟言笑的工作人员在感应区刷了一下卡，按下 20——这是顶层，也是整座大厦唯一需要门禁权限的楼层。电梯经过一个个熟悉的数字，每向上攀升一个楼层，我的心跳就加速一次。

19，不知不觉我们越过最熟悉的那一层，继续向上。

20，电梯稳稳地停住，门开了。

咽了口唾沫，整了整领带，我陪着吴伟群走出电梯。

工作人员带着我们穿过安静的走廊，清脆的皮鞋声有节奏地回响着。来到尽头，我们停在一扇大门前。门上的标牌上写着 3 个字：会议室。

这时，我的心脏已经跳得像脱缰的野马。想到一会儿在这扇门后将可能发生的事情，我不由自主地做了个深呼吸——老妈曾经对我说，人生中决定命运的也就是那么关键几步。对于我们公司来说，这就是其中之一吧！

工作人员刷了一下门禁卡，推开大门，眼前的景象让我们惊呆了。

这是一个富丽堂皇的房间，与门外整栋建筑低调、冰冷而厚重的风格有天壤之别。房间大概有 70 平方米，我们站在房间的一端，另一端的正中是一对雄伟的对开门。4 盏复古欧式大吊灯在屋顶上一字排开，虽然当时没有打开，但仍然金光闪闪、明亮气派。我们脚下是厚厚的巴洛克式地毯，红黄相间的花纹图案显得夸张而又神秘。墙壁上挂了几幅油画，所画的无一例外都是古希腊或古罗马神话故事。房间两侧各有一排橘红色的沙发座椅，把整个屋子的气氛烘托得热烈奔放。

这哪里是会议室，分明是一个 18 世纪欧洲贵族的舞厅！

工作人员指引我们在靠近对开门的位置坐下，让我们稍等片刻。

半个小时过去了。我靠在椅背上，脑子里反复过着即将会谈的内容。

1 个小时过去了。吴伟群站起来欣赏油画，我也坐不住了，站起来直直腰伸伸腿。

2 个小时过去了。吴伟群回到座椅上闭目养神，我早把会谈内容抛到脑后，忍不住问他：“吴总，他们是不是把我们忘了？”

“绝对不会。不着急，休息一会儿。”吴伟群闭着眼睛缓缓说道。

在过去的 4 天里，我们差不多熬了 3 个通宵，吴伟群更是在巨大的焦虑中度过了半个月。此时此刻，疲惫与焦虑已经快把我压垮了，真不知道他是怎么承受下来的，还能够如此沉得住气。

房间里的光线已经开始变暗。在区域规划限高的要求下，这里已经是金融街的最高点。即便如此，雾霾遮挡住视线，望向窗外只能勉强看到对面的建筑，让人心情更加焦躁。我真想手持一把利剑，劈开浓雾、拨云见日，让大地重回光明！

就在这时，两扇对开门“嘭”的一声同时打开，一个身穿银灰色西装外套、黑色高领毛衣和米黄色休闲裤，足蹬德比鞋的小个子男人快步走出来，背后跟着的是老熟人王律师。两个人直奔我们而来，隔着5米远，小个子男人已经伸出右手：“吴总，小杨，欢迎。我是詹斌。”

詹总的声音里没有一丝抱歉的意味。他傲慢地与我们握了握手，坐到我们旁边。王律师向我们礼节性地微微颔首，提着一个公文包站在詹总身后，似乎预示着会面的时间不会太长。

没有任何寒暄，詹总单刀直入地对吴伟群说：“吴总，项目我们看了，土地价值没有问题，手续也很完善。你们现在是什么想法？”

“詹总，从我们接手以来，房地产市场逐渐回暖。参考周边土地价格，这块地已经增值了7%，相当于抵押率更低了，风险也大大降低了。这些是市场分析补充资料。”说着，吴伟群接过我手里的文件，递给詹总。

詹总的右手举到与眼同高的位置，在我们面前晃动两下，好像足球裁判亮出黄牌。“不必了。咱们就说数字吧。”

我的心一下子跳到了嗓子眼儿：这么快就要直接摊牌吗？

吴伟群微微一笑，一字一顿地答道：“詹总，我们现在很务实，只要保证自己安全兑付不出风险就好。所以，我们的报价是本金加半年利息，一共6.36亿元。”

听到这个数字那一刻，我倒吸了一口凉气。吴伟群侧身对着詹总坐着，我在他斜后方看不到他的表情，更想象不到经过大家反复商讨和推算最终敲定的谈判区间——最高5.52亿元、最低3.5亿元——竟然被他临时更改了。整个公司的生死存亡在此一举，如果拿不到这笔钱，我们将万劫不复。就在这个紧要关头他怎么还敢诈唬！老板，你赌上的可是许多人的命运哪！

詹总皱了皱眉，向后伸出手，王律师马上从包里拿出活页笔记本和钢笔递给他。詹总略加思索，在本子上画了几笔，撕下那页纸，对折，再对折，夹在左手食指和中指之间。接着，他俯身向前靠近吴伟群：“吴总，咱们都拿出些诚意，好吧？在我左手的纸条里有一个数字，这是我的心理价位，请你告诉我你们的最终报价。如果你的数字低于我的，就以你的数字立即成交；如果你的更高的话——

对不起，谈判结束。现在给你两分钟时间考虑。”

詹总的声音透露出明显的不悦和盛气凌人。王律师看了看表，似乎在说：计时开始。

我的大脑顿时一片空白，浑身汗如雨下，之前演练的所有内容在新规则下全部失效。詹总一定是对刚才吴伟群出人意料的抬价感到不满，所以才决定不再讨价还价，直接来一轮决断。我看到汗水也顺着吴伟群的脖子流了下去。老板哪，你为什么要报得那么离谱？难道因为我们等待了两个小时就要和詹总赌气吗？你让我别着急，可是你却把我们带上了绝路！

“怎么样，吴总，你的答案是什么？”詹总冷冰冰的声音打断了我的思绪。

真正摊牌的时刻到了。

吴伟群的声音夹带着一丝颤抖：“詹总，我并没有想好一个数字啊。”

一瞬间，房间里的氧气好像突然消失了，我感到窒息。这算是什么回答？吴伟群，你到底在想什么！

詹总的脸上混杂着惊讶、不解和愤怒，他死死地盯着吴伟群，仿佛不敢相信眼前这个人刚才会说出那样的话。不过，也就过了10秒钟时间，一切表情都从他的脸上消失了。他起身准备离开。

完蛋了，一切都结束了。

不管是因为紧张过度还是任性怄气，吴伟群的回答都葬送了公司的前途。我们的一切努力都化为乌有！我轻轻叹了一口气，绝望地望向天花板……

不过，就在詹总起身的一刹那，吴伟群的声音再次响起：“但是我有一个公式。”

说罢，他也站起来，在手里资料背面写了几笔，递给詹总。

詹总看了一眼，不禁笑了两声，把吴伟群的回复递给王律师。王律师走到詹总侧面，两个人迅速交换了一下眼神。詹总随即露出笑容，右手系上西装外套最上面一颗扣子后伸向吴伟群：“吴总，成交？”

吴伟群望着还夹在詹总左手的纸条迟疑了一下，接着一个箭步上前，双手握住他的右手：“谢谢詹总，成交！”

詹总笑眯眯地看了看他，点了一下头，又走到我面前跟我握了握手，把纸条放到我手里：“小杨，代我父亲问你家老太太好。”他又指了指王律师，“他会给你们打电话。”说完，他们二人原路返回，从巨大的对开门后面消失了。

两扇门啪地一声刚一合拢，吴伟群和我就急不可待地打开纸条——那已经不是一张普通的活页纸，而是一张判决书。上面写着：

5.52 亿。

吴伟群长舒了一口气。我连忙拿起吴伟群刚才在上面写过几笔的那份资料，在背面的空白处，吴伟群写下的是：

N–1。

我们没有直接回到 19 层，虽然那里有数十个焦急等待消息的同事。吴伟群叫我陪他出去透透气，于是我们下到一层，走出大厦，站到路边，他点上烟狠狠地抽了几口。如果放在平日，我一定会戴上口罩才出来，但是此刻，如释重负的欣喜和激动已经盖过了一切。

吴伟群看着在雾霾中穿梭来往的车辆和行人，竟然入了迷。过了片刻，这个“劫后余生”的私募大佬第一次对我敞露心扉：“晓波啊，你看看这些在雾霾天仍然要出来奔波的人，他们和我们的差别在哪里？我们和詹总的差别又在哪里？依我看，差别就在于每个人积聚的能量不一样，导致大家生活在不同层次的游戏规则里。

“这个世界上有很多这样那样的规则束缚着我们。但无论是物理学定律还是人类约定俗成的行为规范，都只在一定范围内适用。当你的能量超出这个界限，规则将会为你而变！”

03

规则将会为你而变。

我怀着这样的激情，度过了一段在金融街上的影子私募基金生涯。但此时此刻，在音乐停止、大家纷纷起身离场的时候，我才醒悟：虽然当时与吴伟群并肩站在一起，但是其实我只是一个陪衬、一颗棋子。我从来都没能成为公司的核心，没能完全融入公司的文化。没错，规则是会改变的，但显然还不是为我。

亲身经历告诉我：金融街，就是能量与规则不断较量的巨大舞台。

第一章

01

我叫杨晓波，出生于吉林省吉林市，一个松花江边的美丽都市。小学时随工作调动的母亲来到北京生活，我一直觉得自己才是她进京的最大受益者：虽然她老人家此后仕途一帆风顺，可是与我父亲两地分居过久，他们的感情还是出了问题，在忍耐到我上大学后，他们离了婚；而我呢，吊儿郎当地度过了小学和初中的大部分时光，初三才开始努力，进入高三后渐入佳境，最后竟然考上了北大英语系。要是我在老家，高中生们全封闭式学习，一个月才休息一天，我跟他们可没法比。

我在北大六年，本科时额外攻读了经济学，获得了双学位，研究生如愿考上了北大经济学院，毕业后，不情愿地进入了一家大型会计师事务所。

度过了一年多没日没夜的审计生涯，我在 2015 年 3 月迎来了自己的 25 岁生日。其实生日并不值得自我庆祝，而是应该感恩母亲赐予生命。可是那一天，我没能请到假陪老妈，加班到凌晨回到在苹果社区的住处，等待我的是相恋四年的女友 Tippi 写的分手信。

她说，这一年多，等你好累。

我们是朝夕相处的大学同学。她的成绩很好，长得又端庄秀丽。大三用了整整一年，我死缠烂打才把她追到手。我一直觉得这辈子就是要和她在一起，可是没想到她还是离我而去了。

回想起与她在燕园的点点滴滴，一起玩过的电脑游戏，她做的红烧猪蹄，还有她第一次在我面前轻解罗裳的样子……那种心痛的感觉直到现在依然无法完全抚平。

一夜无眠，我开始认真审视自己的职业生涯。也许在父母和亲戚眼里，我以前是一个北大高才生，现在是天天出入高档写字楼的白领，可是 Tippi 和我的同学、同事又会怎么想呢？也许我只是一颗不分白天还是黑夜都在加班，拿着“月光”级别的工资，给各种客户（有时是我的领导）“擦屁股”的小小螺丝钉。日复一日这样下去，我看不到什么美好的前景，恐怕也永远给不了我爱的人想要的生活。也许，我该有所改变了。

机会很快出现了。

02

那是在 2015 年的春末夏初。一天老妈突然打来电话，叫我第二天跟她一起参加杜叔叔的饭局。

杜叔叔名叫杜先明，是我家的世交，一直在投资银行工作，是投行部（IBD）的高管，我读研究生的时候还经他推荐去实习过。每年他总会雷打不动地请我们娘俩儿和其他几个朋友吃两顿饭，5 月一次，11 月一次——我猜，他们这种商务人士应该会把饭局当成工作任务一样，郑重其事地写在日程表上吧。我总是非常期待和他聚会，因为他儒雅的气质和我做经济史研究的教授老爸很像，而且还总有新奇的工作经历或海外见闻讲给我们听。

有的人是你生命的一扇窗户，透过他们可以看到另外一个世界。与他们的交往机会，你永远都不要错过。

杜叔叔无疑就是我枯燥生活里的一扇明窗。这次的饭局与以往差不多，依旧是在一家著名的火锅店（显然是为了方便老妈），依旧是那几位颇有成就的社会精英，只是多了一个对老妈毕恭毕敬、一口一个大姐的男人——黄天海。

说实话，当时我对西装的了解仅限于从网上看到的介绍，所以在饭桌上对黄天海一身略显浮夸而又不失精致的浅蓝色西装配薄荷绿色衬衫印象深刻（杜叔叔千篇一律的深蓝色细条纹西装配白衬衫虽然整洁得体，但是毫无特色可言）。这身搭配显得他年轻干练、充满活力，给人带来一缕清凉感。后来我才知道，他只穿阿玛尼（Armani）这个牌子的西装。

在觥筹交错中我听明白了：黄天海通过杜叔叔找到老妈，请她帮忙办了件事，今天他借杜叔叔的饭局来道谢。之前他与我家并不熟悉，在一起又要找话题，所以很自然就聊起了我。

在得知我北大毕业、曾在投行实习、现在在会计师事务所上班后，黄天海赞不绝口，说我是天之骄子。其实我早就明白，对于一个母亲来讲，称赞他的儿子应该是最好的恭维吧！所以我只是谦虚地说："您过奖了，我现在也就是解决温饱而已。"

"别着急，这才是工作第二年，慢慢历练呗。"杜叔叔安慰道。

黄天海也附和道："哎哟，看来老弟在那里屈才了。不过你这么优秀，不用担心，未来有大把的机会。"

黄天海其实是1978年生的，叫我老妈"大姐"，叫我"老弟"，虽然有差辈的违合感，但这个场合的来宾全都能够理解——这就是与一家几代人同时交往时所谓的"一人一议，各论各的"。陪老妈的饭局多了，我早就习以为常了。

"没有没有，黄总，我可不敢这么想。"我忙说道，"说实话，我今年都25岁了，工作快两年了，可是并没有什么成就感。我们一起毕业的同学去投行的、咨询公司的，都比我强多了。"

杜叔叔想说些什么，却被黄总接过话茬儿："去那些地方又有什么意思！白领也好金领也罢，还不是高级打工仔，天天让领导当猴耍！还是得自己做点事才有意思。"

我没敢看杜叔叔的表情，想必这话对他来说有些刺耳。

黄天海似乎看透了我的心事，说道："我和你杜叔叔马上要成立公司了，就缺你这种高水平的人才。要是老弟肯屈就，就来我们这儿一块儿干吧！"

这可有些出人意料。一向温文尔雅、保守谨慎的杜叔叔也要辞职出来创业了？我猛地转向他，而他似乎也有点错愕，可能没想到黄天海会谈到这个话题吧。不过，他恢复镇静只需要两秒钟。

"对、对，我跟黄总正在筹备一个财富管理公司。"说着，他转向老妈，"大姐，正好要向您汇报这件事。原来公司那边到月底我就不再过去了，以后就在金融街办公，离您更近了，等安顿好了再请您过去坐坐。”

老妈笑着说：“好事呀！你各方面积淀了这么多年，能做出这个选择，一定是深思熟虑过的，将来肯定会越走越好！”

杜叔叔微微摇了摇头，淡淡一笑，似乎在一贯的谦虚中夹带了些无奈：“谢谢大姐，我先走一步看一步吧。”

“老杜是特别谨慎的一个人。”黄天海显然不太满意杜叔叔的轻描淡写，“我们这次是组建深圳市鑫城财富投资管理有限公司的北方总部。鑫城财富这两年在业内做得不错，目前在深圳已经是排名前五（后来我发现这显然是吹牛）的独立第三方财富管理机构了，在全国有十四五家子公司，光是去年新增资产管理规模就有 30 个亿。去年 9 月我们已经在上海的四板挂牌了，明年上新三板。”

他顿了顿，似乎很享受这番介绍在饭桌上引起的赞叹。“现在正是我们北上拓展，实现跨越式发展的大好机会。鑫城财富的大股东是我一个好兄弟——深圳的资本大鳄吴伟群，北方总部就是由深圳鑫城加上我和杜总合资成立的。”

“我只是小股东，跟着你沾沾光。”杜叔叔插了一句，谦逊依旧。

黄天海无奈地摊了摊双手：“老杜，开什么玩笑，我也只是二股东。小股东也要有大作为呀，还得靠你多招贤纳士呢！”说到这个话题，他突然又想起了我，“老弟，今天通过你杜叔叔相识，咱们就是有缘。我们公司机制很灵活，谁能干谁拿高薪，有本事就可以给股份。我看得出你是有想法的人，下周到我那里坐坐，咱俩单独聊聊！”

这几句话带着很大的魔力，让我心里热乎乎的。饭局接下来的事已经记不清了，也不重要了。我心里只有一个念头：一定要去找黄天海好好谈一次！

而我在金融街的故事，也将从此开始。

03

在北京这么多年，数不清有多少次在复兴门的百盛购物中心购物，在它楼下换乘地铁，或者在名苑饭店里的京味楼（现已歇业）吃饭，但是我还从来没有真正了解过金融街是个什么地理概念，只是模糊地感觉就在复兴门向北那一带。

所以，第一次去拜访黄天海时，我习惯性地从地铁复兴门站下车，足足走了 20 分钟才找到金融大街上的中国人寿广场的 B 区。

中国人寿广场位处金融街的核心位置：北边是中国华融大厦，西北方向有金融街中心，威斯汀酒店在金融街中心的南边，西南方向有中国人寿中心，南边是绿化带，不远处是金融街购物中心（金购），东边紧邻卓著中心（Excel Center）。在我看来，这些都是这条街上最“高大上”的地方了。面向金融大街的是朝西的 A 区，在那里设立办公室的都是中国人寿的机构。鑫城财富所在的 B 区朝北，其实是在武定侯街上。两座大厦呈“L”形，由裙楼相连构成了中国人寿广场，占据了金融大街与武定侯街相交的十字路口东南角。

后来我才听说，我们之所以能在金融街的这个“白菜心”里争得一席之地，多亏了黄天海的父亲。黄天海早年在美国留学，不过好像只是肄业回国，工作也不是特别卖力，天天流连在酒桌上。靠着老爷子的面子，他终于在一家小银行混到了支行行长，但是好景不长，一笔被划入损失类的贷款让他走到了停薪留职、等候进一步处分的境地。

就在这时，吴伟群适时地出现了。不知他如何得知了黄天海的境遇，亲自跑到北京劝说“黄行长”出山。吴伟群展现出强大的公关能力，不仅说动黄天海一起成立鑫城财富北方总部并担任 CEO（首席执行官），还哄得他的父亲团团转，老爷子一高兴，就帮助新公司找了这么一处办公场所。

走到楼下，身上的白衬衫早已湿透，我汗流浃背、狼狈不堪地登记上楼。

会面没有持续多长时间。黄天海依然十分热情，一口一个“老弟”，关切地询问我的工作和生活。不过他实在太忙了，活像个抛球杂技演员，不断在座机、手机、进来签字或请示工作的员工和我之间来回切换。我问他的所有问题——比如公司的主营业务是什么、有哪些职位空缺、我适合做什么——都只得到草草几句的回答。

又一阵电话铃声响起，催他去会议室。我感觉得到这批客人等的时间太长，可能已经在骂人了，于是知趣地起身告别。他察觉到我的失望，马上站起来握住我的手说道："老弟，这次我们的沟通很有效率，我把你的事都想好了，你就过来帮我吧，到项目一部做项目经理。那个部门的总经理是老手了，带你正合适。薪酬嘛，每月先发一万五，就当生活费了。咱们干私募的，最重要的是业务提成。年终奖金也不少，这个要看公司一年的整体业绩。今天先这样，好不好？"

我瞬间愣住了。对于一个一天都没有接触过财富管理和私募基金的小小审计来讲，这样的待遇远远超出预期：我这样一个新手，甚至还不知道要做什么业务，值这个价吗？

黄天海微微一笑："做私募，就是要靠智力和资源赚钱，不是靠加班赚钱。"

这句话深深触动了我。有同事曾经开玩笑说，上大学时去教小孩弹钢琴一小时净得 400 元，在会计师事务所的加班费也就是做家教的十分之一。每个助理审计和审计恐怕都问过自己同一个问题：这样拼命加班的意义在哪里？

"来，这点儿东西给你家老太太带回去。"黄天海的声音把我拉回现实，他把一大盒保健品塞到我手里，我坚持说这样不合适。他比我还坚决："开什么玩笑，这是给老太太的，又不是给你的，有什么不合适。"说着，他已经在拨座机号码："小高，来一下！"

我还想推辞，黄天海已经换了话题："老弟，下个月你就过来，到时候你把行头好好换换。"我低头看看自己身上还没干透的衬衫，脸上不由微微发红。

"有个广告说'穿什么就是什么'，在这条街上也是一样。"黄天海笑道。话音未落，有人已经敲门进来。

"这是我们行政人事部总经理高腾。小高，这是咱们的新同事杨晓波，以后就是岳亦山的项目经理。你带他在公司参观参观，再去给他买件衬衫，算是我的见面礼。好了，你们去吧，咱们电话联系！"黄天海不等我再说什么，挥了一下手，自顾自快步走出办公室。

高腾热情地带我在公司转了一圈。

鑫城财富租用了第 19 层 950 平方米（套内使用面积 600 平方米）的办公面积，包括南侧办公区域朝西的半部分以及整个西侧办公区域。

从电梯出来向南经玻璃大门走进公司，首先来到前厅，正面是前台，前台后方刻着“鑫城财富”四个烫金大字，右手边是由一个茶几和几个小沙发组成的等候区，从左手边的门走进去就是办公区。高腾告诉我，有的老员工以小会议室为中心，把办公区分为“平民区”“富人区”“老板区”3 部分。

所谓的“平民区”就是紧临着前厅的大开间，一个东西长、南北短的长方形区域，全部是隔断，可以容纳 24 个人。显然，这是给我们这些普通员工准备的。沿着东西向的走廊穿过开间继续向西就是小会议室，从它再向西有 3 个房间，分别是 COO（首席运营官）办公室、CEO 办公室和储藏室。两间办公室大小和装潢完全一样，豪华气派；储藏室在办公室的西南角，面积很小，其实只放了老板的跑步机和几个柜子，几乎没有人使用。这就是所谓的“老板区”了。从小会议室向北是一条南北向的走廊，走廊的东侧有一排房间，最南边的是食品间和打印室，往北是四五个部门领导办公室和财务室，最北端是大会议室，它也是整个鑫城财富唯一有北窗的房间，这一带就是所谓的“富人区”了。

公司整体的装修风格和色调非常庄重甚至有些深沉，似乎在努力给人留下一种印象：这是一家非常有实力的金融机构。办公设备在专业性上虽然与我所在的会计师事务所还有一定差距，但是看得出公司还是花了大价钱的。

高腾把我带下楼，一起走向百盛——他说黄总送衬衫都是让他去那里的阿玛尼买：“黄总可是个‘阿玛尼男人’哪，大家私下里都叫他‘阿玛尼’呢！”这句话让我俩都笑起来。

高腾是个自来熟，比我大 4 岁，这一路我们很快聊成了哥们儿。到了店里，他轻车熟路地帮我找到一款衬衫，我一看价签吓了一跳：4000 元！而他却显得司空见惯：“这是纯棉的，透气吸汗。再说了，黄总又没限定价格，我给哥们儿尽量挑好的。”他拍拍我肩膀。于是，这份人情也记到了他的账上。

在那天剩下的时间里我的头一直是昏沉沉的，应该是被幸福砸晕了吧！没想到20分钟的拉家常变成了我的面试，具体工作内容还不知道就已经拿到了录用通知，而且是如此丰厚的待遇！与高腾道别后我马上给杜叔叔发微信，告诉他会面的情况，约他见面聊聊。过了很久，他才回复：晓波，我没有意见。这是职业生涯的一个重大转折，你听听父母的建议再做决定也不迟。

我想，他不肯见面谈谈或者鼓励我加入他参与创立的公司，一定又是过于谨慎罢了。而老妈呢，虽然劝我要考虑清楚（“不能只见两面就跟人跑了”），但是又怕我做审计太辛苦，再加上我也算是去投奔杜叔叔，她也就没有坚持反对。至于老爸，他天天往故纸堆里钻，平时很少过问我的事，不问也罢！

老妈说过，把人的一生浓缩来看，决定命运的也就是那么关键几步。迈出，海阔天空；没迈出，遗恨万年。人生能有几回搏，这一步，我是迈定了！

金融街，我来了！

04

2015年6月8日，星期一，我再次走进鑫城财富的办公室，这一次是正式入职并参加公司新员工培训。出乎意料的是，我们这一批只有7个人——“阿玛尼”不是说要跨越式发展、快速扩张吗？

入职培训分为4个环节：领导迎新、公司情况概述、公司业务介绍以及《员工手册》讲解。

“阿玛尼”匆匆忙忙赶进会议室，跟大家简单打打招呼，说了几句客套话，又连忙去开周一早上的业务例会。杜叔叔出差了，这一天都不在公司。

接下来，高腾用PPT给大家介绍了公司现状：鑫城财富成立于2012年，总部设在深圳，注册资本为15亿元，是一家独立第三方财富管理公司，主营业务是私募基金、产业投资基金和投资咨询等。截至 2014 年年底，已有子公司 12 家，员工近 300 人，资产管理规模 65 亿元。母公司深圳鑫城（内部习惯称之为“深圳总部”）已取得私募基金管理人资格，旗下的新兴产业投资公司已登陆四板，公司正在筹备整体资产注入及登陆新三板事宜。

高腾最后总结说：“其实今年公司发展得比前两年还要快，咱们母公司领导已经把今年的新增资产管理规模目标调到 45 亿元，也就是去年的 150%。所以，咱们是‘压力山大’！不过，公司上下都非常有信心，母公司总裁吴伟群提出的发展目标是‘三年打掉恒先，五年赶超诺佳’！好了，跟业务有关的东西让咱们公司‘大拿’来说吧，我去请他，大家稍等。”

5 分钟后高腾满脸无奈地回来了：“他还没有到公司，咱们先说说《员工手册》吧。”

手册里的内容还不少，除了员工纪律之外，我印象最深的是对公司内部架构的介绍：“阿玛尼”是 CEO，杜叔叔是 COO，两个“O”下面是 7 个部门，即项目一部、项目二部、项目三部、合规部、财务部、子公司管理部和行政人事部。在部门内，级别从高到低分别是总经理、副总经理、高级经理、项目经理和业务秘书。看来杜叔叔在公司里确实举足轻重，而我呢，还只是个小喽啰。

这本手册虽然内容丰富，但是制作非常简陋，流露出仓促的意味。这种文件（包括刚才看到的 PPT）制作水平如果放在会计师事务所，早被老板骂死了。唉，也许私募的风格就是效率大于质量吧！

高腾刚刚照本宣科地讲解完《员工手册》，一阵爽朗的笑声隐约从门外传来，接着又是几句高喊，然后又是一阵大笑，声音距离会议室越来越近。高腾看了看表，似乎松了口气：“正好，他来了。”

话音未落，一个高个子男人一边打着电话一边猛地推门而入。那一刻，坐在我旁边的女孩禁不住轻轻“哇”了一声。

我必须承认，这是我见过最帅的男人。

来者身高至少有 1.8 米，皮肤是男人里少有的白皙（看得出是经过精心保养的），眼窝很深，鼻梁很高，五官精致，整张脸如同阿波罗神像的脸庞，仔细端详又好像某位港台明星。他一身轻便的灰色西装套装配白衬衫，脚穿红色乐福鞋，这种颜色和风格的大胆混搭透露出强烈的着装自信。

我突然意识到，这个人违反了一大堆高腾刚刚介绍的员工守则：上班迟到；在公司里高声喧哗；公司里禁烟，他却夹着一根燃烧的香烟；公司有严格的着装要求，他又是唯一一个没有打领带、穿皮鞋的男士。再加上全公司几乎最好的身材、非同一般的外貌，这个人绝对是个异类呀！

高腾显得有些尴尬，看来他没办法约束这个“异类”，只好耐着性子等他挂断电话，才干巴巴地介绍道：“好了，各位，这就是咱们公司项目一部的总经理岳亦山。接下来，请他给你们讲解一下公司主要业务，大家欢迎！”

不会吧，他就是我们部门老大？还没等我回过神儿，他已经走到我面前，仔细端详着我：“你就是杨晓波吧？”

“岳总好，我是杨晓波。”我一边起身一边慌忙作答，真纳闷儿他怎么一眼就把我认出来了，“以后请您多多指教！”

“什么岳总！以后在公司里叫我名字就行。还‘请您多多指教’，这么客气吗？”他调侃道。

房间里爆发出一阵笑声，我红着脸重新坐下。好吧，那以后就叫他亦山哥好了。

这里我要隆重介绍一下日后我的这位“带头大哥”了。

亦山哥出生在辽宁丹东，一个与朝鲜隔江相望的边陲小城。他的父母都是普通中学教师，给他起的名字来源于古书上一句：“华，山名；岳，亦山名”。他从小家境非常一般，上小学之前还过了几年买不起新鲜猪肉的日子。受父母的影响，他酷爱读书。而从小就喜欢读书思考的人都会有些早熟，思维一般比较敏锐。亦山哥很小就意识到，要改变自己的命运，一定要走出这个小城市，考上好大学。经过十几个寒暑的艰苦拼搏，他考上了中央财经大学。

一口气读到硕士毕业后，他在金融街几家大型金融机构前前后后工作过 14 年，是金融街的老兵。听说原先他在信托公司干得很好，在团队负责人里业绩总能排到前几名，想挖他的单位不少。不过这两年信托行业不太景气，公司又换了主要领导，亦山哥和新老板相处不太愉快，逐渐萌生去意。据说杜叔叔许诺给他更大的自主性和自由度，只要做出业绩，其他一切都好说——杜叔叔明白，想要抓住亦山哥这种人的心，除了足够高的薪酬和奖金，还要给他足够的空间、尊重和信任。正是这一点打动了亦山哥，也才让我有机会在他手下工作。

亦山哥继续向前踱步，整个会议室顿时烟雾缭绕。“你们几个以前在金融街工作过吗？”

大家互相看了看，都说没有。

亦山哥点点头：“那我先给你们补补课，讲讲这条街吧！”

他又踱到会议室前面，背靠着发言讲台，左手插在裤兜里，右手夹着烟，不徐不疾地说：“我在金融街进进出出年头不短了。在我看来，老的金融街最核心的区域是一个南北长、东西窄的田字格，北侧边界是武定侯街，南侧是长安街的复兴门内大街一段，西边是西二环从月坛北桥到复兴门这一段，东边是太平桥大街与武定侯街交汇处向南一直到长安街，包含闹市口北大街。这里面的南北中轴线就是金融大街，东西则是广宁伯街。

“当然了，这几年发展很快，现在说的金融街早已超出了这个范围，往北到阜成门，或者往东北和东南方向走，都散落着一些重要的金融机构或顶级写字楼。比如国开行总行已经快到西单了，信达总部和建行总行的业务部门在闹市口，而这一带品质最高的英蓝国际就在咱们西北方向，只有几步路的距离。

“所以今天说起金融街，应该是从复兴门内大街一带往北推，一直到阜成门内大街。这南北不到两千米的距离内，有金融机构 1400 多家，管理着 65 万亿元的资产，差不多占了全国的一半。

“对了，这几年一直说金融街西扩，哼哼，我看等谁能把儿童医院和国家海洋局拆走了再说吧。”

亦山哥把烟头熄灭在高腾递过来的瓷质茶杯里。“都听明白了吧！如果你有朋友在中央音乐学院北边天银大厦一层的银行网点上班，就请拜托他们别总自己往脸上贴金说是在金融街工作了。”

大家会心地笑了起来。

亦山哥走到讲台右侧，对大家笑了笑：“你们就要到这条街上班了，我送你们一首打油诗吧，自己写的。”说罢，他拿起白板笔，在白板上写下四句话。

至今这 28 个字我依然能够脱口而出：

美人莫恨芳容少，

英雄常叹狐鼠多。

金钱生意人为本，

成功之路各有门。

亦山哥看到我们几个人交头接耳、满脸惊奇的样子，笑着解释道：“你们可以权当调侃。不过这也都是我的感悟。咱们一句一句来说。第一句‘美人莫恨芳容少’，意思是说……”

他刚说到这里，门外响起敲门声。紧接着，门被轻轻推开了，两个年轻女孩走入会议室。人总会遇到很多美好的人和物，这一次绝对是我印象最深的——我心头一动，人生第一次明白了什么叫惊艳。

在我看来，飘进门来的是两位绰约“仙女”。她们的年龄肯定比在座的都小，个头在 1.65 米以上，身姿婀娜，面容姣好，两个人在眉宇之间、颦笑之际还颇为相像，只不过一个浓妆美艳，一个淡妆素雅；一个是短裙职业套装配红色高跟鞋，一个是长裤职业套装配白色平跟正装鞋。

她们保持着自信的微笑，在众人的注目下，大大方方地径直走向两个相邻的空位。经过亦山哥的时候，其中一位还骄傲地朝他望了一眼。亦山哥并没有迎接那束目光，而是低下头拍了几下裤子，好像要掸去裤子上的灰尘，随口完成了刚才中断的那句话：“意思是说，这条街上的漂亮女孩很少很少，但在咱们公司却是例外！”

房间里又响起一阵笑声。两个女孩一点儿都不腼腆，也跟着大家笑笑，徐徐落座。

看她们迟到这么久，高腾略带不快地说：“这两位是我们行政人事部的新同事——你们自我介绍一下吧！”

穿红鞋的女孩叫马楠楠，穿白鞋的叫何芳笑。何芳笑……不知为什么，我一下就记住了这个名字，还有她大大的眼睛、淡淡的微笑。

“你们俩不是姐妹吧？”亦山哥问出了我们很多人的心声。

“不是不是，我们刚才在楼下碰到的。”

“一问都是来鑫城财富的，就一起上来了。”

“还真有缘分！”亦山哥顿了顿，正色道，“好了，咱们言归正传。刚才说到‘美人莫恨芳容少’……”

就在此时，亦山哥的话第二次被打断。

05

“岳总，Business is business（生意就是生意）——咱们要说业务就说业务，和漂亮女孩多少没什么关系吧！”

大家循声望去，原来是一同入职的一个姑娘在发难。看她坚定而气恼的样子，我猜她显然是为两位“仙女”刚才引起的波澜而心生妒忌，偏偏自己又相貌平平，亦山哥的话肯定刺激了她。哼！看起来是个有脾气的“剩女”。

亦山哥只是好奇地看了看“剩女”，并没有直接回应。“在这条街多泡上一段时间你们就会明白，这是国有单位的天下，包括监管部门的一行三会，大型金融机构，它们才是主流。而这些所谓正规大机构里的女员工，有几个敢涂脂抹粉、穿红戴绿？严密的职级体系、压抑的氛围，同样会摧毁她们的气质。要我说，一个女人，三分长相、三分打扮、四分气质。所以，就算是美人儿坯子，也很少能在这种环境里展露芳容。

“好了，‘美人莫恨芳容少’，这只是句玩笑话，只是表象。我想告诉你们的是，在我们这样思维活跃、大胆创新、机制灵活、业绩为先的非主流机构里，没有人会给你画上地平线，没有人会给你设定天花板，正所谓‘海阔凭鱼跃，天高任鸟飞’，只有在这儿，人，才是活的，才是美的，才有机会去实现自己的人生理想和人生价值。”

最后一句话，亦山哥是对着“剩女”的方向说的，而她只是咬着嘴唇，低头漫无目的地翻着刚才的笔记。而其他人要么埋头速记，要么陷入思考。我则暗暗握了握拳头：这就是我想加入的公司！

“下面是‘英雄常叹狐鼠多’。”亦山哥继续讲道，“这句话，我是想提醒各位，别看这条街表面上光鲜亮丽，但到这里来坑蒙拐骗的家伙可不少，你们要有分辨能力。这些年我光是在丽思卡尔顿的大堂吧就遇到过许多奇葩，有当场就要我们决定 1000 亿元投资的，有要把寺庙包装上市的，还有号称打理着几十亿美元、欧元的。

“所以，我希望你们明白的是，金融街并不一定就代表着高大上，高大上也并不一定就代表着真可信。如果说金融高手一定要懂得风险定价，那么对你们来说，第一步先是风险识别，要分辨出哪些是风险、哪些是机遇。毕竟咱们是非主流，在资产端不可能拿到市场上最优质的项目，只好做高收益项目，在刀尖上舔血。你们想想，就算一个项目净赚 200 个 bP（基点，一个基点等于 0.01%），也就是 2%，要 50 个项目的利润才能弥补一个项目的损失，失误一次就难以翻身了。所以咱们是‘富贵险中求、生存是王道’哇！”

我感觉到身上微微有些冒汗：这是我第一次发现自己将要进入的可能是个高风险的行业。刚才的结论下得太早了！亦山哥说完有些走神，好像也在回味自己刚才的话。足足过了有半分钟，房间里才又响起他的声音。

“‘金钱生意人为本’说的是什么呢？很简单：金融，永远都是人的生意。

“你们放眼看看，金融街上的一切有什么是属于咱们的呢？私募基金行业里全都是轻资产公司，咱们的业务两头在外——资金和项目都不是自己的，唯一属于公司的，也是最重要的资产就是你和我。人兴，则公司兴；人败，则公司败。

“这也是为什么公司领导对这轮招聘非常重视。知道北方总部这轮一共招聘了多少人吗？42 个。其中大多数都放在了下面的募集团队，真正在金融街的就是你们这几位。咱们整个北方总部的大脑就是这里了，募集团队只是伸出去的触角，可替代性很强。总而言之，你们都是经过精挑细选才能坐在这里的。”

这时，“剩女”把不满的眼光投向斜对面的两位“仙女”，显然不太相信她们可以加入这个“最强大脑”战队。两位“仙女”则互相瞅瞅，痴痴地笑了笑。天哪，她们笑起来的样子真是倾国倾城，我不由自主地多看了几眼。

这一切，亦山哥只当没看到，继续说道：“对私募基金来说，安全永远是底线，信用永远是命脉，人才永远是基石。

“最后是‘成功之路各有门’。金融街是个藏龙卧虎的地方。一个人也好，一个机构也罢，能够取得成功一定有其道理，一定有其背后的力量源泉，正所谓存在即合理。

“在这里，银行像恐龙，大多沉浸在存贷差的美梦里不能自拔；保险就是大象，吨位不小但是干什么都是慢腾腾的；信托都跟狼一样，到处抢项目；券商（证券公司）类似于猴子，上蹿下跳什么事都能做；而私募则是秃鹫——咱们是最敏锐的食肉动物！这个生态圈里每个人和机构都有自己的资源禀赋，咱们应该理解、尊重和自强不息，绝对不能心理失衡、盲目攀比。

“另外，在这条街上的国有单位里，塞进了多少关系户？你们拼死拼活都拿不到的业务，人家老爹可能就是一个电话的事儿。一位教授说过，现在中国不同的利益群体几乎生活在不同时代。这就是社会现实，这也是金融街的现实！

“你们应该为今天能坐在这里感到庆幸，因为鑫城财富给了大家一个在金融街立足的机会，一个可以与那些大块头共舞的机会。咱们既然拼不过爹，就得靠自己。我对你们提两点要求：一是要做好吃苦的准备，想要未来走得远，先看看自己现在的努力程度，每周 40 个小时以内在工作那都是打工，超过 40 个小时才算奋斗；二是要多学习、多思考，这样才能触类旁通、尽快掌握要点。如果努力工作是在‘画龙’的话，提高悟性就是‘点睛’，就是从量变到质变。

“记住，在任何时代、任何社会，都没有绝对的公平。一个明智而理性的人会认清现实，使用好能掌握的所有资源，努力做好自己，而不是牢骚满腹、怨天尤人。成功之路，就在你们自己脚下！”

亦山哥的话掷地有声，久久回响在屋子里，更久久回响在我们的心里。

“好了，下面按高总的要求，就来说说鑫城财富的主营业务吧。”亦山哥朝高腾挑挑眉毛，后者以抱拳回应，“公司内部有两种说法，阳春白雪一些的，叫财富管理；下里巴人一些的，叫私募基金。说白了，公司领导希望咱们未来能够做成诺佳、恒先和犀牛那种综合财富管理平台，不过现在先从私募基金做起，毕竟我们目前干这个业务最拿手，挣钱也最快。

“那么到底什么是私募基金呢？这个词在国内已经被用滥了。我们追根溯源，先把私募的概念从头做个梳理。

“在一级市场（证券发行市场），有公开发行和非公开发行两种发行方式。公开发行就是公募，指发行人通过证券承销商向广大公众发行证券；非公开发行就是私募，指发行人或证券承销商将证券直接销售给特定的合格投资者。这就是公募和私募最基本的区分。

“一级半市场被很多人叫作定向增发市场（定增），其实严格讲是指合格投资者投资于上市公司股权（PIPE），交易基本都是私下撮合的大宗证券交易，是典型的私募。在二级市场（证券交易市场），共同基金也分为公募基金和私募基金两种，也是按募集方式来区分的。

“说到这儿，最容易混淆的地方来了：刚才提到的私募基金主要投资于股票、债券等有价证券，大体上可以指市场上‘阳光私募’这个概念。而鑫城财富发行的私募基金，是同样以非公开形式募集起来，但主要投资于非标准化产品的集合投资工具。你们谁知道非标是什么意思？”

就在我们张口结舌之际，“剩女”清脆的声音再次响起：“所谓非标一般是指非标准化债权资产，根据银监会 2013 年第 8 号文《关于规范商业银行理财业务投资运作有关问题的通知》的定义：未在银行间市场及证券交易所市场交易的债权性资产，包括但不限于信贷资产、信托贷款、委托债权、承兑汇票、信用证、应收账款、各类受（收）益权、带回购条款的股权性融资等。顾名思义，非标资产不再是场内交易的标准化金融产品。再通俗点说，人们日常购买的银行理财产品就是最大的非标产品。”

一屋子的人都震惊了。这真的是最强大脑级别的选手哇！我们与人家根本不在一个档次。不仅我对她刮目相看，就连亦山哥也连声称赞："答得很好！咱们鑫城财富发行的私募基金与信托公司的信托计划类似，大多是以融资方的公司股权、不动产、矿产乃至艺术品等资产进行抵质押，向特定合格投资者（实际操作中大多是向老百姓）发行集合投资工具来募集资金投向融资方，最后融资方按约定期限和利率归还本息。因为这种私募基金投资于非标产品，不具备公布净值的条件，与商业银行近年来在表外流转资金（指不在资产负债表里体现的资金）的影子银行体系高度相关，所以我把它叫作影子私募。

"以前'阳光'与'影子'都没啥行业监管。到了2014年年初，中国证券投资基金业协会颁布了《私募投资基金管理人登记和基金备案办法（试行）》，搞出了GP（私募投资基金管理人）登记、基金备案和从业人员管理等一系列规定。从此以后私募基金就有了'监护人'。

"与公募基金以及阳光私募不同，影子私募投资灵活，形式多样，披露信息较少，监管口径宽松，这就使GP和基金类型多种多样、良莠不齐。有的行业巨头注册资本有几十个亿，推动上市的公司都有100多个了。而我见过最小的GP注册资本只有10万元，成立起来的目的就是帮着银行的理财资金做个通道。在最近几年的大资管时代，像鑫城财富这样的草根GP如雨后春笋般成长起来，享受着流动性泛滥带来的历史性机遇。

"咱们COO老杜经常举久定投资的例子：最初久定投资的独门利器只是PE（私人股权投资基金），通过这一招先做大做强之后，慢慢发展出现在的资产管理业务、金融业务（寻求各种金融牌照）和自有资金投资业务三条业务线，并且成为市值千亿元的上市公司。要知道，它在2014年上市之前，公司净资产还不到1个亿，资产负债率还在90%以上呢！

"所以刚才我说咱们是非主流，大家可不要灰心：只要找对方向，一棵小苗也能长成参天大树。这个时代赋予金融行业巨大的发展机遇，咱们一定要牢牢抓住这个机会，在金融街创造属于自己的财富传奇！"

第二章

01

入职培训后不久，我就正式到公司上班了。

从我的经历和见识来看，北方总部的招聘一点都不严谨：比如我是个一天金融工作经历都没有的“白丁”，全靠老妈的面子（再觍着脸说自己有多优秀就属于自欺欺人了）才能进入公司。而“仙女姐妹”和后来进入公司的好几个漂亮女孩一样，都是经行政人事部初筛、“阿玛尼”亲自面试后同意留下的——他只关心女员工的颜值，认为这个指标代表了公司形象。还有一些人是公司领导的亲友或外面各种领导推荐过来的“人才”，大多不太能干活。

当然了，有杜叔叔把关，还是会在关键业务岗位安排精兵强将。何况，在大多数公司里，基本上都是三分之一干活、三分之一不干活，还有三分之一对干活的人评头论足。只不过从整体上看，北方总部里人员的学历、能力和素质参差不齐，与常规金融机构相比差距较大。就这个小小的公司而言，安兰德的观点是正确的：世界是由创造者推动的，寄生者依赖于创造者。

我入职的时候，正赶上“阿玛尼”推出新员工下放锻炼计划。他仿效并简化了很多商业银行的做法，要求新入职的业务部门员工必须到下属单位（也就是募集团队）实习两周。正好亦山哥也要离开公司两周参加深圳总部奖励的美国游，于是我在金融街办公室刚刚待了几天，还没把同事认全，就被派到了北京分公司（即“北分”）。

虽然最后只在北分待了一周时间，但是那段时间让我记忆犹新。其实北分存在的时间早于整个鑫城财富。总经理魏远祝已经 50 岁出头了，辽宁人，早年供职于一家老牌保险机构，后来也一直在保险行业内干。据说曾经因为挪用公司资金炒股而入狱 3 年，出狱后凭借许多老关系做起了资金中介，没几年就干得风生水起，逐渐培养起一支自己的募集队伍。因为出道较早、资源丰富，为人又说一不二，有点江湖侠气，他在北京保险圈很有名气，人称“魏老大”。

在遇到吴伟群之前，魏老大就在帮几个小私募基金卖产品，一年做四五个亿的销售额毫无压力。据说他一度已经答应被诺佳收编，但是半路杀出个吴伟群，以最谦卑的态度和最诚恳的言辞(当然了，还有远高于诺佳的点位提成)打动了他，把他的团队收入囊中。作为让步，北分是吴伟群同意设立的唯一一家分公司——双方只是合作，没有注册独立法人公司。在依附于鑫城财富的两年时间里，魏老大招兵买马、开疆拓土，把北分扩展到天津和呼和浩特，一共建立了 5 个大团队，总人数达到 70 人，2014 年募集规模达到 8 亿元。

按理说，魏老大靠一己之力开拓出这么大的市场，帮鑫城财富销售了巨额的产品，应该算是与吴伟群同穿一条裤子了吧！不过，事情显然没有这么简单……

我去报到的第一天就震惊了：那是一个与北方总部完全不同的世界。

北分在东三环世贸天阶附近的 SOHO 尚都办公，离我家有点远。为了躲开北京最为拥挤的周一上班早高峰，我 7 点刚过就坐上地铁，8 点多一点儿才赶到。整个鑫城财富规定的统一上班时间是早上 9 点，我本以为时间还早可以歇口气，没想到一下电梯，一股热浪扑面而来，北分早已热火朝天——

前台左侧就是一个大开间，里面挤满了人，有的坐在电脑前噼里啪啦敲打着键盘，有的一边往嘴里塞东西吃一边翻看文件，有的三三两两、比比画画地在交流，有的站在墙角或通道边大声诵读着什么，有的把一摞一摞的传单往背包里塞，有的在整理易拉宝和折叠椅，还有的行色匆匆正在往外走。开间的后面有一排屋子，那是会议室、资料室、打印室和几个领导办公室，绝大多数门都是开着的，不停有人进进出出，取送文件。

整个办公室一片狼藉，嘈杂不堪，乍一看宛如集市，但是仔细观察又会发现，这个群体似乎有着内在的秩序，每个人都有自己明确的使命，都在自己的轨道上忙碌不停，好像蜂巢里的工蜂。

没有一只奔忙的“蜜蜂”关注一个在门口发呆的人。我径直走进去，迎面从里向外走的人都会主动避开，即使擦身而过也不与我进行眼神交流，仿佛我只是他们行进路线上的障碍物。直到一个看上去还不到 20 岁的男孩为了躲避旁边跑过去的人而踩到我，他抬起头看着我，也不道歉，只是怯生生地问：“你好，你找谁？”

“我找魏总。”我答道。

男孩挠挠头，犹豫了一下，指向唯一的一间关着门的办公室：“哪一个。”说完，他拽起包，扭头就走。

我愣了两秒钟，才琢磨明白那浓重的四川口音说的是“那”而不是“哪”。于是，我走到那扇门前，敲了敲门，没有回应；拧了拧把手，门是锁着的。好在门外有两张小得不能再小的沙发。

等到 9 点，魏老大的秘书来了。她说魏总一般 10 点左右会过来。好吧，只能继续等……

秘书是个山东姑娘，很热情，一起等魏老大的同时给我详细讲了讲北分的情况。

北分共有 5 个大团队（北京 3 个，天津和呼和浩特各 1 个）、12 个小队（分属于 5 个大团队），每个小队 4~8 人。

团队之间是竞争关系，这种竞争关系尤其体现在小队之间的业绩比拼上。这种比拼实行积分制，每天的前 3 名会分别得 5 分、3 分、1 分，最后 3 名分别扣 3 分、2 分、1 分，每周、每月的前 3 名、后 3 名也会有相应的数额更高的积分奖惩。每个月最后一天统计全月积分，前 3 名会得到额外点位提成或现金奖励，后 3 名则面临降低点位提成或停发固定工资的惩罚。连续一个季度排名在后 3 位，这个小队就不得不与公司说拜拜了。

我问她：“如果有的小队抓住几个大单，一下做出了别的小队一个月的业绩，在这种积分比拼制度下不就吃亏了？”秘书说：“这和魏老大的个人风格有关：他希望这些团队业绩保持长期稳定，不要大起大落。真有本事做大单的人，也不会放在这个体系里，他们甚至可以不来上班的。再说，这样也有利于你们北方总部在资金与产品的匹配上增强计划性嘛！”

她告诉我，对于普通募集团队来说，每天的生活是比较固定的。

早上 7：20 开晨会，总团队长（大家叫他团长）先给大家点评前一天（或周末）的政经新闻，然后按照前一个工作日的积分榜进行相应的鼓励或批评，最后用几分钟时间回答大家工作和生活中的任何问题。随后以小队为单位开会。小队长们组织队员朗读一些励志书籍如《世界上最伟大的推销员》中的经典段落，然后总结前一天的工作，最后分配当天的工作任务。我刚刚看到的一幕应该是刚散会。

队员们随后就会出发，直奔预先分配好的区域，一般是企业聚集区和大型社区、超市，专门向上班族和出来买菜的老年人发放传单，介绍公司产品。忙过这一波后，新手们就会去“扫楼”，挨家挨户去发传单或进行陌生拜访，这就纯属撞大运了；而老手们会去拜访重点客户，但他们并不指望当时就能有单做，只是维护好这些关系。快到中午的时候，大家又回到早上发传单的岗位“捕猎”来往行人。

下午一般会有两种安排，一种是在户外“安营扎寨”，以逸待劳；一种是回到办公室给陌生人打推销电话。这两种安排是轮换的，既是为了避免工作太单调，也是为了锻炼队员们在不同场景下的销售能力：有的人拿起电话口若悬河，但一与人当面沟通就会结巴；有人却喜欢面对面交流，但接受不了天天被人挂断电话或咒骂。用团长的话说，销售团队里的这两种人都需要“突破自我、向上提升”。

到了下午 4 点，大家会在 SOHO 尚都的大会议室里召开视频会议，统计当天的业绩情况。每个小队长会报出截至当时自己团队的募集金额，有人会把这些数字都写在一面大黑板上，所有团队的业绩一目了然。比拼的截止时间是下午 6 点，看到业绩有可能冲进前 3 名或摆脱后 3 名的团队会抓紧最后的 2 个小时拼命做单。这 2 个小时往往是整个办公室最热血沸腾的时候，当天还有希望的团队会为了每一个积分奋力一搏，许多经典的逆袭故事已经被传为佳话。

正聊到这里，时针马上指向 10 的时候，魏老大出现了。

02

魏老大的个子并不高，但是身材很敦实，迈步也很扎实有力的样子，在他那个年纪里很少见，一看就知道那是长期保持锻炼的结果。而最让人印象深刻的是他的眼神——平时他不太会与你四目相对，总是歪着脑袋、耷拉着眼皮，似乎百无聊赖地望向地面；但是一旦谈到重要的事情，他会突然抬起头，双眼一动不动地盯着你看，目光像鹰一样专注和犀利。大多数中国人与别人面对面交流时，目光会集中在对方从双眉中间向下一直到嘴部的区域，而魏老大属于少数派，他的眼睛会直直地盯着你的眼睛，仿佛能够直接打开你心灵的窗口，洞察你这辈子所有的秘密。

我和他一见面就领略了这种眼神。他远远地走过来，一直在打量我。那种目光让人很不自在，感觉自己像本书被翻来翻去。等他走到近处，我正要自报家门，他一边把手提包交给迎上来的秘书，一边主动对我说："你是小杨吧？等我一下。"说完，一头扎进旁边的团长办公室。后来，又有几拨人先后到他办公室交谈、签字或者送文件，完全无视一个不到 8 点半就等在门口的大活人。本来就没吃早饭，饥饿感和挫折感混杂在一起，重重地把我按在小沙发里，一动也动不了。就这样又过了大约 40 分钟，秘书终于喊我进去。

魏老大的办公室并不大，陈设也很简单，基本上就是一个纸的世界：桌上摆满了文件资料，几面墙边堆的全是半人高的传单或手册，复印传真一体机旁边至少码了十几捆 A4 打印纸，地上的废纸篓里外横七竖八地躺着不少文件和纸团。

魏老大向四周指了指："怎么样？我这里是有点儿简陋，别的没有，就是纸多。"

我笑着答："是。"

魏老大让我坐在办公桌前的椅子上，叫秘书端了杯水给我，然后示意她关门出去。他喝了口茶，抹抹嘴，眼睛盯着正在从传真机里向外吐的文件，突然说："其实这不是纸。"

“啊？”我呆住了，不知该怎么接话。

“这都是钱哪。”魏老大意味深长地说，目光也重新回到我脸上。

当时我有些发蒙，一是因为半天没吃东西，可能大脑供血不足；二是因为完全不明白他是什么意思：这些纸怎么会是钱呢？

“小高跟我说了，你来实习两周，有啥想法？”魏老大显然没有耐性陪我发呆。

我赶紧整理一下思路，清清嗓子，搬出早就准备好的一套说辞，想先恭维一下，再表达在这里体验一线募集工作、锻炼销售技巧的想法。不过刚刚说到“北分是北方总部最重要的组成部分，黄总和杜总也十分仰慕您”时，魏老大不知怎么生起气来，挥挥手让我住嘴。

“虚头巴脑的话就别说了！你跟着服务保障部先干一周，再下到一个募集团队干一周。你们坐惯了舒舒服服的办公室，在这里好好吃点苦——特别是你们这些大学生！好好看看募集团队是怎么做单的，这里才是真正的业务前线！”

等了2个多小时，与魏老大的谈话刚开始就结束了，还莫名其妙地被训斥了一番，我满脸通红地走出他的办公室。秘书依然和善可亲，笑呵呵地把我领到了服务保障部。

在北分一切都是以业绩为中心，服务保障部只是个边缘部门，而且只在北京有比较健全的建制，在天津和呼和浩特都只有一两个专员。同时，这也是一个很综合的部门，一切工作都围绕募集团队展开，它至少包含3项职责：后勤保障、客户服务和工作监督，并以此为依据分设了3个小组。

后勤保障应该是部门最重要的任务。募集团队每天的工作十分辛苦，作为支持部门需要尽可能地给他们提供各种便利，让他们更好地出业绩。比如，后勤保障组早上要给参加晨会的公司领导和小队长们买好早餐，保证7点钟左右他们一到办公室就能吃上热食。募集团队开晨会时，后勤保障组需要抓紧时间再次确认已经满足前一天募集团队提的各种要求，最常见的是场地预订、餐饮预订、特殊用车、取送物件等。当募集团队开始一天的忙碌时，后勤保障组就要随时待命，时刻准备奔赴一线应付各种突发事件。下午4点，也是由这个小组组织视频会议。

一直到 6 点的下班铃声响起，大家才能松口气，安心吃口饭，然后继续准备第二天的工作。这个组的成员维持在三四人，算是募集团队的预备队，但多数人都不会在这个岗位干太长时间：能吃苦熬下去的将来会升入募集团队，熬不住的就会背包走人。

客户服务组专门服务于公司客户（在募集团队的指令下），与后勤保障组的工作有所重合，但范围更广泛，比如组织各种客户活动、长期维护大客户或重点目标客户、处理客户纠纷等。这个组的工作比较繁杂，但是远没有后勤保障组那么辛苦，3 个组员都是经验丰富的女孩。

在实习的那周里，我最难以接受的就是整个部门没日没夜地伺候着募集团队，却还被他们戏称为“大保健部”。不过，他们从来不敢招惹工作监督组的人：这个小组专门监督和督促募集团队的工作，两个组员看起来有点流里流气的，与魏老大关系比较紧密，据说重要事项会直接向他汇报。

部门总经理也是东北人，大家都叫他老战。老战看上去岁数比魏老大还大，有点阴沉沉的，不爱说话，但是工作很认真，每天跟着后勤保障组的年轻人早出晚归。

从魏老大办公室出来，秘书把我交到老战手里，老战马上把我交到后勤保障组组长李帅帅（一个比我小 5 岁的男孩）手里。于是，我在北分的实习正式开始了！

以前在会计师事务所的时候，我觉得自己天天都是在做伺候别人的活儿，已经很累很 low（低级）了；而后勤保障组的工作刷新了我的认知。一上来就让人意想不到的是，虽然整个部门不算我在内有 9 个人，却只有 5 个工位。李帅帅带我过去的时候，5 个位置都坐满了。他解释说：“这个办公室的工位有点紧张，除了募集团队小队长能保证有固定工位，其他人都是轮换着用工位的。其实这也是为了鼓励大伙儿往外跑，做业务去。咱们就换着坐吧！你先坐在那边的空位上，募集团队一般中午不回来吃午饭，有的是地方。”

我找了个空位，把包放下，脱下西装外套搭在椅背上，正想歇歇脚，李帅帅过来拍了拍我肩膀：“杨哥，走，咱们现在去办事。”

原来，刚刚有个募集小队发现五棵松体育馆旁边正在举办露天特卖会，人流量很大，就叫我们多带一些传单过去支援。我和李帅帅每人拎上两捆传单就上路了。空腹负重又倒两次地铁后，我已经大汗淋漓、步履蹒跚了。幸好这个小队长有电动车，到地铁口接走了传单。我和李帅帅一人买了个煎饼，就地吃了起来。吃完才发现，我的白衬衫蹭上了纸张的油墨，加上汗水，已经“开花”了。

“杨哥，你看我一般都穿深色衬衫，好洗还不显脏。除非味道大了或者汗流太多出了盐渍，穿三天不洗都没事。”

我知道他是好心，但是这种建议……我也只能苦笑了。

接下来他说要去帮忙发传单，如果能碰巧做成几单，对他转到一个好一点的募集小队很有帮助。我也不想再折返东边一趟，就陪他一起去了。

以前我也做过志愿者搞宣传活动，一直觉得发传单不算什么难事，不就是递给别人一张纸吗？可是这一次的经历完全不同。

首先，别看特卖会只是个为期数日的临时性活动，组织还是很严密的，门口有保安，根本不允许我们在他们的视线范围内发传单，会场里面也有工作人员来回巡视。我们协助的这个小队很有经验，把传单放进包里，进门之后才拿出来，打游击式地发放。我的手提包根本塞不进几张纸，索性就在门外远远地发吧！

其次，人们对这种业务推销单和公益宣传单的态度完全不同，来往行人对我们避之唯恐不及，一听到“理财”“投资”的字眼转身就走。我这人脸皮薄，看到别人躲着我走，脸一下就红了；而看到有人刚刚从我手里拿过传单就随手扔掉，又恨不得冲上去吼几句。

很少有人能把传单拿在手里认真地看两眼。好不容易遇到一个停下来问我具体信息的，我还一问三不知，只得赶紧拉来一个正牌队员给做介绍……

几个小时下来，口干舌燥、筋疲力尽不说，还遭受了不少白眼，生了一肚子气，根本没做成一单。李帅帅呢，也没出单，不过他依然笑呵呵的，还安慰我说：“本来公司也没指望我们出单，尽量努力就行了。我还得回去安排一下明天的几件事，刚才你说住在三里河是吧，那就先回家好了，明天早上 7 点前到公司就行。”

那一晚我睡得很沉，第二天一早闹钟响了两遍才醒过来，紧赶慢赶 7 点整才到 SOHO 尚都，后勤保障组其他同事都已经在公司前台分发早餐了。老战也到了，正在吃东西，瞪了我一眼没有说话。

03

接下来的大半天时间又是李帅帅带着我出门办事，下午回到公司刚好赶上 4 点的视频会议，同组另外两个同事已经准备好了场地，同样客客气气地叫我什么都不用做，先观摩一次好了——他们知道我是北方总部派来的，又都比我小几岁，不太好意思指挥我干活。

也好，总算可以喘口气了。没想到，这个会议气氛会如此紧张激烈。

4 点刚过，团长和老战陪着魏老大一起走进会议室，在视频画面里，天津和呼和浩特的公司高管也都纷纷落座。他们的出现就像吹响了冲锋号，所有人的目光都投向了记账员。记账员是财务结算部的出纳，肯定不止一次充当这个角色了，不过在魏老大一干人的注视下，小姑娘还是难免有些紧张。她环顾一周，声音略带沙哑地说道："大家好，会议现在开始。我先来填写一下目前的业绩情况。"

黑板上已经按顺序列好了 12 个小队，每个团队后面都有一个空着的括号，记账员就以万为单位在里面填数字。魏老大和团长密切关注着每个数字，不时交流几句。前面几个小队的数字都不高，都是两三万元的样子，还有一个挂零的。直到第 9 小队后面的括号里出现"10"这个数字，大家都眼前一亮。

李帅帅指着黑板对我说："一般来说，10 万元是每天前 3 名的门槛。他们小队这个月还没进过前 3，看来今天有戏了。"

这一轮叫"4 点报数"，第 12 小队和第 9 小队分别以 12 万元和 10 万元跃居前两名，而其他小队都在 0~4 万元，差距不大。我心想，这下形势很明确了：10 个小队将努力争取第 3 名，而它们目前谁都有可能落入后 3 名，必须奋力一搏。

我们组的另一个同事走上前，用手机拍下黑板上的内容，发到募集团队的微信群里。顿时，消息提示音此起彼伏。魏老大也低头看起了手机，随后与团长和老战低声交谈了一会儿，好像在商量着什么。

又过了一阵子，他们停止交流，团长开始点评："今天的数据很一般哪，我发现一到月中大家的动力就不足了，是吧？"

"天津小队今天还没有出单，这个月落后也比较多，可要加把劲了！第 9 小队这两个月也不太好，今天冲上来了，不错。第 12 小队是上周第 1，今天业绩又不错，新团队能做成这个样子，可喜可贺！老团队也不能松懈呀！你们几个小队我已经观察一段时间了，上不上、下不下的，怎么，想偷懒了？那我就要给你们调整区域了，让你们上远郊区县试试去！第 4 大队是第 6 小队和第 10 小队（呼和浩特小队）吧？这季度业绩不错，你们要能保持这个状态，月底公司还有额外奖励。

"另外，各小队注意，刚才公司领导商量决定：今天第 4 名、第 5 名也都奖励 1 分。大家加油！"

团长话音刚落，会议室里就炸开了锅。这种躁动通过视频、电话、短信、微信向各个小队传递开来。魏老大一言不发，向团长和老战点点头，起身先走了。

李帅帅兴奋得直搓手："我来了以后还没见过前 5 名给积分的呢！这下有好戏看了。"

我看了一下手机，有点疑惑："就剩一个半小时了，前面没做出单的，现在哪还来得及呀！"

"哎呀，这里面当然有学问了。我到公司 4 个月了，现在都弄明白了。"为了确保没有别人能听到，李帅帅靠近我，压低了声音说道，"杨哥，我给你说说门道吧——你可不要跟别人讲啊！

"首先你得明白，4 点报数并不能代表各个小队的真正水平，只能代表他们的不同心态。

"你看今天的数，为什么第 1 到第 5 小队都不到 5 万元？他们都是老团队，很油滑了，每天都做几单应付着，数额不用大，也不用太担心掉到后 3 名，因为每天总会有新团队或倒霉蛋业绩不好。到月底、季末看架势需要冲业绩的时候，跟熟悉的一些固定客户商量商量，攒几天的单集中报就行了。偶尔也会蹦出个大单，有一单是一单，就算捡到了。这些老团队一般能力都不差，想保存实力还不是因为偷偷跟别的私募在合作，飞单给人家。谁的点位高给谁呗！再说了，毕竟这个行业流动快，谁的位置都不保险，万一哪天魏老大想收拾他们，还有别的地方能收留自己……”

“飞单？魏老大知道了肯定不干吧？”我忍不住插嘴。

李帅帅笑着翻翻白眼，好像在笑我无知：“这个行业都这么做呀，这谁能管得住！公司的纪律是很明确，发现飞单就开除。可是领导都是睁一只眼闭一只眼：只要你今天还在给我出单，就没有必要撕破脸。再说了，你想过没有……”

李帅帅的话说了半截儿突然卡壳，笑容也僵住了，脸上掠过一丝惊慌，我还以为谈话被别人听到了，转头看了看，可是身边并无他人。等他再次开口的时候，已经转移了话题：“杨哥，你再看第 9 小队，这种上不上、下不下的就是在挣扎。他们没有老团队那么多客户基础，小队长这人也不行，没啥资源，业务员就做得很累。看着要掉队了，就得拼命挖出一两单像样的，就像今天孤零零一个 10 万元，搞不好还是自己或者亲朋好友掏的腰包。太典型了！没办法，死撑着就说明还抱有希望，没准坚持就是胜利，也没准明天队员都跑光了，哈哈。

“还有第 7 小队，就是天津小队，他们根本没戏了——刚开始成立天津公司就是因为从别的公司挖了个牛人，他挺有资源的，自己组了个团队。这人就是太有个性了，跟魏老大脾气一直不是太对路，春节刚过就跳槽了，能出单的也都跟着走了，扔下一个没魂的队伍，现在还在吃老本硬扛着，解散应该是迟早的事。所以你看他们都没啥积极性，估计都在各找出路呢！”

我又看了看黑板。对了，团长今天不是还表扬第 12 小队了吗？李帅帅又笑了：“这个小队是上个月新建的，跟老团队相比它就是另一个极端——根本不懂得细水长流，天天都使劲儿拼，这样做其实很招人恨哪——就你们新人最能吗？其他团队要不了多久就要给他们下绊了，直接抢客户、抢地盘，或者想办法让他们的客户不能按时兑付什么的，花招多着呢。这种新团队将来只有两条路：要么很快耗光资源和热情，然后被淘汰；要么跟着老团队整明白门道，也开始耍滑头。所以我是看透了，想在募集团队生存，太强太弱都不行，凡事都得留有余地！”

听到这里，我的脑海里突然出现每天早上北分办公室的忙碌景象，瞬间产生一个感悟：每天一队一队的“蜜蜂”都在自己的那个层次上努力拼搏着，有的已经可以高枕无忧、旱涝保收，有的仅仅一息尚存、苦苦挣扎，有的已经折戟沉沙、积重难返，还有的初出茅庐、奋发向上，但是归根结底，所有的这些努力都是在求生存而已：个人在小队的生存，小队在公司的生存，公司在行业的生存。

没错，这就是私募基金募集的一线战场。To be, or not to be——生存，或死亡，不仅仅是哈姆雷特面临的问题，也是普通上班族面临的问题。只不过募集团队可没有王子那么崇高的爱恨情仇，对他们来说，能做单就能留下，不能做就被淘汰，仅此而已。对于我这种从没接触过社会底层的大学生和小白领来说，这是一场生动的生存教育！

04

就在我和李帅帅交谈的同时，黑板上的数字也在不断变化着。到5点报数时，第12小队又添了3万元，巩固了第一的位置；老团队也都有一两万元进账，变动不大；第6小队和第10小队分别冲到了8万元和7万元；第9小队数字没变，不过第2的位置比较稳固；第8小队、第11小队仅仅做了1万元，天津团队还是0，这3支小队今天岌岌可危。

李帅帅得意地朝我眨了眨眼睛。“刚才你问我现在哪还来得及出单，看吧，这不就来了！4点报数时，大伙儿只是互相试探试探。有能耐的小队都偷偷留着‘子弹’呢！原本今天的形势很简单：垫底的3个早早产生，估计今天是真没单了，所以老团队稍微再做一点就可以确保上岸；第12小队和第9小队冲得猛，今天是志在必得，就不用跟它们争了；第6小队和第10小队是一个大队的自己人，商量出来一个第3就完事了。

“结果团长脑洞大开，临时搞了个加分，把大家‘挑逗’了一下，很多人积极性上来了。你看第6小队和第10小队都加码了，就是想搞定1分；第12小队太没经验了，看不出第9小队是纸老虎，怕被反超，还在往上做；老团队不可能都这么差，几个小队长肯定在私底下商量怎么办呢：今天积分多，不可能白白让给别人，也不可能一拥而上都去抢。今天大格局肯定是这样，不信你等着瞧。”

果然，之后的半个多小时一直波澜不惊。直到最后十几分钟，第2小队突然冲到了6万元。李帅帅说，估计老团队之间合计了一下，互相不争了，今天让第2小队拿分，这样总成本最小。我不由暗暗赞叹起来：别看这小子来了也没几个月，都还没加入募集团队呢，分析得还真头头是道，悟性很高哇！

终于到了6点报数的时候，魏老大也回到了会议室，盯着记账员最后一次更新数据：第12小队、第9小队以15万元和10万元遥遥领先，获得了前两名；第3、4、5名分别是第6小队、第10小队和第2小队；其他老团队集体停滞在3~4万元；而后3名也毫无起色，敬陪末座。

视频会议结束了，这一天的比拼也落下帷幕。我看了看黑板，又低头算了算，感觉有些不对，一把拉住了正要起身离开的李帅帅：“你看，今天整个募集团队才做了六十几万元，一个月22个工作日，一年下来也就1.6个亿左右。就算365天都出单，也就2亿元出头哇！北分去年不是都做了8个亿吗？”

李帅帅谨慎地朝左右看看。魏老大、团长和老战都已经出去了，记账员和财务结算部的几个人正在核对最后的数字，有几个今天参会的募集团队成员边热烈地讨论着业务边往外走，我们组其他同事正在收拾视频设备。没人关注我们。

“老哥，我刚才就想告诉你了！”李帅帅像是下定了决心，一屁股又坐下来，“咱俩挺投缘的，你又是北方总部来的领导，我想交你这个朋友，就敞开跟你说吧！

“一般来说，募集团队每个月的平均业绩是会比现在高一点，毕竟月初要抓开门红，月底还要争名次，月中总得喘口气吧！不过再高也高不到哪儿去，他们的资源还是有限的，还得留点儿飞单呢！

“所以你问得很对，如果募集团队就这种水平，公司当然做不了那么大啦！市场上一般私募的募集起点是 10 万元，靠这些团队一万元一万元地做要搞到猴年马月呀！所以说这么多人从早到晚、热火朝天地做单，也就是给自己挣个生活费、给公司挣个营业费而已。

“魏老大真正依靠的绝对不是这批人。有一次团长喝多了说漏了嘴，他说参加公司上一次出国游的客户里，好几个都是保险公司的领导。哎呀妈呀，我当时一下子就明白了，魏老大的铁杆粉丝都在保险公司呢！老哥你知道了吧，真正既走量又挣钱的，是保险公司销售团队的飞单哪！”

接下来的几天过得很快。后勤保障组的工作很繁重，我每天 5 点半就要起床，晚上 9 点左右才能到家。人只要一忙起来，就会觉得时光飞逝。

转眼到了周末，正好又是端午节小长假，北分要接待呼和浩特市小队组织的内蒙古客户来北京的旅游团。本来这是客户服务组的活儿，老战亲自点了我参加——他老先生怎么专门跟我过不去呢！

可能是小时候习惯了东北的凉爽天气，北京的夏天是我最不喜欢的一个季节。6 月下旬的北京虽说还没进入酷暑时节，天气已经相当炎热。我白天陪客户爬长城，晚上“撸串”喝酒，连续劳累导致免疫力降低，一天下来就得了肠胃型感冒，上吐下泻，浑身疼痛。周日的晚宴魏老大也要出席，我想了想，咬牙坚持参加吧！其实那顿饭我根本没动筷子，一喝就吐，一吃就泻，浑身发冷，抖个不停。

饭局终于结束了，就在大家起身离席的时候，我的手机响了，亦山哥的名字出现在屏幕上，我连忙接通：“喂，亦山哥玩得好吗？您那边是几点哪？”

亦山哥语速很快，语气里似乎有一丝焦急，又有一丝兴奋：“什么几点，我提前回北京了，刚出机场！晓波，现在来了个项目机会，明天见面细说。刚才我跟老杜说过了，你的实习到此结束。就这样吧，赶紧跟你在那儿新交的朋友们告个别，明天中午金融街威斯汀自助餐厅见！”

放下手机，我心里乐开了花：没想到在北分的“有期徒刑”时间突然间缩短了一半！等送走客人，我忐忑地向魏老大汇报了新情况，生怕哪句话不对他又发起飙来。谁知人家根本没当回事，只是回了一句“知道了”而已。眼见他上了车，我刚松口气，他又降下车窗：“小杨，回去告诉黄天海，我这里募集不是问题。你让他别天天就知道吃吃喝喝，踏踏实实做好项目，好吧？”

说完，魏老大不再多看我一眼，关上车窗，奔驰轿车飞驰而去。

我松了口气。看这样子，魏老大的结似乎在“阿玛尼”这儿。可究竟是为什么呢？这个时候也无暇多顾，即将获得自由的兴奋加上病痛的折磨，让我只想尽快回家倒头就睡。

坐在出租车上，我的心情突然又有些失落。刚刚过去这一周我经历了完全不同的生活，原本接下来一周在募集团队的工作应该更有挑战、更锻炼人，但这次显然来不及体验了；不知道这一课还有没有机会补上。

人就是这么一种奇妙的动物。当你来到一个陌生的环境，刚开始多半会有排斥心理；而一旦适应了，又会对它产生依赖。就像北分的办公室，我每天 5:30 起床时一想到要去这个“蜂巢”劳作一天就会头疼；而当有人告诉我第二天开始就不用再去的时候，又有些舍不得那里的人和物。

想到这里，我马上给老战发了个汇报短信，并没有得到回复；又拨通了李帅帅的电话，他的声音总是那么活泼：“好事呀老哥，你们又要有大项目了！老战那里我去说一声就行了，没事，别担心。北分这块也没啥好学的，你家也确实离得太远了，有一周时间了解一下情况就够了。以后你在上面可要多罩着点小弟呀！没准你一个电话就能帮上我大忙呢！”

11 个月后，当这样的一个电话真的打来时，我回想起与他分别时的这句话，真心佩服这小子的远见。

05

项目一部有3个人，除了亦山哥，还有我这个项目经理以及业务秘书杨淑玲。淑玲比我小一岁，是“阿玛尼”的远亲，只有大专学历，学的还是社会学，基本不懂金融，是“阿玛尼”硬塞到项目一部的。不过，公平地说，她是我遇到的最正直和勤奋的人之一。她身上保留着小城镇居民的纯朴，非常珍惜这个工作机会，也深知自己缺少适应这个岗位必要的知识和经验，所以几乎把全部空闲时间都用来补习。

原先亦山哥手下是有一个高级经理的，据说非常能干，不知什么原因才做了一个项目就离职了。我的水平肯定比他差远了，而且淑玲也基本是个新手，也就难怪项目二部总经理向小强背地里嘲笑亦山哥带了“两只小羊”在干活。

我们被亦山哥叫到金融街威斯汀大酒店吃午饭那天是端午小长假的最后一天，酒店里的人不多。这是我第一次踏入这家五星级酒店，立刻明白了为什么高腾称它为“金融街之眼”：酒店西边就是银监会，向西北约300米、银监会的背后就是保监会，而向南400米就是证监会。威斯汀被“三会”围绕，再加上临近二环和金融街众多顶级写字楼，地理条件确实得天独厚。后来我慢慢了解到，这个条件使它具有几个特点。

一是房价高。普通大床房定价经常在1800元左右，这在全国的威斯汀恐怕都是数一数二的。二是订房难。工作日的房间总是剩得不多，要是赶上承办活动或拟上市企业集中报送材料的时候，更是一房难求。三是商务范儿足。各种商务设施一应俱全，接待能力很强。四是房间小，与同在金融街的另一些大酒店相比，它的房间面积最小、装修及陈设也最简单。话说回来，威斯汀在国外的定位就是高级商务酒店，就不要对它求全责备啦！

我和淑玲早早就到了，一边吃水果一边聊我的实习经历。亦山哥12点半才姗姗来迟，与他有说有笑、并肩而行的是一位气质端庄、身材娇小的年轻女士。

“来，认识一下金融街著名的邵总。”亦山哥离着好远就招呼我们。我和淑玲赶忙起身上前与邵总握手并自报家门。

邵总与我们蜻蜓点水似的碰了碰手，很礼貌地告诉我们她叫邵瑶，回过头对亦山哥嗔怪道：“别老把我介绍成邵总，那是我家老头儿。”“那怎么称呼你？小邵总？小邵？还是瑶瑶？”亦山哥又开启了调侃模式。

“随便你。”邵总笑盈盈地坐到我们这张桌子的一个空位上，亦山哥向我摆了摆手，我连忙让开，让他坐在邵总对面，我挨着他坐下来，淑玲坐在邵总旁边。

“小邵总家跟这条街渊源很深，这里有好几栋楼都是她家盖的。”

“没有，就盖了两栋写字楼、一个住宅小区，还有几块地后来都卖给别人了。”

“唉，要是留到现在就厉害了，身价差了几个零啊！要我肯定捂着不卖。反正你爸跟西城的关系好，拖着慢慢开发呗。”

“别马后炮了，市场情况谁也说不准哪！老头儿当年去香港看了一圈，觉得北京楼市也会大起大落，一害怕就出手了呗。再说，当初哪有那么多钱自己开发。跟你要，你有吗？”

“是不是咱们刚认识那会儿？那会儿我在公司只是个小萝卜头，要钱没有，要别的倒是没问题，嘿嘿。”

“滚吧你……该卖就得卖，要是资金跟不上可能现在什么都没有了，有的赚就行了。”

“哎哟，嘴上是这么说，你看你眼睛又是肿的，昨晚又哭晕在厕所了吧！”

“嘁！得了吧！加班熬了一个通宵——我们风控太变态了。你怎么眼睛也肿了，昨晚没干好事吧？”

我和淑玲听傻了。这哪像商务聚餐，根本就是情侣在打情骂俏！我往对面看了看，淑玲的脸都红了，低着头僵坐在那里。

亦山哥搓了搓手：“我这不是刚从美国回来。行了，都快一点了，大家弄点东西吃吧。”

大家分头拿了些食物，又坐回到桌前。

亦山哥看我拿了一盘虾，摇了摇头：“在这儿吃商务午餐有个‘三段论’，也就是拿三次食物：第一次是热菜和汤，能够先把胃暖起来。第二次是生鲜，特别是海鲜——总得吃回一点餐费吧！第三次是主食，门口弄碗面，里面弄两块面包，中午时间紧凑，这样既能吃得饱，又便于谈事。当然啦，像小邵总这样的讲究人，还需要一开始吃点水果，最后吃点甜品。”

邵总正在皱着眉切一小块牛排：“要我说，干脆下次就别来这儿了。它这儿自助餐质量下滑得厉害，比起两三年前，餐食种类减少了很多，都没什么好吃的了。”

“小邵总的指示我明白了。事成之后，洲际的巨扒房见！”

邵总正在咀嚼一块牛肉，对亦山哥做了一个“OK”的手势。

大家都饿了。我们吃了一会儿又再取了一次食物回来，亦山哥才对我和淑玲说道：“小邵总今年刚加入基金子公司，现在是业务总监，就在新盛大厦办公。他们公司背靠银行好乘凉，既有钱又有项目。这两天有个项目没进入他们大老板的法眼，刚好可以拿出来给我们做。对吧，小邵总？”

淑玲把盘子推到一边，拿出纸笔准备记录。

我什么都没准备，只能放下筷子，尴尬地坐在那里竖起耳朵认真听。

邵总把嘴里的食物慢慢嚼完，放下刀叉，取出一份资料递给亦山哥，然后跷起二郎腿，身体向后靠在座椅上。

别看她斗起嘴来说话像机关枪，谈起业务却慢条斯理。

“微信里给过你简版，这是完整的一套，你们先看看。说起来也不复杂，我这两个月跟太阳城集团谈了一个项目，他们刚进入惠州市场，准备做个小楼盘，需要 2.8 亿元，可以给到 9.5%，期限 1+1，一个季度付息一次。增信是惠州公司股权百分之百质押，加集团回购协议，加集团控制人夫妇不可撤销连带责任担保。

“这个条件还算可以吧！太阳城毕竟已经冲到了地产百强前 30 名，连续两年成长性排名第一，去年营业收入 140 亿元，净利润 13 亿元，现在外评 2A，财务总监跟我说明年上半年就能到 2A+。光是押过来的惠州公司的资产就有 3 个亿出头呢！要不是他们总裁跟我家老头儿关系好，根本不会以这个成本借钱。

“其实我们部门老大也很看好这个项目，我们也想做点创新的东西，但是公司领导和风控那边都不愿意，我们谈了半天也没谈成。这还不算完，人家太阳城联席董事长专程来请我们公司领导吃饭，人家不是为了这区区 2.8 个亿，而是想建立一个长期合作关系！结果饭也吃了，酒也喝了，事儿都谈好了，第二天领导酒醒了又不认账了，人家还指望着一个月以内放款！这不是把我家跟他们的关系都伤了嘛！所以呀，干脆我也不费那个劲了，请岳总帮着抓点紧给发了算了。”

说完，邵总喝了口咖啡，笑眯眯地看着亦山哥，那表情好像是在欣赏一幅画作。我和淑玲也望向亦山哥，只见他认认真真地翻阅着手里的资料，眉头紧锁，眼神专注，额头微微渗出汗来，头也不抬地对我和淑玲说：“你们俩有什么问题，先问问小邵总。”

淑玲很直爽，张口问道：“邵总，这个项目这么好，为什么你们大老板不想做呢？而且这和一般的信托项目比较类似，为什么说是一个创新呢？”

邵总又喝了一口咖啡，懒洋洋地说道：“好，我先来普及一下基础知识吧。在 2012 年的时候股市不好，公募基金日子不好过，但是信托和券商帮着银行搞非标资产，势头很猛。正好证监会那年搞了一个创新大会，放宽了很多监管措施，顺便批准基金公司成立子公司。基金子公司一开始都是模仿信托公司做起来的，其实我们就是银行的类信托牌照，跟信托差不多，主要做房地产和政信类业务——给地方政府融资平台融资。这两年房地产不行了，地方政府又受债务约束不能随便融资了，我们也得转型，搞点资产证券化业务什么的。

“不过，对于银行系的基金子公司来讲，实际上现在最重要的业务是承接银行信贷资产，给银行做出表服务。出表你们懂吧？就是把一块资产从资产负债表里面拿出来，从信贷类变为投资类，目的就是满足一些监管要求，比如贷存比、行业或区域放贷规模限制、某个时点考核等。这些资产其实都是银行做过尽调（尽职调查）、符合贷款标准的项目，交给我们相当于变相把贷款放了。我们与银行签的资管合同里会约定‘原状返还’，也就是说除了收手续费，我们什么也不管，项目出了问题不能按时还本付息的话就交还给银行处理，我们肯定是无风险的。

“现在回答杨小姐的问题。太阳城这个项目对于一般的基金子公司或者信托来说肯定是好项目，但是对我们来讲，老板出身于银行，已经习惯过去的业务模式，既能讨行领导的欢心，又能轻松赚钱，所以别的业务都看不上眼了。我们的项目都是行里推过来的，如果主动去找项目，在非银行系的基金子公司是正常业务，在我们这里就成创新了。OK，回答完毕。请岳总打分！”

没想到基金子公司这个行当有这么多门道，我头一回接触到这些知识。淑玲也一直埋头记录，不断点头。

“感谢小邵总的精彩解答，为你点赞！”这时亦山哥也看完了材料，假装一本正经地拍了两下手，然后转头对我和淑玲眨眨眼，说，“接下来看咱们的了！”

06

重新走进中国人寿广场里明亮宽敞、舒适安静的公司办公室，我不禁深深吸了一口气：在 SOHO 尚都的一周经历让我对北方总部的工作环境倍感珍惜；更重要的是，我进门一抬头就看见了何芳笑——她应该刚刚正式入职，被安排做前台秘书。

看到我，她停下来微微一笑，又转身去忙别的事了，而这样一个简单的微笑触动了我的心房：很久没有看到这么纯真的笑容了，那双眼睛简直是天真的孩子才能拥有的……我一上午都有些魂不守舍，跑了好几趟厕所，以便多路过几次前台看看她。

还好亦山哥上午不在，没有看到我这副样子。我和淑玲研究了邵总给的资料，并在网上搜集了一些太阳城和惠州房地产市场的相关信息。

午饭后，亦山哥把我、淑玲和合规部的陈律师一起叫到小会议室。“昨天的项目你们都研究了吧！这是送上门的肥肉，咱们必须全力以赴吃下去。”

“亦山哥，邵总不会白给我们项目吧？”淑玲时刻保持着怀疑精神。

“嗯，当然有行规，要从销售提成里分一块给她。不过这个项目质量不错，应该很容易卖，再说我们是好多年哥们儿了，她也不在乎钱，所以不用担心。

“从这个项目开始，咱们把部门分工确定下来：晓波是项目经理，主要工作是协助我寻找项目、设计交易结构和跟进落实项目资金。淑玲是业务秘书，主要负责支持性工作，比如文件管理、跟进各种公司注册和工商手续、编制产品说明书等。晓波刚来还没经验，我带着你做这个项目。淑玲已经做过一个项目，正好再巩固加深一下，要比上次有进步才行。陈律师是我老朋友了，咱们以后做事都会请他帮忙全程参与设计。好了，现在就从交易结构开始吧！”

接下来的讨论一直持续到第二天凌晨 4 点，那是我在鑫城财富的第一个不眠之夜。亦山哥带着我们仔细审核每一个细节，大到交易条款、尽调安排、放款方式、资金募集和投后管理，小到每项工作的具体时间表和落实人，都做了细致的梳理和明确的安排。

我们设计的交易方案是这样的：北方总部与深圳总部作为双 GP 发起设立一只有限合伙基金，通过各子公司（募集团队）向客户募集资金 2.8 亿元，然后由基金向太阳城购买其 2.8 亿元应收账款。太阳城按季付息，并在到期后回购基金，相应地向客户分配本息。

这几个安排其实大有深意。

第一，为什么要设立双 GP 呢？前面介绍过，根据相关规定，GP 需要登记，发行私募基金需要备案。北方总部刚刚完成注册不久，还在排队备案中。我们想在一个月之内做成这个项目，最简单的办法就是借用深圳总部的 GP 资质。亦山哥做成北方总部第一单业务时就是由母公司直接做 GP，后来再以财务顾问费的形式返给了我们一些费用（但是拖欠了一个月）。业务二部做成的第二单刚完成，干脆没备案。陈律师说他们的做法肯定不合规，但是这种事大多也不会被查。亦山哥则坚持要求备案：虽说是给自己找了个“多事的婆婆”，但毕竟有个“身份证”更安全，再说北方总部已经注册完毕，双 GP 模式的技术条件成熟，我们可以直接分管理费，避免像上次一样完全被深圳总部卡住脖子。

第二，用有限合伙基金的形式也是无奈之举。从 2014 年开始，有限合伙形式的私募基金已经很难以较低成本发行出去了，因为这种基金缺乏常规金融机构监管，极不规范，并且已经出了很多事，客户不太买账。而我们这次仍然硬着头皮上，一是因为时间紧迫，来不及再与其他可以发行资管产品的机构谈条件和搭架构，而恰巧杜叔叔有先见之明，公司已经注册好了好几个壳可以直接使用，节省了至少两三周的时间；二是亦山哥和陈律师一致认为这个项目融资方较为优质，在市场上口碑很好，资金需求量又不算太大，应该可以很快找到客户。

第三，怎么把钱给到融资方也是一门学问。很长时间以来，根据最高院和央行在 20 世纪 90 年代颁布的文件，非金融类企业之间是不能互相借贷的。在我们熬夜设计方案之后不久，2015 年 9 月 1 日《最高人民法院关于审理民间借贷案件适用法律若干问题的规定》正式实施，首次认可了企业之间的借贷行为，同时对借贷利率有所限制。不过在私募实操当中，大家仍然不会选择企业间直接借贷：且不说利率，出了问题还要上法院打官司，谁拖得起呀！因此，当时我们在银行委贷、设立单一信托、购买太阳城开发物业（不网签）再返售以及购买太阳城应收账款再返售这几个主流方式之间权衡利弊之后，选择了最后一种：太阳城的应收账款数目刚好高于我们的借款，而且应收账款是可以换回真金白银的，也算是一个增信了，有利于发行。

这 3 项安排也代表了我们下一步沟通的 3 个方向：与深圳总部谈双 GP、与子公司谈融资、与太阳城谈应收账款。

最后，亦山哥总结道："这次给咱们的时间已经很紧张了，邵总他们单位耽误了小两个月，太阳城又想尽早拿到钱，咱们必须统筹好工作，接下来每个环节都要跟上节奏：交易结构方案已经有了初稿，需要尽快得到太阳城认可，特别是应收账款这个事。有了共识之后，陈律师就可以辅助淑玲写产品说明书了，同时跟杜总对接准备好有限合伙公司。等说明书弄好，我就向'阿玛尼'和深圳总部领导报送，争取公司资源支持。他们一同意，我就带晓波去跑资金。晓波正好刚从北分回来，到时我们把这个项目拿给魏老大看。"

说完，他站起来伸了个懒腰，敲了两下桌子，说："好了，这个会可是够长了，现在事情都弄清楚了，大家都休息一会儿吧！下午回来再说。老陈送一下淑玲吧，你俩顺路，就一脚油的事儿。晓波要不跟我去威斯汀，你也开一间房，省得来回折腾了。”

我觉得太奢侈了，推说还是回家算了。他想了想：“要不你去储藏室睡一会儿得了，我看有人放了折叠床午休用。”

这倒是个好主意。我洗把脸，到储藏室的柜子边找到一张折叠床，铺开躺下，有种淡淡的香味钻进鼻子，我心头一热：真不好意思呀，不知用了哪个女同事的“闺床”，不过我也就睡一会儿，不等别人发现就会起来的……

我不知什么时候睡着的，也不知过了多久，感觉整个世界忽然晃动了起来。我一惊，睁开眼睛，蒙眬中似乎看到何芳笑的脸庞，顿时清醒过来，猛地坐起来定睛一看——双手叉腰站在床前、正在用鞋尖踢折叠床金属支柱的是马楠楠。

这个姑娘是 1994 年出生的，山东青岛人，高中毕业后就来北京闯荡，从商场化妆品柜台的销售员干起，后来去整形医院上班，最后建立起自己的微整工作室。不料一个小事故使得她前功尽弃，她只好混了个五级秘书证，出来应聘行政秘书。她是典型的北方人，豪爽大方，爱憎分明，说话办事从来不拐弯，似乎干什么事都直来直去。她的五官匀称大气，又有着北方姑娘的高挑身材，凹凸有致、时尚敢穿，从入职第一天起就毫无争议地成为公司第一性感女神。

“亲爱的杨经理，你们部门集体旷工不说，你还在上班时间跑到这里睡大觉，而且还占用本姑娘的床！你觉得这样合适吗？让别的同事知道了会怎么说呀！”马楠楠挖苦道。

我忍住怒火，看了一眼手机：“抱歉抱歉，我们部门昨晚加班到凌晨 4 点多，我 5 点才躺下，当时真不知道是谁的床。”

“那也不能一声不吭吧！公司有规矩，不提前请假只能算旷工。”马楠楠不依不饶，“对了，你们岳总呢？”

“岳总去威斯汀了。随便随便，你就按规矩处理就好。”我实在懒得跟她纠缠，起身把床收好放回原处。

“帮我跟岳总说，下次让他用我的床就行了。”马楠楠的声音里带着一丝挑逗的意味。我突然想起入职培训时就是她在经过亦山哥时故意看了他一眼——原来又是一个花痴呀！

说罢，马楠楠瞥了我一眼，昂首阔步转身离开，只留下清脆的高跟鞋声。

唉，一个小小的行政人事部秘书，一点公司的基本礼仪都不懂！我对她的“仙女”印象和好感一下子烟消云散。算了，我可没有时间跟她斗气，赶紧干活吧！

在 3 个沟通事项中，与太阳城的最为顺畅。亦山哥和邵总一起飞了一趟上海拜访太阳城的高管，对方很给力，内部商量了不到 10 分钟就口头同意了。

我对亦山哥说，早知道让邵总打个电话不就行了，何必跑过去。亦山哥摇摇头：“俗话说‘人怕见面，树怕扒皮’。专程拜访一趟，一是显得尊重，给足人家面子；二是当面提出要求，让人不好意思拒绝。他们两家关系再好，利益上的事情也会很慎重，更何况这次大小也是个需要上市公司公告的事呢！”

等他出差回来，陈律师和淑玲也完成了交易结构方案的终稿和产品说明书的初稿，我们马上把文件报给杜叔叔。杜叔叔帮我们与“阿玛尼”通了气，后者根本没看项目文件一个字，只听杜叔叔在电话里说了个大概就同意了。

不过，我们向深圳总部申请时却意外地吃了闭门羹：公司管理部通知我们说领导认为该项目收益偏低，不适合鑫城财富。

07

我们焦急地反复沟通多次之后，对方回复说，经领导认真研究后决定有条件同意：第一，仍以深圳总部为独立 GP，便于管理；第二，鉴于收益率较低，本项目不使用公司现有募集渠道，单独对接银行理财或大客户。

“这不是扯淡吗！”亦山哥骂道，“什么‘便于管理’，还不是他们想控盘！什么‘不使用公司现有募集渠道’，那不就是不同意吗！”

“别着急，咱俩去一趟深圳吧，这件事还是要当面与吴总谈谈才行。”杜叔叔平静地建议道，“退一万步讲，最后他不同意，这个项目咱们北方总部也要做下去。”

那是一场艰苦的谈判。

吴伟群的拒绝有充足的理由：以前公司的产品设计职能集中在深圳总部，吴伟群对北方总部和“阿玛尼”最大的期望是能给他带去更多募集渠道，产品设计只是其次。而我们成立两个多月已经做完了两个自己设计的项目，募集团队的整合和扩展却不太顺利。从他的角度看，我们利用鑫城财富体系的募集渠道发行了自己的产品，是抽了他的血，与他的愿望正好南辕北辙。

老板有话从不直说。吴伟群当然不会挑明，只给出一个冠冕堂皇的理由：鑫城财富从成立开始就只卖自己设计的产品，而且都是高风险、高收益的类型，融资方付出的综合成本在15%~25%，从来没有低于10%，也从来没有与持牌金融机构合作过，公司没有这方面的操作经验——特别是在点位分配问题上，根本无法满足现有客户和募集团队的胃口。

杜叔叔和亦山哥则试图“教育”他：当前流动性充沛，到处横冲直撞的资金造成了严重的资产荒，我们能得到这么优质的项目已经非常难得了。当前中国正处于降息周期，资产收益率普遍下调，在经济尚未复苏前还以高利率借钱的企业多半有很大问题。再说了，从2014年开始陆续有私募基金倒闭或跑路，已经让老百姓心生不安，我们应该向主流私募学习，寻找优质项目，丰富产品线，开始接受风险均衡、回报稳健的预期。总之，鑫城财富不能再走老路，而是要主动适应客户需求和市场环境的变化。

我猜，吴伟群对他们说的情况绝非一无所知，只是他的思维永远异于常人，难以捉摸。鑫城财富能够取得成功，一直得益于他的这种思维。公司又正在发展的鼎盛时期，他肯定也不太能听进去别人的劝告。

最终妥协的结果是：吴伟群仍然坚持不允许使用公司的募集渠道，但是同意借用深圳总部做双GP，且只收0.5%的管理费。这相当于给了项目准生证，但是到底能否生下个“大胖小子”就要看北方总部自己的募集能力了。

亦山哥从深圳一回来就叫我揣上两份产品说明书与他一同奔赴SOHO尚都。我问他："吴伟群不是不让用他的募集渠道吗？"亦山哥叹了口气说："咱们闯一闯试试吧！"

秘书依然笑容可掬，魏老大依然冷若冰霜。

我把说明书拿出来，战战兢兢地介绍了一下项目的基本情况。魏老大耷拉着眼皮，把玩着小茶壶，时不时看看手机，不知道他是否在听。等我介绍完毕，他心不在焉地问道："给我们几个点？"

"募集费用是1个点——给客户7%，北方总部和深圳总部各0.75%，给您1%。"我答道。

魏老大轻轻摇了摇头："是这样的，小杨，你在我这儿也待过，你看看我对别的项目都收了几个点？现在想卖有限合伙，咋也得4个点吧。太阳城是好一点，但是没有2个点免谈！"

这时，亦山哥接过话去："老大，我知道您会嫌收益低，不过信托现在也就收千一到千五。更重要的是，做这样的项目放心哪！我听说您现在要求募集团队主打公司半年期和一年期的项目，我想，还是因为您非常看重安全性吧！"

听到这里，魏老大停下了手上的动作，把小茶壶放在一旁。他飞速扫了亦山哥一眼，没有说话。

"老大，您也知道，最近两个月深圳爆了好几家私募，现在咱们这行，好项目是王道！平时SOHO尚都这边团队的营销费用是挺高，不过，咱们能不能两条腿走路：一方面用靠谱的项目让募集团队的预期降下来，另一方面嘛……"亦山哥故意停顿了一下，"咱们也可以一起找找金融机构的朋友。我也在保险公司干了几年，认识几个人。"

我一下子慌了神儿：李帅帅提到过保险公司业务员飞单的事，这肯定是魏老大最希望保守的秘密吧，亦山哥怎么偏偏哪壶不开提哪壶，当面暗示这个事情！

没想到魏老大竟然笑了。他依然低着头，沉吟了一会儿，低声问道："吴总咋说的？是他让你们找我的吗？"

"他同意我们做，用双GP的模式。只是时间紧，他建议我们不走传统渠道，去找些大客户。他当时没有提到您，是我想回北京第一时间来拜访您的。”亦山哥的回答很巧妙。

这时，魏老大突然收起笑容，抬起头严肃地看着我们，凌厉的眼神给我的信心至少造成了 1000 点伤害；而亦山哥泰然自若，平静地接受那束目光的审视。

魏老大盯着亦山哥不紧不慢地说：“我先打个电话跟他商量商量吧。”

我们被逼到了墙角。

玩过德州扑克的人应该能够理解，此刻我们就好像手里没牌，还在河牌（最后一张公共牌）阶段被对手加注。现在盖牌放弃至少还能避免让吴伟群发现，而亦山哥却放手一搏，选择全押（all in）：“没有问题，请随时打，杜总和我刚从他那里回来。”

魏老大一言不发，继续死死地盯着亦山哥看。我心跳得很快，汗水已经把衬衫贴在了后背上。

足足过了 10 秒钟，魏老大的目光才缓和下来。“1.25%，一口价。一个月以内 2.8 亿元确实紧张了点，你们也在外面再找找。”

就这样谈成了吗？“阿玛尼”和杜叔叔会同意这个费率吗？我还在发呆，亦山哥已经一跃而起，主动向魏老大伸出右手：“老大，合作愉快！”

魏老大缓缓起身握住亦山哥的手：“后生可畏。改天上我这喝点儿小酒。”

在回金融街的出租车上，我问亦山哥怎么敢铤而走险“假传圣旨”，万一魏老大真给吴伟群打过去呢？亦山哥笑道：“绝对不会，因为他们正在冷战。你不知道，其实最早提出设立北方总部的人是魏老大。但是吴伟群怕他做大后不好控制，宁愿找‘阿杜’（“阿玛尼”和杜叔叔）另起炉灶，既引进了新的资源，又压制了他的发展。咱们老吴是多聪明的人哪，他能觉察不出魏老大在飞单吗？而且，他最怕的就是实力强大的募集团队向上游走，自己组建投行团队做项目。一旦他们掌握了产品设计能力，那还要鑫城财富干什么？”

我感觉眼前的一层迷雾散开了。“不过，魏老大应该更嫉恨抢了自己位置的‘阿玛尼’吧？”我想起了第一次在他面前提起后者的情形。

亦山哥摆了一下手：“你呀，太傻、太天真！我不是跟你们说过的吗，明智的人都是现实主义者。魏老大就是这样一个人，北方总部的事已经尘埃落定，他无力回天，顶多是厌恶‘阿玛尼’，但是绝对不会舍弃生意。我和向小强做的两单北分都参与了，毕竟我们的项目还是比较靠谱的。”

我又追问他怎么判断出魏老大会接受这个项目，他则把头扭向窗外，笑而不答。

接下来项目进展异常顺利。见我们已经把项目各方面条件培育成熟，“阿玛尼”也来了热情，拉着杜叔叔和亦山哥四处找钱。巧合的是，深圳的一家私募基金公司快撑不下去了，项目二部的张大祖通过熟人关系趁火打劫，把里面最强的一个募集团队挖了过来。他们手里正好有一批客户理财资金到期，碰到我们这个项目非常满意，直接买了差不多4000万元，这也算是新团队给新东家的一份丰厚的见面礼。

到了7月中旬，加上“阿玛尼”从银行“化缘”拿到的资金和北分的募集资金，2.8亿元顺利募集完毕，创造了北方总部募集速度的新纪录。在公司召开的庆功晚宴上，我激动地流下了泪水：我为自己的努力而自豪，为项目一部这个团队而自豪，为公司的团结一致而自豪！几天后，我收到银行的短信，提醒资金入账127,431.08元，备注是“业务提成”。我真的不敢相信这个数字，毕竟刚刚加入公司一个月出头！同样让我开心的是，下班路过前台时，何芳笑微笑着说：恭喜杨总首战告捷。

那是多么幸福的一天哪，我感觉自己一步踏上云霄。

如果时光能够倒流，我真希望时钟能够停留在那一天，停留在最初充满希望的激动里，停留在那种单纯的幸福和憧憬里。

第三章

01

何芳笑是一个让我怦然心动的女孩。她出生于1993年3月20日，跟我的生日就差了几天，比我小3岁。她是第二代北京人，“海跑”（海淀走读大学）中文系毕业，之后在家复习了一年考研，可惜未能考取。父亲是军人，家教一直比较严格，让她养成了喜欢读书（可惜不是学校教材）的习惯。她性格文弱内向，活生生一个林妹妹。与马楠楠相比，她的五官更加清秀一些，最突出的是一双水汪汪的大眼睛，与漫画里的女孩简直像极了。那张脸上最经常出现的表情就是欲言又止、默默微笑——天知道那是多么清新可人！

可能因为我的父母都是知识分子出身的缘故，从小家教就偏保守。和老妈在北京又相依为命了10年，我的性格也应该算是偏善良温柔的吧，所以，绝大多数人对何芳笑的第一印象是单薄柔弱、腼腆羞涩。虽然有着一张清新美丽的面孔和1.65米的身高，她却不怎么化妆，总是留着假小子一样的短发，穿衣打扮也都中规中矩，从不“以色事人”。在我看来，她的美好是比较含蓄的，幸好被我发现了！

前台的工作其实挺辛苦的。员工守则规定的上班时间是早上9点到下午6点，中午一个小时午休。可是高腾是个严厉的监工，要求前台早上早到半小时为工作做准备，中午不能外出吃饭，而小何晚上下班也经常没个准点儿——其他部门加班同事有权要求行政人事部派人值班服务，她禁不住同部门同事的央求，经常代班成为值班员。本来她就很苗条，入职差不多一个月的时间似乎变得更纤细干瘦。我真是看在眼里、疼在心上！

小何和保洁阿姨来得最早，经常结伴去吃早饭。发现这个规律之后，我也尽量8点前赶到金融街陪她们一起去。保洁阿姨特别热情，每天一见我们就说个不停，整顿饭根本不给我和小何说话的空当。我看小何也乐得如此——不用多说，安心吃饭就好。可是我不一样啊！空有千言万语，却根本没有机会诉说。

有时坐在她对面，我不由自主地盯着她就看呆了；而她抬头发现后，总是淡淡一笑，继续低头吃东西。我总希望能在她看我时从那双大眼睛里捕捉到什么，但是一直一无所获。不过我总是安慰自己：她这么一个容易害羞的人，见到我面对面盯着她看都没有脸红或者闪躲，一定对我还是有好感的吧！

“早餐计划”失败，我开始尝试陪她值班。但是，效果也一般，毕竟我的工作也很繁重，亦山哥还经常给我和淑玲开小灶讲业务知识，时间不能自主选择，与她下班的时间也就很难对得上，总不可能让她等我吧！她与马楠楠是好姐妹，下班早的话经常一起吃饭、看电影，这又占去了很多个晚上。好头疼啊！

不过，总有恰逢天时、地利、人和的时候，我和小何能够一起下班，从公司走到月坛体育场的公交车站，然后我乘车向西，她乘公交向南，那是我每天最期待的十几分钟。

随着接触的增多，我和她聊的话题逐渐多了起来，从日常工作到生活爱好，从读书到影视，从学习和工作经历到未来打算。虽然年龄相差3岁，她又惜字如金，我们仍然能找到很多共同语言，相处也越来越融洽。特别是聊到美剧，那是让她最放松的话题。谈起《吸血鬼日记》《破产姐妹》《生活大爆炸》这类剧，她都能如数家珍地给我讲解剧情、人物或经典桥段。而我为了吓唬她，故意讲些《美国恐怖故事》《血族》《行尸走肉》的内容，有时她为了阻止我讲下去会对我施以粉拳，有时听入迷了又会不由自主地靠近我……

在不知不觉中，我深深地被这个女孩的单纯和美丽所吸引，无可救药地喜欢上了她。不过，在最初的两个月里她一直没有答应与我一起吃饭，直到那次与马楠楠和张大祖的四人晚餐。

张大祖是我的好“基友”，也是北方总部里最好玩的人。他 1987 年出生，与吴伟群是湖北老乡，矮矮胖胖，爱吃爱玩，一副没心没肺的样子，业务做得一团糟，经常气得向小强大发雷霆。

刚到北总报到时，不知他怎么粗心大意涂抹的，最后留在人事登记表上的名字看上去竟然像“张太祖”。有人偷偷拍下照片流传出来，于是“太祖”的外号也就传开了。平时在公司里，他是大家的开心果，总有接连不断的笑料。

别看他这么不成器，原来还真是鑫城财富的“太祖”级员工呢：以前他是个推销员，有一次慕名拜访吴伟群，经过一上午的深谈，他反而被当时刚刚创业、一无所有的吴伟群征服了，相信这个人将来一定能赚大钱，于是直接辞掉工作跟着他跑了。

可能因为这层关系，吴伟群一直把他当作自己人，干不出业绩也仍然舍不得裁掉他。后来把他派到北京，一方面希望他能掌握北方总部的动向时时向自己汇报，另一方面也是把这个包袱甩给“阿玛尼”。

“阿玛尼”把“太祖”安排到心腹向小强手下。从这个人事安排就可以看出来，想必“阿玛尼”最初接收“太祖”时一定处处防范、加倍小心。不过估计几顿饭下来，大家也就放心了：这家伙“人畜无害”。他的想法很简单：自己是老板身边的老人，又是“钦差大臣”，巴不得来到北京好好享福。

其实呢，除了让他一个人占了两个工位之外（以他的体积在一个工位也转不开身），一开始也没有什么特殊待遇。“太祖”发了一阵牢骚，“阿玛尼”在杜叔叔的建议下把他从项目经理升为高级经理，顺便加了薪，一下子就把他争取过来，甚至偶尔还能从他嘴里打听一些深圳总部的消息。恐怕吴伟群对这个结果也始料不及吧！

我和“太祖”的工位相邻，中间只隔了半人高的玻璃，平时偶尔互发美女图片，一起开个玩笑或者吃个午饭什么的，一来二去我们成了公司里关系最好的哥们儿，整天泡在一起。不过有一点比较拧巴——向小强视亦山哥如寇仇，见我和“太祖”天天混在一起，那是一百个不高兴，又不便公开发作，只好不断提醒“太祖”不要和一部的人走得太近。

我对小何的倾慕很快就被“太祖”发现了。这家伙对小何完全无感，还不断打击我，说她发育不良——在他眼里，只有像马楠楠那样身材火辣、穿着时尚的才是真正的女人。我则回击说：“你就别惦记着马楠楠了，她明明喜欢亦山哥；在她眼里，他才是真正的男人。”一到这时，“太祖”就会咧嘴笑道：“走着瞧吧，看谁最后能把她追到手！”

02

那是在做完太阳城项目后不久，有天亦山哥出差，我可以早早下班，于是趁机约小何一起去尝尝金购新开不久的太兴餐厅。争取了半天，好话说尽，她终于招架不住，提出叫上马楠楠一起去。想起马楠楠踢床的样子我就气不打一处来，但也别无他法，只好同意。这时，有人使劲拍了一下我的左肩，耳边传来一阵怪笑："嘿嘿嘿，聊得不错呀！晚上我也没事，要不一起去吃饭吧？"

我吓了一跳，转头一看，只见"太祖"趴在我和他之间的隔断玻璃上挤眉弄眼地看着我。我站起来，生气地捶了他一拳："好哇，你又偷看我发微信，还有没有节操！想都别想，走开！"

"太祖"完全不为所动："你一个人应付不了两位美女呀！我去帮你分担一个好了。这样吧，你请客我埋单还不行吗？"

"太兴是茶餐厅，四个人最多吃三四百块钱，你还真大方！你看你色眯眯的样子，去了还不知道是吃饭还是吃人呢。算了吧，我可不敢带你去，别把我的名声毁了。"说完，我扭头向食品间走去。

"太祖"赶紧追上来："不会啦！我是真心喜欢我们家小马的，你哥我绝对有分寸的，不会胡来。这么好的机会你一定得帮我！"

"什么时候变成你们家小马了？也不怕别人听见笑话！别缠着我，真就没门儿！"我一边找吃的，一边把他推开。

"太祖"收起笑容，伸出一只手指着我："晓波，你小子不够意思。那你也别怪我了，我现在就去告诉小何你想泡她，然后在公司微信群里给你曝光！"

这家伙边说边往外走，我连忙伸手把他拉住："好了好了，我惹不起你，一起去就一起去！但是咱们有言在先：你可要老实点。对了，还得埋单！"

"太祖"的嘴角又快咧到耳根了："一言为定！"

下班后，我和"太祖"先去占座。半小时后，何芳笑和马楠楠翩然而至。我见到马楠楠很不自在，没想到她偏偏先跟我说起话来："杨经理，恭喜你们部门做成大项目！不过赚了钱，怎么才请我们吃茶餐厅啊！”

“谢谢，谢谢，那都是岳总的本事，我只是跟着跑腿。”我没心思跟她斗嘴——哼，你去恭喜亦山哥好了！

我只想应付她一下，“太祖”却是热情满满：“就是，这小子太小气了，下次我请你们吃隐泉之语——日式餐厅，就在楼上 4 层。”

马楠楠兴奋地拍拍手：“好呀好呀！谢谢张总！”

我忍不住没好气地问道：“我很好奇，为什么你叫他张总，叫我杨经理呢？”

“太祖”抢答说：“谁让我总比你高那么一点点！”

“哎哟，这不是《大话西游》里的话嘛！”马楠楠前仰后合地大笑起来。看她夸张做作的样子，我实在无语。

小何则安安静静地坐在我对面，一如既往地笑而不言。

“太祖”点了满满一桌子吃的，他吃得最多，光是主食就干掉一碗云吞面和一盘干炒牛河。马楠楠胃口也不错，甚至还吃了一整个菠萝油。小何呢，从来吃得都不多，一份肠粉还剩了一半。

我很喜欢太兴饭菜的口味，煲仔饭加奶茶真是绝配！“太祖”大概是想展示一下自己“吃货”的段位，虽然吃了那么多却不念餐厅的好，说什么这里根本不如八中对面的金湖茶餐厅正宗，接着大谈他以前在深圳和香港吃过的各种馆子。马楠楠好像还真被他描绘的各色美食吸引住了，约他下次一起去品尝。这下“太祖”的眼睛都放光了，可能是感觉自己的魅力破天荒得到了欣赏吧，继续眉飞色舞地狂侃在深圳的生活经历，我想插话都插不进去。

过了一会儿，“太祖”终于说累了，我正想找一个小何感兴趣的话题，不料马楠楠又接过接力棒，讲起微整来。她对这个行业有着异乎寻常的热情，滔滔不绝地讲述自己的经历和奇闻逸事，给我们普及各种知识。说到最后，她还鼓动我和“太祖”也试试：现在男人也一样需要保养，她的很多男客户还坚持定期去美容院护理呢！这姑娘，真把我们当潜在客户了。

“太祖”的头点得就像哈巴狗，这时候马楠楠让他去裸奔应该都不成问题吧！我则摇摇头，表示接受不了。

马楠楠神秘地笑了笑，挑衅似的看着我——这是她最拿手的眼神：“杨经理，这有什么大不了的！我和芳笑都经常做，你看看我们，觉得效果怎么样？”

我一惊，转过头脱口就问小何：“这是真的吗？你也整过？”

这句话说得太不妥当了。

小何一下子收起笑容，望向马楠楠。

马楠楠似乎很受挫，深深叹了口气：“刚才都白说了呀！我也是醉了。微整不是整形，又不动刀子，我们打个瘦脸针、水光针很正常啊，越是漂亮的女孩子越喜欢用呢！”

“不会吧……身边没看到谁用呀！我觉得这都是演艺圈的事儿，咱们普通人就别搞了吧！”我对她的观点无法认同。

“呵呵，杨经理，您也太正统了，不知道您的朋友圈里是不是都是大叔大婶什么的。现在我们身边很多女孩都在用。我以前的客户，女的从 20 岁到 50 岁、男的从 30 岁到 50 岁都有。你的观念真要好好改改了！”马楠楠说着说着已经开始生气了。

“‘身体发肤，受之父母’，每个人都有自己天然朴素的美，没有必要弄这些东西吧。而且这些化学药剂对人体不会无害吧？”我还是冥顽不灵，非要说清道理。

“真是莫名其妙，人人都有爱美之心哪，让自己更完美一点儿不好吗？微整都已经诞生十几年了，只要正常操作，安全性是没问题的。就说玻尿酸吧，就是一种透明质酸，最早是从脊椎动物的结缔组织——比如鸡冠子、眼球——和人的尸体中提取的，现在都是人工发酵出来的，人体吸收得也很好，效果持续时间还很长。这么多人都在用，除了媒体报道的一些明星使用过度，没有听说有什么副作用。”马楠楠越说越激动，一手扶在小何的胳膊上，一手紧紧握着筷子，好像要随时把它当作武器捅过来，“再说了，你们家小何天生这么美，不填充不溶脂的，就是打个美白针，哪过分了？”

这一番话让大家安静了半分钟。听到填充、尸体之类的词语，不仅是我，恐怕所有人都没食欲了吧！马楠楠最后的话也算挑明了我在追小何的事，让我面红耳赤。

小何更不愿意当众提起情感问题，再加上刚才受了委屈，抿起嘴唇，盯着捧在手里的茶杯一动不动，又进入了“休眠”模式。

我被“太祖”在桌子下面狠狠踹了一脚，连忙给女孩们赔不是，不过为时已晚，这顿饭最终还是不欢而散。“太祖”提议再去唱会儿歌，只有马楠楠一口答应，两个人有说有笑地走了。我想送小何回家，她不但拒绝，而且从此对我不理不睬。

唉，谁让我这么较真呢，真愚蠢！可是我真的不能接受微整这件事呀，好心塞！还有马楠楠，好端端的，提这个话题干什么，让我与小何之间产生了一丝隔阂。

不过，很快北方总部发生的变化就转移了我们所有人的注意力。

03

“阿玛尼”的父亲对北方总部最大的贡献就是说服杜叔叔加盟。可能在老爷子看来，自己儿子虽不务正业、志大才疏，但又有几分精明和敏锐，在金融圈里还有不少资源，有杜叔叔这样一个经验丰富、成熟稳重、低调务实的“鲁肃”辅佐，应该还不错。

在很长一段时间里，我一直不明白为什么杜叔叔会答应与“阿玛尼”一起创业，毕竟他们俩从背景、能力到性情都大相径庭。不过客观地说，他们俩的确可以互补。名为 CEO，“阿玛尼”实际上是个 CDO——首席外交官。他能够大言不惭地吹嘘鑫城财富如何如何有实力，以及未来发展目标如何如何远大，不仅时时刻刻给公司员工“打鸡血”，还能够把各种资源嫁接进来，服务于公司业务。他热衷于各种社交活动，经常一整天不见踪影。而一旦回到公司，他的办公室就变成了接待室，一下子宾客盈门，应接不暇。到了下午 6 点之后，不用说，他不是在饭局上，就是在去饭局的路上。

如果说“阿玛尼”是一团火焰，杜叔叔就是一汪海水。作为 COO，杜叔叔是个名副其实的“大内总管”。他把多年的投行经验应用在公司管理上，用了两个月的时间，把搭建公司业务架构、设置部门及职级、招聘人才、日常运营管理都打理得井井有条。他的生活总是一成不变，早上跑步，早餐后一直工作到晚上六七点钟，中午一般只吃一个三明治加一杯咖啡，晚上不加班的话也会留在办公室读读书、看看资料，晚上 12 点前睡觉（看来我们这点活儿比投行轻松多了）。

按照分工，CEO 本应分管前台业务部门，COO 分管中后台部门。但是在实际工作中，“阿玛尼”要么被络绎不绝的访客淹没，要么穿梭于各种社交场合中，业务人员想汇报工作经常要对他进行“围追堵截”。所以一来二去，业务部门在他不在时都习惯先向杜叔叔汇报，杜叔叔再把重要的事项拿去找“阿玛尼”商量。我猜“阿玛尼”是故意造成这个局面的：他不太熟悉业务，也不太愿意去深入钻研，如果杜叔叔愿意受累，那就让 COO 去干好喽！

最有意思的是两个人的性格。“阿玛尼”虽然是大院子弟出身、海外留学归国，身上却没有那种应有的文气，在外好交友，对内好揽权；而杜叔叔却永远是那么淡然，所有决策都交给“阿玛尼”，自己只是坚定地做好执行工作。不过话又说回来，“阿玛尼”在重大事项上还是尊重杜叔叔的意见，从不会一意孤行。因此，火焰与海水在公司交汇相融，竟然相得益彰，形成了一个平衡稳定的局面。

但这种局面很快受到了挑战。

那是在 2015 年 8 月上旬的一天，北方总部召开全员大会。大会议室里出现了一位三十八九岁的女士，身穿白色套装，佩戴着价值不菲的白色珍珠项链和白色耳环，就连手提包都是乳白色的，给人一种职业、考究的感觉，在“阿杜”的深色西装反衬下十分显眼。她额头饱满，颧骨高耸，有着蒜头鼻子丹凤眼，嘴大唇厚下巴尖，实在谈不上漂亮，却自有一种气场，特别是眼睛和嘴巴的动作很丰富，似乎随时要展露笑容，下一秒却又不怒自威。

那天，“阿玛尼”显得有些蔫儿，无精打采地介绍说：“这位是深圳总部的财务部长陈巧娟，从现在开始兼任北方总部的CFO（首席财务官）及财务部总经理。”

我进入公司时，子公司管理部和财务部都只有一位副总代理行使总经理职权。亦山哥说，这是因为我们与深圳总部的关系还没有完全梳理清楚，吴伟群希望派深圳总部的人来兼这两个部门负责人，也就相当于把北方总部当作下属分支机构看待，用总部的子公司管理系统和财务系统“一统天下”。“阿玛尼”一直坚决反对，所以两个部门的总经理职位也就一直空缺。

因此，对陈巧娟的这个任命就变得很有意思了。她只是深圳总部的一个部门负责人，到了我们这里兼职担任CFO和财务部总经理，进入“O”的领导序列（后来我们把他们仨称为“三巨头”），至少名义上是第三把手，且独揽财务大权。这么推算的话，相当于北方总部比深圳总部低了一格。难道“阿杜”认同了自己的附属地位？

“阿玛尼”介绍完，陈巧娟对大家讲了一番话。她一开口，我们大吃一惊：“各位同事，我这次来首先要通知大家一个好消息：鑫城财富将注册成为集团公司，李忠先生将出任集团董事长，吴伟群先生任总裁。我是受李总和吴总之托，来配合黄总和杜总的工作，全面负责北方总部整顿财务纪律。”

我和“太祖”面面相觑，身边其他人也是一头雾水，屋子里顿时响起一阵低低的声音：集团是个什么鬼？李忠是谁？吴伟群不是公司老大了吗？出了什么事要整顿我们呢？

陈巧娟停下来，等到大家重新恢复安静，才一板一眼地继续说道：“北方总部成立三个多月以来，取得了不少成绩，大家有目共睹。但是同时，由于财务负责人缺位，也出现了很多不规范的地方和漏洞。到现在为止，这里的台账还没有接入集团统一的财务系统。昨天我看了一下，很多科目名称都不准确，与我们的系统差别很大，而且制度非常松散，记录非常随意。

“就拿报销来说，项目三部一共才有几个人？到现在为止做成了几个项目？但是在这100多天里，你们知道这个部门报销了多少费用吗？”

洪亮的声音回荡在会议室里，所有人大气都不敢出。

项目三部其实只有两个人。总经理姓彭，据说是一位大领导的女婿。他只是在公司挂名，几乎从不出现，但是偶尔会推荐些项目资源过来，是北方总部最神秘的人物。另外一位是业务秘书蔡依然，这个小美女与我一同入职，年纪可能比淑玲还小，也是“阿玛尼”钦点的。平时她都待在留给彭总的房间里摆弄电脑和指甲。我和她接触很少，基本没有什么了解，不过有一点很明确：她肯定不是“阿玛尼”的亲戚……

我偷偷瞄了瞄，没有发现蔡依然的身影，而“阿玛尼”脸色铁青，眼睛直直望着前面。杜叔叔低头记录，面无表情。

陈巧娟见无人应答，厉声道：“从现在开始，我们要用两个月的时间彻底整顿财务不规范行为。第一，北方总部将与深圳总部联网，使用统一财务系统。第二，开展财务审计，特别是针对业务部门的所有费用支出，一律重新审核一遍。第三，从即日起业务部门实行费用包干制，在一定限额内，日常产生费用将由公司先行报销，日后从每个项目的业务提成中扣除。超出限额将由我、黄总和杜总三人签字同意方可报销。大家有疑问吗？”

好家伙，这个女人来者不善哪！

“太祖”散会后告诉我，陈巧娟也是鑫城财富第一批员工，没什么学历，最初只是一名普通会计。当时在她前面还有几个财务经理，因为吴伟群的信任问题、待遇问题和创业初期账目不规范问题先后离职。而她特别能吃苦，对老板又言听计从，逐渐博得吴伟群的好感和信任，最终成为财务部部长。她应该是吴伟群最忠心的铁杆粉丝。

陈巧娟是一个精力旺盛的女人。她出差从来都是坐大早上或大晚上出发的飞机，通宵工作是家常便饭，半夜还会给下属打电话，而没有任何人见过她小憩或者打哈欠。

她来后，最先遭殃的自然是财务部。财务部一直比较辛苦，别的不说，光是每天下班后与各个子公司财务结算部门对账然后下发销售提成这一项工作就要花上两个小时左右。而陈巧娟上任后，先是借故逼走了以前的部门代理总经理，然后又调整分工搞内部轮岗，还将财务统一、财务审计和费用包干“三板斧”的任务同时压下去，使部门工作量急剧增加，每个人都增加了很多工作，压力非常大，有些人一天要工作十三四个小时，整个部门人心惶惶、苦不堪言。

光折腾分管部门还不算完，陈巧娟借着“审计风暴”的名义与全体员工一对一单独谈话。这样做的意图再明显不过：替吴伟群对我们的思想状况摸摸底，把所有人分类，顺便再给大家洗洗脑，把财务整顿延伸成为思想整风。记得有一次连杜叔叔都忍不住对我说，陈总干私募这一行真是可惜了。

陈巧娟与每个人谈的内容都不一样。

以我为例，一共也就谈了 10 分钟，她一直和颜悦色，问了很多无关痛痒的问题，然后讲了讲陪着吴伟群创业的艰辛和深圳总部现在欣欣向荣的局面。唯一让我意外的是到了最后，她说吴总很重视我，希望我有时间去深圳总部一起聊聊。

她对“太祖”显然没有什么兴趣，只是寥寥几句就打发他出来了。

到了蔡依然那里，她被足足训了半个小时（高腾说在走廊都听到声音了），最后红着眼圈出来，接下来两天都没上班。

我们很不理解的是，马楠楠和小何也都和陈巧娟谈了半个多小时，出来时前者神采奕奕，后者心事重重。按理说她们都是新入职的行政岗最基层员工，哪有什么可聊的呀！可惜两个人都守口如瓶，不肯透露只言片语。

在所有人当中，谈话时间最长的是亦山哥，两个人聊了接近两个小时。中间淑玲有急事进去找亦山哥签字，她说感觉当时陈巧娟正在兴头上，满面红光、比比画画地在介绍什么东西，而亦山哥跷着二郎腿，悠闲地拿着一根香烟，望着陈巧娟默默微笑。我实在不能理解这幅图景的意义，不过管他呢，至少说明他们俩沟通得不错，项目一部不是她的靶子就行了！

不过，最终我们还是中了一箭：谈话之后不久，针对业务部门的费用包干制正式出台，不仅有限额，还规定出差和宴请必须提前填表申请，只能报销差旅费和招待费，每张发票必须写明事由和证明人等。最糟糕的是，陈巧娟故意把审核速度放慢，以前一周就可以完成报销，在她手里至少要拖到一个月，气得向小强实在按捺不住与她大吵一架。

就这样，北方总部被新任 CFO 搅得天翻地覆、怨声载道。“阿玛尼”原本想趁机构调整的机会在集团谋求一席之地，结果不但没捞到一个职位，还被强迫接受一个风头盖过自己的高管，最后忍不住准备去深圳投诉。吴伟群却在这个时候打来电话：“你不用跑了，我过来。”

04

在北方总部举行开业典礼之后，吴伟群还没来过北京。他选择在这样一个敏感动荡的时候北上，我们上上下下都很紧张，“阿玛尼”更是罕见地连续两天都待在办公室与中高层（当然不包括陈巧娟）密集开会，一副如临大敌的样子。

我清晰地记得吴伟群到京的日子是2015年8月24日，星期一，因为那天正好全球股市暴跌，我手里的几万元股票全部跌停。

吴伟群下午很晚才到办公室，我只见到杜叔叔陪着一个上身黄色短袖Polo衫、下身乳白色休闲裤、脚踏白色船鞋的“墨镜男人”快步走进“阿玛尼”的办公室，只过了20分钟，就又听见杜叔叔喊高腾去饭店点菜。

这顿饭是精心准备的：高腾在我们楼下的金悦利湾订了包间，那里是整个金融街最贵的餐厅之一。除了“阿杜”外，陪同人员还有亦山哥、向小强、高腾、“太祖”、马楠楠和小何——既有业务骨干，又有行政美女，还是新老搭配。大家都注意到，陈巧娟那天一直都没在公司出现。

既然没我什么事，那就回家喽！可是还没走出多远，高腾的电话来了：吴伟群钦点我共进晚餐。

我赶到包间的时候大家都已入座，坐在主位的就是刚才的“墨镜男人”，他很热情地说：“你是晓波吧，快坐！”

这是我和吴伟群第一次见面。他和“阿玛尼”同岁，却显得更老成，面相也非常奇特：第一眼看上去浓眉大眼，鼻梁高挺，鬓角留得很长，与下巴精心修剪的短须几乎构成络腮胡子，给人一种粗犷大气的感觉。再仔细端详，就会注意到他的耳朵很长、耳垂很厚，听说这是福相。平时他戴无框眼镜或墨镜，但是他摘掉眼镜后你会发现他的眼睛很漂亮，褐色的眼珠十分少见。

总体来说，虽然他还达不到亦山哥“万人迷”的程度，但是也算得上英俊潇洒，并且有一种独特的“匪气”。相较而言，他更像一个战地指挥官或者足球队长，而不是这么大一个私募基金的老板。

我在高腾和何芳笑之间的空位坐下来，高腾对我微笑示意，小何只是向另一侧挪了挪椅子。

晚宴正式开始。“阿玛尼”代表北方总部致辞，他对于这种场面再熟悉不过，熟练地表达了热情洋溢的欢迎之意，提议为鑫城财富的兴旺发达干第一杯酒。吃了两口菜，杜叔叔又举起酒杯，对吴伟群表示感谢，并希望能在他的带领下把北方总部做大做强。

两杯白酒下肚，吴伟群接着杜叔叔的话题往下说道：“大家都看到了啊，北方总部开业以来呢取得了很好的成绩。说心里话，我都没想到！能让公司在金融街站稳脚跟，咱们也算是深圳同行业里第一家了。你们的成绩也鼓舞了我！各位，我今天在这里做出个承诺：我会拿出全部的热情和资源，来支持北方总部做大做强！”

话音未落，大家齐声叫好，共同敬了吴伟群一杯。

放下酒杯，吴伟群面向“阿玛尼”说道：“其实呢，你们说高盛、摩根这些大投行啊，它们最初创立的时候，还没有我们今天的资源和成绩。为什么它们能走到今天呢？我觉得很重要的一点，就是团结。”

这个话题使气氛一下变得凝重，所有人都安静下来。吴伟群又转向杜叔叔：“最近我一直在看一个美剧，叫《纸牌屋》，很有意思！讲一个国会议员在他老婆的帮助下，如何不择手段往上爬当上总统，然后还想竞选连任。

“边看我就边想，他们怎么那么傻呢，总统有什么好当的？你看看，为了上位，他们得费多少心机；就算当上了，也就风光几年，可是还得操多大心、掉多少头发啊？而且一点也不自由：泡个妞，要弹劾你；没干好，骂你智商低；干好了，还可能吃枪子儿！”

说到这儿，吴伟群用手当枪，朝杜叔叔比画了一下，逗得大家忍俊不禁，马楠楠更是笑出声来。

吴伟群朝马楠楠眨眨眼睛："所以我当时就说，这个活儿白给我都不干！不过，大多数人面对诱惑的时候——有句话说得好——'根本停不下来'啊！可是等你真到了那个位置才能明白，在那个位置更折磨、更痛苦、更难受。"

大家都在思考这番话的意义，杜叔叔率先打破沉默："这也许就叫高处不胜寒吧！"

"对啦，就是这个意思！"吴伟群很亲密地拍拍杜叔叔的胳膊，"咱们现在一帮兄弟——还有姐妹哈——快快乐乐一起做事，一起分享成功果实，就是我最初开办这间公司的理念。所以谁在什么位置都不重要，有钱一起赚才最重要啊！"

我观察了一圈，只见"阿玛尼"低头不语，表情严肃；杜叔叔保持微笑，不断颔首；亦山哥在专心研究红酒背标，好像事不关己；向小强、高腾和马楠楠都目不转睛地望着吴伟群；"太祖"这家伙仿佛只是来蹭饭的，一直埋头吃螃蟹，身前的蟹壳堆成小山；至于小何，我一直不敢扭头看她……

"阿玛尼"撑不住了，清了清嗓子，对吴伟群说："老板，你说得很对！说心里话，能跟你一起创业很开心。没有你和鑫城财富，也就没有我和老杜的今天。我们担任什么职务都无所谓，永远都会跟你一条心！

"我们刚起步，没经验，在业务上、中后台管理上都出了些差错，正在整改。不过，陈总确实有点过分了。她来了以后处处刁难我们，弄得公司里鸡飞狗跳，连报销个差旅费都要个把月，我相信这绝对不是你的意思。我们百分之百接受你的领导，但是陈总这种做法搞下去人心就散了，队伍没法带了！"

吴伟群放下筷子，做出吃惊的样子："怎么会搞成这样？"

"老板，确实如此！"向小强跳出来帮腔，又倒了半天苦水。

吴伟群很耐心地听完，皱着眉说道："这样可不对啊。我请巧娟过来是为了帮助大家完善工作、提升效率，她怎么能这样搞啊！她肯定没有领会我的意思，自作主张做一些事情。黄总、向总，你们放心，我会跟她谈，让她好好配合你们。毕竟都是一家人，有事情都好说。来来来，咱们喝酒！"

大家一起举杯，“阿玛尼”满面笑容，痛痛快快一饮而尽，似乎觉得自己刚才的发言很成功。杜叔叔则只抿了一口就放下酒杯，很诚恳地对吴伟群说：“吴总，感谢你的支持和理解。我们前期确实不容易，北京这个市场很大，但是竞争也很激烈，我们现在算是有了立足之地，接下来一定会向周边省份发展，迅速拓展渠道，加强募集力量，壮大咱们鑫城财富的血脉。”

我感觉吴伟群的眼睛里闪烁着光芒，第一次流露出情不自禁的兴奋，可能杜叔叔的话正中他的下怀吧！“杜总说得太好了，只有不断壮大血脉，咱们鑫城财富的根基才会越来越牢固。北京的金融机构这么多、人才这么多，是私募基金公司的一片沃土啊，全国各地都没有这种得天独厚的资源。黄总、杜总都是资深金融专家，我相信在你们的带领下，北方总部一定会有更好的发展！”

说罢，吴伟群再次提议大家为北方总部的未来一起干杯，于是一桌人热热闹闹地又喝下一杯。我心想：各位领导在这个饭局上应该都已经达到目标了吧！

就在这时，吴伟群话锋一转，提出一个新问题：“黄总、杜总，我听说你们最近招募了深圳的一个团队。咱们公司有个属地化管理的原则，为了缩短管理半径，这个团队交给深圳总部直管怎么样？”

“太祖”突然怔住了，手里还握着蟹腿，嘴巴两边的油渍好像花蝴蝶，眼睛不自然地瞄来瞄去。我一看就明白了：好哇“太祖”，你小子竟然两面三刀，偷偷打起了小报告，想当双面间谍呀！

“阿玛尼”瞅了瞅“太祖”，没有吱声。向小强觉得自己的兵给“阿玛尼”捅了娄子，又气又急，就抢先对吴伟群抱怨起来：“老板，说到属地化管理，我们黄总和杜总还真是很头疼。就拿北分来说，魏老大根本不听招呼！我们的项目他爱搭不理，召集子公司开会从来不参加，这还算不算北方总部的分支机构哇！要严格执行属地化管理，您说北分怎么弄呢？”

谁也没有想到向小强会以这种口气对吴伟群说话，气氛有些尴尬。吴伟群倒是一直笑呵呵地听着，丝毫没有生气的意思，等到向小强说完，马上回应道：“向总说得很对啊，咱们先解决北分的问题吧。这样好不好，我这两天都不走，抽时间去找魏总谈谈。你们放心，北分无论如何都是北方总部的一部分，我向你们保证。”

向小强立刻站起来给吴伟群敬酒：“感谢老板，一言为定！”

“一言为定！”

两个人一口干下去，高腾、“太祖”和马楠楠高声叫好。“阿玛尼”的脸上也由阴转晴，叫大家按座位顺序轮番给吴伟群敬酒。

轮到马楠楠的时候，她拉着小何一起走到吴伟群跟前，用她特有的语调下战书：“老板，您是我的偶像，让我和芳笑跟你整个大的呗！”于是，在大家的起哄声中，三个人连干三杯。三杯过后，马楠楠仍然面不改色，但芳笑已经面如桃花、轻咳不止——她根本不会喝酒的。我心里暗暗责怪马楠楠，瞪了她一眼。

虽然吴伟群已经微醺，接连说喝多了，但是轮到我敬酒的时候，他还是敏捷有力地跟我握了握手，故作严肃地问道：“晓波，看你今天有点心不在焉，是不是买的股票跌了？”

大家哈哈大笑起来，我顺水推舟地说是。

吴伟群接着说：“所以我一直劝大家，老百姓不适合炒股，还不如都把钱拿出来买我们的产品。晓波，我听说你来了没多久就帮忙做成一个大项目，你是公司的未来之星啊！”他转身面向大家，“借这个机会我宣布：北方总部接下来做的第一单——仅限第一单哟——做成的项目部会有一个特殊奖励：业务提成翻倍！这样好不好？”

“好——”

全场欢声雷动。晚宴在最高潮的气氛中结束。

05

第二天一早，吴伟群来到办公室与“阿杜”谈了一个上午，午饭后又与各部门负责人单独聊天。他跟每个人说的都差不多，其实就是想稳定军心，同时与这些中层骨干建立起直接的私人关系。

亦山哥的谈话时间又是最长的。他一回办公室就把我叫过去，告诉我吴伟群又叫我晚上一起吃饭。

其实我心里很清楚，我在太阳城项目上完全是在学习，主要的工作都是亦山哥、陈律师乃至淑玲完成的，自己绝非什么“未来之星”，所以吴伟群三番五次的邀请让我很不自在。

亦山哥看出了我的犹豫：“叫你去你就去呗，多跟他直接接触有好处。”

“行，听您的。对了，你们已经接触过好几次了，您觉得他是怎么样一个人呢？”我问道。

亦山哥舒展了一下胳膊，斜躺在长条沙发上：“昨晚一顿饭就够你看明白了，还用问我？”

我说感觉吴总很精明，善于把握大局和调动气氛。亦山哥笑道：“岂止是精明，他是我见过的情商最高的人！

“你回想一下，昨天一顿饭下来，他说得天花乱坠的，实际付出了什么？是答应跟陈巧娟谈谈吗——你以为他对陈做的事真不知情？别忘了那本来就是他的人；是答应跟魏老大谈谈吗——不管有没有我们，他都不会放弃这么重要的募集力量，早晚都会去解开这个结；还有什么来着……对了，给业务部门额外提成——咱们马上就完成私募基金 GP 登记了，到时候就不需要借深圳总部做 GP 了，那这个奖励是谁发放？北方总部呗！按股权比例摊到他头上就没多少啦！所以说白了，他承诺了一堆东西，实际上没付出什么。

“而反过来看呢，你想到没有，如果他让魏老大向“阿玛尼”低头的话——哪怕只是象征性的——就算完成了对咱们的承诺，到那时再要求收编咱们的深圳募集团队，你有理由拒绝吗？

“明白了吧，咱们老板是个太极大师呀！他对你的要求从不直接说 no，而是都先答应下来再慢慢化解。而他想在你身上达成的目标也绝不硬推，转几道弯最后还是会回到他的路子上去！我在金融街这么多年，从来没有见过一个这样的人。你身上书卷气太重了，跟他好好学学人情世故吧！”

当天下班，我陪吴伟群来到了一街之隔的丽思卡尔顿酒店。在我眼中这是金融街上当之无愧的最佳酒店：它的房间宽敞明亮，各种设施齐全，尤其服务特别值得称道，每个服务人员都和气友善、笑容真诚，让你感觉宾至如归。酒店与金购连为一体，购物、餐饮、看电影、停车都非常方便。因此，虽然酒店自身占地面积不大，却通过金购延展了自己的“势力范围”。

吴伟群就住在这里。晚上的饭局安排在酒店的意大利餐厅“意味轩”。做东的是河北来的两个老板——张总和严总。递上名片后，他们说自己是做私募的；再往下问，张总说做 PE。不过他们与吴伟群谈的业务却是一笔过桥资金：张总以前帮石家庄的一个老板从银行拿到一笔 6000 万元的贷款，到上个月中旬满一年。续贷手续一般只需要几天，严总就借给老板一笔钱做过桥，结果到现在银行贷款还没续下来，那个老板也快承受不了过桥资金的利息了，他们只好出来找钱接盘。

在我看来这也太不靠谱了，银行都撤了，哪个冤大头还会往里冲呢？

听他们讲清来意，吴伟群并没有直接表态，而是询问起客户自身情况、抵押物状况、与银行如何沟通等一系列细节。等张总详细介绍完毕，吴伟群看似漫不经心地问了严总一句：“老严啊，你的那笔过桥怎么收费的？”

严总迟疑了一下，报出一个数：1 分 4。

他的意思是，折合成月息是 1.4%。

吴伟群冷笑了一声：“恐怕不止吧。”

严总瞅了一眼张总，舔了一下嘴唇：“还有服务费、管理费，都算下来 2 分 5 吧。”

吴伟群叹了口气，放下手中的刀叉，点燃一根香烟。“过会儿我还有事，要不今天先谈到这里？”

这时张总绷不住了：“老严，今天都没外人，你就照实说吧！”

老严挠挠头，嘿嘿地笑了：“从第一天起，每十天我侄子还去他那里取点现金，要把这些都加上，4 分吧！”

我去，这不是高利贷吗！哪有这么玩私募的呢！

吴伟群意味深长地看了看他，一手夹烟，一手玩手机，没有说话。

张总搞不懂他葫芦里卖的什么药，有些着急，问他到底有没有钱，能不能做。

吴伟群就当没听见，目光都一直在手机上。就在张总又想发作的时候，他把手机递了过去。我不好意思凑过去看，只能观察张总的表情变化：惊讶——思考——谄笑。

这一切吴伟群也都看在眼里，突然变了脸色，拿回手机“啪”的一声拍在桌子上：“老张啊，你说我到底能不能做？”

张总连连称是，带着严总起身敬酒致歉。他责怪自己有眼无珠，没想到吴总公司账上有那么多现金；只要吴总肯出手，什么条件都好谈，他们也愿意跟他合资在石家庄搞个鑫城财富的子公司。

见状，吴伟群又恢复了漫不经心的表情和口气：“刚才张总说了啊，抵押物还可以，8000 平方米的会所，每年还有上百万元的盈利。我们鑫城财富以后要整体上市，我在全国都在收房产做资产包，所以大不了就收了它，以后装进上市公司嘛。

“再说了，这个盘子不大，也就是我们公司几天的募集量。老严这边要是有好项目，顺便借这个项目超募一些资金给你怎么样啊？我只要稳定，不要 4 分，你给我 2 分就可以了。”

我听得一头雾水，不明白什么叫超募，也不知道吴伟群是否真的准备接盘。他说话总是这个套路，描绘出一条美好的路径，给人以很大的希望，但是后续能否实现、何时能够实现就不得而知了。

两个老板听得喜笑颜开，轮番给吴伟群递烟敬酒。又过了一会儿，大家酒足饭饱，严总埋了单，提议大家再去找个地方唱歌。吴伟群欣然同意，问我这附近有什么好地方。我随口说最近的是月坛南街的麦乐迪，往东两三站地远的西单大悦城附近应该更多。张总和严总听罢嘿嘿地笑起来，吴伟群也乐了，搂着我的肩膀说：“老弟，今天带你长长见识。”

走到酒店门口，一辆长长的轿车停到我们面前。张总与司机低声交代几句，又对吴伟群和我说：“你们坐我的车先走，司机知道地方，我跟老严打个车随后就到！”

轿车向东飞速行驶在长安街上。华灯初上，夜色下的北京繁华而高贵，特别是在这条路上，天安门、党政机关、金融机构、大型央企、高档饭店一字排开，好像在向人宣示：这里就是国家的心脏。

吴伟群望着窗外不断变幻的景物若有所思：“晓波啊，我这个人喜欢历史，走过很多国家，发现一个事：你看啊，人类社会诞生最初的几千年里，最伟大的建筑是神殿或者教堂；后来世俗王权崛起，最伟大的建筑慢慢变成宫殿；工业革命以来建立了现代社会，最伟大的建筑呢，变成了办公大楼。

“以前人们去神殿或宫殿拜上帝或皇帝，求的就是一句话，无论是神谕还是圣谕，都能影响人的生活。现代人去办公大楼里拜什么呢？去拜银行、保险、证券公司这些金融机构，只求一张纸，这张纸也能改变人的命运啊！所以，金融机构就是现代人的神殿和宫殿！”

“一张纸……”我小声念叨着，猛然间想起魏老大的话：这都是钱哪。

吴伟群两眼盯着窗外，没有意识到我是在自言自语：“对，就是一张纸。你说金融机构都在干些什么事？没什么高深复杂的呀，就是用纸换钱！你去银行，把钱给它，拿回一张存单，它是不是用纸换钱啊？你去保险公司，把钱给它，拿回一张保单，它是不是用纸换钱啊？你去证券公司、信托公司，买了股票、债券、信托计划，是不是它们拿个确认书就换走了你的钱？”

说到这儿，他转过头来，一脸严肃地对我说：“晓波，你刚到金融街上班，我教你一句话，你悟透了，就能领先同龄人5年甚至10年。记住——

“钱是纸，纸是钱。”

06

在车里，吴伟群和我都陷入了沉思。不知过了多久，轿车停了下来，我们走进了路旁一个酒店的大门，保安招呼我们说会所在 3 层。

在 3 层下电梯，我们向右侧步行，一个全新的世界逐渐出现在面前：明亮的大厅，闪耀的霓虹灯，动感的迪斯科音乐，以及左右两排清一色身着制服的年轻女孩。对了，墙壁上还内嵌一个大鱼缸，几条小鲨鱼游弋其中。这就是传说中的夜总会吗？

女孩们整齐地深鞠一躬，同时喊出“欢迎光临”。接着，离我们最近的女孩跑了过来，询问我们到哪个包房。吴伟群翻了一下手机，报出了一个房间号码。女孩带着我们向前走下十几阶楼梯，在走廊里左转右拐，带我们来到包房。这个房间有 20 多平方米，除了装修更为豪华之外，与普通 KTV 没有什么两样。

吴伟群和我一左一右坐在中间的长条沙发上，他称带我们进来的女孩为“公主”，叫她先带人进来看看。“公主”给我们分别倒了一杯水就出去安排了。我趁机问他：“吴总，今天这两个人到底是干什么的，放高利贷的吗？”

吴伟群到哪儿都离不开烟，点上一根，紧抽两口，才长出一口气。“差不多吧。张总是做担保公司的，严总是做小额贷款（以下简称‘小贷’）公司的。”

“哦，我看也不像做私募的。”

“哎呀，老弟，你听他们扯呢！现在冒出来一个人就说做 PE 啊，做私募啊，无非听起来比较时髦罢了，那都是忽悠！不过做担保和小贷这帮人还是挺厉害的，一般人玩不了。”

“因为他们风控很厉害吗？我听说好多人都是从银行出来的。”

“风控厉害还会出今天说的事吗？关键点不在这儿啊！你说从银行出来倒是沾点边儿：这两个行业要想做得好啊，首先就得跟银行绑定。本来现在经济形势不好，谁敢跟中小企业玩儿啊？最稳妥的方式就是拿基本符合银行放贷标准但是稍微有所欠缺的项目。特别是担保公司，我们老家就有好多，老板和支行行长或者信贷员啊都是亲戚或者股东关系，他们推荐过来的企业你给担保一下，形式上符合了银行的要求，实际上让你白赚几个点的担保费嘛！还有更厉害的，胆子大的银行信贷员把完全符合信贷标准的企业也卡住，把它们推给和自己利益相关的担保公司。”

“这跟黑社会抢钱一样嘛！”

“哎，你真说对了，这两个行业里很多公司就是涉黑，要不坏账了怎么办？像老严这种人，4 分息都敢要，肯定是黑白两道都吃透了，碰到客户不还钱一定会有手段的。找我们来还算文明的，要是还解决不了，哼哼……”

“这帮人也太凶恶了吧！”

“没有办法啊，这也是个生态圈，这个行业就是被他们这种人给玩坏了。当然了，这样做的还是少数，也有很多正规的担保和小贷公司，只是不太赚钱。我可仔细研究过，担保公司其实可以干很多事情，相当于一个有多个牌照的金融平台，只不过大多数人没注意到罢了。”

说罢，吴伟群起身走进洗手间。他刚进去，包房门开了，八九个穿短礼服的女孩走进来，在电视机前面站成一排。

我看呆了。

这些女孩跟我的年纪差不多，都很漂亮，一个个明眸善睐，盯得我都不好意思了——这辈子还从来没和这么多美女共处一室呢，心里像有几只兔子在蹿来蹿去。

最后进来的女人穿着黑色西装套装，从年龄和气质看应该是个经理，对女孩们说：“向先生问好！”

“先生晚上好！”姑娘们一起微微向前弓了弓腰，声音让我的头皮发酥。

经理走到我旁边，笑容可掬地问道：“帅哥，您喜欢哪一个？”

我正张口结舌不知如何回答，门又开了，张总和严总到了。张总径直走到房间最左侧的小沙发上坐下，而严总却学着这些女孩的样子站在她们这一排边上，一本正经的样子引得女孩们咯咯地笑起来。

吴伟群从洗手间出来看到严总站在那里，也哈哈一乐。他走到我旁边坐下，指着严总说：“我就选他了啊。老张你呢？”

张总故作严肃地说：“这个不行呀，腿太短了。”

满屋子的人都笑起来。严总挠挠头，对着张总笑骂几句，坐到了右侧的小沙发上。

一到这个场所，这些中年男人都暂时脱下了一天甚至几十年的伪装，变成老男孩。

礼让了一阵，吴伟群先选了一个女孩坐到他旁边。张总让我选，我左看看右看看，感觉都是一个模子刻出来的，实在不知道选谁合适。吴伟群指着一个跟我个头差不多的女孩：“就她吧！我看你就适合这种清纯一点儿的。”

他替我挑的这个女孩看样子也就 20 岁出头，化了很淡的妆，我看她笑起来的样子有点像小何，胸口突然疼了一下。

张总、严总很快挑选完毕，落选的女孩们转身离开。吴伟群点了芝华士，经理帮着“公主”把酒倒进一排排类似白酒杯的一口杯中，然后在每个人面前放了一个矮粗的威士忌杯，里面放上冰块，再把一个一口杯的酒倒进威士忌杯里。

在张总的号召下，大家互相碰杯，一饮而尽。

我的天，这是什么玩意儿！一股热辣味儿从口腔直达胃部，给舌头留下的只有苦涩。吴伟群看出我是第一次喝洋酒，叫了几听可乐让我兑着喝，他和张总纯饮，严总则兑冰绿茶。

经理喝完就出去了，“公主”点了几首歌曲做背景音乐，我们四对男女分别聊了起来。陪我的姑娘很美，水灵灵的皮肤，乌黑的长发像瀑布一般。她说自己叫晶晶，是四川人，不停地劝我喝酒、玩骰子。

我有点儿手足无措，就偷偷瞄了一圈。吴伟群搂着陪侍女孩，两个人的头凑在一起小声谈论着什么；在房间的另一边，张总选的女孩正在给他喂水果；严总在我右边的小沙发上已经把陪他的女孩抱在怀里。

晶晶见我酒量不大又不会玩骰子，冷冷地坐在那里摆弄起指甲来，肯定是嫌弃我这个菜鸟非常无趣。就这样过了一会儿，“公主”看到我的窘境，赶紧过来敬酒并建议我们点首歌。唱歌更不是我的强项，不过吴伟群给我解了围，让“公主”给他点了首《今生今世》。

当歌曲的旋律响起，吴伟群站起来，一手拿起麦克风，一手牵起陪侍女孩，对她说道：“这首歌献给我的好妹妹，凌凌。”

在一片叫好声中，吴伟群深情演绎了这首经典老歌。没想到他唱得还不错，我们一次次由衷地鼓掌欢呼。严总又开始恶作剧，在间奏时大喊：“‘公主’把原唱关了！让我哥自己唱！”大家笑成一团……

当吴伟群唱完最后一句，全场爆发出热烈的掌声和欢呼声，那个叫凌凌的女孩拍着手轻轻跳了几下，勾着吴伟群脖子在他脸颊吻了一下。张总和严总大声起哄，女孩们也高喊“唱歌的喝酒”，“公主”则在张总的命令下给吴总和凌凌分别倒了双份酒，大家陪他们一起干杯。

接下来，我们相互敬酒，我在几分钟内喝下 6 杯，感觉房间里的温度一下升高了，气氛也更加热烈了。我终于亲身体会到了以前同事教我的一句话：酒能让男女之间的关系走近；酒和女人能让男人之间的关系走近。

吴伟群跟我再次单独干了一杯，拍着我的后背说：“老弟，到了这里你应该学会放松啊！咱们搞金融的，白天工作是最辛苦的，压力也是最大的，脑力体力都会透支，所以需要休息。晚上来喝喝酒玩一玩，放松一下身心，是有利于工作的。我告诉你啊，我这辈子到现在最大的一单生意就是在夜场里谈成的。”

此刻我已经头晕眼花，想回应一下，可是舌头不听使唤，大脑里倒是出现了一个念头：白天已经很累，晚上还要到这里玩到半夜，身体岂不是更透支了？

不过来不及多想，张总又凑过来单独跟我干一杯。放下杯子，他把我拉到一边，神神秘秘地说：“小老弟，跟着这么好的老板，你肯定前途无量！另外，回去给你家老太太带个好，有机会咱们一起做点儿事呀！”

张总的话让我一下子明白了很多事情。

我对接下来发生的事基本没有印象了，肯定是不知什么时候睡了过去，迷迷糊糊中听见吴伟群的声音：“晶晶，快把你家哥哥送回去……”

07

第二天早上 9 点多，我在三里河家中自己的床上醒来。

真是不可思议，我竟然能够摸回家来，打开房门，扑倒在自己的床上。原来这就叫“断片儿”！

正在收拾洗漱，老妈从单位打来电话，少有地臭骂了我一顿。到金融街上班后，我退掉了苹果社区的房子，回来跟老妈一起住。“啃老”的好处是洗衣做饭可以得到她的一些照顾，自己能偷不少懒；坏处是处处受监管，天天被唠叨。没办法，寄人篱下，忍气吞声吧！

匆匆赶到单位，第一眼看到的就是小何。她刚用余光扫到我，就马上低下头。这段时间我一直很忙，只有一次和她下班时间对得上，可她还是拉上马楠楠一起走了。我已经郑重其事地道过歉，还该做些什么呢？真伤脑筋。

我正在犹豫是否主动上前说几句话，马楠楠从“平民区”走了出来，一眼看到我进退维谷的神情，便两手叉腰，阴阳怪气地说：“杨经理，来吃午饭了？”

小何还是假装什么都没听见。我又气又恼，不等马楠楠多说，飞快走回自己的工位。奇怪了，怎么业务部门的人都不在？我去亦山哥办公室也没见到人，赶紧给“太祖”打电话，“太祖”挂断电话，回了一条微信：大会议室，快！

等我进去的时候，大会议室里已经坐了十来个人，“阿玛尼”正在主持，吴伟群、杜叔叔还有几个陌生人坐在他旁边，三个项目部的人（除彭总以外）以及财务部的一个经理坐在下面。

我红着脸挨着“太祖”坐下，他压低声音告诉我：这几个陌生人是鑫城财富浙江分公司的高管，今天在京出差顺便向老板汇报工作，吴伟群临时邀请他们到北方总部来交流一下业务。子公司管理部和合规部分别参加集体培训去了，就只叫了这几个人过来听听。刚才找不到你，他还说昨晚你谈业务很辛苦，就不给你打电话了。

我吐了吐舌头，回想起昨晚的种种，心里顿时五味杂陈……

洋酒后劲太大了，宿醉后浑身难受，我在椅子上有点坐不住。好在听口气这帮浙江人已经说到了尾声，最后他们提到在浙江私募理财市场上看到一种新产品，俗称“918”，意思是期限为 90 天和 180 天，给客户的回报按照期限和金额的不同而变化，大概在年化 9%~11%。这种产品期限短、回报高，对个人客户很有吸引力，建议业务部门研究一下。

吴伟群听了连连点头，叫大家发表一下意见。

我看到第一排的向小强和“剩女”嘀咕了几句，后者随即发言：“各位领导和同事，我们部门认为这个产品值得去做。咱们鑫城财富的募集力量一向很强，这是大家一直引以为傲的。但是说心里话，公司的产品设计一直不够理想，缺少拳头产品和创新，这一点我们业务部门有责任。因此，我们项目二部愿意承揽‘918’的设计工作，并有信心在一周内完成。”

“剩女”说话从来都是这样干脆利落、铿锵有力——对了，她叫程霞，是个武汉姑娘，大概 1985 年出生的，争强好胜的性格与向小强如出一辙，雷厉风行的作风更是有过之而无不及。她在诺佳财富工作了 4 年，一步步做到产品部下属投行部的高级产品经理，专业能力和敬业精神都无可挑剔，正好弥补了“太祖”的缺点。向小强给了她部门副总经理的位置，她也的确变成了他的左膀右臂。

程霞发完言，房间里一下安静下来，大家都陷入了沉思。

“项目一部呢？”“阿玛尼”点将了。

亦山哥坐在最后一排，慢吞吞地回答：“还没想好，先听听别人意见吧。”

向小强和程霞相视一笑，让我有种不祥的预感。

可能是出于职业习惯（也可能是被陈巧娟吓怕了吧），财务部代表发言谨慎，他们认为这种产品应该会对募集工作产生较大推动作用，不过产生的现金流入很难预测，一旦大起大落，动态管理的财务压力比较大，而且一旦形成资金池，将触碰监管红线。

向小强不高兴了，大谈一通创新和突破的意义，并强调公司有充足的资源能够保障项目源源不断，不会形成明显的资金池。总之，如果设计出我们自己的“918”产品，公司实力就会再上一个台阶。吴伟群一直对他微笑着，似乎对这个判断表示同意。

“阿玛尼”又提醒亦山哥发表意见。亦山哥的回答是和稀泥：“我觉得大家的意见都有道理。不妨这样，就让程霞他们先去设计，做出产品后先限额发行，试一试市场反应，只要我们自己能控制总量，就会进退自如。”

听到亦山哥提到自己名字，程霞不自在地在椅子上挪了挪身子。自从加入二部，程霞就与向小强“同仇敌忾”，视一部为最大的竞争对手，更把亦山哥当作一个不可救药的浪荡公子，避之唯恐不及。

接下来轮到杜叔叔发言了。平时在公司很难听到杜叔叔主动发表意见，但是这一次他明确表态：“我个人还是更倾向于财务部的意见。我相信‘918’的募集资金能力是毋庸置疑的，它正好迎合了现在市场上的客户心理。但是，这个产品需要非常强大的流动性管理能力，很可能短期内涌入大笔资金，而往往仓促之间根本来不及寻找项目，而且市场上也根本没有这么短期限的项目可供匹配，这就必然产生短贷长投的问题或者资金空转的问题，无论哪一种情况的潜在风险都很大。因此，我的建议是慎重考虑，暂时搁置。”

杜叔叔是公司里最德高望重的老金融家，他的话又都入情入理，向小强他们就是有反对意见也不知该如何再开口。“阿玛尼”见吴伟群面色凝重并无表态意向，也就只好说这件事先放一放，慢慢再议。

散会出来，我和淑玲尾随亦山哥进了他的办公室。关上了门，亦山哥笑着问我：“昨天陪老吴喝了几场？”

我感觉耳根发烧，心想什么都瞒不过他，但还是只把在酒店吃饭的事详细说了说，随后轻描淡写地加了一句：“张总和严总后来又拉着我们去喝了一点酒。”为了转移话题，紧接着我又问他觉得吴伟群会不会真去接盘。

“说心里话，概率还是不小。”亦山哥仔细琢磨了一下我提供的信息，“老吴这个人做事就像下围棋，从来都不是只看眼前这一步。如果他将来真要上市，搞一些有现金流的房产是个选择。这样做表面上看风险很大，但是那两个老板在当地一定还是很吃得开的，如果通过这件事能够与他们结交，再开一间子公司，长期收益肯定超过这 6000 万元。再退一步讲，就事论事，你刚才提到超募也是一个办法，只不过这样玩得有点大。”

好家伙，这件事背后还会有这么多玄机！对了，什么叫超募呢？

亦山哥皱皱眉，露出不太情愿的样子：“这不是什么好东西，跟你们讲讲，就当反面例子听吧！超募就是‘超额募集’，比如只需要6000万元，却募了1个亿，多出的4000万元就可以自由支配了，只要投资回报率高于募集成本就行了。如果投资得当的话，收益相当高，所以有人会干脆拿这个钱去放高利贷。但这么玩风险很高，又涉嫌违规，还是要慎重行事。”

这番解释让我和淑玲心里打起鼓来：我们的老板真的会考虑干这种事吗？

亦山哥安慰我们道：“别担心，他那么聪明一个人，不会轻易这么做的。你们也知道他很会忽悠人，这话可能就是说给人家听而已。再说，你们看老杜的风险意识多强，就算深圳那帮小子胡搞，北方总部也不可能参与的。”

“是呀，难得今天杜总态度这么坚决，估计‘918’这个事肯定要被否了。”淑玲说。

“不好说。我看老吴很感兴趣，没准最终胳膊拧不过大腿，还是要搞。”亦山哥说，“这也不一定是坏事，我看深圳总部现在做的一些项目与融资方谈的条款很宽松，采用资金随到随起息的模式，每一笔的合同也都是一年期。这就是在利用个别融资方实力强、盘子大、信用好的特点，把流动性管理的风险转嫁给它们。就像我刚才说的，咱们控制好规模的话也可以试试。”

淑玲马上说：“这样好像也是违规的，根据……”

亦山哥马上让她打住：“行了行了，这已经算不上什么大事了。再说监管政策还一会儿一变呢，咱们这些影子私募天天都是‘盲人骑瞎马，夜半临深池’，不出事就不错了。大的红线不碰，能承担多大风险心里有数，做到这两条就行了。”

淑玲低下头不说话了。我赶紧打圆场：“咱们部门还算谨慎的，看二部一副非做不可的架势，是不是有点儿太盲目了，不知道他们哪里来的信心。”

亦山哥笑了，说：“那不是信心的事。向小强‘天天向上’，最懂得领导心思。他肯定是看老吴在点头才让程霞打头炮支持的。而且这个产品真搞出来的话，未来募集量肯定非常大，他们部门提成也会很丰厚。别忘了老吴许的诺，他们肯定还想趁这个机会拿额外提成呢！”

但最终拿走额外提成的却是项目三部。

吴伟群离开北京前与彭总和魏老大分别见了面，效果显著。

彭总随即拉来一家名为海林投资的大型私募基金，他们看中鑫城财富的募集能力，邀请北方总部共同发起一只并购基金，以明股实债的形式帮助一家互联网企业并购一个标的。海林投资已经做好了整套方案，蔡依然同学只是写了一份产品说明书（程霞接到“阿玛尼”的命令帮了她不少忙），打了一通电话，没费多少工夫就完成了这一单，而且管理费收入超过了公司之前几单的总和！

老战也主动给杜叔叔打电话，表示以后要加强联系，并开始与我们的子公司管理部开展正常沟通。这件事被亦山哥戏称为“北分易帜”。虽然北分只是形式上的“归顺”，“阿玛尼”仍然认为意义重大，将这件事当作北方总部发展历史上的一个里程碑来看待。

另外，在吴伟群返回深圳后的很长一段时间里，陈巧娟都没在北京出现，她制定的财务制度在执行上也宽松了很多。向小强趾高气扬地公开在公司里讲：“一个外来户，想改规矩哪儿那么容易！”

因此，到了 9 月下旬海林并购基金项目顺利完成的时候，北方总部上上下下都洋溢着一种节日气息，公司的前景似乎一片光明。

第四章

01

就在这个时候，只有我一个人高兴不起来。淑玲告诉我，听马楠楠说小何有男朋友了。“太祖”也说有一次看见小何下班出来钻进了一辆小跑车。

长这么大我只爱上过两个女孩，在大学里与Tippi相识、相知、相恋，可是她弃我而去了；在北方总部对小何一见钟情，可是她根本没给我机会就把这段感情掐死在摇篮里。这个文弱的姑娘怎么会这样残忍！

亦山哥看出我的低落，有天下班拉我到酒吧坐坐。经过三个月的朝夕相处，我们俩在工作上的配合日益默契，在生活上也变成了无话不说的兄弟。接触越多我越发现，亦山哥是我遇到的最有趣的人。

他酷爱读书。大多数人的零碎时间都用来看手机、玩游戏，而他最鄙视这种行为，不止一次对同事们说，手机让人失去灵魂和自我，而“读书随处净土，闭门即是深山”。在等客户、会议前或在飞机上，只要一有空闲他就会戴上耳机，边听音乐边读书。我发现他看的东西五花八门，从经济、金融到历史、文化，从老庄哲学到科幻小说，跨度很大。因此，跟他在一起聊天永远不愁找不到话题。

旅行也是他的一大爱好。可能对于商旅人士来说，不爱上旅行恐怕日子就会变得很难过。亦山哥总能抱着一种好奇心去新的地方见识新的事物，日常工作中三天两头的出差丝毫不会让他感到厌倦。而逢年过节——哪怕是三天的小长假——他都会背起行囊向天南海北进军。

当然了，他也不会浪费自己的身高，篮球和羽毛球都是他的强项，高尔夫也能应付一下。他常吹嘘自己几年来在北京八中的羽毛球场地上从没吃过败仗。反正公司里谁都没看到过，姑且信之吧！

我有点五音不全，所以最羡慕他有一副好嗓子。不过，他每次一起K歌基本只能听到他唱刘德华和周华健的歌。如果真的喝了很多，他就开始反串唱陈淑桦、邓丽君的歌了。不知何故，他只唱苦情歌曲，而且唱的时候总是那么专注和一往情深，我猜肯定因为他是个“有故事的人”吧！

毫无疑问，他身边不缺少女性。不知有多少女孩把他当作梦中情人，又不知有多少女人尝试把他留在臂弯中。但是他却从不停留，一路向前。他总调侃我在男女交往当中的笨拙。是呀，他永远那么潇洒，没有一个人能让他满意；而我，总是害怕孤独，只希望能够得到那一个人的心……

那天被他叫出来喝酒，本来心情就不好，酒量又差，我刚给自己灌下几杯红酒，眼圈就红了。

亦山哥逗我说："兄弟呀，这算多大点儿事！天涯何处无芳草，何必非要找芳笑！"

唉，哥你太有才了，这是在安慰我吗？求此刻我的心理阴影面积……

亦山哥看我真的要掉下眼泪也就不再调侃："晓波，男子汉大丈夫，坚强点儿！小何比你条件差不少，配不上你，你爸妈也不愿意让你找个前台吧！"

我叹了口气："哥，她那么美丽善良，我还觉得配不上她呢。说心里话，我觉得她干什么工作都没关系，找老婆关键还是看人本身吧！能遇到这么一个好女孩很不容易。"

"我看未必，能来鑫城财富上班的女孩都不简单。"他笑着摇摇头，"才认识几天，你足够了解她吗？就是一时冲动罢了！人家都没跟你表露过感情，又有什么可难受的！"

"可我真是把她当作结婚对象啊！就这样失去她太难过了！"我真想知道，亦山哥这样的"万人迷"有没有过结婚的念头呢。

亦山哥欲言又止，拿出一根签字笔，在餐巾纸上写下几个字推到我面前："尚未得到，何谈失去？"

"这是我的人生哲学。"亦山哥第一次语重心长地对我说，"人活得累是因为生活中很多欲望得不到满足：没赚到一笔钱、没当上一个什么官、没追到哪个女人，心里就难受失落。这就是佛家讲'人生八苦'之一的'求不得'。现实一点想想：没得到就不是你的，为了不是你的东西难过不是很愚蠢吗？

"你这孩子的本质不错，但是从小家庭环境就挺好，又是独生子女，长辈们的各种溺爱把你的性格弄得太软弱，感情太丰富，缺少独立和坚毅。你这样的

‘90’后，就是生活在蜜罐里的‘蜂蜜一代’！

“记住，人生只有一个方向，就是向前。你改变不了过去，只能努力创造未来。喝完这顿酒，就是与过去告别了。接下来，我并不主张你就吊死在一棵树上，也不希望你把太多精力放在感情上。公司现在正是用人之际，你先抓住机会做成几个项目吧！”

亦山哥的话深深触动了我。我确实过于多愁善感，患得患失，从来没与小何正式交往过一天，那么现在有什么可悲伤的呢？只是自作多情而已。改变不了过去，那就努力创造未来——不过，我是不会轻易放弃她的！干掉半瓶红酒之后我下定决心：一定要在公司出人头地证明自己，让小何看看！

私募基金项目经理的工作说好干也好干，说难干也难干。如果公司声名显赫、资源深厚，那么项目会源源不断送上门来，只需要在承揽上把把关，重点放在承销上即可；如果公司并不具备太多优势，那就要主动出击自己觅食，承揽和承销两手都要抓。

北方总部就夹在两种状态之间。公司领导人脉资源比较丰富，项目信息灵通，但是我们还远远没有达到高枕无忧的地步，毕竟刚刚在金融街开业不久，鑫城财富在深圳市场上小有名气，在这里还默默无闻。

在北方总部，业务部门是收入最高的地方，也是压力最大的地方。成立 4 个月来，我们做了 4 单业务，7 亿元的募集量带来的业务收入接近 800 万元，这还只是刚刚起步！“阿玛尼”兴奋之余不顾杜叔叔的反对，重新制订了 2015 年的业务规划，压下来更高的业绩指标。

不过，在经历了最初的高歌猛进之后，我们在工作中遇到了瓶颈。最主要的问题就是资产荒。在我入行的时候，市场上资金流动性极其充沛，大量资金追逐有限的优质资产，导致好项目都不缺钱，而送上门的项目往往风险很高，所以我们必须要在承揽上下大力气，寻找风险和收益能够平衡匹配的机会（这样说来一进公司就能碰上太阳城项目真是我的幸运）。另外，2015 年央行多次降息也对我们有不小的冲击：融资方普遍要求下调利率，但是客户的收益预期却不降反增（这是全民理财的必然结果），这就倒逼我们不能再去寻找低收益的项目，否则盈利空间会非常狭小。

别看我们项目一部完成了一半的业务量，但是那两个项目都属于低风险、低回报类型，还都被深圳总部扒了一层皮，只为公司贡献了业务收入的 1/3。为了完成新指标、年底拿到更多奖金，我们的任务一点也不比二部和三部少。亦山哥在风控问题上又一向是高标准、严要求，只选择融资方实力较强、资金使用明确合理、保障措施充分严谨的项目，结果从 7 月中旬到 9 月下旬，虽然我陪着亦山哥都快跑断了腿，也没能找到一个合适的机会。二部断炊的时间比我们还长，据说也上报过三个项目，但是都被合规部否决，连立项会都没能上。

为了在心仪的姑娘面前争口气，我也蛮拼的，出差加班成了家常便饭。“十一”假期仍然在赶写尽调报告和项目分析报告，半个月的时间瘦了 8 斤（所以说努力工作一定是有回报的——至少减肥效果还不错）。

有一天和大学同宿舍的三个兄弟聚餐，他们听说我到金融街工作都恭喜说老板要发大财喽！唉，他们哪知道“金融民工”的生活，我只有苦笑的份儿。我的下铺李正义问道：“你现在一天到晚都在忙些什么呀？最近瘦了不少，看得我好心疼啊！”

我有些烦躁地说：“谢谢义哥关心，但是金融的事你不懂，简单说吧，就是现在根本都找不到好项目。”不过，等我介绍完手头干的事情，李正义不以为然地说：“这有何难，哥就能给你找个项目！”

我根本就不相信：“别逗了，我们选择标准很严格的。我们天天在外头飞来飞去都找不着能做的，怎么可能你随口一说就正好合适呢！”

“你还真别不信！我跟你说吧，我大姨是个大老板，手里项目也多，我这就给你联系。”说罢，李正义拿出手机。

过了一会儿，清脆的短信铃声响起，李正义嘿嘿一笑：“看看，这就叫踏破铁鞋无觅处，得来全不费工夫。”

我半信半疑地拿过他的手机，只见短信上写道：“没问题，正义，让你同学来找我，正好有个项目需要融资。”

就这样，我认识了陕西地产商曹明华。

02

曹阿姨的年纪应该比老妈小几岁，是甘肃人，年轻时作为随军军嫂来到西安。她是个特别要强和能干的女人，很早开始就做些小生意补贴家用，后来机缘巧合当起了包工头，竟然在一个“纯爷们儿”的行业里生存、发展起来，并逐渐转型做起了房地产开发。一转眼 30 年过去了，她已经成为西安最大的房地产商之一，还投资了餐饮业和农业，是陕西民营经济的代表人物，在全省有很高的知名度。

我第一次去拜访曹阿姨的时候异常兴奋：有可能做成一单业务不说，还可以到西安看看！我对这座城市有着浓厚的兴趣。它是比北京资格更老的十三朝古都，老城呈九宫格的格局，道路都是正南正北的，就像陕西人的性格一样直爽。从小就耳熟能详的兵马俑、华清池、法门寺、大雁塔、钟鼓楼、回民街……这次终于有机会亲眼一见了！

我怀着这样激动的心情走下飞机，一出机舱就看到有人举着写有我名字的牌子在等我。跟着她直接坐 VIP 电梯下楼，一辆考斯特把我们送到候机楼休息区，我们进入的那间休息室叫“成明厅”——曹阿姨的公司就叫成明集团。

休息室里已经有人在等我，自我介绍是成明集团资金部负责人兰宇檀，让我叫他“老兰”（其实他还不到 40 岁）。老兰陪我喝了杯茶，寒暄了几句，然后带我坐上一辆宝马 760（“这是我们老板的座驾”）朝市区驶去。

路上老兰告诉我，成明集团在高新区办公，不过今天时间晚了，我们现在直接去老板在曲江新区的家吃晚饭。车上了绕城高速，一路顺畅，40 分钟之后就到了曲江新区。

老兰指了指窗外的绿树红墙对我说：“杨总，曲江新区是最近 10 年发展起来的，是个低密度的富人区，也是全西安最优美、最宜居的地方。”

我向外看出去，路边的人物雕像簇拥着头顶的金色圆盘，上面写着“开元盛世”几个大字。这一带的建筑古色古香，景观大道两侧以两三层高的仿唐风格小楼为主。司机说，我们路过的开元广场是大唐不夜城的最南端，有宽阔的广场、上千平方米的旱喷泉以及恢宏的唐代人物群雕。广场的点睛之笔要数8根蟠龙柱了，每根柱子直径两三米，足足有20米高，整个柱身表面都是LED屏幕，不断统一变换着图案，使得整个广场流光溢彩、魅力无穷。

车头一拐，我们进入了开元广场东侧的一片区域，这里一下子安静下来，宽阔的街道一边是开放式唐城墙遗址公园，一边是高墙耸立的小区。老兰说这一片叫芙蓉湖中央别墅区，是曲江新区开发最早的别墅区，路过前面的大唐芙蓉园就是老板家：108坊。

小区人车分流，我们的轿车进门后停在地库，老兰打开一扇铁门，带我走进了一栋大宅。这是别墅的负二层，我们从楼梯拾级而上走到地面一层。这时，一个身影出现在椭圆形客厅的远端。

虽然从未谋面，但是一眼我就知道她一定是曹阿姨：这是一位年长的女士，笔挺苗条的身材、一丝不苟的短发和精致大方的项链耳环都显示出这是一位雍容华贵、气质非凡的成功人士。她款款走来，笑容可掬地握住我的手："你是晓波吧？欢迎欢迎！小伙子长得真帅！"

她把我迎进客厅，兴致勃勃地带我参观起来。整栋房子的总面积接近600平方米，地上地下各两层。一层主要包括客厅、餐厅、厨房和客卧，二层是宽阔的主卧、书房、儿童房和儿童活动室。地下一层是巨大的家庭电影院和另外几间卧室（包括保姆间），地下二层是活动室和储藏室。主建筑北面是入户小花园，南边还有一个方方正正的大花园。大花园里铺满绿草，四周种着石榴、山楂和香椿等树木。黄金十月正是收获的季节，果树们心满意足地提着累累果实，仿佛在向主人和来宾骄傲地展示今年的收成。站在这里放眼望去，小区里到处都是绿色，看样子绿化面积至少有60%。

我从来没有见过这么豪华的别墅（其实是根本没见过别墅），连声赞叹。曹阿姨却觉得不值一提："这套房是别人抵债抵过来的，本来没想住。后来我老伴看上小区的环境，我们正好又有了孙女，我就叫咱公司给装修了一下，一大家人住热闹嘛！晓波我跟你讲，你说我到了这个年纪活啥呢，还不就是为了儿子、孙女活呀！你也得赶紧结婚生娃，给老人一个交代！"

我觉得很惭愧，不由得想起小何……

这时门铃响了起来。过了一分钟，保姆引着一位中年男士走进客厅。曹阿姨收起和蔼可亲的表情，整理了一下衣服，缓缓起身，在原地伸出手，等待客人走过来跟她握手，那种仪态就像女王接见外国使节。接着，她把我介绍给他："这是我外甥杨晓波，从北京来看我。"她又转向我，"晓波，这位是李总。"

简单寒暄后，大家移步餐厅。晚餐已经准备就绪，曹阿姨坐在主位，李总坐在她右手边，我坐在她左侧，老兰坐在她对面。我悄悄问老兰："李总是何许人也？"老兰说："他是榆林的富豪，前几年开煤矿赚了不少钱，今天来应该是邀请成明集团一起开发他在西安投资的房地产项目。"

不过，晚宴的绝大部分时间都没有提到业务。

曹阿姨的厨师是从成都请来的，做得一手地道的川菜，李总和我吃得赞不绝口。这顿饭很丰盛，本来满满一桌子菜已经足够大家填饱肚子，临近尾声，厨师又端上一大盆肉。曹阿姨神秘地笑笑："来，你们尝尝，看看这是什么？"

我先用刀切下一块，连皮带肉一起放进嘴里，仔细品品，感觉就是猪肉。

李总也尝了尝，也说这是猪肘子。

曹阿姨看了看老兰，后者连忙对我们说："这可不是一般的肉哇——这是熊掌！"

熊掌……这个词对东北人来讲有着特殊的意义，远的不说，它曾是清代宫廷"八珍"之一，也是大户人家炫耀实力的滋补佳品。近年来，随着人们生活水平的提高和观念的变化，特别是野生动物保护法的实施，熊掌便逐渐退出了人们的视野。没想到在距离家乡千里之外的地方，我意外地第一次吃到了它！

李总连吃几块肉，又问哪里可以弄到。

曹阿姨笑而不言，还是老兰接过话来："这是曹总的朋友特意从俄罗斯弄回来的。别看国内不让吃，他们根本不好这一口！"

李总朝曹阿姨嘿嘿一乐："大姐，在你这儿尝鲜了。下回你上榆林，额（方言，我）给你下厨，做顿狼肉尝尝。"

曹阿姨也不搭茬儿，只是继续劝大家多吃点，自己却吃得不多，应该是刻意控制饮食吧！我看气氛有些尴尬，就问她西安的房地产市场怎么样。曹阿姨说，今年春节后随着买房落户政策的推出和全国市场整体回暖，西安市场也迎来了一个小阳春，但是单月成交量一直没能突破去年的高点，她在经开区和长安区的楼盘都卖得一般。

李总适时地评论道：“大姐，额来西安次数多了，额看家里有点钱的，咋也有个一两套住宅。空房子都在北郊和南郊，就连曲江新区房价也降哈（下）来了，还是因为这两头人少。高新区配套成熟，商务环境最发达，要是有好的商业出来，市场没啥大问题。”

说罢，李总喝了口茶，但是眼睛一直没有离开曹阿姨的脸。曹阿姨只是呵呵地笑着，还是没有接他的话。倒是老兰热心地问道：“李总是不是有什么好项目呢？”

李总马上来了热情，给老兰详细介绍起他在高新区核心位置——香格里拉酒店附近拿到的商业综合体项目。当然了，“项庄舞剑，意在沛公”。我看他时不时回过头瞄瞄曹阿姨，期待成明集团老板发话。直到他把项目情况说得清清楚楚，曹阿姨才不紧不慢地说了一句：“项目是好项目，可是成明今年没有在高新区投资的预算哪。”

李总的眼睛一亮：“大姐，不要你出钱。咱这些年攒了七八个就在银行躺着呢！额没干过房地产，只要你愿意合作，钱额出，其他啥都交给你，最好挂成明的牌子，额就不操那心咧。”

过了半天我才反应过来，李总说的数字单位是“亿”。我的天，他有七八个亿的现金趴在账上——土豪咱们做朋友吧！快买一些鑫城财富的产品吧！

曹阿姨却不动声色地说：“那我考虑一下。老兰，明天你叫孟总去看看地块吧。”接着，她指指壁挂钟，“时间不早了，你们两位客人都是远道而来，早点休息吧！”

李总意犹未尽，但主人已经下了逐客令，也只好把一肚子的话憋回去，悻悻离开。曹阿姨让老兰送我回酒店，至于项目融资的事，“明早来我公司谈吧！”

03

我没有想到的是，曹阿姨拿出来融资的项目不是地产，而是一个金矿。

2012 年，曹阿姨在朋友的撮合下花 8000 万元买下了宁陕县一个面积为 46 平方千米的金钼多金属矿，准备向矿产行业进军。不料国际黄金价格随即急转直下，从每盎司 1600 美元跌到了 1100 美元，而生产成本不降反升，盈利空间大大缩减。房地产企业一般现金比较稀缺，扔了这么一大笔钱 3 年见不到收益，公司上下都很着急。曹阿姨也想尽快盘活这块资产，一直积极向外寻求联合开发或出售，最近两年来过大大小小不下 10 家金矿企业，但是一直没有敲定合作。就在我来之前不久，她不顾所有人的反对突然决定自己开采。因为房屋销售状况不佳，成明集团 2015 年现金流的紧张程度前所未有。老板在这个时间点提出自己开采，让大家非常意外。

在我看来，成明集团最大的特点就是高效执行。既然老板心意已决，那就无须再做探讨，而是考虑如何完成。经过详细的测算和反复的论证后，老兰所在的部门得出结论：要想通过专家评审会，完成环评、安评，达到开采条件，需要再投入 1 个亿，为节省成本，先期至少投入 5500 万元。根据地质情况和当地人工成本，在金价不再大幅下跌的情况下也只能做到略有盈余。金价并不可控，所以融资利率就成为这笔投资成败的关键了。

另外一个焦点就是融资金额。根据惯例，我们会以明股实债的方式完成交易，收购成明集团矿业公司绝大部分股权，在到期正常还本付息的前提下再由成明集团回购。我咨询过亦山哥，信托公司做矿业公司融资一般会把资产打 4~6 折。我们就算不考虑金价下跌、用原始投入金额作为估值依据，6 折也才 4800 万元，撑死给到 5000 万元，距离成明的需求还有一定差距。

一旦进入谈判，一直热情亲切的老兰马上换了一副“扑克脸”，看来他得到了曹阿姨的真传——故意摆出从容淡定甚至不屑一顾的架势，扰乱对手的心理预期。好在已经见识过曹阿姨是如何对待陕北土豪的，我是不会中招的。

更重要的是，当时成明集团矿业公司只有探矿证，想拿到采矿证还需要一年时间（即使是神通广大的曹阿姨也得用大半年），这在大多数金融机构都是融不到一分钱的，即使私募基金也大多不肯接受。而杜叔叔和亦山哥看过成明集团的报表后，一致认为曹阿姨在矿业之外还是有很强的实力的，我们不妨一试。有了这个底线，我倒要看看到底谁着急！

事实证明我的判断是对的：老兰冷落我几次之后发现我依然嬉皮笑脸、不急不躁，只好老老实实回到谈判桌前。接下来，他证明了自己是一个难缠的谈判对手。

与财务背景出身的人谈资金成本本身就是一件痛苦的事。在亦山哥的远程指导下，我报了一个 24% 的年化利率。老兰夸张地大呼小叫，发誓说公司从来没有融过这么贵的钱，还把我堵在会议室里，非要我交代清楚成本结构和操作流程。我实在推脱不开，只好一项一项跟他掰扯。

以融资 5000 万元使用一年为例，根据市场状况，客户收益 13%，销售提成 6%，基金公司管理费 2%，剩余杂费 3%。

具体流程上，双方首先签订《股权投资协议》和《股权回购协议》，由鑫城财富发起设立的股权投资基金收购成明集团矿业公司 99% 的股份，约定回购期限和利率。同时，曹阿姨也要出具一份个人《无限连带责任保证书》来支持《股权回购协议》。

接下来，基金管理公司与成明集团矿业公司签订《财务顾问协议》，约定股权收购完成后，须立即向后者收取 9% 的财务顾问费用，即 450 万元。也就是说，融资方实际可使用资金为 4550 万元。运转顺利的话，一年后，基金管理公司与成明集团矿业公司进行反向交割，股权物归原主，我们拿钱走人——5000 万元本金加 15% 的利息 750 万元，合计 5750 万元。

这样操作之所以成为行业惯例是因为可以规避利率过高带来的法律风险和较高的税收，并且可以牢牢控制住融资方的资产，确保自己立于不败之地。

老兰仔细算了半天，指着财务顾问费说：“不对呀，这里面有销售提成也就罢了，另外 3% 的杂费究竟是干什么的？”其实，这一项是我们巧立名目想赚取的利润。可是那个时候我确实经验不足，只能笼统地说是一些税费和公关费用，老兰要求再往下分解的时候实在答不出具体项目。于是，老兰坚决不认可这笔费用（“老板绝对不会答应你们收这么大一笔‘砍头息’”），磨来磨去只答应先留着 0.5%。

接着，老兰的大刀又挥向客户收益。他自己跑到恒先财富以客户的身份去咨询了一下，回来就要求只给客户 11%，因为那边一年期的产品就是这个价。我只好“教育”他说：“毕竟恒先比我们有名气，人家发的东西肯定比我们成本低；但是恒先也不可能给没有采矿证的企业融资呀！”老兰瞪着牛眼反驳说：“凭我们曹总的信用还不够吗？她随便打几个电话，不用抵押都能在朋友圈子里借来几个亿！”我毫不怀疑曹阿姨有这个能力，不过，她会放下架子向别的企业家主动示弱借钱吗？老兰当然明白老板不可能那样做，但是依然纠缠不休，最后还是要求以 12% 去试试。因此，整体融资利率也就暂时停留在 20.5%。其实他不知道的是，亦山哥预计销售提成也就是 5%，我们在那儿还藏了 1 个点的利润呢！

接下来的问题就是融资金额了。老兰说 5500 万元就是底线，拿不到这么多钱就不和我们谈了。我同样不肯让步，因为提高抵押率会降低我们的安全边际。万一出了风险，我们还得在金价这么疲软的市场环境里处理资产（卖矿）呢！如果连 6 折都卖不出去，我们就得自己先垫资给客户兑付了，那可就一点儿都不好玩了。

谈判陷入僵局。

亦山哥飞来支援我，不过我们 3 个人的会谈并不顺利。老兰是个保守、低调甚至有些土气的人，天天穿一件领子磨秃了的花色格子衬衫，不太认同一身范思哲（Versace）的亦山哥。他不仅希望把利率谈到 20% 以下，还坚持要求我们在现有条件下募集 5500 万元，一分都不能少。亦山哥叹息着对我说，老兰的那种执拗生硬让他想起了高中女友——她无论如何都不肯献出初吻。

事情的转机出现在与曹阿姨会面时。我发现亦山哥不仅是女孩子们的大众情人，俨然还是一个“中老年妇女杀手”。别看他与老兰格格不入，与曹阿姨则是一见如故。两个人像久未谋面的老友唠起家常，似乎忘记了对方是谈判对手。

这时我和老兰倒焦虑起来，不知道两位领导要把谈话引向何方。过了半晌，还是曹阿姨先问起老兰来：“兰总，你们这几天谈得咋样？还有啥要解决的？”

老兰把双方的分歧都原原本本讲了一遍。我边听边想，曹阿姨这种谈判大师是绝对不会让步吃亏的，不由捏了一把汗。

等老兰说完，曹阿姨想了一下说道：“公司确实没有借过利率高于 20% 的，真的不能再降了吗？”

亦山哥显得很为难：“曹总，晓波和兰总已经详细探讨过了，我们这边剩下的成本都是刚性的，确实不太好降了。就现在这个收益率水平都还怕客户不接受呢！”

“资产评估价格再做高一点不行吗？这几年下来有不少维护成本和财务成本应该摊进去。金价再跌也没啥，开采还是有利润的。”曹阿姨又问道。

亦山哥委婉地解释说，评估价格不是给客户看的，是我们自己的风控参考数字。做到 5000 万元还说得过去；再多，我们的合规部可能就会毙掉这个项目。

吃了两颗软钉子，曹阿姨依旧笑容不减。寻思片刻，她突然提出了新的建议：“你们看这样行不，我做两年期。你们再压缩压缩成本，第一年我给个 19.8% 的利率，以后我跟别的金融机构讲起来就说还是在 20% 以内嘛！第二年我再给个 21%~22% 都行，给你们补回来。另外——”说到这里，曹阿姨用手势制止了满脸愁容正准备插话的老兰，“总共给我融 1 个亿吧！”

此言一出，举座皆惊！这根本不可能啊！刚才已经说得很清楚了，再多 500 万元都做不到，她怎么能提出增加 5000 万元呢！就连亦山哥也觉得不可思议，笑容僵在了脸上。

曹阿姨看到大家的表情哈哈一笑：“不就是抵押物嘛！我们地产公司在凤城十路刚开了一个大盘，底商很多，但是卖得一般，押给你们不就行了！具体数老兰你们算去呗！那个地方离市政府近得很，我跟你们讲，过两年到还钱的时候，人气也养起来了，还能卖个好价是不是？”

现在回头看看，曹阿姨不愧是商业先知：就在几个月之后中央就提出“供给侧结构性改革”的理念，而她的这个做法正是其中五大任务之一——去库存（至少也是盘活存量资产吧）！

“这里面还有个事：我答应了榆林的李总一起合作，前几天晓波见过他。他那个高新区的项目位置和规划还可以，明年过了春节就能预售，怎么也能赚三四个亿回来。所以没啥可担心的，多借 5000 万我还得上。”曹阿姨话音刚落，亦山哥赶忙说：“那是一定的，我们从来都不担心成明集团的履约能力。”

这时老兰终于得到了说话的机会：“我明白了！岳总、杨总你们不知道，曹总刚一答应，李总突然又要求成明集团也出 20% 的资金。这人就是这样，一会儿一变的，我都想着这事谈不成了。曹总意思正好用金矿和底商募集 1 个亿，开采用 5500 万元，多的钱与李总合作。他那个项目还有半年就能开始回款了，这个成本就不是问题了！”

亦山哥和我恍然大悟。谁说曹阿姨不会让步吃亏，她完全可以不拘泥于让一步、吃眼前亏，因为她老人家在下一盘更大的棋！

04

曹阿姨想搞超募当然是不合规的，但是用途还算让人比较放心。再说了，亦山哥说如果影子私募再没有这么点灵活性，谁还跟咱们玩呢！增信措施没问题咱就不怕。于是，我们也就默认了曹阿姨的方案。

在这个项目上，我第一次真正承担起项目经理的责任，全面统筹各项工作，并在西安住了 10 天亲自搜集资料、组织尽调、实地考察和敲定交易结构。亦山哥不断给我指导，还派陈律师给我打下手、出谋划策，淑玲也严格按照我设定的时间表推进各项工作，我们很快完成了前期的准备工作，只待通过公司的评审会，就可以正式开始募集工作了。

当时我想：如果鑫城财富是一个需要入会资格的黑社会组织，这应该就是我牵头完成的第一个任务，代表我通过了“过硬”的考验——好在不用杀人，最艰苦的无非也就是坐 3 个小时的车到宁陕考察，山路快把屁股颠成几瓣儿而已。

一想到成明项目很可能让我在公司里一战成名，我就不由自主地沾沾自喜。虽然这单只有 1 个亿，但是业务收入还不错，显然会有一大笔奖金。比金钱更重要的是，小何一定会看到我的能力，对我刮目相看！

“阿玛尼”非常高兴，这是第一个由项目经理发掘出来的机会，而这个项目经理正是他慧眼识珠招进公司的。很快，成明项目顺利通过了评审会。于是，10 月下旬的一天，“阿玛尼”在亦山哥和我的陪同下亲自来到西安，准备与成明集团矿业公司正式签约。

记得那天北京秋高气爽，飞机到了西安上空，我透过舷窗看到的却是重重雾霾，正是“回头下望人寰处，不见长安见尘雾”。

坏天气并没有影响“阿玛尼”的好心情，他一路都在对我们讲自己如何喜欢西安以及当地的各种美景、美食、美女。这次司机把我们接到高新区香格里拉酒店住下，曹阿姨要当天晚些时候才能回到西安，便派成明集团常务副总唐亦为招待我们吃晚饭，并约定第二天上午签约。

为了显示气派，唐总把晚餐安排在“小白鲨”。老兰说：“这是一个潮汕人开的高档海鲜酒楼，全部海鲜都是从沿海空运过来的，在当地是品质最高、价格最贵的饭店之一。”

唐总、老兰和资金部经理小周与我们一行 3 人坐进了包间。马上就要签约了，人家的心情都不错，这种饭局是最轻松愉快的，笑容写在每个人的脸上。寒暄过后，酒过三巡，聊天的话题从一道菜开始。

服务员给每人端上来一份河豚，唐总随即说道：“在别的地方，这个菜都是配米饭，在陕西变成了配馍。我是福州人，在我们老家都是吃白面馒头，所以一开始根本吃不惯馍，嫌它太硬。后来吃着吃着还真喜欢上了，比馒头有嚼头。

“我总结呀，这个馍就像陕西人，一开始接触感觉又冷又硬，但是相处久了感情升温后才会感觉到耿直忠厚，就像开水泡软了馍，那股筋道劲儿让人回味无穷。”

大家哈哈大笑，老兰和小周都说总结得非常到位，唐总也很得意："我再讲一种关中小吃，锅盔。馍和锅盔都是发面饼，只不过一个是蒸熟的，一个是烤熟或者烙熟的。这个东西最初来源于周朝的军队干粮，战国时期被秦军发扬光大，相当于现在军用的压缩饼干，保质期长，又厚又硬还能当盾牌挡箭呢！你们都知道长平之战吧：白起打败赵括，坑杀 40 万赵军，秦军本来是去攻占赵国地盘的，运输途径更长，正是因为有了锅盔才在口粮上不落下风。后来围困赵军的时候，其实秦军自己也没多少粮食，多亏有了锅盔才坚持到赵军弹尽粮绝、突围送死。所以说呀，一个个小小的干粮，决定了大秦的命运乃至中国历史的走向呢！"

亦山哥对唐总竖起了大拇指："您分析得很独到哇！长平之战是秦赵两国当时举全国之力打的一场生死战，双方分别出动了 50 万左右的大军。冷兵器时代物流效率也很低，那时候可没有飞机火车的，100 万人的吃饭问题就成了大问题，甚至能决定战争成败。"

唐总谦虚地说："我只是胡说八道给大家解闷而已。不过，陕西人的性格确实有馍的韧性和锅盔的厚重，一旦认准你这个朋友了，一辈子都会跟你交往下去的。"

"阿玛尼"对这些历史文化的东西不甚感冒，喝得又有点多，这时突然插了一嘴："太对了！就像陕西女孩，我可是交往过的，床难上也难下！"

唐总看起来有些尴尬，不知道该怎么接话。老兰赶紧跳出来解围："黄总，我从小喜欢秦腔，今天喝了点酒，在这里就斗胆给你们唱上一段吧！"

说罢，老兰站起身来清唱一段。

"狂风吹动了长江浪……"

声音一出，坐在他旁边的我吓了一大跳，差点儿把手里的勺子扔出去。从老兰嘴里蹦出来的是一句句嘶哑的怒吼，一点儿其他戏剧或现代歌曲里的那种柔和婉转都没有。但是他非常投入，头和身子随着声音的抑扬顿挫不断转动着，这八百里秦川上的关中方言在他的腔调里变成了一种发泄、一种倾诉，似乎在用老秦人独有的方式给我们讲述帝王将相的经典故事。

秦腔这种演唱形式的特点极其鲜明，深深地打上了这片土地的烙印，只听一次就会终生难忘。

一段终了，老兰向大家抱了抱拳：“献丑了！”房间里顿时掌声四起，我们都站起来给他敬酒。亦山哥还录下了视频，说秦腔是咱们国家级非物质文化遗产，非常珍贵，今天终于亲耳听到，也算完成了一个心愿。

大家刚刚重新坐好，一直不声不响的小周站了起来，端起分酒壶对我们说：“刚才唐总给大家讲了历史，兰总给大家唱了秦腔，在下不才，想给大家背诵一首古诗——白居易的《长恨歌》。

“这首诗讲的是唐玄宗和杨贵妃的爱情故事，距今已有 1200 多年了。虽然历史悠远，但是位置却很近——就发生在咱西安，他们常年居住的兴庆宫就在东郊。

“背诵之前我还有个请求：这首诗挺长的，有 840 个字。我也好长时间没背了，如果背不下来大家不要笑我，这一壶我先干了，算是给大家赔罪；如果背下来，能不能请黄总赏脸干两壶，咱俩就算搞个‘对赌协议’好不？”

唐总和老兰连声叫好，这回换“阿玛尼”尴尬了：答应吧，有可能会输掉，有点丢面子不说还得喝酒；不答应吧，人家一个年轻人这么诚恳地举着酒杯，拒绝他会显得小家子气或者懦弱。

“阿玛尼”迟疑了片刻，对包间服务员喊道：“给我倒满两壶！这是 15 年的西凤酒，多喝点也不亏！”

这次大家齐刷刷地鼓掌叫好，小周把手中的酒一口干掉，一抹嘴，开始神情专注地背诵起来：“汉皇重色思倾国，御宇多年求不得……在天愿作比翼鸟，在地愿为连理枝。天长地久有时尽，此恨绵绵无绝期！”

小周毫无停顿，一气呵成。此刻房间里异常安静，似乎一桌人都还沉浸在那段惊天动地的爱情故事里。

过了几秒钟，还是亦山哥率先鼓起掌来，我们这才如梦方醒，一起向小周鼓掌致敬！“阿玛尼”笑着站起来，拿起分酒壶：“开什么玩笑，怎么背得这么好！这酒喝得不冤，今天我也来个‘令狐冲’！”

所谓“令狐冲”就是拎着壶一口干。“阿玛尼”扬起脖子咕咚咕咚几下把第一壶喝完，再喝第二壶的时候就没那么连贯了，甚至还呛了一下——即使酒量再大，如此豪饮也让人难以招架吧！

看到亦山哥眯缝着眼睛看了看小周，我突然想：这是不是小周对“阿玛尼”刚才关于陕西女孩言论的报复呢……没两把刷子可不要随便惹陕西人哪！

唐总看看手机，与老兰商量了几句，对我们露出略带调皮的微笑：“马上就 9 点了，估计曹总赶不过来了，要不咱们几个去‘震一下’？”

“震一下”是什么玩意儿？见多识广的“阿玛尼”和亦山哥都不明所以。小周笑嘻嘻地解释说：“就是换个地方放松一哈（下）子！”

这么一说我们就明白了，对第二场的预期让 6 个男人的肾上腺素一起飙升，大家似乎一下子亲近了许多，像是一个战壕里的战友准备一起冲向敌军阵地。

不过就在这时，包间门开了，曹阿姨走了进来。

05

“哎哟，气氛很热烈嘛！”曹阿姨还是那副笑容可掬的样子，在唐总的指引下走到“阿玛尼”面前伸出右手，“黄总，欢迎你们！”

“阿玛尼”勉强站起来与曹阿姨握了一下手，说了声你好，随后就瘫倒在椅子里，嘴里开始呼哧呼哧地大口喘气。

曹阿姨关切地问“阿玛尼”是不是喝多了，亦山哥抢先替他回答说“没事”。

曹阿姨假装嗔怪唐总道：“你看，让你们尽地主之谊，结果把客人灌醉了！”

唐总马上一边给“阿玛尼”倒茶一边赔不是，“阿玛尼”则摆摆手表示没关系，但是不出三分钟就坚持不住了，在椅子上昏睡过去。

其实“阿玛尼”的酒量很大，公司上下都没见他醉过。那天他可能是因为连续出差身体疲惫，神经又兴奋过度，从没喝过西凤酒和“令狐冲”等几个因素加在一起才喝高了。

看到他这副样子，亦山哥不由眉头一皱。我也有些着急，不过罢了罢了，反正大局已定，看住他别失态就好。

老妈曾经对我说，要考验一个人就看他在喝醉时的表现。我发现曹阿姨虽然嘴上说得亲切，眼睛却在上上下下认真地审视着“阿玛尼”，透露出一种怀疑的目光。不知她是否与老妈心有灵犀，在趁这个机会考察未来的合作伙伴。

后来想想，也许从第一眼开始曹阿姨就没对“阿玛尼”产生好印象。曹阿姨是个严于律己的人，生活工作安排得紧张高效，她从不浪费时间，从不暴饮暴食，从不说没把握的话，我根本无法想象她会与人赌酒喝多。也许在她眼里，一个企业的负责人应该时刻保持清醒的头脑和敏锐的嗅觉，在任何情况下都不能放纵自己对各种欲望的追求。要是杜叔叔来的话肯定与她一拍即合，可是“阿玛尼”……

亦山哥是何等聪明啊！他主动找话题把曹阿姨的注意力吸引过来：“曹总，刚才大家谈古论今，唱歌喝酒，吟诗作赋，都很开心尽兴。我发现贵公司有很多人才呀！随便一个人都有一手绝活，真羡慕！”

曹阿姨乐了：“也不是我们公司人才多，是陕西这个地方文化积淀深厚。很多人平时默默无闻，单拿出来都内秀着呢！你看我们唐总，他以前是学土木工程的，在工地上还待过几年，到西安 25 年了，现在也给熏陶成历史学家了——唐总，刚才又讲了锅盔的故事没？”

大家会心地笑了。亦山哥又举起酒杯：“曹总，我代表黄总和鑫城财富的同事们敬您一杯，感谢您对我们的支持，接下来我们一定尽快完成好募集工作，为您服务好！”

曹阿姨就喜欢听他说话，二话不说，拿起酒杯一饮而尽。

虽然我已经喝得晕头转向，但是咬咬牙端起酒杯走到曹阿姨身边：“阿姨，这段时间在您身上学了不少东西。我们集团公司总裁吴伟群常对我们说要‘资源整合’。这半个多月以来，通过这个项目，我发现您就是一个资源整合、运作的大师！与您相识是我的荣幸，我也敬您一杯！”

这番话的效果不错，曹阿姨来了兴致，高高兴兴地又喝下一杯，得意地说道：“晓波越来越会说话了。大师谈不上，不过这个项目的事其实只给你们说了半截儿，我都没给唐总、兰总他们讲过。我当然知道现在开采利润不大，可是为啥还力排众议要弄这事情呢？

“是这样的：有个上市矿产开发企业的老板是我 EMBA 同学，我俩已经谈好，等我拿到采矿证并且达到一定产量，他就搞个定增收购我的矿。所以我现在加大投资，就是为了做好准备工作，尽快达到约定条件。这样他也有好处：装完资产再还掉私募这类的高息负债，利润一下就做上去了，股价就能涨。你们说这个买卖咋样？”

亦山哥和我听得瞠目结舌，就连曹阿姨自己的三个部下都听傻了：原来这才是曹阿姨真正的大棋局！我们只是其中一颗名叫“金融杠杆”的棋子，预期得到的利益其实只是芝麻绿豆而已，存在的目的只是为了帮曹阿姨撬动后面更大的收益！

就在这时，还不等我们反应，房间里响起一个声音：“曹总，那这个游戏规则可就不一样了。”原来是“阿玛尼”不知什么时候醒了过来。睡了一觉估计酒醒了一半，他努力想露出微笑，却无法调动面部肌肉，结果搞出一个皮笑肉不笑的表情：“原来这中间最大的风险都是我们担了，最后您摘桃子呀！”

这话听得我后背发凉：明天就要签协议了，他现在还说这些话是要干吗呀！

曹阿姨还是比较冷静：“黄总，我个人无限连带担保，风险最终是我在担。”

“呵呵……”“阿玛尼”一阵冷笑，“我是从银行出来的，这种情况见多了，哪个地产商不是用三个盖子去盖五个锅。项目本身要是出了风险，什么集团担保哇，个人担保哇，最后拿不出现金还不是空头支票！”

“阿玛尼”的话惹恼了老兰：“黄总，我得给你说清楚，成明集团到今天 27 年了，没有违过约。我们曹总言出必行，全陕西都是知道的，她都说给你担保了还有啥可担心的？咋可能变成空头支票？”

“当然不是，当然不是！”亦山哥赶紧出来打圆场，“曹总的为人和成明集团的信誉我们一百个放心！今天黄总喝得有点多，他说的不是那个意思，有些事可能他刚才也没听清楚。时间不早了，咱们早点结束回去休息吧，明天上午还有签约仪式。”

说罢，亦山哥起身就往外走，想招呼大家赶紧散席，不过“阿玛尼”不为所动，挥动着胳膊要他坐下：“我怎么没听清楚了？我跟你说，这个玩法也是一种 PE+ 上市公司的玩法，我们等于帮成明集团把猪养肥，然后他们拿去卖给上市公司，两家一起杀猪吃肉、赚取资产估值的倍数差。我说得对不对？”

亦山哥说“对”不是，说“不对”也不是，干脆把双手抱在胸前，双眼望向地面，站在桌边不再说话。

这回轮到唐总回应了。他并没有动怒，而是耐心地说道：“黄总，你来之前我们双方已经把方案谈好了，岳总、杨总都是认可的，明天都要签约了，这会儿就不要再反复了吧！再说，刚才曹总讲的后续资本运作对你们不但没有坏处，反而增加了安全性：后面已经有人在等着收购，你们的退出就更有保证了。这单给你们的利率已经是我们集团历史上最高的一次，你们并不吃亏，以后合作机会还多的是嘛！”

唐总的分析确实很有道理。“阿玛尼”盯着他看了半天，一言不发。我松了一口气：看来他被说服了，至少也是理屈词穷。其实我一直没想明白为什么“阿玛尼”会态度大变，也许他觉得被曹阿姨欺骗了？或者当初害他失去行长位置的就是这样的项目？也许是两者都有，而贪欲又在酒精的作用下膨胀起来，冲破了理智的束缚。好在这幕闹剧到此终于可以结束了！

06

此时，曹阿姨也和亦山哥一样陷入沉默，在她脸上看不出任何表情。虽然今天是“阿玛尼”酒后失言导致了这么多不愉快，但毕竟是因为我大家才会坐到一起，我感到十分内疚，想再次向曹阿姨敬酒以表达歉意。

曹阿姨一动不动，眼睛在我脸上扫视了几秒钟，在那一刻她应该是在衡量是否还要与我们继续合作吧！我的心怦怦地剧烈跳动着，手里的酒杯开始抖动。

可能是李正义的面子起了作用，可能是我的无辜和真诚打动了她，当然也有可能是利益使然，曹阿姨选择了包容。她慢慢站起身，对我挤出笑容，也举起了酒杯。

唐总趁机说：“今晚就到这儿吧！黄总就别喝了，其他人咱们一起‘杯中酒’好不好？”

于是，除了陷在椅子里毫无反应的“阿玛尼”，其他 6 个人都赶快凑到桌前碰杯，喝下最后一杯酒。这个时候谁还想多待一分钟呢！

止当大家准备就此离开，我最不愿意听到的声音再次响起：“唐总，咱们还去不去‘震一下’？”

我的心一凉。只见唐总瞪向“阿玛尼”的目光如同一条闪电，恨不得要把说话的这个人劈成两半。

曹阿姨纳闷地问唐总：“啥是‘震一下’？”

唐总低头不语，像是偷了同学东西的小学生正在被老师问话。

曹阿姨再看向老兰，老兰也低下头，一脸难堪的样子。

曹阿姨终于忍不住发起火来：“到底啥是‘震一下’！小周，你说！”

小周顿时满头大汗，偷偷看了看唐总和老兰，见他们都耷拉着脑袋没有施援的意思，只好不情愿地答道：“曹总，就是去……唱歌。”

曹阿姨明白了。我想，一定是长年累月的自我修养才让她克制住了自己的怒火。她只是重新坐到椅子上，冷笑着对下属说：“你们几个可以……还有这花花肠子！是不是还要用公司的钱报销？你们男人就这点出息！来来来，坐下，跟我说说打算去哪儿？”

曹阿姨的话本来是在教训唐总三人，可是“阿玛尼”却感觉也是在讽刺自己，因此大为光火——人与人的关系真是奇怪，为什么会气场不合呢？就像我和马楠楠，亦山哥和向小强、程霞以及此刻的曹阿姨和“阿玛尼”。也许人天生就带有一种独特的磁场，所以才会相吸相斥吧！

“阿玛尼”摆出一副玩世不恭的样子，不合时宜地说道：“开什么玩笑，曹总，我觉得没什么不对的，男人就是要活得畅快潇洒嘛！”他又把头转向唐总，“唐总，你们现在都去哪儿玩？我跟你说，七八年前我就玩遍了西安的夜场，我最喜欢的是东大街的‘帝豪’。那个场子在西安开的时间最久，有好多女孩都是真正的大学生，你们本地人叫‘散片儿’，没事就去玩玩挣点零花钱。我还遇到过一个女孩，真叫绝色美女。可惜那个场子前几年关了，可能人家老板挣够了钱不玩了。现在，哼，想找也找不着这样的地方喽！”

听他神采奕奕大谈夜场的同时，我也重新坐下来，胳膊肘撑着桌面，十指痛苦地插入头发。面对一个高度自律的女老板、一个比自己大接近 20 岁的长辈，我的公司领导竟然能够谈起这么低俗不堪的话题，这种性别上的歧视和侮辱简直闻所未闻。这已经不再是利益的考量，而是单纯的斗气。

不用再想了，我们的合作已经被判了死刑。我还有什么颜面再面对曹阿姨，更无法想象她会如何言辞激烈地回应“阿玛尼”的轻佻行为……

“说到夜场，‘天上人间’你们都知道吧！我第一次去应该是 2000 年。”曹阿姨轻描淡写的一句话震惊全场。

她顿了顿，竟然拿起唐总的烟盒，抽出一根，熟练地点上，嘴里缓缓吐出一个烟圈。“当时我想拿南郊的一块地，朋友介绍我去北京见一个大人物——现在说也没啥了——大家都叫他浩哥。我的朋友没介绍清楚，浩哥光看名字以为我是男的，就叫我去‘天上人间’参加他的庆生会，其实就是去给他送钱。你们知道那里是个啥样子吗？”

无人应答。“阿玛尼”低头冷笑，好像一点儿也不在乎，而我和其他人的耳朵都竖了起来。

“‘天上人间’在长城饭店边上，一共两层，一层进来右边是酒吧，很火，门票好像一两百，主要是卡座，有些女的就在那里陪人聊天，一般年纪大一些。左边和二层是包房，有个三四十间吧。唐总你们都知道，我是做施工和装修起家的。我仔细看了，那里的装修不咋样，比起现在一些好的饭店都不如。它就是因为名声在外，地段也好，硬件无所谓了。

“里面的姑娘呢，呀，真是一个赛一个的美人儿。我跟服务生闲谝（方言，闲谈），她说来上班的家庭条件都不咋好，大学生也有一些。场子选人挑得很。想留下，要么是有熟人带过去，要么真的是一等一漂亮。当时女娃小费就是500，服务生说有些大客出手大方，随手给个八百一千的很多，还有不看账单给一沓钱就走的。那时候能去‘天上人间’消费的真是有钱人。这两年社会上叫土豪的多了，又有微信、陌陌啥的，长得水灵的女娃哪还用去夜场。你们男的现在去那些地方都能遇到些啥货，无非都是农村、县城出来的娃，土里土气的不说，还瓷（方言，笨）得很！”

听到这儿我瞄了桌子一圈，除了“阿玛尼”眉头紧锁，盯着拿在手里翻腾来翻腾去的手机之外，其他人的眼睛都死死盯住曹阿姨，一动不动。

曹阿姨在一个空碗里弹弹烟灰，继续娓娓道来：“那天浩哥带了几个朋友一起，我们就开了个大包，除了我都是男的，他们一人叫一个女娃，男男女女一共坐了十四五个人。浩哥是常客，女娃都认识他，一个个都给他敬酒祝寿。他们唱歌喝酒玩游戏，一直弄到12点。这时候服务生推进一个大蛋糕，说是会所老板送的，我们就关上灯站成一圈唱生日快乐歌。浩哥很高兴，当时就喝大了。他当着大家的面叫我把‘东西’拿过来。说了两遍我才明白，赶紧把装着现金的包递给他。20万，他也不数，扯开包，拿出一捆钱。”

曹阿姨喝了口水。这个时候“阿玛尼”也放下了手机，目不转睛地望着她。就连本想催我们离店的服务员都忘记了自己的使命，背靠着包间门，微微张着嘴巴大气不出，好像生怕错过一个字。

曹阿姨凝视前方，目光好像在穿越。“当时我就站在他前头，眼瞅着他把皮筋扯掉，往上一扬，钞票就在包房里散开。我一下子愣住了，有的女娃反应快，尖叫一声就冲过去开始拾。包房里一下乱套了。大多数女娃都去拾钱，浩哥的朋友呢，有的也上去拾，有的在旁边又叫又跳，有的劝他停下。浩哥撒了一会儿钱，笑得都快岔气了，扭头看见一个女娃坐在沙发上两眼发呆一动不动，就走过去，抓了一把钱扔到她怀里。那孩子哇的一声就哭出来了……就这样，浩哥又撒了一会儿，有个朋友上去死死拉住他才算完。那晚临走，浩哥指着我说：'曹总，你的事，我办了！'"

曹阿姨又猛抽了一口烟，把剩下的大半根烟掐灭在碗里，眼神一下子凌厉起来。"那阵子你们这帮人在哪里呢？现在兜里有几个子儿算个啥嘛！你们这个年纪都应该好好做事，这个社会给你们多少机会，不好好努力，天天往夜场跑，能有啥大出息？"她把自己面前的分酒壶拿起来，里面足足还有二两酒，"生意啥的，咱以后就不谈了！晓波是我外甥，今天是我做东招呼外甥的领导吃饭，我把这壶酒干了，也算尽地主之谊。后会有期！"

07

小白鲨晚宴后的第二天下午，我关掉手机，从南门走上城墙，沿墙绕着老城区漫步一圈。这一圈一共有 13.75 千米，我走了近 4 个小时，从阳光普照走到灯火阑珊，从万愁千虑走到豁然开朗。

不算失恋的话，我的人生还没有经历过什么大挫折，成明项目的失败应该算作第一个吧！花费了接近 20 天的时间和 30 多万元的费用，动用了北方总部那么多的人力和物力，我们却倒在了终点线前。

不知道其他人会如何面对这个结果。"阿玛尼"应该是恼羞成怒，亦山哥应该是痛心疾首。曹阿姨呢？一定是怒气冲天并大失所望吧！至于我，说也奇怪，竟然有些如释重负。为什么会这样呢？

仔细想想，我的人生到此为止经历过哪些重大考验、取得过什么重要成绩呢？除了高考之外，似乎波澜不惊、乏善可陈。从小到大我习惯了听家长的话、听老师的话、听领导的话，在他们眼里我永远是乖巧顺从的好青年。但是正因为如此，我像“蜂蜜一代”中的很多人一样，从来没有主动去担负过任何重大责任，遇到需要独立担当的时候都不由自主地选择了退缩。所以别说做成一个项目了，我连小学班级竞选中队长都不敢报名参加！循规蹈矩，按部就班，我似乎成为一个契诃夫笔下的“套中人”，给生活的方方面面设定了一个边界，小心翼翼，从不敢越雷池一步。

因此，当第一次挑大梁做的项目失败时，我习惯性地想到了逃避责任的轻松。是的，终于不用再去考虑怎么协调和组织各路人马为项目成功而奔忙了，也不用再考虑在后续工作中如何与老兰和魏老大这些难对付的人打交道了，更不用担心万一募集失败的窘境了。

城墙的石砖在脚下延伸，我的思绪也不断前行。其实西安非常适合我反思人生：这座城市充满了历史感，到处都是千百年沧桑变化留下的遗迹。制作兵马俑的无名匠师也好，创作《长恨歌》的大诗人白居易也罢，他们的个体生命已经远逝，但是他们为这座城市、这个民族、整个人类留下的物质和精神财富却永在。乔布斯曾经说过要在宇宙中留下足迹，那么当我离开这个世界的时候能留下些什么呢？做了 25 年的看客或者配角，我一直活在别人主导的各种戏剧中，那么我自己的人生剧本该如何书写呢？我到底想要什么呢？在这些重要问题上，原来我是如此无知和麻木！

不知不觉又走回了南门。就到这里吧！我不能再走老路，不能再逃避了。如果不能克服自己性格上的软弱，我将一事无成。我想起在北分实习时翻过的《世界上最伟大的推销员》，书中写道：“只要决心成功，失败就永远不会把你击垮。我是自然界最伟大的奇迹。我要笑遍世界！”没错，我要笑遍世界，我不再接受失败，不再瞻前顾后，我只能一心向前，我一定会成功！

成明项目已无法挽回，也就不要再纠结了。亦山哥说得对，尚未得到，何谈失去。虽然这次还是没能通过严格的考验，但是我已经想通了：必须尽快重整旗鼓，满怀激情和信心地投入到接下来的工作中去。鑫城财富给了我在金融街生存和发展的平台，给了我抓住人生机遇的起跑线，我不能再辜负公司的支持和身边人的期待，更不能再辜负自己！我来到金融街不是做一个寄生者的，我一定要成为创造者、成功者！

刚从西安回到北京的那几天里，我们部门承受了巨大的压力。明明是“阿玛尼”搞砸了一切，可他绝对不会承认错误或者承担责任。很快公司里就传出风声，说项目失败的原因是项目一部的方案有问题，成明集团在最后一刻选择了放弃。绝大多数人不知道在西安发生的事，于是我就成为替罪羊，在公司里抬不起头来。

在此之前我身上有很多光环，比如公司里唯一的北大毕业生，受到吴伟群和“阿玛尼”双重重视的业务新星，更不用说个别人对老妈身份的了解。平时同事之间都是你好我好、一团和气，几乎所有人都对我和善有加，但是患难才能见人心。虽然没有人当面批评或责骂，但是有很多怀疑、躲闪的目光，有背后的指指点点，甚至还有人说项目一部已经三个月挂零，这次又劳民伤财、无功而返，公司一定要开掉某某人了。

说来真是奇怪，在职场里，绝大多数人似乎都具备一项特异功能：在一个人要倒霉的前夕本能地疏远他，好像一个鱼群里突然出现一条病鱼，其他鱼都躲开它游动，生怕自己被传染。这个时候，也许我就是大家心目中的病鱼吧！

“病鱼待遇”让我一下子醒悟了：私募基金是个人情冷漠的地方，一切都以赚钱为中心。如果能为公司带来利润，你就是大众的宠儿；如果不能，那就是所有人的弃婴。其实这也没有什么可抱怨的：世间大大小小的企业成立的目的不就是为了赚取利润吗？只不过在金融圈里，这种世态炎凉更加赤裸裸罢了。

这时杜叔叔找我谈话，说他已经知道了事情的来龙去脉，认为我个人没有任何责任，希望我不要有思想包袱。他还用美国作家弗格森的一句话鼓励我：“任何事情在行至中局时，都有失败之象。但请你记住，所有成功都不是发生在直线上的。”在他的办公室里，我流下了热泪。可想而知当时我是多么感动：在一个企业文化是以利益为导向的公司里，有一个说话有分量的长辈关心爱护你，那是多么温暖幸福的事情！

亦山哥和淑玲也给了我毫无保留的支持。他们知道我付出了多少艰辛和努力，也知道“阿玛尼”是如何毁掉一切的，所以即便他们个人在这个项目上也都白白损失了很多时间和精力，依然没有埋怨过我一句。亦山哥还逗我说：“可惜咱们公司不像会计师事务所那样按小时计费，要不，还能给你多发点加班费当慰问金。”

“太祖”带我去金购的德国啤酒屋喝了一顿（好像这家伙的吃喝拉撒都在金购解决），以此“庆祝”我的项目失败。我说：“你说话越来越像向小强了，真是近墨者黑！”他嘿嘿地笑着说：“公司里唯一对这件事幸灾乐祸、偷着开心的人就是向总了，好像你们的失败就是他的成功一样。”

其实我们的失败也是整个北方总部的失败。从 7 月中旬到现在，我们只做成了海林并购基金一单。公司不再继续赚钱，大家都面临着很大的压力。

屋漏偏逢连夜雨。10 月 24 日，央行再次降息，私募基金哀鸿遍野。这时，上海、深圳陆续又有几家财富管理公司曝出兑付危机甚至老板跑路，金融圈内外对私募基金的负面看法不断加深。我们在接洽机构投资者时出现了被拒之门外的情况，几乎每天都会有客户想闯进我们办公室看看。

“阿玛尼”少见地对高腾大发雷霆，要求他阻止这种现象发生。于是，公司的门禁更加严格了，客户只能有组织、成批次地前来参观或调研。另外，在一层南大厅的入门处出现了公司的易拉宝：“鑫城财富：值得您放‘鑫’的财富城堡”。这两项措施起到了立竿见影的效果，人们很快恢复了对公司的信心。

不过，我想恢复对自己的信心却没那么容易。

本来我希望一战成名，在小何面前证明自己，可是无数次梦想中的凯旋变成了溃败，我也从想象中的英雄变成了狗熊。因此，从西安铩羽而归之后，我最难以面对的人就是她。虽然她恢复了与我的点头之交，也从来没有流露出一丝嘲笑或失望，但我仍然过不去内心的坎儿，每次走过前台都受到折磨，直到回京后第二周的周一。

那天早上我很早来到办公室，在桌上的笔筒旁边发现了一只绿色的纸鹤。这是谁放的呢？我突然想起中秋节时财务部的一个女孩教“仙女姐妹”叠这个小玩意布置办公室，顿时明白了。一股暖流涌上心头，脑门开始发烫，我激动得把纸鹤捧在手心左看右看，仿佛那是世界上最珍贵的艺术品。欣赏了一会儿，我轻轻放下它，整理一下发型，缓缓走到前台。那时公司里只有我和小何两个人。

“最近好吗？”我强压住剧烈的心跳，尽量以平静的声音问道。

坐在前台的女孩抬起头，露出了久违而又熟悉的微笑。

第五章

01

2015 年 10 月底，距离上一次吴伟群访京已经过去了整整两个月，北方总部度过了一段难得的安宁时光。但是随着业绩的下滑，特别是成明项目的失败，大家普遍感到老板不会再对我们坐视不理。

不过，当陈巧娟突然再次出现在北方总部的时候，所有人还是倍感惊讶：大家没想到吴伟群这么快就又祭出这一招。

不愧是老板，吴伟群的手法很巧妙：他并不直接过问，而是派心腹来一探究竟，这样就避免了自己与北方总部的直接冲突。而且陈巧娟的职务一直没变，作为 CFO 兼财务部总经理来北京没有任何不妥。

这次陈巧娟的风格大变。她不再与任何人公开对抗，也不再提什么财务审计和费用包干，而是整天与“阿玛尼”、杜叔叔以及个别同事一对一私下沟通，其余时间干脆就在自己的办公室里闭门不出，连午饭都是财务部员工从食堂打回来送进去。这种平静反而增添了公司里的紧张气氛，谁都知道山雨欲来，只是猜不到她会从哪里或者谁身上下手。

整整一周过去了，还没等大家反应过来，陈巧娟已经悄然返深。在下个周一召开的北方总部全员大会上，杜叔叔宣布了新的一轮人事变动：马楠楠任 CEO 秘书（经理级），“太祖”任子公司管理部副总经理并主持工作（原副总经理辞职），小何调财务部任出纳。另外，“太祖”之前帮公司收编的深圳募集团队正式划归深圳总部直管，北方总部协助管理。

“协助个屁啊！”散会出来，亦山哥把我和淑玲带回他的办公室，“看到没有，吴伟群到底还是把深圳团队‘没收’了。“阿玛尼”和老杜肯定拦不住：老吴早就兑现承诺帮咱们完成了‘北分易帜’，咱们最近又没项目做，那就别占着茅坑不拉屎喽！”

“是呀，我也觉得这是早晚的事。另外，我感觉这次的人事调动是在分化我们。”我对他俩谈了自己的判断，“陈巧娟上周在北京悄悄地做准备工作，一边说服‘阿杜’接受现实，一边拉拢几个人，把他们提拔到重要岗位以便加强对我们的掌控。也可能陈巧娟早就在做铺垫了：两个月前她找大家谈话的时候我就注意到她跟马楠楠和何芳笑都谈了很久……”说到这里，一个念头突然像闪电一样击中了我：难道小何也成了深圳总部的人？

亦山哥分析说，8月的时候北方总部蒸蒸日上，“阿杜”心气正高，却不料陈巧娟的空降像当头一棒，强有力地告诉他们谁才是老板。不过，吴伟群当时并没有委派子公司管理部总经理，也算是给北方总部留下一些空间。

这次情况正好相反：北方总部业绩不佳，费用开支居高不下，大的市场环境又不太好，吴伟群决定展开“二次清算”，扶植他的人坐上高位，监控我们日常运转的同时还能够确保他的思路能渗透进北京，以观后效。

“好复杂呀！这样说来以后我们的工作更不好做了。”淑玲担心起来。

“是呀，这次抢走了深圳募集团队，还想通过“太祖”控制子公司管理部，我们的生存空间被狠狠地压缩了呀！”我也一筹莫展。

正所谓几家欢乐几家愁。“太祖”一举晋升为部门级领导不说，还成为一个部门的实际负责人，真可谓飞黄腾达、一日千里。看他欢天喜地地搬进了“富人区”，我既替好“基友”高兴，又有些不甘心：这小子真是太走运了，平时憨乎乎的没什么心眼，工作更是马马虎虎一团糟，偏偏吴伟群和“阿玛尼”都认为可以争取到他的忠心，结果让他从两边都得了好处，提拔得比谁都快。

一步登天的还有马楠楠。她从行政人事部最基层的员工一跃成为CEO秘书，虽然从行政级别上来讲只前进了一步，但就像古代的中书、门下一样，在天子身边上传下达的人无论职位高低都处在权力核心哪！这是一个新创设的岗位，好像专为她量身定做——陈巧娟把第一性感女神推到“阿玛尼”身边（亦山哥说这姑娘真是“一朝选在君王侧”），一定大大软化了他对整体人事变动的抵触情绪吧。

小何也升了一级（出纳的行政级别是经理），并且摆脱了熬人的前台工作，按理说是好事。不过出纳工作也非常辛苦，而且岗位职责重大，公司每一笔资金进出都要她经手。我更担心的是，她现在直接在陈巧娟手下工作，那个“女妖”可别把她带坏了！

我帮小何把个人物品从前台搬到财务室，恭喜她说：“你现在是‘富人区’的一员了，可不要忘了‘平民区’的老朋友。”

“我又没学过会计，一点儿基础都没有，也不知道能不能干好。”小何嘟着嘴答道。

我赶紧给她鼓劲儿：“当然没问题，你那么聪明，出纳这点活儿不在话下。再说，财务部配备的都是精兵强将，你跟着他们学就是了。”

小何莞尔一笑：“你不是学经济的吗，肯定也很懂财会吧？有空要教我呀！”

望着她的笑脸，我完全忘记了字典里有“不”这个字：“当然没问题，随时找我。不过还有一件事：当初陈总是怎么跟你谈的？她为什么要调你来呢？”

小何想了想，迎着我热切的目光说道：“也没谈什么。她就说女孩子应该独立自强，认真规划自己的职业生涯。她还说我是大学本科毕业生，理应得到更多机会，所以就让我过来了。”

见她说得坦诚平和，我放下心来，看来她还没有变成陈巧娟的人。不过还有一个问题，我做了半天思想斗争才问出口——

“芳笑，我听淑玲说你……有男朋友了？”

“还没有确定关系。”小何竟然没有回避。就在我感到大脑嗡嗡作响的时候，她又补了一句：“我觉得跟他不太合适……”

正在这时，与小何同屋的会计推门进来了，我不便再问，只好怀着一半的失望和一半的希望离开。

在那段时间里，我与小何的关系逐渐升温，平时经常一起下班不说，周末还会再单独见面，我给她补习基础财务知识。随着交往增加，对彼此的了解也越来越多，我发现她看我时的眼神也终于发生了一些旁人难以察觉的变化……

不过，相识 5 个月了，在公司里几乎天天见面，我却一直不敢表白，眼睁睁看着她快要成为别人的女朋友。都怪我太缩手缩脚、患得患失。事已至此，我还有机会吗？

02

还没来得及向小何表明心意，一天，杜叔叔通知我去深圳出差，参加吴伟群的生日宴会。我想推脱，杜叔叔严肃地说：“晓波，让你过去可不是为了吃喝玩乐，你有大量工作要做，而且这次又是吴总钦点你参加的，无论如何都要去。”

无话可说，我只好收拾行囊，与“阿玛尼”、亦山哥、向小强、马楠楠和魏老大一起组成“北京庆生团”飞赴深圳。

第一次来到深圳，我就对这座城市一见钟情。一下飞机，阳光暖暖地照射在我身上，与北京阴冷、雾蒙蒙的天形成鲜明对比。汽车驶向市区的路上满眼都是绿色，到处是郁郁葱葱的树木，其中很多我从来都没有见过。我们上车时就已经过了中午 12 点，“阿玛尼”一路都在喊饿，于是司机直接开到万象城西侧万象街的兴发烧腊茶餐厅，招呼我们吃了一顿号称罗湖最正宗的港式风味餐。大快朵颐之后，我们入住附近的君悦酒店。

刚进房间没多久，手机铃声突然响起来，是亦山哥：“赶紧出门，5 分钟后楼下见！”

匆匆赶到一层，亦山哥已经在等我。“你小子磨蹭什么呢，慢腾腾的！走，咱俩去见个人！”

我连跑带颠儿地跟着他往外走，问他这几天怎么安排。他告诉我，今天一直到明天下午活动开始之前，大家兵分两路去拜访不同的人，他和我去见其他子公司的掌门人，“阿玛尼”带着向小强和马楠楠去见深圳总部各个关键部门的领导。至于魏老大，谁敢给他安排活儿呀！

我明白了，这两天的行程不光是给吴伟群面子那么简单，我们还要趁机与整个集团的实权人物及各路豪杰沟通信息、拉近感情，这是一个难得的交往时机。

亦山哥带我来到万象城东侧的太平洋咖啡，在一张露天的桌子前坐下。刚点完饮料，有人从身后拍了拍我的肩膀：“哥们儿，这里有人坐吗？”

我一回头，只见一个一身白色休闲装的小青年吊儿郎当地站在我身后，一手叉腰，一手夹着香烟，活脱脱一个电影里的古惑仔。“这、这里有人了！”我想赶紧摆脱他，不料这个家伙突然和亦山哥一起哈哈大笑起来，两个人握握手，一起坐下来。

“晓波，这是咱们鑫城财富广西公司总经理路总。”亦山哥说道，“我们都叫他‘路路’。”

“对，请叫我露露，杏仁露的露。”路总跟我也握了握手。

我摸着后脑勺说：“不好意思，是我有眼不识泰山，请路总见谅！”

路总满不在乎地说：“客气啥，我是 88 年的，估计跟你年纪差不多，以后都是哥们儿，有事吱声！”

“比你也就大两岁吧？你看看人家，都已经是鑫城财富的一方诸侯了，以后好好跟路总学学！”亦山哥的话是对我说的，却是给路总听的。

这话让路总很受用，不过他故作谦虚地说：“哪有，我只是让我爸买了 1 个亿的理财而已。还是老吴厉害，特意去北海找了我一次，结果把我拉下了水——把客户忽悠成合伙人！”他喝了一口新端上来的咖啡，正色道，“岳哥，你得赶紧发新产品哪！我现在都压着资金不敢买深圳项目部做的东西——这帮新来的小子都是什么野路子呀！你知道公司里头我只服你一个人，你推啥我买啥。”

“好兄弟，咱俩没说的。”亦山哥朝路总举了一下杯子以示敬意，“不过负责地讲，最近确实好项目不多，这事急不得。”

“路总，深圳总部的项目部很差劲吗？”我好奇地问道。

“嘁！”路总好像听到了世界上最可笑的问题，“岳哥最清楚了，最有本事的几个小子今年都走了，现在的那几只应声虫能干什么，老吴指哪他们打哪呗！魏老大底下的人跟我说了，他现在根本不推深圳总部发的产品，这两个月在鑫城也就做了三四千万。他才不会只给老吴一个人打工呢！”

亦山哥显得很惊讶：“那他都给谁做了？我听说诺佳一直还在勾引他呢！”

路总摇摇头：“没戏！诺佳给不到咱们的点位。魏老大肯定是给别的小私募飞单。我估计他也不敢轻易出手，多半是项目合作，自己看准的东西才给钱。我听说他刚换了辆保姆车，不坐奔驰了，真是越来越低调了。对了，老吴也买新车了，弄了辆小牛（兰博基尼），上午非拉我去深圳湾兜风。你说他跟我嘚瑟什么呀！”

我听他这么说老板，不由吃了一惊，亦山哥却似乎司空见惯：“是呀！有什么好装的！下次你应该把他带到你家深圳湾 1 号的房子，然后告诉他：您那车刚够买我的次卧！”两个人碰了一下杯，一起开怀大笑起来。

这时路总手机响了，他接通之后压低声音匆匆说了几句就挂断电话，对亦山哥说：“岳哥，我让人在财务部盯着呢，陈巧娟办公室里的人刚走，我现在过去找她——这娘们儿不好对付呀，你也要小心点儿。晚上老吴请子公司头头们吃饭，咱俩明天再聚吧，不好意思，我先撤了！”

大家同时起身，亦山哥庄重地和他握手、拍拍肩膀并互道保重，然后我们目送他离开。直到他的身影在拐弯处消失不见，亦山哥才对我说：“‘太祖’已经帮忙约好了深圳团队老大，咱们走吧！”

赶回酒店，我们没有去大堂吧或者顶层酒吧，而是走楼梯来到酒店 2 层。这一层都是酒店的宴会厅，只是在楼梯旁有几个沙发，只有一个人坐在那儿，一边抽雪茄一边看手机。此人身穿黑色衬衫，从上往下解开 3 颗扣子，似乎生怕别人看不到他脖子上那条粗粗的金链子。他的牛仔裤有些破旧，好像穿了很多年（也没准就是这个风格），脚上的运动鞋图案很花哨，侧面大大的一道白钩像是在嘶吼：我是耐克！

他就是深圳募集团队的老大叶胡江，大家都叫他“大江”。大江出生于1984年，广东佛山人，最初和“太祖”一样只是个保险推销员，在深圳一无所有。后来他转行做资金募集，一开始也举步维艰，为了打开门路，他孤身一人跑遍了深圳所有的银行。只要银行的人愿意搭理他——无论是小科长还是支行领导——他都恭恭敬敬地请人出来吃饭喝酒。他有个原则：在酒桌上只交朋友、不谈业务，否则会显得浅薄，好像一切努力都是为了生意。这个时候，他的酒量成为制胜法宝：只要对方想喝酒，无论想喝到什么份儿上他都能奉陪到底。有几次一直喝到天亮，他就陪对方直接去上班。这样喝下来的酒友无一例外都成为他的“死党”。两个月下来，他花光了过去所有的积蓄，但是在银行圈里交了一大批朋友，人们都愿意和一个豪爽大气还能把自己姿态放得很低的朋友交往。

就这样，大江的募集能力迅速增强，2014 年做了 4 个多亿，他的团队成为一支不可小觑的力量。不过他所在的私募基金几个月前出现兑付危机，把他吓坏了。“太祖”乘虚而入，成功把他撬过来（这也成就了我们太阳城的项目）。鑫城财富在深圳起家，原本在当地的募集能力很强，但是深圳公司（募集团队）老大在我加入公司前突然金盆洗手，不知举家移民何处。大江名义上加入的是北方总部，却一心想填补深圳公司总经理这个空缺，实属身在曹营心在汉。吴伟群抓住他的这个心理一直吊着他的胃口，即使直管收编后，仍然迟迟没有给他正式的任命。

总而言之，这一切使我们与大江的会面变得复杂起来——吴伟群视募集如命根，怕我们“旧情复发”再度联手，所以不希望我们见面；大江对吴伟群心生不满却又不至于反目，只是想跟我们保持好关系并投些靠谱项目；我们则希望利用他们的矛盾，争取能多使用一些大江的募集能力。我们主动过去打招呼，大江咧开大嘴，眯起眼睛，一只粗糙大手与我俩分别用力地握了握：“岳总，久仰久仰，名不虚传哪！项目一部真是高颜值团队呀！”

亦山哥微笑着说：“江总是真人不露相啊，平时难得一见。咱们这么偷偷摸摸地碰个头，跟偷情似的，你老婆知道吗？”

大江爽朗地哈哈一笑：“岳总好会搞笑！今天我跟其他子公司的兄弟喝茶，好几个都跟我讲，要是你肯自己出来做，我们就投奔你算啦！”

“那怎么可能，大家先在这里干着呗！黄总、杜总对我很好，老吴也没有对不起我的地方啊。”亦山哥说。

“老吴这家伙……”大江抽了一口雪茄，愤愤不平地说，“搞出个李忠当董事长，那老头子哪懂什么业务！不知道他自己天天跑哪里去了，我约了一周都没见到他的鬼影，根本不把老子当回事嘛！”

亦山哥关切地问道：“哦，他平时不待在深圳总部吗？对了，你知道吗，我听说他新买了一辆小牛！”

“没准用的就是老子给他募的钱！”大江激动地挥动着胳膊，引起了一个服务员的注意，过来告诫他不能吸烟。大江掏出破旧而又肥厚的钱包，抽出一张红色票子，不由分说地塞进那个服务员兜里，又推他一下：“好了，走吧走吧，我马上熄、马上熄，放心吧！”打发走一脸错愕的服务员，大江满脸愤恨地说：“你们不做募集不知道，把公司弄乱套的还不是她——陈巧娟！”

03

大江一阵咳嗽，一口浓痰吐在地毯上，又用鞋一踩。“这娘们儿好狠毒，直接伸手向我们要钱揣进自己腰包，就像收过路费一样，不给她就扣着不给结算，哪有公司是这个玩法！”

亦山哥和我都大吃一惊：这不是赤裸裸的寻租行为吗！陈巧娟想钱想疯了吧！吴伟群又怎么能容忍这种事情发生？

大江诚恳地说道：“所以呀老哥，我今天不是想跟你发牢骚啦，是真心希望你们北方总部搞得好一点，募集的兄弟们都指望着你们！”

亦山哥以坚定的目光回应他：“感谢兄弟的信任和支持！我们现在也很谨慎，看准了才会做，有好项目一定第一时间告诉你。可惜老吴非把你搞到他那边去，弄得我们见面都不方便。”

大江拍着胸脯说：“我的名片印在哪里都没所谓的，咱们心在一起就行啦！你们以后来深圳就告诉我，我带你们喝酒！别看我连大小梅沙都没去过，深圳喝酒的地方我可是跑遍了哟！要不今天晚饭后再找个地方坐坐？”

亦山哥说不用了，估计吴伟群还会招呼饭后换场活动。大江想想觉得也是：“那好吧，明天再聊。我得先走了，老吴叫子公司老大们聚餐，我去晚了他会起疑心。”

说罢，大江拿起外套，掏出墨镜戴上，跟我们握手道别，然后叼着雪茄大步流星而去。他的派头真像一个嘻哈歌手，不太搭配的裤子和鞋子显得特别滑稽。

亦山哥问我对大江有什么看法，我说："我感觉这个人不修边幅，只重实质，不过他粗中有细，比路总要成熟。他现在骑墙观望，看我们和深圳总部谁那里有利可图就跟谁干，也是自保的方法吧！"

亦山哥说："你说得很对。路路家里是暴发户，这孩子从小就无法无天地横冲直撞，有点个性。大江在社会上的磨炼可比他多多了，能走到今天不知道吃了多少苦，当然脑袋会多转几个弯。行了，现在咱俩吃口饭，晚上还得见一拨。"

在万象城的鼎泰丰匆匆吞下一些灌汤包和馄饨后，亦山哥让我在万象城自由活动一会儿，但不要走远，他晚些给我打电话。于是我跑到位于 4 层的西西弗书店挑了几本小说，坐到最里面的咖啡厅津津有味地读起来。很快两个小时过去了，手机没电了，我只好往酒店走。

刚进房间不久，我听到对面的门开了，传来一个女人的笑声。我对面住的是亦山哥，是哪个女人进了他的房间呢？我好奇地凑到门前从猫眼往外看去——竟然是陈巧娟！亦山哥送她出门，一只手还轻轻扶在她后腰上，我顿时感到天雷滚滚。此刻我宁愿相信站在亦山哥身旁的是白骨精、猫女或者黑寡妇！在他们俩消失在我的视野之前，亦山哥突然向猫眼的方向看过来。我连忙躲开，茫然失措地站在房间里，久久不敢动弹……

快到 11 点的时候，亦山哥终于叫上我一起来到位于万象城西北、深圳书城附近的一家真功夫餐厅，有两个喝得红头涨脸的男人在等我们。

"你们下午见'夜壶'了吧？"他们当中嚼着口香糖的瘦高个问道，他看我们一脸疑惑，又补了一句，"就是叶胡江啊！"

他旁边的眼镜男赶忙责怪他道："你怎么能这样说大江哥呢，小心再被他灌酒！"

亦山哥笑笑没有回答，拉我坐下并介绍说瘦高个是上海公司总经理王仁豪，眼镜男是南京公司总经理袁宁。看得出他们俩平时总在一起，说话做事很有默契，本来沪宁之间距离也很近嘛！不过他们的外形差异可不小：王仁豪大约三十七八岁，一副油腔滑调的样子，眼珠骨碌碌不停地转；袁宁应该比路总大几岁，安静文气。

王仁豪阴阳怪气地说：“岳总，我们可是舍命陪君子呀！老吴带着所有子公司老大一起唱歌呢，连魏老大都去了，我们俩特意为你们溜出来的。这样吧，听说你们在北京招了几个绝色美女，这次来了没有？给我们介绍一下呗！”

“王总情报真准哪！没问题，这次真来了一个，是黄天海的秘书，就住君悦。”亦山哥笑道。

“那算了，羊都入虎口了，我们还去虎口夺食不成！”王仁豪一脸失望。

袁宁慢声细语地说：“岳哥，你别听他瞎扯了，其实我们有事要跟你们商量：我们俩最近看了一个宜兴的产业园项目，我爸爸的老朋友在具体执行，各方面条件感觉不错。但是你也知道，老吴没给我们做项目的权限，我们又不想跟深圳总部的项目部讲……”

“这帮土匪，一说我就来气！”王仁豪打断袁宁，大声咒骂着，“天天打电话催我卖他们搞的破项目，口气还很硬，谁搭理他们哪！有的是人找我要钱呢！”

袁宁撇撇嘴，只当没听见：“所以我们想推荐给你们做。首期也不大，1.25亿，一年期，我自己就能卖5000万；利率谈到22%，我们拿走7个点，怎么样？”

亦山哥故作夸张地说：“谢谢两位老板给我们打工的机会，那我们就给你们当回通道呗！什么时候可以去尽调？”

“别着急呀！我们不能白替你们忙活吧？”王仁豪直直地盯着亦山哥，那双布满血丝的眼睛里，贪婪和酒精哪个更多一些呢？

“你们不是要拿7个点吗，已经不少了吧！”亦山哥抗议道，“老板还想要什么服务？”

王仁豪故意卖了个关子，身子往后一靠，笑眯眯地什么也不说。这家伙，肯定知道我们现在缺好项目，想从我们身上再榨出点油水，太可气了！

不过亦山哥可不是吃素的，他不动声色地说：“王总，真能做成这个项目的话对咱们、鑫城财富都是好事。至于别的，不敢瞎说，至少我岳亦山个人从此欠你们一个人情，早晚还上！”

王仁豪看到亦山哥认真的样子心里发虚，连声说那就好，他眼珠一转，突然换了个话题：“对了，你们听说没有，老吴买了辆法拉利，专门到深圳湾勾搭女孩呢！”

不知这个消息传了几道，到他这里已经面目全非。亦山哥和我交换了一下眼神都暗暗发笑，但谁也没有说破。袁宁接过这个话题说道：“老吴这么挥霍真不应该，我爸妈现在还坐着老款帕萨特呢！有钱了应该做点慈善，帮助没有能力的人。”

王仁豪肉麻地说：“是呀，你家老爷子就是菩萨转世！他就是为了普度众生而来的。我就喜欢陪在叔叔身边，自己都觉得沾了佛光啊！”

亦山哥也附和称是，又问袁宁：“听说财务部的人克扣你们的费用，是真的吗？”

袁宁显得有些紧张，眼神游移了一下，反问道：“岳哥，您是听谁说的？”

“咳，管他谁说的干吗，这不是世人皆知吗！”王仁豪不满地嚷嚷起来，“陈巧娟这个女人什么事都能干出来，我看老吴的基业早晚要毁在她手里！”

袁宁见已经说开了，也就不再顾忌：“陈总是向我们收钱了，跟我要的好像还比向别人要的多。她说这是业务保证金，但是要求打到一个私人账户。我今天和几个关系铁的子公司负责人算了一下，我们估计这笔钱可能已经有 2000 万了吧。”

我惊讶地问道：“这可是一大笔钱哪！这么大的事儿，难道没有人向吴总告发吗？”

袁宁耸耸肩：“谁愿意去得罪陈巧娟呢？你要是没把她告倒，那可就没有好日子过了。也不排除有人捅到吴总那里了，不过没见他有什么反应。”

“哼，没准就是老吴让陈巧娟干的呢！”王仁豪冷笑道，“不说那么多了，反正也改变不了什么。岳总，宜兴的事就拜托了！”

大家起身告别，王仁豪搂着袁宁的肩膀走了出去，好像藤蔓紧紧缠绕着一棵小树。

04

根据集团总裁办的通知，第二天上午亦山哥和我要去见吴伟群。早餐时我们碰到马楠楠（也许她专门在等亦山哥），她说前一天下午他们等了一个多小时才见到老板，让我们也做好心理准备。果不其然，当我们来到鑫城财富设在京基100大厦101层的总部办公室时，前台告诉我们已经有几拨人在等吴总了——他把要会面的人都安排在差不多的时间，这样可以保证自己一批接一批紧凑地集中见完，个别人的迟到或爽约对他几乎没有影响。至于别人等他嘛，那就全凭自愿了，谁让上门拜访的人大多有求于他呢！后来我听说最夸张的一次发生在2014年年底，一个融资方的几个人来催他放第二笔款，在会议室整整等了48个小时，结果他临时出差，飞机起飞后才想起来还有一帮人在等他呢！

亦山哥让我留在贵宾接待室，自己去找其他人聊天了。昨晚睡得太少了，我刚拿本书翻了几页就抵挡不住困意，在沙发上打起瞌睡来。半睡半醒中，我听见吴伟群的喊声从走廊传来："晶晶，去叫一下岳总他们！"随即有人在贵宾接待室门口轻声问道："岳总在吗？"

我清醒过来，坐起身，第一眼并没有认出她。这个姑娘穿着深圳总部的工装，胸前还挂着门禁卡，马尾辫在脑袋后面摇来晃去。不过她已经认出了我，一抿嘴唇，扭头走开了。

哦，对了，她就是我在北京夜总会遇到的那个晶晶！

虽然我心中有十万个为什么，但一句都来不及问，而是赶紧给亦山哥打电话。一分钟以后，我们已经坐在吴伟群面前。

好像私募基金的老板们都很痴迷风水。"阿玛尼"对金融街办公室的布置就极为讲究，比如在玻璃大门西侧和小会议室外放了鱼缸，在等候区后面的墙上贴了《心经》，在储藏室放了一个长流不息的流水喷泉。吴伟群则有过之而无不及。他的办公室是个套间，外间由秘书使用，门上贴了门神，进门左手边一整面墙被大鱼缸占满，饮水机旁边的地砖上还用透明胶条贴着几枚硬币。里间由他自己使用，也就15平方米左右，还挤下了一个财神贡桌，办公桌对面墙上挂着宝剑，背后墙上则是一张大大的观音像。

吴伟群满头大汗地坐下来，抱歉地说：“兄弟们，不好意思让你们久等了！我从早到现在见了四五拨人，连早饭都没吃。下午就要聚餐了，来了好多人啊，实在忙不过来了。”亦山哥和我都表示理解，并祝他生日快乐。道完谢，他抓起一个苹果连啃几口，一边嚼一边说道：“咱们就直奔主题吧：昨天又有募集团队给我推荐‘918’这个产品。你们项目一部是集团里最懂业务的部门，今天我想跟你们商量一下，咱们到底要不要做呢？”

真奇怪，上次他在北京时不是已经讨论得很清楚了吗？为什么要专门叫我们俩来重提旧事呢？我正在纳闷，亦山哥的回答却很干脆：“吴总，上次我就说了，这个产品限量发行是可以做的。不过就北方总部而言，现在募集的大头在北分那边，他们的意见非常重要，不知他们意下……”

“魏老大昨天已经同意了。”吴伟群打断了亦山哥，笑着说。

“哦，那就好！”亦山哥略显惊讶，“那我向黄总汇报一下，回去再跟老杜说说，他那一套想法太保守了。”

吴伟群的笑容更灿烂了：“昨天下午我和黄总、向总聊了一下，他们都对这个事表示支持。巧娟也和你们财务沟通好了，他们现在都没有意见。我看啊，这个产品是不是可以尽快去推呢？”

好哇，吴伟群这是蓄谋已久！借着这次生日聚会，他对“北京庆生团”分而治之，并且绕开反对声音最强的杜叔叔，又快要成功地把他的意志强加给北方总部了！

亦山哥的表情凝重起来：“吴总，那这个事交给我们部门做吧。我回去就带晓波和律师一起设计方案，下周给你初稿。我知道二部肯定也很感兴趣，我替他们做好方案，业务提成分他们一半或者都给他们也行。”

这时，吴伟群已经快啃完苹果，嘴里塞得满满的，用含混不清的声音对亦山哥说道：“方案向总已经做完了，我看还不错，就先让他们在北方总部试一试好不好？”

“吴总，这个动作可不小，咱们先限定一个规模怎么样？这样便于控制，大家可以边做边调整。”亦山哥还在据理力争。

吴伟群利用咀嚼的时间想了想，把嘴里的东西咽下才又说道：“这样啊，我看也行，不过方案是向总做的，你们两个部门商量吧，包括提成的事，自己人都好说嘛。平时你们也要多沟通、多合作呀！”说着，他把苹果核丢进垃圾桶，全神贯注地盯着亦山哥说道，“兄弟，这个项目在你们内部上会的时候，你可一定要投赞成票啊！全靠你了哟！”

此刻，再争辩已经没有什么意义了。亦山哥挤出了一个“好”字，起身告辞。吴伟群一直送我们到走廊，临别特意握着我的手说：“一个项目的成败不重要，这次来一定要吃好玩好、广结善缘，彻底放松一下。”从始至终他都没有提到晶晶，大概是没有想起我与她的交集吧！

吴伟群刚一转身，亦山哥就拿起手机拨通了一个号码。在我印象里，这是他第一次打给这个人：“哥们儿，我刚从老吴这里出来。咱们谈谈吧！”

这是亦山哥和我第一次与向小强共进午餐（也是最后一次）。向小强让我们在 KKMALL 的粤菜王府等了半个小时才姗姗来迟。他一屁股坐下来就直截了当地问道：“岳总，老吴跟你说过了？”

亦山哥点点头，我从来没有见他这么严肃过。“老吴说让你们设计方案，目前你们对产品规模是怎么考虑的？”

“产品规模？这是款滚动发行的产品，没有规模限制，肯定是多多益善呗。”向小强有些纳闷。他一定以为我们是来找他谈业务提成分配的。

亦山哥轻叹一声，仿佛在说：这正是我最担心的。他把喝了一半的茶水一饮而尽。“哥们儿，这个事咱们上次开会沟通过，当时我就说支持限额发行。你也知道咱们现在资产荒，不好找项目，一下子进太多资金根本没法匹配。我想跟你商量一下，能不能控制一下范围和规模，第一期先搞几千万试试，而且最好定向投给实力最强的一两个融资方，让它们随时接收、随时起息，相当于给它们搞个资金池。只要它们资产总盘子够大、抵押担保到位，规模小一点还是能玩转的。”

向小强呵呵一笑，露出高傲的神情：“岳总，你该不是怕我们做太大、赚太多吧？对了，如果这款产品卖得太好，募集渠道都扑上去做，是不是对你们以后的产品发行会有冲击？”

“我担心的不是这些。哥们儿，你仔细想想我说的，都是为了大家好。”亦山哥依旧很有耐心。服务员陆续端上热菜，但是他一口都没吃。

向小强见亦山哥如此认真，也收起了笑容：“明白了。你说的问题我当然考虑过，但是我手里已经有两个融资方愿意接受‘918’的条款，程霞也找了一家。另外，‘阿玛尼’昨天还建议可以找地市级政府平台，安全性就更有保障了吧！所以规模也不用担心，现在进来三四个亿都能消化。”

“为了有针对性，将来‘918’上评审会的时候把定向融资方也写进去吧！”亦山哥说道。

向小强刚拿起来的筷子又放下去：“我看你就别费这个心思了。你要是说为了应付监管和客户，方案里已经有一些融资方和项目的描述，没必要再写更细给自己添麻烦；你要是就想拦下这事，那我可要拉着你找‘阿玛尼’评理去了，你说他会支持谁？再说了，这是老吴想干的事，你觉得最后谁能挡得住？我只不过是抓住他的这个心理顺水推舟罢了。你想，深圳总部项目部的人再笨，也会直接找来别人的方案抄，到那个时候你说是不是更失控？我这次先发制人搞个方案，是替咱们北方总部卡位！”

原来蓄谋已久的人是向小强！我想起当初第一次听说“918”时他与程霞的表现，才恍然大悟。亦山哥也明白过来，表现出前所未有的强硬：“向总，我答应老吴投赞成票，但底线是限额发行，你看着办吧！你听我说，这个事一定不能急，毕竟大家都没经验，而且搞大了也容易被查。等到做成……”

向小强最容不得别人跟他叫板，不由怒火丛生，根本没想到亦山哥在使用诈唬招数，不耐烦地打断了他：“行了岳总，这事没得商量！我跟你说句心里话，大家都知道你是金融街的天之骄子、公司的‘业务大拿’，但是你也别太低估了公司里其他人的智慧。金融就是要不断创新才能进步。我跟你保证，‘918’一定是个划时代的产品！”

05

吴伟群的生日庆祝仪式安排在下午 4 点，之后是冷餐会和贵宾晚宴。

庆祝仪式在深圳总部的大会议室举行。临近 4 点的时候我来到 101 层，这里的气氛与上午已经截然不同，每个人都笑嘻嘻的，有些女孩的头上戴着猫耳或牛角发卡，到处都是气球和彩绸，空气中散发着喜庆的味道。大会议室也布置一新，门口这一头摆放着一个能站 5 个人的小舞台，舞台正中放着一个带旋转支架的麦克风。所有的椅子都被挪走了，屋子中间椭圆形的长桌上摆满了水果、糕点和饮料。来宾大约有 30 人，包括深圳总部的高管、各个子公司总经理以及“北京庆生团”。按理说这是鑫城财富的核心圈，不过私募基金的人员流转很快，这些人当中有一半去年这个时候还没到公司，所以很多人都是第一次碰面，免不了寒暄问候一番。

4 点刚过，吴伟群和一位年纪在 60 岁开外的长者共同步入大会议室。他们一站到舞台上，现场立刻响起掌声，其中还夹杂着阵阵笑声——吴伟群上身穿了一件红色礼服，打扮得像新郎一样；而长者则是一身明显不太合身的旧西装，腰带都快提到胸口的位置了，与这一屋子光鲜亮丽的金融精英们形成强烈反差。他应该就是传说中的李忠了。

庆祝仪式的主持人是陈巧娟。她穿了一件露背的白色礼服，特意烫了一个新发型，还化了浓妆，看得出来，她对这个仪式非常重视。她先向大家介绍了出席仪式的来宾，接着播放了一段视频：各地员工分别向老板送上祝福，然后是生日礼物赠送仪式，一位员工代表送上一张健身房的年卡。

在大家的掌声停止后，陈巧娟说道：“接下来是自由发言时间，希望在场各位自告奋勇，踊跃上来给吴总庆生。我先抛砖引玉说几句吧！刚才这个环节让我很有感触：去年，我记得大家送的是一支万宝龙钢笔，预祝老板用它签下更多、更大的合同，那个时候我们考虑的还是工作；今天我们送的是健身卡，关心的内容变成了老板的健康。借这个机会，我想向我们亲爱的吴总表达一下同事们的心声：老板，您一定要多多保重，因为您的身体不仅是自己的，还是我们鑫城财富全体员工的！各位同事——特别是女同事们——你们说对不对呀！”

“对……”

在场的女同事异口同声地喊起来，接着是男人们的起哄声、口哨声和鼓掌声。吴伟群也微笑着向大家挥手致意。

陈巧娟示意大家安静一下，继续一本正经地说道：“这一年的时间过得很快，咱们老板发生了哪些变化呢？我发现，他不仅年龄又长了一岁，财富又多了个零，总裁办女秘书也多了几位，肚子更是又大了一圈！各位同事，大家要更加努力地替老板分担工作，我们怎么能让工作把他的肚子搞大呢！”

听到这里大家笑得前仰后合，再次纷纷鼓起掌来。吴伟群也咧嘴大笑，双手举过头顶鼓掌。

陈巧娟在掌声中提高嗓门喊道：“最后，我祝老板生日快乐，希望他在接下来的一年里把自己的肚子搞小，把嫂子的肚子和鑫城财富一起搞大！”

这句话让仪式现场的气氛瞬间爆棚，所有人像刚刚听完摇滚歌星的演唱会，一起又跳又叫，掌声和喊声震耳欲聋。我也笑得流出眼泪来，拼命鼓掌。如果大厦的隔音效果不怎么样，恐怕周围的租户要郁闷了！

接卜来，王仁豪、大江、“阿玛尼”和深圳总部的两个部门负责人先后发言，有的临场发挥轻松幽默，有的拿出稿子照本宣科，也有的结结巴巴接连忘词。陈巧娟时不时插科打诨并与大家互动，不断把气氛推向高潮。

最后，我注意到吴伟群在陈巧娟耳边悄悄说了些什么，陈巧娟马上邀请魏老大上台说几句。魏老大就站在前排却想推辞，还是陈巧娟过去把他强拉上台。

魏老大脸上的表情似笑非笑。他接过麦克风，沉吟片刻，用他一贯低沉的声音说道：“感谢陈总给我这个机会。来前我还在想，公司一年比一年好，我在这干得可是一年比一年差了：去年还是个分公司总经理，今年已经整成子公司下属团队的头了。”

这句话让仪式现场瞬间安静下来。吴伟群脸上的笑容消失了，紧张地盯着魏老大。魏老大清清嗓子，指着投影仪说道：“刚才有不少子公司的员工给吴总庆生。我跟你们说，我看到这帮孩子，就觉得看见了希望：他们是鑫城财富赖以生存的基础，是公司最宝贵的血脉！

“现在台下有不少子公司的总经理，还有我们北方总部的领导们，你们都知道我们的基层员工有多辛苦。他们起早贪黑，几万块几万块地做单，集腋成裘、聚沙成塔，才有大伙儿眼前这一切。

“到了深圳，我看到咱们总部有这么好的办公环境、这么多豪车，接待客人都住最高档的酒店，真是很羡慕！别的子公司咋规定的我不知道，反正我的员工还保证不了一人一个工位，出差只给报销快捷酒店，他们出去住一周的钱跟君悦一晚的房费差不多。

“啰唆这么多，我就是希望大家要懂得珍惜。咱们这种公司不是人家搞金融工程的，也没有正规金融牌照，说白了就是没啥‘护身符’，全凭实实在在的体力活。咱们这几十个人站在这里西装革履、锦衣玉食，实在来之不易，可不要被冲昏了头脑，真以为我们就是金融精英。

“这一屋子就我和李董事长年纪大点，其他都是年轻人。金融确实是你们的天下，你们有想法，能创新，精力、体力也跟得上。所以我想拜托你们多琢磨琢磨公司的战略发展方向，多学习一下国内外的先进经验。最近倒闭的私募基金这么多，我们下一步究竟该往哪里走？说要‘三年打掉恒先，五年赶超诺佳’，有谁研究过恒先和诺佳现在都有哪些产品，有哪些募集渠道？

“好了，我倚老卖老说了几句不该说的话，你们别往心里去。在这里，我衷心祝愿吴总生日快乐、事业顺利！希望鑫城财富能够不断发展壮大，大家在这个平台上一起成事！”

伴随魏老大下台的是稀稀落落的掌声。这是一番“众人皆醉我独醒”式的独白，也许当时很多人都感觉他是对的，但是没有人愿意去承认。当现金源源不断地打进公司账户，当工资和奖金逐年累月地增加，一切问题都显得微不足道了。吴伟群大手一挥，一声“冲啊”，大家就前仆后继向前飞奔而去。公司业务正在突飞猛进、一路凯歌，没有人在意基层募集团队有多辛苦，反正走了一批还会再来一批；也没有人考虑未来怎么调整业务格局、适应新的市场环境，反正眼前的业务已经肥得流油。这正是“今朝有酒今朝醉，明日愁来明日愁”！

陈巧娟接过麦克风，谢过魏总的精彩演讲，接着请集团董事长李忠发言。魏老大的一番话不受欢迎是因为触痛人心，而李老爷子不受待见则是因为离题千里。他接过魏老大的话题开始忆苦思甜，讲起蔡屋围到万象城这一带20年来的变迁。大江靠过来小声告诉亦山哥和我：这老爷子是罗湖区的老领导，退休都好几年了，又被吴伟群以年薪20万、一部奥迪A6聘来当董事长兼法人，是个一天金融都没干过的“土炮”，据说他的工资还要打到纸质存折上呢！

时间已经到了5：30，陈巧娟巧妙地见缝插针，打断了李忠的长篇大论，邀请活动的主角吴伟群讲几句话。吴伟群意气风发地走到舞台中央，对大家说道：“非常感谢各位在百忙中抽出时间来参加我的生日活动。其实，这不是为我一个人在庆生，而是在为鑫城财富庆生。我记得最初公司是在2012年年底注册的，到现在快3年了。巧娟他们这批老员工都知道，我们一路走来异常艰辛。刚开始，我们在金融圈没有多少资源，在市场没有知名度，第一年勉勉强强只做了一个项目，有几个月都没发出工资。所以刚才魏总说得非常对啊，我们要懂得珍惜，因为现在的一切真的来之不易！

“我很喜欢研究美国20世纪80年代末高收益债券崛起的那段历史，也非常喜欢米尔肯这个人。刨除涉嫌内幕交易的部分不说，他几乎单枪匹马地创造了一个巨大的高收益债券市场，引领了美国债券行业、并购行业甚至PE行业的深刻变革，是那个时期美国金融业的引领者。在当今中国，我们在做的私募基金不就是他当年搞的高收益债券吗？所以我们也是在亲手创造着中国的金融史！大家一定要有这种自豪感！

“鑫城财富能有今天是一个奇迹。刚才好几位都提到我们没有牌照保护，没有核心技术，没有深厚的资源，但是我们这种私募基金还能够存在，正是抓住了常规金融机构服务缺失、社会融资需求远远得不到满足、老百姓理财意识日益觉醒的结合点，是改革开放30多年来这几种矛盾积累到一定程度激烈碰撞的结果，完全是这个时代给予我们的机遇。我们不能辜负时代的重托。

“刚才魏总提醒得很对，对于未来发展我们要做战略性的思考。在这里我要向大家报告：我认为，鑫城财富要想赶超竞争对手，必须要进行创新，要用这个时代最先进的工具武装自己，实现高速弯道超车。各位，这种独门利器就是互联网金融，就是P2P。我们已经在做自己的P2P平台，很快就会正式上线与大家见面。时间关系我在这里就不展开讲了。

“最后，我要衷心地感谢大家，感谢你们每一个人的信任、支持和陪伴——不是说‘陪伴是最长情的告白’嘛！在这里我也要向大家告白：鑫城财富将是我这辈子最后一次创业，我的使命就是把它打造成百年老店。各位，让我们携手前进，共同创造辉煌！”

06

冷餐会在走廊举行，深圳总部的员工也都可以参加。按照原计划，吴伟群6点要在万象城的利苑酒家分两个包间招待深圳本地金融圈贵宾以及“北京庆生团”。由于庆祝仪式超了时，他只在冷餐会上露了个脸，就带着我们匆匆退场。

我在走廊里再次见到了晶晶，不过中间隔着好多人，又要急着离开，只能远远地向她挥手示意。她肯定看到了我，但是犹豫了一下，并没有做出任何回应，转身与旁边的女孩聊起来。

所谓金融圈的贵宾大多都是银行的头头脑脑，只有个别几个保险公司和信托公司的高管。他们要么已经与鑫城财富有业务往来，要么是鑫城财富想要合作的对象，大多是陈巧娟和大江邀请来的。吴伟群让李忠带领深圳总部一众高管陪着他们，自己先陪我们。

我们这一桌开餐时气氛还是有些拘谨：“阿玛尼”今天的讲话平平，自己觉得有点儿没面子；魏老大刚才放了一炮，现在坐在吴伟群身边一言不发，像尊石佛；亦山哥今天见过吴伟群之后一直心事重重，这会儿也沉默寡言；只有向小强特别兴奋，代替了以往“阿玛尼”和亦山哥的角色一直在讲段子（想必他一定觉得自己是深圳之行最大的受益者吧）。

吃到一半，吴伟群去另一桌串场，陈巧娟过来敬酒。

如果说刚才她在主持环节的妙语连珠让大家惊艳，她接下来的表现让我彻底重新认识了这个女人。只见她换了一件黑色蕾丝连衣裙，胸衣若隐若现，让人看得脸红心跳！她一手拿着红酒瓶，一手握着红酒杯，对着一桌人说道："欢迎各位来深圳哈！咱们都是一家人，以后互相关照，希望吴总和黄总带领我们一起搞大！"

大家闻言都乐了，陪着她喝了一口。

接着，她说要"打通关"，走到"阿玛尼"面前："黄总，我知道你酒量不错，今天好像还没发挥，咱俩单独来一下，加深一下关系呗！"

"那可要倒满！"向小强站起来起哄道。

陈巧娟白了向小强一眼："行啊，你来陪一杯我就喝！"

向小强一愣，连忙摆摆手坐下去，一桌人哄堂大笑，就连魏老大都嘿嘿地笑起来，气氛一下子活跃起来。

"阿玛尼"喝完酒刚要坐下，被陈巧娟一把拉住："黄总，我还得敬你的好搭档杜总一杯，你替他喝了吧！"

"陈总，有你横插进来就变成三角关系了，不好相处了呀！"向小强笑嘻嘻地说，好像也在暗示陈巧娟在北方总部是多余的。

陈巧娟笑道："你们放心，黄总和杜总的关系，我可插不进去！你看，他们俩一个激情一个冷静，刚好绝配呀！就像一个男人和一个女人在一起，男的热情似火，女的沉静安稳，两人才能过到一起去，这就叫互补型团队嘛，对不对？你想想，一个大男人在外面风风火火跑回家，如果女人在家里还火上浇油，那还得了，房子都要烧掉喽！那可不叫旺夫——你看那些贪官，有多少都是坏在老婆比他欲望还大嘛！"

说罢，她与"阿玛尼"对饮下第二杯，又走到魏老大面前，亲手倒了一点儿红酒递到他手里："尊敬的老大，刚才不好意思，是吴总让我拉你上台讲话的，不是我霸王硬上弓呀！"

魏老大站起来，笑着把酒喝下，把杯底亮给陈巧娟看，表示喝得很干净：“整个集团里也就你有这个能耐！”

陈巧娟学着古装剧里宫廷女人的姿势给魏老大行了个万福礼：“多谢老大厚爱，祝老大吉祥！”在大家的一片叫好声中，她又摇臀扭腰地走到亦山哥面前，一手按在他的肩膀上，“岳亦山，你小子可要对我负责！”

如果用陈巧娟的话来形容这一刻，应该这样描述：一桌人瞬间高潮了！“阿玛尼”吹起了口哨，魏老大拊掌大笑，向小强一拍桌子直接跳起来，声嘶力竭地喊道：“你们俩干了什么快说！”让我感到意外的是马楠楠，她丝毫没有嫉妒或者生气的意思，而是附和着向小强高喊“快说快说”。

唯一毫无反应的人是我——也不对，在陈巧娟的手碰到亦山哥的时候，我打了个冷战。虽然亦山哥是金融街闻名的风流才子，私下里被女同事们称为“武定侯街金城武”，他却从来没有跟我和淑玲讲过他和异性交往的故事，也没有在我们面前和异性有过亲密举动，所有风流韵事都是我们道听途说来的。所以他在我心里一直是个好领导、好大哥、好榜样，直到昨晚我看见他和陈巧娟一起走出酒店房间。他们俩之间到底发生了什么？

亦山哥对向小强的追问笑而不答，更激起了大家的兴趣。“阿玛尼”让陈巧娟解释一下，她大大方方地说道：“告诉你们，老娘的人生目标是：尝遍天下美酒，睡遍人间帅哥！所以，我和岳总嘛——一起喝酒来着！”

我去！这话谁能信哪，大家都嘘起来，强烈要求他们老实交代。

亦山哥站起来大声说道：“你们这么想知道哇！要不我把我和陈总做的事现场给大家演示一下？”

这句话把大家带向新的高潮，每个人都高声叫好并一起拍桌子，简直要闹翻天了。连我也就着酒劲儿忍不住一起拍起桌子来：亲爱的亦山哥，我倒要看你到底要干什么！

亦山哥用一只手挡住嘴，与陈巧娟讲了一句悄悄话，然后两个人像顽童似的对着大家笑了笑，突然同时举杯，喝了个交杯酒，然后拥抱了一下。“阿玛尼”、魏老大和我鼓掌喝彩，向小强和马楠楠却不答应，大喊“作弊”。向小强脸涨得通红，比当事人都激动，好像好不容易抓住这两个人（他最讨厌的两个同事）的把柄，唯恐天下不乱：“你们快别装了！陈总你怎么脸都红了！”

“这是脸红吗？你懂不懂啊，这叫微醺！”陈巧娟才不与他纠缠，继续她的“通关之旅”，走到我面前。我连忙起身，恭恭敬敬地倒了小半杯红酒，一边碰杯一边说了声谢谢陈总，然后一口喝完。

向小强不依不饶地说：“你们看看小杨这拘谨劲儿，陈总刚才说睡遍帅哥把咱们小鲜肉给吓着了吧！”大家闻言又大笑一番，弄得我尴尬不已。不过陈巧娟并没说什么俏皮话，算是放我一马。

下一个是马楠楠。她早早站起来举起满满一杯红酒，等到陈巧娟走到身旁，充满敬意地说道：“陈总，我这一杯算是跟芳笑一起敬您的。感谢您给我们的指点，您说的话对我们一生都有用。”说罢，她一仰头，咕咚咕咚把酒喝完。

“陈总都跟你们说什么了？”“阿玛尼”好奇地问道。

“呃……”马楠楠一愣，不知该怎么回答。陈巧娟接过话题，问大家想听真的还是假的。在座的 5 个男人都说当然听真的。陈巧娟说了声“好”，先走到马楠楠和向小强中间，与后者碰杯喝完（算是打通了关），才不慌不忙地说：“不光是跟她们，我跟所有公司女孩子都这么讲：首先，男人都是狗，金融男就是发情期的小公狗（此处引起男同胞一致的嘘声）。你们别不承认，实际就是这样嘛！搞金融的，大钱不容易挣，小钱来得快，平时压力又大，就爱寻求些刺激当放松。女人在这个社会是弱势动物，就成了你们最好的猎物，对不对？本来人性就是这样的嘛，一个茶壶对着几个茶杯，怎么改得掉呢！”

男人们干笑了两声，但是都不再说话，似乎一时间理屈词穷。

陈巧娟见我们毫无反击能力，继续傲娇地说道：“接下来我就给她们讲，要利用好自己的资源。每个人生下来条件就不一样，我管这些条件叫‘先天资本’，比如时代、地域、家庭条件、性别什么的。‘先天资本’是不好改变的，一投胎就注定了。但是每个女人都应该学会利用好这些东西，把有利的发挥到最佳、不利的限制到最小，也就是把‘先天资本’改造成‘后天资本’——靠自己后天努力争取来的条件，这个才是决定一辈子幸福与否的东西。就说性别吧，很多女人就是没有男人力气大，就是不如男人职位爬得高，但是女人的身体也是一种资源哪，对不对？林志玲说句话就能让多少男人神魂颠倒，是不是连声音都是一种武器？以前小马做微整，不也是帮人增加‘后天资本’吗？”

男人们更加沉默了。魏老大摸出一根香烟，亦山哥马上帮他点上。

陈巧娟一手抚在马楠楠背上，一手把玩着空酒杯，好像女王挥舞着她的权杖。“最后我就给她们讲，把前两条一结合你就明白了，对付男人很简单：你就放狗儿们出去征服世界好了，让他们去登什么火星月球，搞什么联合国，制定什么贸易协定；你们呢，只要制订好两性规则，征服他们就行啦！其实呀，在座男士们也别不高兴，这个社会对男人也好、女人也罢，规则都是一样的：付出你能付出的，得到你该得到的！”

07

晚宴结束，吴伟群、陈巧娟和大江带着隔壁桌的金融家们打牌去了，“北京庆生团”完成了历史使命，就地解散。“阿玛尼”把手提包忘在包间里，和马楠楠一转眼就不见了；向小强请魏老大到外面再坐一会儿，商量一下“918”的细节；亦山哥和我无所事事，就到酒店楼下庭院里的糕饼店“糖立方”，找了个露天雅座喝果汁。

坐了一会儿，刚才的酒劲儿逐渐淡下去，亦山哥问我深圳之行有什么感想。我说：“这是我第一次到深圳总部，看到集团这么有实力、各路募集团队这么多精英，信心大大增加了。另外，南京袁总还介绍了一个宜兴的项目，业务上也算有收获。不过，听说吴伟群那么奢侈，陈巧娟在赚黑钱，还是让人心里有些不安。”

我问亦山哥有什么感受，是不是还在为“918”的事纠结？他叹了口气说道：“也许向小强这次的提议正是吴伟群所期待的，老吴的心思太难猜了！你注意到没有，他的情绪从来都不剧烈波动，不管在什么场合下遇到什么人、什么事，他都保持冷静。我跟你说过他是个太极大师。太极的精髓之一就是讲究‘胜人者有力，自胜者强’——老吴的自控力实在是太强了！所以这种人永远都不会跟你交心，又很善变，你永远摸不透他为人处世的套路，这才是我最担忧的地方。”

“不会吧，您是担心他没有底线？”我又问道。

亦山哥笑了起来：“他还没对你下手罢了。原先我手下的高级经理是老杜挖来的，一开始跟我配合得不错，一起完成了北方总部第一单。老吴马上约他去深圳，当面‘点拨’了他一下。不久，他一拿到项目奖金就回老家开设鑫城财富的子公司去了。对了，还记得老吴上次到北京说的额外提成吗？那不也是为了让我和向小强二虎相争吗？别忘了他的初衷是让北方总部给他增加募集力量，而不是自成体系，所以总是想方设法削弱咱们业务部门的实力。”

吴伟群一直把我紧紧拉在身边，暂时还没有对我耍过什么手段，但是谁知他原来是如此两面三刀，还是和他保持一定距离为妙！对了，按说亦山哥在金融圈也是阅人无数，为什么他在上次吴伟群到访北方总部的时候对我说金融街上没有这样的人呢？

亦山哥沉思片刻说道：“老吴修炼到今天的境界也是靠慢慢成长和领悟的。他没什么学历，很早就在社会上摸爬滚打，阅历很丰富。他喜欢读书，所以悟性极强，又能吃苦，几年时间就做起来了。他总把‘资源’挂在嘴边，因为深知没有资源寸步难行，所以他在公司笼络了一批家里有背景、实力的年轻人。而金融街上呢，都是我们这种‘三门人士’——从家门到大学门再到单位门，不管家世如何，都被体制调教成规规矩矩的‘学院派’，没有为生存拼搏过，缺乏对底层社会的认知，也缺乏对人性的洞察，做不出陈巧娟说的那种不择手段利用资源的事。”

听他提到陈巧娟的名字，我又联想起从猫眼看到的一幕，有点走神。也许亦山哥看出些端倪，也许只是随便聊天，接着说道：“你也很担心陈巧娟对吧？我看没必要。老吴那么多疑的一个人不会完全信任任何人的。我感觉他多多少少还是在防范着陈巧娟，否则怎么一直没有答应升她做总公司 CFO 呢！也许收黑钱的事他也知情，只不过睁一只眼闭一只眼，留点儿甜头给她吧！”

亦山哥一向料事如神，但是这一次他错了，而且后来的事实证明，他错得离谱。

过了一会儿，我又想起一件事：“亦山哥，有个问题我一直想问问您，做太阳城项目的时候，您是怎么判断出魏老大会帮忙募资的呢？”

亦山哥想了想说道：“其实我当时也没有十足的把握。我的确早就观察到北分有偏爱短期项目的销售倾向，但是更重要的信息还是从保险圈朋友那里听说的：魏老大背后合作最多的那家保险公司通过卖万能险异军突起，今年前 5 个月就完成了原定的 2015 年全年任务目标，销售团队手里积攒了一些大单不想今年在公司释放。我这才决定到北分放手一搏。我跟你说，我经历了这么多谈判，最烦的就是那些从头到尾都只谈自己想要什么的人。所以你跟人见面谈判之前一定要做好功课，做到知彼知己，换位思考。”

“嗯，我明白了！只有摸清对手的情况，抓住对方心理对症下药，才能取得先机。您太厉害了！”我由衷地说，“其实这几天我还有个感受，就是集团里很多人都非常敬仰您，认可您的专业能力和为人。您有没有考虑过也搞个子公司，或者像大江说的单飞呢？”

亦山哥笑道：“不是‘阿玛尼’让你小子来试探我吧！不过说真的，我还真没这个打算。现在私募并不好干，鑫城财富不管咋说还能撑着，那就先干着好了。我可不是非要大富大贵。千百年来中国读书人追求的是什么？‘穷则独善其身，达则兼济天下。’这就是我的座右铭。再说了，你不知道，我们以前在信托公司基本上都是前半年完成公司任务，后半年就处于半休息状态，我可以天南海北地玩。开公司可是个操心的事，会把人拴住。咱们现在这么干我都觉得憋屈呢，自己开公司不是有病吗！”

“我理解，其实您最想要的是自由。我看好像没什么东西能拴住您，不管是工作还是女人！”我也想调侃一把亦山哥，不料他却认真地说：“你这个理解既对也错。你跟我共事快 5 个月了，能感觉出来我不喜欢束缚，对吧！你看我不买房也不买车，到现在也没有固定对象，要是换工作要去另一个城市，背起包就走，没有什么羁绊。其实我挺像你们北大出来的，不好好低头看路，总想着‘诗和远方’！”

我被他逗笑了，不过他还是一脸严肃：“其实我最想要的是内心的安宁和快乐，自由只是相对的。毕竟我们是群居动物，想在共同的一个社区、社会或者国家生活，就要有底线、守规矩，让渡出一部分自由和权利去服从大局。否则，这个共同体就会发生霍布斯说的‘人人彼此为敌’（all against all）的战争，变成一个施行丛林法则的黑暗世界。你说华尔街上汇聚了那么多天才的头脑，为什么一次又一次地搞出危机？就是因为大家无休止地疯狂追逐私利。就像垃圾债券、次贷以及最新的高频交易，工具在变，不变的是贪婪，是人性！米尔肯这种大师级金融工程师在旧工具箱里翻新出一个工具，凭借一己之力就能创造出一个每年几千亿美元的市场。但是当这个市场稍一下滑，就害得储蓄信贷行业几乎破产。这些大师的确创造了新的秩序，改变着金融业的规则，但是这个行业里越聪明的人创造出的东西越危险哪！”

“对，亦山哥，我完全明白您的担心了。就像‘918’和 P2P，都是别人手里获得成功的工具，吴总也希望很快上马。可是这两个项目都吸金很快，我们又都没做过，有没有足够的能力驾驭还不好说，未来究竟能搞成什么样子确实还无法预料。”我也变得忧心忡忡起来。

“Bingo（答对了）！”亦山哥一拍桌子，“上午老吴用吃苹果的工夫说服我们接受‘918’，让我联想起夏娃被诱骗吃下苹果，只不过现在还不知道谁是‘夏娃’！”

我们俩不再说话，静静地坐在椅子上，品味着刚才的对话、鲜榨的果汁和清凉的夜色。

10 点刚过，有微风吹过，彻底吹散了酒意。我向四周望去，环绕我们的是万象城二期的奢侈品牌店，与北京金购、上海恒隆广场、广州太古汇大同小异。人家说世界是平的，看来此言不虚：在所有大城市里，你都能见到这些国际一线品牌，只要你怀揣着国际通行证——金钱——就能畅通无阻。

回到酒店，亦山哥回去休息，我还得给“阿玛尼”送趟包。“阿玛尼”也真够心大的，饭后到现在这么长时间都没发觉丢了东西吗？他也没喝多少哇！走到他房间门口刚要敲门，我隐隐约约听到里面有声音，不由得屏住了呼吸：一个女孩正低声说着什么，然后是“阿玛尼”的笑声，再接下来则是女孩的惊叫以及娇喘连连……

迟疑片刻，我倒退了两步，一转身走开了。

第六章

01

在我心中，北京的秋天是一年当中最美丽的季节。在秋天里，北京没有春天的柳絮、夏天的炎热和冬天的寒风，只有柔和的阳光、满树的金黄和凉爽的微风。

金融街上秋意最浓的地方就要数金城坊街了。这是一条美食街，就在中国人寿广场南侧，全长627米，东起太平桥大街，西到阜成门南顺城街，道路北侧是各色餐厅、酒吧和咖啡厅，南侧是绿化带，有一片草坪和小树林。

从深圳返回北京的第二天午后，我漫步在这条街上，正赶上风和日丽，落英缤纷，良辰美景吸引了金融街不少年轻人到绿化带周边散步。最受欢迎的是从星巴克到必胜客这段马路对面的几棵银杏树，有很多人在此拍照留念。我也掏出手机走了过去，没想到这时一个熟悉的身影出现在屏幕里——这不是小何吗？身边还有一个陌生男人——她的“绯闻男友”王一萌。

我实在想不通小何为什么会找这样一个家伙：他应该比我大几岁，其貌不扬，身高也就1米6出头（小何穿着平跟鞋还比他略高），黑色的风衣虽然价值不菲，但是穿在一般人身上可以提升品位，穿在他身上则显得他腿很短。更奇葩的是他还穿着在男装杂志上才能看到的工装裤配帆布鞋，与金融街上往来行人的职业装束显得格格不入。

他们肩并肩向前走着，中间隔着一步远的距离。两个人都黑着脸，好像刚吵过架。小何一看到我就连忙拽着王一萌的胳膊往回走，而那小子不明就里，坚持往前走。于是，几秒钟后再也来不及回避，我们迎面相逢。我挡在他们面前，小何也停下脚步，咬着嘴唇一声不吭。

王一萌看了看我俩的表情，突然明白过来，满脸不屑地说道：“哎哟，您就是一直追我们家芳笑那哥们儿吧？够可以的呀你，干吗呢这儿，跟踪我们哪？你知道我谁吗？告儿你，以后别打她主意，要不我可对你不客气了！”

很多人都说我是谦谦君子，平时从不与人冲突，但是这次狭路相逢，在小何面前无路可退。当时也不容多想，我回敬道：“你是谁呀？这里是金融街，轮不到你撒野！”

王一萌笑了：“金融街怎么了？金融街不是北京的地盘儿吗？在北京地界上还真轮不到你撒野！”

听到他的话，我心头突然涌上一股愤怒：“连她自己都说了跟你不合适，你该哪儿去哪儿去吧，别扯这些没用的了！”

王一萌愣了一下，瞅向小何：“你说咱俩不合适？”

小何并不看他的眼睛，只是又向后拉他的胳膊。

可是王一萌恼羞成怒，使劲儿一甩胳膊，小何闪了一个趔趄。

我急了，直奔那个浑球而去。

小何马上冲到我和他中间，大喊一声“够了”！我们两个大老爷们竟然都被她突然爆发出来的“小宇宙”镇住了。见到有陌生人开始围观，小何的脸红了，她推开王一萌试图拉住她的手，对他大声说道：“以后不要再来找我了！”说罢，头也不回地往公司方向跑去。

我看了王一萌一眼，迟疑片刻，转身去追小何。王一萌双手叉腰站在原地，朝着我们的方向不停喊叫着。我的头脑发涨，满心想的都是追上小何把话说清楚，完全不理会身后那只“疯狗”的叫唤。

我在上电梯前追上了小何，不过身边全是人没法说话。在19层下了电梯，我一路跟着她快步前行，幸好午休时间没有遇到其他同事。尾随她走进储藏室，关上门，我急切地问道：“芳笑，你没事吧？”

小何没有说话，只是低下头，眼泪顺颊而下。

那一瞬间，我的心融化了。

如果心爱的女孩站在你面前流泪，纵有千言万语，你又该如何表达自己呢……也不知哪里冒出的勇气，我上前一步，紧紧地把她搂住：“芳笑，做我女朋友吧！”听到我的表白，她把头枕在我的肩头，双手搭在我的腰际，轻轻地啜泣起来。

真的不敢相信，我终于把她抱在怀里了！我轻轻抚摸着她的头发，安慰她不要哭泣。过了一会儿她终于平静下来，松开手，从包里拿出纸巾擦眼泪。我把她的手拨开，吻了吻她的眼睛，她并没有躲闪。我继续吻她的泪痕，一路向下，嘴角已经碰到了她的嘴角。我停下来。这时，仿佛整个世界都安静下来，只能听到两个人扑通扑通的心跳声。

她还是没有躲闪。

我深吸了一口气，终于把嘴对在了她的双唇上。我永远不会忘记那一刻的感受：她的嘴唇是那么柔软、芳香而又甜蜜，好像一颗新鲜的樱桃。我缓慢而又贪婪地吻了又吻，吮吸着樱桃的滋味，身体抑制不住地颤抖起来。这是与前女友 Tippi 在一起从来没有过的感觉！

也就是在那一刻，我死心塌地、义无反顾、彻彻底底地爱上了小何。

宜兴项目进展得比较顺利，这和介绍人大有关系。袁宁的父亲是江苏著名企业家，头上戴着各种商会会长的头衔，为人精明透顶，神通广大。可是袁宁就没有继承老爷子的八面玲珑劲儿，一点儿心机都没有，只想做个“安静的美男子”，很可能是整个集团最老实可靠的人。他尽心尽力地帮我们与融资方对接，甚至每次亲自开车到机场迎来送往，完全没有老板的派头。

融资方也是宜兴家底殷实的老板，做生意这么多年就没跟金融机构合作过，缺钱了就在当地小圈子里解决。只是因为早年得到过袁宁父亲帮助，所以当袁宁提出为他新的产业园开发项目融资时，这位粗线条的老板二话不说就同意了。他说自己只算大账、不计小钱，所以所有的融资条款一字不改全部通过。我算了一下，如果他把给我们的抵押担保条件拿给银行，至少能节省 12 个点！

我不禁感叹：中国的金融服务实在太欠缺了，不知神州大地上还有多少这样的优质客户尚待发掘！不过亦山哥却说，人家江浙老板这种生存之道也很有智慧：银行都嫌贫爱富，从不雪中送炭；还不如平时在一个富人圈子里积累信用和口碑，真急着用钱的时候更管用。看来，民营企业对金融机构是既爱又怕呀！

做宜兴项目时我们还得到了一个额外的收获：在老袁总的朋友圈里我们结识了他的同乡——北京颐和资产的老板付跃洲。付总年纪接近 50 岁，出生在宜兴，在北京读完大学后又出国深造，回国后在大学教授了 10 年经济学才下海创业。学以致用的结果是他迅速通过企业并购和二级市场操作赚取了巨额利润，建立起一个资产管理规模超过 40 亿元人民币的资本王国。在南京的一次饭局上相识后亦山哥与他相谈甚欢，交换名片后才得知原来他就在英蓝国际办公，当即约好一定要在金融街详谈一次。没想到还有这样一位民营资本大鳄潜伏在身边，金融街真是一个卧虎藏龙的地方。

其实刚开始我并没有觉得双方能擦出什么火花：付总的业务领域集中在资本市场，偏偏那是从吴伟群到“阿玛尼”都痛恨的场所，因为二级市场的目标客户群体与我们高度重合，股市一走高，我们的产品就难卖。亦山哥和我在 11 月的大部分时间里都扑在宜兴项目上，根本无暇他顾。到了 11 月底，在各方的通力配合下，我们顺利做完宜兴项目前期工作，陈律师和淑玲接过手做文案工作准备推向募集团队。于是，我们终于可以腾出空去会会这位大亨了。

02

英蓝国际金融中心位于阜成门南大街辅路，占地 1.22 万平方米，建筑面积约 12 万平方米，是金融街最高端的写字楼之一，高盛、摩根大通、罗斯柴尔德、国开金融等知名机构都在这里办公。不止一个人告诉我，这座大楼在金融街上班族心中有着不可动摇的神圣地位。付总能在这里落脚实属不易。有趣的是，他的办公室是中式的装修风格，搞得像个书画院，一点金融氛围都没有。他对满屋子的字画、红木家具和各种奇形怪状的石头引以为豪，给我们一一介绍。更有意思的是，别看他的办公室这么讲究，个人穿着却很随意，经常是衬衫加牛仔裤配上运动鞋，还有一件皱皱巴巴的西装外套——我敢打赌这件“古董”他至少从教书起一直穿到现在。

谈到正题，付总首先介绍公司的主营业务有三项：二级市场股票投资、定增和 PE 投资。他认为最近股市暴跌是好事，他看中的很多只股票都已经从高位回落，虽然在二级市场出手还比较谨慎，但是这段时间一直在加大研究力度，并积极参与定增。此外，他还在考虑用股票质押换取银行融资，以便扩大投资规模。

他从来没有接触过我们这种影子私募，本来想让我们参与他的股票质押融资，但是听亦山哥介绍完鑫城财富的业务模式，说到我们一般成本要到 20% 以上时，顿时没了兴趣。亦山哥解释说："那个利率是针对一般的非标业务。虽然鑫城财富还没做过股票质押，但是听说别的私募做得很多，客户接受程度很高，我们应该能把总成本控制在 15% 以内。再说了，既然你们最近几年股票投资回报率都在 40% 以上，15% 的成本也完全负担得起呀！"

付总摇头晃脑地说："话是这么说，理可不是这个理！做股票投资，最怕的就是过度举债投资。现在银行给我们做的方案，也就是 6.1%~6.6% 的水平，这个利率是没问题的，我们承担得起。如果你要搞到 10% 以上那我们可就紧张了，15% 就更有压力了，会对操作产生影响，而业绩一受影响人就更有压力，这就变成一种反身性，会恶性循环下去。"

"那有没有可能通过拉长期限来解决这个问题呢？"我问道，"比如我们发 2 年期的基金，年化收益率还是要那么多，但是第一年末你们不付息，第二年末再统一结算，这样前期操作压力就小多了吧？"

"这个方案可不行。客户第一年末一定会要利息的，你让公司先垫付吗？那风险可太大了，没人愿意担。"亦山哥首先站出来否定。

付总也说他并不是非借不可："公司其实并不缺钱，平时账上随时都有上亿现金可以用的。只是我这人思路跟别人不一样，最近看到市场点位低迷，又有银行主动找上门来，这才动了心思想融点资金回来。只要利息成本不高，这个时候风险不大的。"

谈到这里似乎进入一个僵局：双方之间有一条成本的鸿沟无法逾越。过了一会儿，还是亦山哥首先打破沉默："付总，你们不是还有定增业务吗，咱们在这块合作怎么样呢？"

"怎么合作？"付总和我都不解地望着他。

亦山哥站起身，绕着我们坐的木椅踱步，边走边给我们讲解："比较而言，定增一般有 1~3 年的锁定期，资金使用效率和灵活度比普通的二级市场股票投资要差很多。但是由于定增时已经有一定幅度的价格折让，再加上市场一般认为定增是利好，消息一出股价就会上涨，所以对收益稳定性的预期还是高于后者的。

“既然颐和资产做股票质押的初衷就是提高资金使用效率、扩大规模，那么我们为什么不去做定增股票的质押呢？对颐和资产来讲，这部分资金的流动性最差，盘活这块资产的价值也就最大。而且定增只有初始的一次性协议买入，融资成本高低都不会造成你们心理出现波动。对我们的客户来讲，一开始就有清晰不变的投资标的物，不用天天操心你们又买了什么股票，所以接受度会更高，资金成本会相应地大幅下降，抵押折扣率也会提高。”

亦山哥真是天才，他竟然为客户创造出了一个新产品！

“太好了！”付总激动得一跃而起，“我怎么没想到这一点！你在我们原来的思路上走得更远，搞定增质押，能帮我们解决真正的痛点。”

我顺着这个思路往下说道：“而且是不是还可以这样操作：如果颐和资产已投的定增项目很多的话，我们可以打包几个期限差不多的项目放在一起捆绑发售，这样可以降低单一项目的市场风险，还有利于扩大规模。”

亦山哥听了我的话眼前一亮：“说得好！等到我们做到一定规模以后可以更进一步，都不用考虑项目期限的问题了，直接把全部定增项目打进一个大包里，用‘918’的资金对接不就行了？”

对呀！只要颐和资产持续做定增业务，投资标的就会源源不断地进入这个资产包，而“918”的资金期限灵活，正好可以用来匹配。这样既能让颐和资产的定增资金随时贴现，又能实现亦山哥给大客户定向发行“918”的设想，一举两得！

于是，亦山哥带我紧锣密鼓地开展新产品的设计工作。

说实话，虽然这对于鑫城财富和颐和资产是一种创新，但是很多私募基金早已开始这方面的尝试了。通过调研我们发现：定增股票质押项目比较抢手，客户反响强烈，一年期产品达到 7%~8% 的收益率即可。就以客户收益 7.5% 计算，再加上 1 个点的募集费用和 1 个点的管理费，总成本刚好控制在 10% 以内，比

"918"低不说，流动性风险也大大降低了。

同时，我们还了解了一下过去几年A股市场定增项目的收益情况。据万得资讯统计，2011~2014年，定增项目平均收益率分别为11.41%、49.29%、54.34%和78%，4年平均数为48.26%，远超同期沪深300指数收益率，更远超我们的资金成本。

在随后与颐和资产的对接中，我们充分考虑安全边际的问题，在他们推荐的已投定增项目中圈定了两个：首先，这两家都是成长型中小市值公司，有业绩支撑，也有后续做市值管理的动力和便利；其次，两家公司的大股东都参与了定增，显示了对公司未来发展的信心，相当于和我们是利益共同体；再次，颐和资产在这两个项目上的锁定期几乎同时结束，目前浮盈较多；最后，参与他们这轮定增的有一家知名投资机构，这也是一种强有力的背书。

我们又征求了陈律师的意见，综合上述所有信息，修订了之前的设想，设计了一个更为简单清晰的交易方案。

颐和资产首期以价值约5亿元人民币的两家上市公司非流通股权向鑫城财富质押融资，融资额为股权价值（以质押前20个交易日均价为准）的75%，融资期限为9个月，融资年化利率为9.5%。当股权价值下跌至85%时触发警戒线，颐和资产需在3个工作日内完成补仓（在二级市场买入两家公司股票），使质押的全部股权价值恢复至100%。颐和资产将为本息进行担保，并在股票全部变现退出时，向鑫城财富额外分配5%的利润。

我们认为这个方案最大程度地平衡了各方的利益。

在颐和资产看来，虽然付出9.5%的利息加上5%的利润，但是融资额大大超出预期：75%的折扣率基本是市面最高水平，其他私募基金和信托公司大多给到60%；银行虽然利率低，但是只有30%~40%的折扣率。

对客户来讲，投资标的物非常明确，上市公司股票的价值远比未上市的非标资产清晰透明，7.5%的年化收益也比较可心。

鑫城财富更是赢家：我们不仅获得了1%的管理费，还争取到了利润分成，从历史数据推测，我们的最终收益可能相当可观。

我们还与付总商定了后续合作计划：第一，继续梳理他们手里其他已投定增项目，设计与“918”资金的对接方式；第二，对于未来他们拟投的定增项目，我们将择优发行专项基金予以配合；第三，在双方合作规模达到10亿元后，我们综合运用一年期基金和“918”资金，以长短结合的方式，为颐和资产打造一个持续滚动的定增项目资金池。

没错，当时我们很清楚设立资金池是违规行为，但是依然做出了这样的规划：既然“918”势不可当，那就找个合适的载体去承接，总比大量资金无处可去、最后投到烂项目里或者被挪去放高利贷要好吧！没想到的是，我们精心设计的整套计划竟然同时遭到了杜叔叔和向小强的反对。

这还要从“918”过会的事说起。

03

在北方总部，一个项目想最终落地要过两关：立项会和评审会。按照杜叔叔最初的设计，立项会其实是一个简单的通气会：业务部门初筛项目，向合规部提交立项申请报告、考察评估报告、交易对手背景介绍等基本材料，证明项目大体可靠后，在会上由3名委员（“阿玛尼”、杜叔叔和合规部总经理）确认可以正式推进，然后开启聘请中介机构尽调、商务谈判、设计交易条款及方案等一系列流程。做完这些准备工作，业务部门需要向评审会提交尽调报告、投资可行性研究报告、风险和合规评估报告、投资后续管理方案、法律意见书、项目担保方案以及项目投资合同草案等文件。如果会议审核通过，项目就算正式落地了，业务部门可以接着编制产品说明书并与募集团队沟通。

不过我们的第一任合规部总经理把流程变得复杂化了。他是从一个大律所跳槽过来的，对风险的把控细致入微，业务部门给他提供的基本材料如果不能满足他的要求就会被打回去。亦山哥的风控意识很强，又有陈律师帮忙把关，所以一部的项目从来没有被他卡掉过；但是二部却成了重灾区，很多项目就是过不了合规部这一关，根本没法上立项会。向小强怀恨在心，不断在“阿玛尼”面前说合规部的坏话，终于在10月底逼走了这个绊脚石，合规部总经理由陈律师接任。

从深圳归来，向小强就开始积极推动“918”过会。陈律师深知前任离职的原因，也听说了吴伟群的支持态度，所以并没有在立项会层面阻拦——没有必要把矛盾揽到自己身上嘛！不过向小强想通过评审会就没那么容易了。

当时评审会委员共有6人（设为偶数是因为总会有一位业务部门总经理需要回避自己的项目）：“阿玛尼”、杜叔叔、亦山哥、向小强、彭总和陈律师。其中，彭总从不出席，都是委托杜叔叔代为投票；谁都知道陈律师是亦山哥拉进公司的，显而易见他会与亦山哥绑定。这样一来，“918”的命运竟然落到了亦山哥手里：向小强要回避自己的项目，他只能拿到“阿玛尼”一张铁票，也肯定会失去杜叔叔和彭总的两票，所以亦山哥的态度至关重要。

向小强一向与亦山哥不和，在深圳又没谈拢，只好搬出“阿玛尼”来做说客。杜叔叔那边已对亦山哥表明态度，明确要求他带着陈律师投反对票。一边是公司直接领导，一边是自己的伯乐，这个局面似乎无解，怎么选择都会得罪另一方。随着评审会日期的临近，我看他有几天眼圈都是黑的，眼袋浮肿，真替他捏了一把汗。

不过，亦山哥毕竟是亦山哥，最终他还是找到了破局之术。

就在开会前一天的上午，向小强急得团团转，又拉不下脸，于是就派程霞去做最后的努力。当时我正好在亦山哥办公室，当着我的面，他向程霞提出了两个条件：第一，方案里必须写明此次为“918”一期产品，限额发行3000万元；第二，事成之后，程霞要单独请他吃顿大餐。鉴于两个部门以及他们二人之间的紧张关系，我当时想亦山哥一定是在故意刁难对方。程霞蒙了，过了几秒钟似乎又感觉被调戏了，脸一红，退了出去。

程霞应该只对向小强转达了第一个条件，仍然气得他暴跳如雷，在办公室里摔了杯子——业务部门都是按照项目募集规模提成的，限额不就是限制提成金额吗！还是程霞更冷静，劝他不要冲动，两个人商量出一个还价：5000 万元。

亦山哥点了头，然后去劝说杜叔叔："阿杜"一直配合默契，这是北方总部顺利运转的基石。陈巧娟空降之后，特别是提拔马楠楠之后，"阿玛尼"已经有倒向吴伟群的迹象。这次既然已经争取到限额发行，从大局出发，何必要为了 5000 万元的事和他撕破脸呢？杜叔叔说，如果能做到定向、限额，他也可以考虑同意；但是为什么这次只争取了一个条件呢？

亦山哥解释说，"918"最大的特点就是资金灵活，使用不好固然可怕，但是使用得当也可能成为公司内部资金调配的重要工具，关键看谁去用。如果逼着向小强定向使用，没准他找的融资方根本不靠谱，会增加风险；而不定向的话，日常使用中，杜叔叔和陈律师的话语权就比较大，反而相对更安全。

杜叔叔听后立场也有所松动，但还是不大放心。亦山哥又说，向小强说得很对，咱们不做，深圳总部也会去做，还不如掌握在我们手里更安心，再说吴伟群和"阿玛尼"都要做的事，宜疏不宜堵哇！杜叔叔沉思良久，做出了决定：他自己（加上彭总）依然会投反对票表明立场，但是不再限制亦山哥的选择。

评审会最终的投票结果是 3 ∶ 2，"918"产品就这样在北方总部诞生了。

我们都知道它会是一个吸金法宝，可是谁也没有想到的是，5000 万元的产品，北分一家就卖掉了 3000 万元，5 天时间就全部销售一空！这个募集速度甚至接近鑫城财富在全国的日均募集水平！

这个震撼的结果瞬间传遍整个集团，大家急不可耐地想了解详细情况。包括我和淑玲在内，北方总部所有业务部门人员的电话都快被打爆了；深圳总部项目部更是跃跃欲试。奇怪的是，吴伟群却异常冷静地按住了他们，明确表示"918"暂时只在北方总部试点。

不用说，"阿玛尼"和向小强喜笑颜开、弹冠相庆，他们俩一下子成为整个集团的焦点不说，这次的成功还预示着这款新产品是有生命力的，后续发行肯定不成问题，而且日后很有可能成为常态化发行的产品，这就意味着丰厚的提成也在向他们招手！项目二部瞬间成为炙手可热的部门。听高腾说，公司内外足足有一打人请他帮忙给向小强递简历，托请杜叔叔的人就更多了。向小强在公司里简直上了天，到处说自己要升职了，除了“三巨头”谁都不放在眼里。特别对一部的人，他一副耀武扬威的样子，似乎这回终于一战翻身，在业绩上反超我们。程霞也小心地避开直面亦山哥的机会，好像生怕他再提单独吃饭的事。

亦山哥早就预料到这一切，让我和淑玲不要放在心上，专心做好自己的事。当时正是我们最忙碌的时候：宜兴项目已经完成尽调，我们一边准备公司上会材料，一边开始与募集团队沟通；不久，与付总又谈定合作框架，我们在定增领域并不专业，还得尽快补习大量知识，并要在充分调研和探讨的基础上设计交易方案。那段时间一部开启了“5＋2”和“白＋黑”模式，天天连轴转，旅行箱就放在公司，要么在办公室早起贪黑地开会做文件，要么拎起旅行箱就出差。不出两周，我们3个人相继得了重感冒。连保洁阿姨都说：“你们几个人比我还辛苦。”亦山哥苦笑着说：“是呀，回家教育一下您儿子，再不好好学习，将来就让他当金融民工！”

那段时间我的生活可以用“痛并快乐着”来形容。痛，是因为工作压力非常大，我也还没有完全走出成明项目失败的阴影；快乐，是因为正在做的两个项目前景不错，而且我和小何也正在热恋当中，只是我的个人时间太少了。为了手头的工作，我第一次错过了杜叔叔和老妈的饭局，也不得不忍受着和小何只能在公司相见、没有时间约会的煎熬。记得有个周五，她下班后等了我4小时，我非常感动，坚持打车送她回家，结果在车上倒在她怀里睡着了。还有一次我们一起去金购吃午饭，回来的时候电梯里只有我们两个人，于是我不顾她微弱的抗议，把她一把搂过来热烈地接吻……

现在回想起来有一种感觉：那些点滴的甜蜜幸福似乎胜过了日夜的厮守，正如同忙碌的加班出差胜过了平稳的朝九晚五。为什么？也许我们的日常生活太过平淡，需要新鲜东西的刺激吧！其实无论是幸福还是辛劳，是甜蜜还是苦涩，凡是能在生命长河中激起浪花的，都是值得回忆的。只要没有发生不可逆的损失，吃点苦又算什么呢？

04

话说回来，当亦山哥带我们辛辛苦苦做完颐和资产项目方案，信心满满地开始与评审会委员们预沟通时，却意外地遭到了杜叔叔和向小强的双双否定。

以前亦山哥有杜叔叔这座坚强的靠山，再加上彭总和合规部总经理的票，至少能拿下半壁江山。再加上“阿玛尼”一般什么项目都会投赞成票，向小强碍于情面（或怕被报复）也没否定过一部的项目，所以我们从来没把过会当作难题。可是这次的形势大为不同：如果杜叔叔和向小强在表决时投反对票，我们就只剩下陈律师一张铁票；即使“阿玛尼”也赞成，仍然会以 2 ∶ 3 被否决掉。

事情到了这个份儿上，看来我们也需要去拜票了。

我建议亦山哥直接去找杜叔叔。这次他的否定很奇怪，以前我们三个人关系这么紧密，完全不可能出现这种情况，我们应该先去问个究竟。再说他一个人手握两票，从过去的经验看，说服他就差不多了。亦山哥的想法正相反，他认为杜叔叔平时稳重老成，他这次的决定肯定是经过深思熟虑的，没有那么容易改变；而且现在拿到他的两票也不保险了：“918”成功发行后，向小强在公司的地位迅速提升，与“阿玛尼”走得更近了。如果他铁了心阻挠并说服“阿玛尼”也投反对票，那就真的麻烦了！

于是，我们俩先来到向小强的办公室。他一看是我们，立刻换上一副得意扬扬的样子：怎么样，你们现在要反过来求我了吧！说起对于颐和资产项目的反对意见，他的解释是：公司从来没有做过定增项目，我们对资本市场相对陌生，没有必要去冒险尝试不熟悉的领域。

这个理由显然太过牵强。是谁一次次大谈特谈创新的意义？公司想追赶行业领军企业，难道不应该迅速丰富产品线吗？向小强这是明摆着找碴！难道一个项目的成功就让他觉得自己翅膀硬了，可以毫无顾忌地凌驾在一部之上吗？我对他这种自私而狭隘的表现义愤填膺，但是亦山哥却只是淡淡地说：“咱们是没做过这类项目，可是总有第一次吧！其实就像‘918’一样，这个方案也是我们学习外边成功经验的结果。这样吧，我再修改一下方案，删掉后续使用‘918’的计划怎么样？你放心，你帮公司弄来的资金，我不会抢使用权的。”

向小强半天没有说话。我们已经主动示弱删改方案来打消他对我们觊觎“918”资金的疑虑。再说，我们与评审会委员的沟通都是私下一对一进行的，他并不知道杜叔叔也反对的事，我猜他只是想难为一下我们，未必真的认为能否决掉这个项目。也许能让亦山哥主动上门求他已经够本儿了吧！想了半天，他终于露出笑容：“好吧，岳总。既然你都这么说了，试试就试试呗！‘918’能过会多亏了你，我还没来得及道谢。不过我这次也算是投桃报李，咱们扯平了！”

如果说摆平向小强还算波澜不惊，那么在杜叔叔那里碰到的则是铜墙铁壁。他反对的主要理由是：不看好未来一年二级市场的走势。他对我们说：“定增乃至二级市场的项目是值得拓展的，只是时机不对。从我这么多年的经验看来，明年的市场不会有什么起色。今年的几次暴跌你们也都看到了，如果明年再来几次怎么办？大盘现在的风险还是相当大的，一定不要大意。”

“您是怎么判断出风险很大的呢？”亦山哥问道，“现在沪指都跌破 3500 点了，比 6 月份的最高点下降了 30%，风险已经得到了很好的释放。虽然我自己不买股票，但是我感觉这个时候已经可以买入了。”

杜叔叔笑了笑，对亦山哥说：“幸亏你不做股票，你还以为这是牛市吗？牛市已经过去了！哪次熊市来临不是伴随着暴跌？中国股市上散户太多，这样的市场和散户一样缺乏理性。你们俩都学过经济学，经济学原理中有个‘替代效应’，意思是说当一种商品价格下降，消费者就会更多地购买这种商品，从而替代其他同类商品。可是股市上完全相反，股票价格越高大家越想买，越跌反而越没人敢出手，所以我认为大盘下跌 30% 是远远不够的。现在这个阶段市场要狠宰的就是像你这样半路抄底的人。”

亦山哥被说得很没面子，挠着后脑勺说：“没那么严重吧！反正颐和资产买的都是二线蓝筹或者有业绩支撑的成长股，可以安心持有，不会跌到哪里去的。”

杜叔叔叹了口气，转头对我说：“晓波，你看岳亦山说话是不是越来越像电视上的股评家？什么‘业绩支撑’‘安心持有’，讲这些话的时候你自己信了吗？说了半天你自己买了没有？”杜叔叔特意停了一下，见我们一声不吭，才又继续说下去，“方案里面这两家公司资质是不错，但是在市场泥沙俱下的时候，谁也不能保证独善其身。我建议你们把颐和资产作为重点潜在合作伙伴储备起来，等到市场恢复平稳的时候再出手也不迟。”

“到那个时候可能就晚了。是我给他们老板指明定增股票质押这条路的，所以他才愿意接受我们的高成本资金。如果别人找银行提供一笔低息资金，他很有可能会要求我们压低成本，甚至把我们踢出局。”亦山哥说道。

杜叔叔想了想，皱起眉头：“颐和资产愿意拿我们的钱，是因为你们把条件设置得太宽松了吧！他们在别人那里拿不到这么多钱回去的，这也是一个很大的风险点：股票跌个两三天就要补仓，可是万一他们看淡后市、不及时买股票补仓怎么办呢？去逼人家就会伤和气，但是质押的限售股到期前又无法平仓，咱们不可能干等着他们什么时候想买了再说吧！为什么不找个相对安全的时机再合作？这也是对合作伙伴负责的态度。”

“但是如果这个时候撤下来不做，他肯定会去找别的私募基金合作，那就要白白被人摘桃子了！”我倍感惋惜地说。

“谁敢使用这么激进的方案就让谁去赚这份钱好了，你们得沉得住气。在资本市场上，缺的不是机会，是耐心。咱们这种小私募机构，宁可错过，不能做错。你们回去再琢磨一下吧，反正我的态度就是这样：宜兴项目没问题，我举双手支持；颐和资产项目，就先放一放吧！”说罢，杜叔叔起身送客。

这是我第二次领略到了杜叔叔的原则性和前瞻性，他的分析确实鞭辟入里，让我们无从辩驳。不过我也产生了一丝丝疑问：如果之前亦山哥全力支持他否决“918”项目，他这次还会这样斩钉截铁地回绝我们吗？是不是他们俩的关系已经产生了一些微妙的变化？

回到办公室，亦山哥略显沮丧。淑玲向我问明情况，安慰道：“你们能说服向总已经很了不起了。杜总如果实在不同意，也就失去两票而已。按照现在的局面，咱们手里还有三票呀！”

亦山哥点燃一支香烟，无奈地看着淑玲：“傻姑娘，你怎么对公司政治一点都不开窍呢？我跟你们说，人和人之间都有一个‘感情值’，关系好，这个值就高；关系差，这个值就低。你和别人的每次互动都会影响这个值。想在一个地方生存，你就要尽量提升和绝大多数人——特别是关键人物——的感情值。我和老杜形同师徒，算是‘感情值’比较高的；但是上次我力劝他同意‘918’过会，是硬生生让他做出违背意愿的决定，已经耗费了不少数值。如果这次颐和资产项目强行上会，也许最终是能通过，但是我和他之间一直以来相互支持的默契将会荡然无存，‘感情值’会彻底用尽，甚至可能变成负数。你们觉得为了一个项目值得吗？”

我和淑玲面面相觑，哑口无言。

在我心中，杜叔叔是个长辈，是家里的朋友。可是亦山哥对他们二人关系的剖析，让我在反思后第一次意识到杜叔叔和我的关系也已经发生了变化：公司有公司运转的规则，在这里，所有人之间的关系首先是同事。杜叔叔是 COO，是我们的领导，是业务和思想上的领路人，我不能再想当然地把他当作叔叔看待。推而广之，其实我和亦山哥、淑玲也是一样，在生活中我们可以亲如一家人，但是在工作中我们就是并肩奋斗的同事。人与人之间的关系往往非常微妙，做出这样的区分对大家都是一种保护，也是职业精神的体现。

于是，我们不得不忍痛暂时放下颐和资产项目，转而集中火力猛攻宜兴项目。好在后者模式非常传统，大家一看就懂，规模又很小，亦山哥几个电话打出去，袁宁包销部分之外的几千万元转眼就被几个子公司瓜分干净。因此，当时间来到 2015 年 12 月下旬时，一部也抢在年底前完成一单，我们拿到了一笔久违的业务提成。虽然在颐和资产项目上留有遗憾，但也可聊以慰藉。

对于私募基金来讲，每年的 12 月到来年 2 月是淡季，一是因为年底商业银行为了冲量揽储力度很大，可以给出较高的短期利率，把一些大额资金吸引走；二是因为人们忙于年底收账和回家过节，投资热情较低。因此，到了距离新年只剩 10 天的时候，公司里早已没有工作气氛。“阿玛尼”已经连续好多天没出现在办公室，有人怀疑他已经提前休假；亦山哥和向小强的步调出奇地一致，都是上午 10 点多到办公室晃一圈，午饭时间就不见踪影；“太祖”交了个女朋友，竟然开始去金购的金融家俱乐部健身，看来爱情的力量真是伟大呀！（但是这家伙翘班去健身竟然还发到微信朋友圈里……）不知是因为亦山哥的若即若离，还是因为失去“太祖”的纠缠，马楠楠似乎最近很失落，前几天绊了一跤还崴了脚，请病假在家休息。我和小何终于获得了很多私人时间，我带她吃遍了中国人寿广场周边的饭店，她带我逛遍了西单的大小商场。

正当同事们都在准备欢度圣诞节和元旦节的时候，吴伟群和陈巧娟意外地出现了。

05

那是在 2015 年 12 月 22 日，星期二，我和小何、“太祖”一起吃完午饭，懒洋洋地走回办公室，“太祖”在 19 层电梯口与一边打电话一边进电梯的吴伟群撞了个满怀。站在吴伟群身后的是杜叔叔和陈巧娟，两个人都行色匆匆，几乎无视我们的存在，陪着吴伟群大步走进电梯。

到了下午 3 点多的样子，“阿玛尼”满头大汗地冲进公司（这可是在大冬天哪），大声问前台女孩吴总回来没有。得到否定回答后，他大步流星地穿过走廊回到自己办公室。仅仅过了两分钟，吴伟群、杜叔叔和陈巧娟也默默走进公司，直奔“阿玛尼”办公室而去，在“平民区”留下一阵窃窃私语：好久没有看到吴伟群和陈巧娟了，而且这还是老板第一次和北方总部的“三巨头”聚首，看样子出大事了。

接下来的 48 个小时里，公司气氛非常紧张，“四大天王”在公司里进进出出，除了让高腾安排吃饭和来往接送的车辆，几乎不与其他人接触。看得出来，他们要么正在酝酿一件大事，要么遇到一个大麻烦。同事们多多少少都有些惴惴不安，“太祖”和向小强分别尝试从吴伟群和“阿玛尼”那里问到些消息，但都吃了闭门羹。

最终还是亦山哥了解到了准确信息：就在“阿玛尼”刚刚接受吴伟群的邀请筹备设立北方总部后不久，他介绍了一个其他私募基金的项目给吴伟群。这是一个南京的地产项目，6个亿，期限2年（2014年1月1日至2015年12月31日），年化利率24%（半年付息一次）。那家私募基金为了应对兑付危机，想把这个项目转让给鑫城财富。只要吴伟群点头，他们还愿意自掏腰包多给2个点作为救急酬劳，使收益变得更加可观。如果按照常规，吴伟群是不会看上少于一年期的项目的，更不会做接盘侠。但这毕竟是“阿玛尼”推荐的第一个项目，吴伟群肯定不想打击他的积极性，而且项目土地价值比较高、抵押率低，融资方万一还不上钱就卖地好了，再说还有超高点位的眼前利益呢！

于是，在老板的亲自督促下，鑫城财富这架庞大的融资机器开足马力飞速运转起来，仅用一个半月的时间就募集来6个亿。正好赶上6月末融资方按时结清上半年的利息，鑫城财富的资金从7月1日起息，接手最后6个月的时间。

可是买家永远不如卖家精。脱手这个项目的私募基金一定是看到了我们没有发现的什么苗头才哭着喊着想倒手给我们。就在12月16日深圳总部项目部想找融资方确认还款具体安排时，突然发现对方实际控制人已经失联！

吴伟群大惊失色，第二天连忙带着陈巧娟和项目经理飞到南京处理危机。还是袁宁的老爸厉害，不到3天时间就找到了跑路的老板：原来这个家伙嗜赌如命，以项目名义借入的资金有一半都没有用于项目开发，而是被他输在了澳门和越南的赌场。眼看还款期限临近，他干脆跑到乡下亲戚家躲了起来。

人找到了，真相也清楚了，钱却没有了。吴伟群通过袁家的关系找来了有意在南京拿地的大小十几家开发商，在连续30个小时里和他们展开“车轮大战”，逐一谈判。所有人都对项目地块很感兴趣，但是报价都不高，很明显想趁火打劫，以最小的代价拿到土地。

吴伟群觉得这样不行，干脆请袁家帮忙在朋友圈筹钱，遭到老袁总婉拒：出人、出力都没问题，但是不太可能出信用、出金钱。陈巧娟在老板授意下发了一顿飙，发誓说如果袁家不帮到底，将来出了事袁宁的日子也不会好过。人家老袁总可是老江湖了，才不吃这一套，直接拂袖而去。眼看在当地继续逗留也无大用，吴伟群便留下项目经理，自己和陈巧娟飞到北京找“阿杜”商量解决办法。

事后看来，南京项目暴露出深圳总部很多问题。首先是风控机制形同虚设。深圳总部的管理制度和水平其实还不如我们北方总部，他们没有一个人拥有杜叔叔的经验和理念，甚至连评审会机制都没有，每个项目只是逐级上报，最终的取舍全凭老板一人的好恶决定，随意性太强。别看他们各种制度文件做得非常漂亮，但实际上绝大多数规定一天都没有认真执行过。

其次是业务部门“劣币逐良币”，普遍能力不强。老板的独断专行造成他们的项目经理经常换人：自己没有决策权和成就感，有能力得不到发挥，便纷纷出走。最后，最听话的人才能在公司生存。这些人当初也不想一想，为什么看起来这么好的地产项目不去找银行融资（正确答案是公司老板有不良信用记录）？他们甚至连简单的尽调都做不好，连最基本的资金使用情况都没有摸透，被人家一个小小的财务（90后小姑娘）骗得团团转。

第三个问题也随之而来：投后管理不到位，缺乏监管能力。事后大家才知道，他们业务部门平时只是打打电话，出差去南京时才会想起这个项目。即便如此，他们也不会到公司或工地去看看，只是把融资方老板叫出来请他们吃饭、泡夜店，在喝得半睡半醒间顺嘴问两句最近的进展而已。其实这也是鑫城财富一直以来面临的问题：不论人员是否尽职尽责，我们都缺乏足够有力的风控能力和手段，单凭自身能力很难搞清融资方的资金使用情况和公司运转情况。

最后也是最可怕的一点：吴伟群竟然也收黑钱！跑路老板被发现后，吴伟群并没有将他移送公安机关，因为现阶段还需要他全力配合解决兑付问题。这家伙有次趁吴伟群不在场告诉其他人：当初吴伟群个人还向他额外索要了1个点才最终答应接盘！

亦山哥是怎么知道这些详细情况的呢？我猜是陈巧娟对他和盘托出，但他一直没说，我也从来没问。他只把这些信息告诉了陈律师、淑玲和我，但是第二天全公司上下都知道了（我发誓除了小何我没有告诉其他任何人），全公司上下顿时军心浮动，人人自危。这可是公司成立以来最大的危机！

那么我们到底面临多大的风险敞口呢？“四大天王”算了一笔账：深圳总

部和北方总部的注册资本分别号称 10 亿元和 2 亿元，实际到位都只有 1000 万元。鑫城财富成立 3 年来收取的管理费应该在 1.95 亿 ~2.15 亿元，但是扣除业务提成和销售提成、年终奖金、运营成本、新设子公司注册资本等，两个总部账上实际上应该所剩无几，估计顶多凑出 2500 万元现金。2015 年鑫城财富的日均募集能力在 1300 万元左右，尚未完成募集的产品有 4 款，如果把这部分资金截留（从其各自对应的产品账户中抽调过来），截止到 30 日，保险点说能挪来 2.6 亿元。而不到一周以后，鑫城财富需要兑付的是客户 6 个亿的本金，加上最后 6 个月的利息 3600 万元，资金缺口还有差不多 3.5 亿元！公司无论如何都不可能在一周时间里通过内部造血筹集这么多资金，只好将眼光投向外部。

他们首先想到的是资产管理公司。中国的四大资产管理公司均成立于 1999 年，最初成立的目的是为了收购、管理和处置四大国有银行的不良资产。到 2009 年前后，随着政策性任务的逐渐完成，四大资产管理公司开始商业化转型。截至 2014 年年末，四大资产管理公司已经发展成为多牌照金融巨头。通过在投行工作时建立的关系，杜叔叔找到了其中两家管理不良资产业务的负责人。经过紧急磋商，两位负责人给出了完全一致的答案：初步判断是个可以接手的项目，但是公司决策流程非常规范，12 月 31 日之前绝无可能完成内部审批。兑付如救火，“四大天王”只好放弃对四大资产管理公司抱有的希望。

接下来“阿玛尼”建议去找民营信托公司：他说这类公司资金使用灵活，而且都有大大小小的资金池，出资速度和能力应该不是问题。不过时间已经来到 12 月 24 日下午，金融圈人士都在准备过平安夜，这个时候找人谈工作未免太不通情理了。但是谁让我们平安夜里不平安呢，“阿杜”只能硬着头皮给信托公司的熟人打电话。遗憾的是，得到的反馈让“阿玛尼”的幻想破灭了：出于合规性要求，信托公司最快也需要两周的时间完成内部审批，这还是在土地抵押手续变更顺利的前提下。吴伟群很懊悔没有在刚发现问题时就找信托公司，不过毕竟任何公司的审批结果都不是板上钉钉，即便当时第一时间联系仍然面临很大的不确定性。

民营信托公司尚且如此，看来金融机构可以被集体排除了。这时，吴伟群想起了通过石家庄项目认识的张总和严总。

06

吴伟群一个电话，张总和严总就在圣诞节的中午赶到了金融街。这天空气质量指数又快爆表了，但节庆日里这条街上的饭店依旧爆满。订餐已经来不及了，“四大天王”也知道事情已经走漏风声，干脆不再顾忌，请他们直接到公司的大会议室，让高腾搞了几份吉野家的外卖边吃边聊。

吴伟群把我也叫了进去。跟他在一起经过了这么多事情我已心如明镜：专业上的谈判根本不需要我参与，此刻我在屋子里存在的意义就是做一面招牌，向两位土豪展示这家公司里有资源和背景而已。

张总和严总一见我果然十分客气，主动绕过长条桌与我握手。寒暄几句之后大家匆匆扒拉了两口饭，随即进入正题。

张总的口气非常谦卑：“感谢吴总上次的鼎力支持，双方合资的鑫城财富河北公司正在筹备当中，不知这次有什么可以效劳？”“阿玛尼”向两位来宾详细介绍了南京项目的情况，希望得到他们的资金支持渡过难关。鉴于他们也做过房地产开发，如果愿意接盘那就最好不过了。

张总首先表态：“昨晚吴总电话里已经说了个大概，我和老严一听就知道是好项目，所以早上饭都没吃就赶紧过来了。有两点咱们可以上来就说清楚：第一，钱我们是有的。今年经济不好，我们担保和小贷业务都收缩了，不想承担太大风险。不过吴总也知道，我们在河北的担保圈、‘小贷’圈还是有点名气的，不能说一呼百应吧，至少凑十亿八亿的不成问题。”

这分明是在吹牛：上次为了区区 6000 万元还要找我们帮忙，现在凭什么夸下海口？不过，我看到吴伟群竖耳倾听，眼里放光——在这么急迫的形势下，他也考虑不了那么多了吧！

只听张总继续说道：“但是第二呢，我们在南京人生地不熟，房地产开发肯定是不会自己做了。只要条件能谈妥，还是作为借款给你们去兑付吧！兄弟，你们到底需要多少钱？”

吴伟群不愿多借，只要凑够兑付缺口即可，报出了 3.5 亿元的底线。

张总和严总小声商量了一下，回复道："这个金额没问题。想借多久？"

"借款期限不超过 3 个月，可随时提前还款，怎么样？"吴伟群问道。

张总皱了一下眉，严总问利率是怎么考虑的。

吴伟群看了看陈巧娟，后者端起手中的笔记本电脑说道："严总，我们做了测算，根据我们现在的承受能力，可以接受年化 20%。"

严总听了突然哈哈大笑起来，张总也跷起二郎腿不断地冷笑："各位，要是我们自己有这个钱，月息 2 分 5 就给你们了，算是感谢吴总上次帮忙的一个友情价。问题是我们手头没这么多，这个钱肯定是要找同行借的。严总现在借进来的钱都要 4 分左右，你们只给年化 20%，哼，差太多了吧！"

严总也附和道："是呀，鑫城财富这么大的公司，4 分息借 3 个月不成问题！而且这么好的项目，你们用不了两个月就能找到下家，实际上付不了多少利息。"

我心算了一下，顿时吓呆了：如果按照这个利率借 3 个月，利息就是 4200 万元！就算整个集团平均每单业务能净赚 3%（深圳总部比北方总部狠多了），需要做 14 个亿的业务才够支付这笔利息！ 2015 年集团的募集金额不到 50 亿元，相当于 30% 的业务都白干了！我终于明白为什么当初张总和严总来找吴伟群要那 6000 万元：我们的成本再高也比他们那个世界便宜！

陈巧娟当然据理力争："张总、严总，现在大家都准备过年了，这个时候卖地可不容易，对吧？而且现在很多人都在等着捡便宜，出价很低，我们搞不好真的要花两三个月的时间才能成功脱手。所以 4 分确实太夸张了，这个利率借十天半个月还行，借 3 个月真要把我们压垮了，鑫城财富再家大业大也承受不起。"

"阿玛尼"也来帮腔："我们现在是有点困难，但是咱们双方正在设立河北公司，都是合作伙伴了，那就共渡难关呗！以后在河北公司里多给你们让些利不就完了！"

"黄总说得很对！"吴伟群摆出一副慷慨大度的样子，"我现在就向你们承诺：只要现在把利率降下去，减少部分以后都用我们在河北公司的利润来补——赚了钱给你们优先分配，什么时候补齐，什么时候我们再参与分配！"

我发现坐在旁边的杜叔叔紧紧攥了一下手里的签字笔又放开了。河北公司将由北方总部与张总、严总共同出资设立，吴伟群金口一开，割让的其实是北方总部的利益——谁让“阿玛尼”是这一切的导火索呢！但在生死存亡面前，签张空头支票也不算什么大事了。毕竟河北公司还没开业，赢利还得有一段时间，眼前并没有什么损失。我想起亦山哥的那句话：尚未得到，何谈失去？

张总说要上个厕所，严总也陪着一起出去了。5 分钟后，两个人一前一后重新回到大会议室。严总直接对吴伟群说道：“兄弟，这个事还真难办。刚才我们也说了，同行的 4 分息是一分钱也不能少的，我们也是小本买卖，想帮你们垫也垫不起呀！有两个办法你们看怎么样：一个是我们俩凑 5000 万元，这部分只收 2 分 5；剩下 3 个亿还得要 4 分——这是我们能做到的极限了；另一个是干脆你们少借点，给客户延期兑付。其实你们完全可以拖一拖嘛，现在有的信托产品都延期 3 个月、半年的，很正常。”

张总也劝道：“就是！融资方跑路也不是你们的过错，跟客户好好解释呗！退一步海阔天空，干吗把自己逼得这么苦。”

我相信他们俩是出于好意才这样劝我们的。不过，在这个时间点，第二个办法恐怕会成为鑫城财富的不归路——

在 2015 年年底的时候，私募基金跑路已经成为一个严重的社会现象，不仅在投资者间引发恐慌，也引起全社会的关注。11 月 23 日，基金业协会公示了首批 12 家失联或异常的私募机构，表明行业监管机构对这一问题的高度重视，也触动了很多人的神经。12 月初，募集规模达 500 亿元的 e 租宝出现兑付危机并被曝出有多种违法违规行为。12 月 15 日，在全国 282 个城市设有分支机构、分公司总数达 500 家的申彤集团（大大集团母公司）曝出兑付危机，进一步严重打击了老百姓对各类线下和线上私募机构的信心。

听“太祖”说，进入 12 月，鑫城财富的募集速度也有一定幅度的下降，各地子公司不同程度地出现客户要求提前兑付的要求。

李帅帅这个时候已经脱离“大保健部”加入募集团队，他也反映这两个月募集难度大大增加。好在鑫城财富一直以来声誉卓著，从未出现兑付困难，在同行业中受到的冲击还算有限。

这就是为什么我们无论如何都不能接受第二个办法：客户正处于风声鹤唳、草木皆兵的脆弱时期，延期兑付的方案一定会成为他们信心崩塌的起点，恐慌会迅速蔓延，一发不可收拾。

至于第一个办法，只不过减少了 200 多万元的利息，实在是杯水车薪。不过吴伟群稍加思考，突然问道："如果按照你们的算法，我们借 1.5 亿元，利息总数大概就是 1500 多万元，对吧？"

闻言，鑫城财富的人都有些吃惊：难道吴伟群真准备延期兑付？

张总却爽朗地笑起来："兄弟不愧是豪杰，一下就转过弯来了。1.5 个亿没问题，对我们来讲，少借出一些还更安全呢！"

吴伟群也笑了："老张啊，我的意思不是延期兑付，另外 2 个亿，我另找办法解决。"

是不是当老板的总要留有一手最后才拿出来？如果吴伟群能解决 2 个亿，我们的压力就大大减轻了。他怎么不早说呢！难道要把大家逼到极限他才出手？

张总和严总也倍感意外。我猜他们俩肯定认为这次自己是以救星的身份来到公司的，但是如果吴伟群自己能解决掉大部分资金缺口，他们的重要性就大大降低了。

杜叔叔反应最快，率先回过神来："张总、严总，如果是这个金额，你们还需要什么条件？"

张总对严总使了一个眼色，严总随即对我们说道："那好哇，我们就谈谈条件吧。一般来说，我们小贷公司是不做异地抵押的——刚才也说了，我们在南京人生地不熟嘛，对项目没有控制力，所以光把土地抵押给我们还不够。"

他停下来想看看我们的反应，不过看到没人接话，只好清清嗓子，说出了最后的条件，"你们还得把鑫城财富集团公司 51% 的股权质押给我们。"

07

这两只“秃鹫”原来在这儿等着我们呢，什么感恩、什么友情、什么兄弟，在利益面前全是“浮云”。他们的野心竟然如此赤裸裸：想用区区 1.5 个亿控盘鑫城财富！

我当时并不清楚公司的盈利水平（即使到今天，真实数字恐怕也只有吴伟群和陈巧娟才知道），但非常清楚的是：张总和严总想控制鑫城财富绝对不单单是为了得到每年的利润，他们看中的一定是这家公司的募集能力。担保和小贷公司不能吸收公众存款，只能依靠股东投入和利润留存不断累积。而鑫城财富以最高不超过20%的成本每年募集资金达50亿元，如果为其所用，中间的利差惊人！对方的狼子野心昭然若揭，但是兑付在即，我们的选择似乎也不太多，老板会接受城下之盟吗？

只见吴伟群喝了口茶，慢条斯理地说道：“老张、老严啊，我们集团的股份也多元化了，我回去征求一下其他股东意见，回来咱们再商量，好吗？感谢你们大老远跑过来雪中送炭，我会记住的！”

张总和严总脸上红一阵白一阵，交换一下眼神，起身告辞。他们的离开标志着我们又失去了一个救生筏，而河北分公司的事后来也不了了之。

我代表公司送完客人回到大会议室，只见吴伟群和“阿玛尼”手里拿着香烟，低声交流着什么，杜叔叔和陈巧娟都在看手机，面无表情，一言不发。屋子里混合着雾霾、香烟和失望的味道，真是“愁云惨淡万里凝”。在我这个刚入行的年轻人心里，“四大天王”都是神一样的存在，金融圈里就没有他们办不成的事。而此时此刻，我第一次看到他们一筹莫展的样子，不由得心惊肉跳：难道公司真的难逃此劫吗？

吴伟群也意识到屋子里士气低沉，故意大声对大家说：“彭总马上到公司，他说有个思路要跟我商量，我跟他谈完咱们再议。”

不知彭总是何时来的，也不知他是何时走的。吴伟群再次叫我过去的时候已经快到下班时间了。我推开大会议室的门，“四大天王”一见我进来突然停止交流，“阿玛尼”和陈巧娟起身走了出去，吴伟群和杜叔叔让我坐到对面。杜叔叔出人意料地说道：“晓波，我们想请你帮个忙。”

原来，我们寻找南京项目买家的时候发现项目隔壁地块的开发商是北京的，好像还挺有背景，当初曾经有意两个地块一起买下，但未能得手。吴伟群把这个信息告诉彭总，彭总打了几个电话就问清楚了：这个开发商名叫詹斌，39 岁，是北京最著名的公子之一，父亲是位赫赫有名的大商人。他在国企干过几年，之后单飞，在地产界和金融界做得风生水起，年纪轻轻已经是富豪榜的常客。如果能请他出手接盘，似乎我们解套的概率较高。彭总说自己并不直接认识他，但却告诉吴伟群我可以帮上忙——我老妈曾经调研过詹总父亲的公司，到现在他们公司的官网上还有她老人家的照片呢！

我马上给老妈打电话说明情况，请她帮忙联系。她一口答应下来，却迟迟没有找到人。看来在圣诞节的晚上，拥堵的不仅是交通，还有信息。

这样一来，我只好在公司陪着“四大天王”等消息，放了小何鸽子。好在前一晚平安夜跟她在金城坊街的羲和小馆吃了饭，又去金购的首都电影院看了《恶棍天使》，过得非常开心。看电影的时候，王一萌打电话找她，被她直接挂掉。我暗自欣喜：臭小子，叫你嚣张，咱俩胜负已分！

8 点刚过，老妈的电话终于来了：詹总在美国，委托公司的王律师与我们先沟通。不过王律师也在外地过圣诞节，最快周日晚上才能见上面，现在只能先给我们发一个问题清单。

那个周末过得非常忙碌和压抑。吴伟群和陈巧娟带着陈律师和我准备问题答复，熬了两个通宵；“阿杜”分头去找其他私募基金和私人投资者。到了 12 月 27 日晚上 11 点半，大家在首都机场旁边的希尔顿酒店大堂吧碰头时，“阿杜”毫无进展，吴伟群和陈巧娟也没有想出其他办法，眼前只能寄希望于王律师了。

首都机场的飞机晚点是出了名的，特别是在周末晚上进港的航班。等了一个多小时，我们终于盼来了王律师。

交换过名片，他单刀直入地索要反馈文件，然后进入忘我的境界，认真地审阅起来，我们 5 个人则在一旁焦急地等待。15 分钟后他才抬起头来，评价道：“答复准备得很充分，我觉得很有说服力。想必你们也都知道我们的地块就在你们隔壁，我们对周边的情况比较熟悉，最近也比较看好当地市场，准备继续拿地。总之，我会建议詹总收购你们的项目。”

“阿玛尼”大喜过望，兴奋地搓了搓手，王律师看在眼里，不动声色地说：“不过，你们的项目也并非毫无瑕疵。周围整个片区都是成熟的住宅小区，只剩下我们这两块地没有动。你们这块的原开发商花了两年多的时间都没盖到正负零（地面），如果这次再出事，没准儿区政府会考虑收回土地。”

其实他的话是有漏洞的，可惜我们都不是地产行家，当时被他给唬住了。

“你们那块地也没有开发，也会面临同样的问题呀，是不是？”陈巧娟顺着他的思路反驳道。

“当然不一样了。你们跟区政府熟吗？”王律师一句话又把我们噎了回去。这时大家肯定都想到袁家的关系兴许能帮上忙，可惜吴伟群情急之下不择手段的做法得罪了人家。此时此刻他一定很后悔把关系搞僵吧！作为一个“太极大师”，这恐怕是他在人际交往当中少有的失误之一。

王律师继续敲打着我们：“从现在到 12 月 31 日只剩下 4 个工作日了，不管你们跟谁谈成，能保证在 4 天时间里办完土地抵押手续吗？这项工作一般要 1~2 周时间的。如果我们去办，只要两天。”

是呀，不管谁出钱，土地抵押一定是先决条件。王律师说得句句在理，似乎此刻他们是我们唯一的救世主。做足了铺垫，他终于摊牌了：“所以不妨这样操作：我知道你们鑫城财富实力雄厚，自己凑上一半兑付资金应该不成问题吧！我们先出 3 个亿帮你们解决另一半，土地交给我们开发，后期项目利润五五分成。”

这是个新思路。有了这 3 个亿，我们应该能够解燃眉之急。但是往后依然凶多吉少：其余 3.36 亿元的兑付资金要动用公司全部家底并且截留至少 2 个多亿的募集资金，先不说违规的问题以及会给各个子公司带来多少运营上和心理上的影响，单单还这笔钱就是一个巨大的负担，附带的高息还会让雪球越滚越大。即使这个项目很优质、后续开发利润丰厚，但什么时候才能拿到这部分收益呢？

政府一般要求结构封顶才会给预售证，我们的项目从地面到30层封顶最少还要半年时间，到时候市场状况谁也不能保证。就算销售再火爆，我们分到钱也还有个过程，里里外外搞不好一年时间就过去了。在这段时间里我们只能企盼募集规模继续扩大，支撑住借新还旧的游戏……说到底，王律师的这个方案只是死刑缓期执行罢了，真是细思极恐！

“阿玛尼”琢磨了几分钟，眼神突然黯淡下去，连续睡眠不足使他的脸色更显苍白。由于背负的心理压力太大，一向善于察言观色的他这几天也频频失态。

杜叔叔一声不吭直接看起了手机，意思是不用再浪费时间，这轮谈判可以结束了。吴伟群看向陈巧娟，后者向他微微摇了摇头。

王律师把一切都看在眼里，故意抬起胳膊看了看表：“你们也再想一想，可以随时电话沟通。时间不早了，要不咱们先撤？”

真是一个让人失魂落魄的夜晚。王律师挑起我们希望的火焰，又生生将它熄灭，鑫城财富的命运就在生死间徘徊，这种滋味无比虐心！

我到家已经凌晨3点半了，仍然毫无睡意。突然手机响了起来，是杜叔叔：“晓波，我想了想，觉得咱们跟王律师还有得谈，只是现在地位太不对等，他不会把条件降下来。要是不太麻烦的话，还得请你让令堂给詹总父亲说说情，给咱们些空间，早上我也会给老太太发个信息。事关重大，我跟你也就不客气了。你把握一下，如果需要，我随时去拜见她老人家。”

杜叔叔言辞恳切，我当然义不容辞，这个时候任何一线生机都需要百分之百的努力。不过，这可是真金白银的商业谈判，老妈和对方又没有利益关系，能起作用吗？

没想到的是，转机真的源自她的一个电话。

12月28日中午，王律师打来电话，约我们下午3点在威斯汀大堂吧面谈。“阿杜”一早就分头去拜访几家地产基金，这次吴伟群带着陈巧娟和我赴会。

相隔14个小时，再次见面时王律师就像换了一个人。他一改冷若冰霜的态度，笑容满面地与我们握手寒暄：“昨天那么晚你们还特意等我，真是不好意思，不过你们怎么不早说是詹总父亲的朋友呢！詹总上午刚给我打电话又说了一下，他现在已经在返京的飞机上，明天可以跟你们面谈。另外，我们已经让南京项目公司的人去跟你们那边的人对接，到现场再看看项目、收集信息，好吗？”

我们惊呆了，根本想不到他的态度会180度大转弯，不知该怎么接茬，只能听他继续说下去：“其实这个时机非常巧：詹总看好南京的发展，正想再拿几块地你们就出现了，正好又在隔壁！如果合作成功，我们就可以考虑申请修改规划，将两块地连成一片整体开发。这样一来项目价值1+1远大于2。”

我们只有连连称是的份儿。

过了片刻，陈巧娟试探着问道：“之前的方案没有解决我们的根本问题，能否前期一次性付款到位？”

王律师说，詹总指示他这次一定要帮我们，不会趁机揩油，让我们设定好一个心理价位，他个人认为上限应该是我们实际投入的金额，具体数字要等詹总回来亲自谈了。

那我们实际投入了多少钱呢？名义上借出6亿元，但是根据约定，我们先扣除3%的募集费用和5%的利润，融资方只收到剩余的92%即5.52亿元。如果能拿回这么多钱就是烧高香了！不过我突然想到一个技术问题，便问：“如果明天才能和詹总敲定合作，那还来得及办理抵押或者干脆直接过户的手续吗？”

王律师说，这个问题很简单：一方面，我们可以现在就开始准备上报文件，他也会安排人先与有关部门沟通，尽量赶在12月31日之前完成；另一方面，有詹总父亲这层关系，哪怕来不及完成也无妨，只要我们和项目控制人签署承诺书，并在相关文件上签好字，相关印鉴都交给他们即可。最后，王律师神秘地笑了笑：“以詹总的能量，还会怕你们违约吗？”

第七章

01

当新年钟声敲响时，鑫城财富的每一个人都长出一口气：感谢上帝，公司活到了 2016 年。

在 2015 年 12 月 29 日的傍晚，吴伟群和詹总“决战金融街之巅”，最终达成一致，挽救了鑫城财富。虽然我们在这笔交易中付出了几千万元的代价，但是总算度过了兑付危机，可以说是跌跌撞撞涉险过关吧！没想到我竟然成了扭转棋局的关键棋子，而“四大天王”向我表示谢意的方式更让我受宠若惊：陈巧娟赶回深圳前单独请我吃了一顿饭，说她一定会在工作上关照小何（其实我宁愿她离小何远一点）；“阿杜”一起把我叫去，表示春节后就会提升我为高级经理，并且一定会在年终奖金上给予我额外奖励；至于吴伟群呢，只是说 1 月下旬会在深圳开年会，让我一定参加。我知道他会记住我的贡献并找机会回报，只是没想到他会采取那种方式……

新年假期被我一睡而过。这辈子好像从来没这么累过，相比之下在会计师事务所的日子都不算什么了。到了 1 月 3 日下午，我不得不爬起来，因为晚上要陪“太祖”、小何和马楠楠一起吃饭——这家伙被刚刚交往不到一个月的女朋友给甩了，在我们焦头烂额试图挽救公司的时候，他整天形影相吊，哭天抹泪。我对他说：“你看，坐在‘富人区’里哭，还是不如坐在‘平民区’里笑吧！”不过，挖苦归挖苦，毕竟是好“基友”，还是得帮他一把。我让小何约上马楠楠再组织一次饭局，地点就安排在金融街洲际酒店的巨扒房。

洲际酒店紧邻西二环，位于中国人寿广场的西北方向，英蓝国际的南侧。它是在金融街开业的第一家五星级酒店，地理位置优越，功能齐全，餐厅种类和味道都无可挑剔，不过比起另外两家竞争对手来说设施有些陈旧，服务态度也很高冷，只能算是一家中规中矩的高级商务酒店。

选在巨扒房，是为了让太祖吃个够。他的饭量比我们仨加在一起还大，现在又没有女朋友约束，正好用“食疗”调理一下心情。小何一如既往地蜻蜓点水，简单吃了几口就饱了，坐在一旁心满意足地看着我吃。从深圳回来后我还没跟马楠楠正面说过话，她似乎也有意躲开我。虽然心里有些反感，但毕竟都是同事，她又是小何的闺密，正好通过这个机会修复一下双边关系吧！她受伤后有阵子没上班了，这次见面感觉她变瘦了，眼圈黑黑的，声音也有些沙哑。一次扭伤影响会这么大吗？

“太祖”关切地询问她的伤情，马楠楠说已无大碍，准备第二天就上班。小何问她这么多天卧床在家是不是很无聊，她的回答却让人大跌眼镜：这两周赚大了！原来她受伤后行动不便，闲来无事加入一个视频网站，当起了女主播。

“正好我有个朋友在做主播，就叫我跟她一起连麦玩。”说起这个话题，马楠楠一下子兴奋起来，“做了主播才知道天下原来有这么多土豪，喊喊麦、唱唱歌、讲讲段子就有人给你刷礼物！”

“太祖”两眼直直地望着马楠楠，口水都快流出来了：“你也做主播了？我是公爵！快告诉我你的直播间 ID！”

马楠楠马上喜笑颜开，手把手地帮“太祖”找自己的直播间。“太祖”一激动把手机掉在地上，弯腰去捡头又碰到桌角，手忙脚乱的样子活像宅男突然见到梦中女神，逗得我和小何忍俊不禁。

“我说‘太祖’，你什么时候变成公爵了？”我准备逗逗他，可是这家伙已经打开了马楠楠的直播间，一手捧着手机翻看视频记录，一边不耐烦地向我摆了摆手：“去去去，真是闲话多！跟你没办法交流！”

马楠楠解释道，所谓的公爵是贵族会员的一种，贵族分为国王、公爵、侯爵、伯爵、子爵、男爵和勋爵，以交费的多少来区分。勋爵每月交 50 元即可；而到了公爵就相当尊贵，每月要交 1.2 万元（“太祖”竟然能舍得）；国王是最高级别，首次开通就要交 12 万元，以后每个月还要交 3 万元！这种贵族会员只是一种尊贵身份的象征，更容易让主播关注、让其他人膜拜，没有太多实际意义。

“这不是白扔钱嘛……”我咂了咂舌，结果又惹得马楠楠生起气来：“什么叫白扔钱，这就是有钱人的一种消遣方式，有的人就愿意在这上面消费，总比逛夜店和泡吧健康吧！而且我还听说有的资深玩家自己成立公会（类似于经纪公司），捧红几个大主播，赚大了！”

这顿饭的目的之一就是与马楠楠修补关系，我可不想与她再陷入争论，连声称是。她也不愿再搭理无知的我，转而去劝小何也干主播试试。我当然不愿意自己的女朋友抛头露面取悦别人，不过用不着我说什么，劝了几句的马楠楠也想到了小何的性格问题：“你太安静了，可能还是不太适合这个圈子。想当网红，就要能唱能跳、能玩能闹，要不再漂亮也没人关注。”

“也不一定吧，这个就看命了，要是遇到喜欢你的大土豪，很容易就被捧红了。”“太祖”插嘴道。

马楠楠伸手轻轻捶了一下“太祖”，并用她的特殊声调嗔怪道：“哎呀，什么命不命的，还不是钱的事！要上‘推荐’得花几万，上‘周星’要十几万，想再往上搞到‘年度’怎么也得上百万！所以公爵大人，小女子的发展就靠您了哦！”

我都起了鸡皮疙瘩，“太祖”却满口答应：“没问题，我一会儿就给你加‘守护’和‘真爱团’！”

果真是“撒娇女人最好命”！马楠楠兴奋地拍拍手，端起红酒杯和“太祖”碰了一下，然后一饮而尽。他们两个人心情大好，提议我们一起玩“逢7过”的游戏——每个人轮流报数字，从1、2、3开始，遇到含7或7的倍数（如7、14、17）要喊“过”，出错就要罚酒。我自以为数学不错，玩这个游戏小菜一碟，没想到经验不足还是失误连连。小何更别提了，她完全没有数学头脑，要不是我替她喝了几杯，她早就不省人事了。几轮下来我们俩已经被灌下半瓶，“太祖”说：“一边倒的游戏太没意思，时间也晚了，要不咱们分别送两位“仙女”回家？”说着，还偷偷指指趴在桌上的小何，朝我使了个眼色。

当时的我多傻啊（也可能是喝得有点晕），第一反应还以为他的意思是别让小何喝醉。马楠楠还想拉起小何一起走，“太祖”赶紧拦住她：“你们又不同路，还是我送你吧！”说罢，一把抓起她的手就往外拉。

马楠楠半推半就地跟着“太祖”往外走，突然回过头，用一种奇怪的眼神看了看我们，对我说：“照顾好她！”然后一咬嘴唇，扭头离开。我这才明白刚才“太祖”的意思，马上一阵剧烈的心跳，可是这样不好吧，君子怎么能够乘人之危呢！

我问小何感觉怎么样，她用微弱的声音说没事，趴一会儿就好了。我只好埋了单，坐在旁边轻抚她的后背。过了一会儿她突然捂着嘴起身往外跑，我连忙快步护送她到卫生间门口。她处理完毕，一出来就投入我的怀抱，丝毫不顾及旁边人来人往。抱着她柔软而芳香的身体，我又开始心猿意马，内心一个声音悄悄说道：“今晚不要走了。”我不记得是否在小何耳边道出了这句心声，只记得她把我搂得更紧了，这给了我足够的勇气下定决心……

我第一次在洲际酒店开房，然后扶着小何进入房间，把她放在床上，帮她脱下鞋袜、盖好被子，又烧了壶热水。整个过程她都紧闭双眼，一声不吭，似乎醉得不轻。我站在房间里手足无措，只好去洗澡。出来的时候灯都已经关了，我以为她睡着了，走近才发现她已经脱下毛衣和牛仔裤，并规规矩矩地叠好，只是背朝着我，我看不清她的脸。

我连忙钻进被子，靠近那个温暖的身体，慢慢从后面把她搂住。她毫无反应。我凑近她的后颈，轻轻吻了一下。她缓缓地转过身，搂着我的脖子，嘴就在离我的脸几毫米的地方，像磁铁一样把我的嘴吸了过去……

02

对于鑫城财富的全体员工来说，1 月是最值得期待的月份：不仅因为这个月有元旦假期又临近春节，更是因为年终奖金要在上半月发放。

2015 年本应该是大丰收的一年：整个集团新增募集规模达到 49.2 亿元，超额完成任务。不过，为了按时完成南京项目的兑付，除了詹总支付的 5.52 亿元之外，集团还得自己掏出 8400 万元支付给客户。可是我询问小何，她说从去年

12 月开始，北方总部除了发放业务提成，就没有大于 100 万元的支出。亦山哥悄悄向几个实力较强的子公司打听，大家都说没有被深圳总部抽调资金。这样说来，吴伟群一定是完全挪用募集资金来补窟窿了吧！

但是不可思议的事情发生了：“太祖”又告诉我，深圳总部年底发行的 4 款产品都按时按量完成募集，资金都已如约划转给融资方。这就意味着吴伟群也没有从募集资金中拿走 1 分钱！

我完全蒙了。南京项目的客户是拿到真金白银离开的，那么 8400 万元的缺口是怎么解决的呢？难道是老板自掏腰包？以他的风格似乎不太可能。他真像是一个金融魔术师，凭空变出来这么大一笔钱。也许在他手里，钱真的是纸、纸真的是钱。

这个疑问像一片乌云一直笼罩在我心头，不过，既然“四大天王”对此绝口不提，我又操那么多心干吗，鑫城财富没有损失不是更好吗？

元旦假期结束回到公司，我觉得自己俨然脱胎换骨：刚刚参与了拯救整个集团命运的行动，我成为“四大天王”的新宠儿，也被逐渐知道消息的同事们敬重起来，彻底摆脱了“病鱼”待遇。想起“阿杜”做出的承诺，看来丰厚的年终奖金唾手可得呀！另外，我与小何的关系又迈出了一大步，那种满足感大大提升了我的自信心。

我第一次感到自己从一名寄生者变为一名创造者，摇身一变成为公司里举足轻重的人物和金融街上的精英——今天回想起来，那是多么年少轻狂、不谙世事的想法啊！

正当我自我感觉良好的时候，北方总部风波再起。

2016 年 1 月 5 日，星期二，快到中午 12 点的时候我去财务室准备叫小何吃饭。刚敲了两下门，就听见旁边大会议室的门“嘭”的一声打开，“阿玛尼”脸色铁青地大步走出来，后面是面无表情的杜叔叔。两个人一同进入“阿玛尼”的办公室，紧接着又是“嘭”的关门声。

刚刚躲过一劫，难道又出了什么事？我习惯性地害怕起来。不一会儿，事情原委就从负责会议纪要的马楠楠嘴里传开了：上午“三巨头”开了个视频会议，商讨年终奖金分配方案。在此之前“四大天王”已达成共识，2015 年的利润不向股东分配，留作今年新设子公司的启动费用，只提取一部分向员工发放奖金。没想到陈巧娟在会上突然发难，认为北方总部 2015 年业绩平平、利润不高，全盘否定了杜叔叔提出的方案。

那么陈巧娟的指责是否正确呢？

北方总部正式开始运转应该是在 2015 年 5 月，我们在 8 个月的时间里做了 7 个项目，赚了 2200 多万元管理费，对于一个新生机构来讲已经可圈可点。不过我和小何估算完运营成本后发现利润确实不算太高：开办费 285 万元，办公室租金和水电费大概是 650 万元，人员工资超过 340 万元，差旅费、招待费接近 140 万元，车辆购买和保养费 80 万元，其他办公费用 15 万元，算下来大约是 1510 万元；再减去业务部门已经发放的业务提成约 250 万元，毛利润也就是 400 万元上下。这点钱恐怕比杜叔叔一个人以前在投行时的年收入还要少吧！

以我的角度来看，这个结果还是可以接受的。2015 年是私募基金行业最艰难的时期，宏观经济下行、货币投放宽松、接连降息降准、资本市场暴涨暴跌、一二线城市房地产市场上扬、在人民币贬值预期下海外投资大热等因素叠加，大大挤压了影子私募的生存空间。这一年里，不少大型私募基金公司轰然倒下，从监管部门到普通老百姓都对这个行业产生了深深的疑虑。

我们在这样复杂的局面下生存下来，坚持按照严格的风控标准开展业务，虽然在大多数项目上只获得 0.75%~2% 的管理费收入（深圳总部则是 2%~6%），但是这些项目较为优质，安全保障措施充分，钱也就挣得相对安心。毕竟这才是刚刚起步，我们已经做到站稳脚跟、自给自足，理应得到认可、受到褒奖。

摔门而去并不能解决问题。“阿杜”据理力争，迫使陈巧娟勉强做出一些让步。最后，双方的分歧集中在三个关键点上：发放比例、范围和方式。

关于发放比例，在北方总部成立时确定的公司章程写得语焉不详，只是笼统提到“将计提一定比例净利润作为年终奖金向员工发放”。这个比例到底多少合适呢？在杜叔叔的方案里，这个数字是 20%：他认为万事开头难，大家这大半年共同创业都很辛苦，应该给员工多分一些以激励一下士气。可是陈巧娟坚持认为应该向深圳总部看齐，5% 就够了。不算“三巨头”和司机在内，当时北方总部有 22 个人。这么多人分 20 万元，平均每人才有 9000 元！再考虑到不同部门和职级会有差别，中后台的基层员工没准只能拿个千儿八百块。但是陈巧娟说了，谁让北方总部赚得少呢！

发放范围的分歧集中在“三巨头”身上：陈巧娟认为进入“O”的序列就不能称为员工，不应该拿奖金，而且“阿杜”又都是股东，就不要与普通员工争利了；杜叔叔对这点钱意兴阑珊，倒也没说什么；只有“阿玛尼”强烈反对，他认为只要在公司担任职务就属于员工。其实陈巧娟是有些过分了：吴伟群规定每个人在集团内只能拿一次奖金。权衡金额大小之后，陈巧娟选择在深圳总部领取奖金，那么北方总部这边的发放范围与她就没什么利害关系。

我猜她仍然抓着这个问题不放的原因有二：一是对子公司吃、拿、卡、要已形成惯性，在能运用权力的地方总是忍不住要秀一下“肌肉”，没准还能捞点好处；二是赤裸裸地嫉妒，在自己拿不到钱的地方也不愿别人轻易拿到。

发放方式上的斗争没有那么激烈，但是陈巧娟新设计的一套方法还是给人添堵：她说要向投行和券商学习，奖金要在 2016 年年初、年中和年末分 3 次发放完毕，以免人员流失。我的天，您一共才允许分 20 万元，这还得分 3 次！

这真是一个强烈的讽刺：几天前还是为了一线生机并肩拼搏的战友，几天后就变成为金钱翻脸的对手。谁让他们是私募基金公司的头头脑脑呢！

杜叔叔认为陈巧娟“绝对不是一个人”，她的意见背后肯定有吴伟群的支持，所以一定要先想办法迈过她这一关，才能摸清老板的真实想法。

办法很简单。两天以后，小何收到一份来自深圳的快递，是一张价值 4 万多元的购物发票，杜叔叔指示她立即报销，收款人正是陈巧娟！真不敢相信这点甜头就能满足陈巧娟的胃口，但是可能她也不想把事情搞僵，于是顺坡下驴，同意“阿杜”也可以拿奖金，并且不再坚持分期发放。

打发掉陈巧娟之后真相自然水落石出——其实也早该想到——吴伟群真正想卡住的是发放比例。他甚至放出风来：去年北方总部的利润低于他的预期，他正在考虑取消发放年终奖金！

年终奖金是股东向全体员工的一次让利。同为股东，“阿杜”还可以从奖金中拿回些钱，而吴伟群不可能在北方总部拿奖金（与陈巧娟一样，他也选择在集团领取）。我们这里的发放比例越高，他的损失就越大。但当时我想不通的是，无论怎样调整比例，对深圳总部（持股比例 51%）的影响也就是小几十万元。像他这样一位开着价值数百万超跑的私募基金大佬，为什么非要纠结这点钱呢？

就在这时，一波未平一波又起，还没等“阿杜”考虑好如何与老板沟通，向小强又蹦出来兴风作浪，矛头直指亦山哥和项目一部。

03

亦山哥和向小强在鑫城财富的相遇注定就是一场瑜亮之争。

在我看来，亦山哥是个矛盾集合体，很难想象一个人身上能汇集这么多截然相反的特质。比方说，他有着读书人那种清高劲儿，愤世嫉俗、自视甚高，但同时又能与各种人打成一片，就连和大厦保安、保洁阿姨都能处成朋友；我能感觉到他对身边人的关心和亲近感，但他也会刻意与我们拉开一些距离，不会轻易让人看到他的生活全貌；他平时是个很懒散的人，生活比较随性，但对任何想做成的事都会全身心投入，有时甚至有点不择手段；他很懂得商务礼仪，面对客户或陌生人总是彬彬有礼，但在公司内部或熟人中间，又经常不修边幅、口无遮拦……

与亦山哥相反，向小强几乎是个一眼就可以看穿的人。

向小强 1981 年出生，湖南吉首人，也是从信托公司跳槽过来的。有人说他是“阿玛尼”的小舅子，这一点从未被证实；但是看看他天天围在“阿玛尼”身边言听计从、忠心耿耿的样子，就会感觉他们俩比亲兄弟还亲。他的性格比较强势，对成功的渴望远远超过一般人，在公司里唯一的目标就是“天天向上”——获得更高的职位和更多的金钱。他是中国首批特斯拉车主（“特首”），我们经常能够看到他那辆尾号 1188 的蓝色轿跑在金融街风驰电掣。亦山哥开玩笑说，也许向小强才真正代表了私募基金公司的风格吧！

不幸的是，向小强在公司里最看不惯的人就是亦山哥。两个人都是信托公司出身，前后脚来到公司，各负责一个业务部门，年龄相仿，业务能力也都很强，自然而然会被放在一起比较。生来争强好胜的向小强总想把亦山哥比下去，但机会不多，可谓“苦大仇深”：在业务上，一部完成的业务规模和利润总额压了二部一头，直到“918”出现才算不相上下；在生活中，亦山哥那是相当的低调，平时经常坐地铁或者骑车上下班，除了买衣服和旅游简直没有什么消费，也从不和人攀比（“我可不拿名牌当标签！”），总不能拿特斯拉跟自行车比较吧！再加上亦山哥人缘很好（至少在女士中稳操胜券），而向小强对人比较苛刻，所以公司同事们对他们俩的评价结果高下立判。

不过，毕竟向小强与“阿玛尼”走得很近，而且好歹也是业务骨干之一，在公司中层里的地位还是比较稳固（千年老二）。可想而知，他对亦山哥和一部总憋着一股火，时不时想挑起些是非。而亦山哥呢，完全避重就轻、装聋作哑，从不与他正面交锋。曾有一次我气不过想回顶几句，亦山哥拉住我说：“冲冠一怒谁都会，包羞忍耻真男儿。有人骂你的时候，你就当作疯狗在叫，难道非要扑上去咬回一嘴狗毛才算本事？”

话说回来，时间来到 2016 年 1 月 8 日星期五的下午，北方总部召开 2015 年工作总结会。大会议室里坐得满满当当，除了陈巧娟（她和吴伟群视频参会）、彭总和司机之外的所有员工全部在座。

会议由杜叔叔主持，首先请“阿玛尼”做报告。“阿玛尼”全面、严谨、客观地回顾了北方总部在 2015 年的运行情况，既总结了成绩，又指出了不足，内容翔实，数据充分（一听就知道是杜叔叔执笔的），赢得了大家的热烈掌声。

接着是各个部门总经理做总结。高腾、陈律师和财务部的一个经理（代表陈巧娟）相继发言，流水账一般介绍了中后台部门这 8 个月以来的主要工作。轮到“太祖”时，这个任职时间最短的部门一把手占用了最多的时间，长篇大论地介绍北分及其他子公司具体运营及业绩情况，听得大家昏昏欲睡。最后杜叔叔实在忍不住，只好把他叫停，叫蔡依然代表彭总接着发言。小蔡同学并没有当众讲话的经验，磕磕绊绊地读完了一页纸的稿子。

只剩下一部和二部了。向小强第一次谦虚起来，让亦山哥先说。亦山哥的发言很精炼，最核心的内容是建议鑫城财富尽快实现业务转型：从当前的市场状况看，通过线下募集团队面向普通老百姓销售固定收益类产品的这种影子私募已经无可挽回地走向衰落；我们若想继续在私募基金行业内生存，必须跟上时代变化，尽快调整业务模式。他的具体建议是：第一，改革募集方式，以后只在线上面向大众和线下面对高净值人士、金融机构开展募集工作，逐渐淘汰不能适应变化的募集团队；第二，改变产品结构比例，压缩固定收益类产品，大幅提升权益类产品——如 PE 投资、二级市场投资，并开拓海外投资产品；第三，业务部门对项目实行“终身负责制”，出现问题将追责到底。

他还说，我们一直以诺佳和恒先为赶超目标，可是以现在的模式走下去非但不能与它们缩小差距，反而会被越甩越远。从诺佳 2015 年季报来看，它们单季就完成 261 亿元的募集量，全年募集金额有望突破 1000 亿元，实现同比 50% 以上的增长。虽然我们今年也实现了接近 50 亿元的募集量，增长幅度超过 160%，但是与诺佳远远不在一个数量级。

做影子私募，必然都是靠固定收益起家聚集人气，但是达到一定规模后必须要向权益类投资转型，正所谓“无股不富”。这种调整必将带来短期阵痛，但是只有经过这样的转变才能浴火重生。诺佳是在 2008 年开始介入 PE 投资的，到 2013 年才开始有收益。我们也需要这样的耐心和眼光。

他最后的结论是：诺佳这类的领头羊已经羽翼丰满，明显进入一个起飞期，恐怕很难追赶。我们不如务实一些，降低预期，在调整业务模式的同时寻找独特的生存之道。

亦山哥的这番话振聋发聩，引人深思，并且勇于把枪口对准自己提出终身负责制，但是却只得到稀稀拉拉的掌声：他的很多建议与集团发展思路相悖，大家都在看“四大天王”的脸色。

首先回应的却是向小强：“岳总的发言很有意思。我记得不到一个月之前项目一部想搞一个定增项目，我看了一眼就给否决了。当时我就提醒过，资本市场风险太高，又正处于下行通道，不太适合搞这种产品。结果呢，大家有目共睹，1 月 4 日和昨天 A 股两次熔断，沪指从 3500 点跌到 3100 点。我记得当时一部说给客户的是固定收益，所以这只是个跟资本市场挂钩的项目，还不能算股权投资。大家说说，要是纯股权的还了得！如果当时发了这个产品，现在可要傻眼了吧，是不是该追责了呢？”

这几句话火药味十足，我和淑玲都对向小强怒目而视，但又说不出什么：如果做了颐和资产项目，现在确实会非常难受，我们无可辩驳。亦山哥则继续奉行避其锋芒政策，笑而不语。

向小强认为我们无言以对，非常得意：“各位领导和同事，下面说说我的想法吧！新年前我和程霞走访了咱们的一些募集团队，得到的反馈是：虽然外部整体环境不好，我们的产品还是很有竞争力的，特别是像‘918’这样的稀缺产品，募集团队纷纷表示希望多放出一些额度，有多少他们完成多少！而且我们也跟同行聊过，他们非常羡慕我们在北京、内蒙古和辽宁等地的销售能力，认为我们兵强马壮、实力强大。应该说我们经过这 8 个月的努力，已经组建起一个初具规模的线下募集网络，形成一定的区域竞争优势。这支勤奋高效的募集大军是非常宝贵的资源，是吴总和黄总呕心沥血的结晶，怎么能够轻言淘汰呢？

“所以我认为业务模式不是问题，制约着北方总部发展的是另外一个问题——我把它叫作产品类型的‘非主流化’。我们的主流产品应该是什么？整个集团并没有统一标准，我的定义是：有超额收益空间的固定收益类产品，比如海林并购基金和‘918’。大家可以算算账，三部其实去年只做了海林项目一单，却实现了全公司 35% 的业务收入，这个数字难道还不能说明问题吗？我们帮助互联网企业实现行业整合，分享了这个高增长行业带来的高收益，其实安全性一点都不比太阳城项目差！咱们所谓的优质低风险项目一单下来才赚多少钱？正是因为低收益项目占用了公司大量资源，才导致去年募集规模高、利润低的局面。

“因此，为了鞭策业务部门集中时间和精力做主流产品，为公司创造更大价值，我郑重建议将非主流业务收入在业绩考核及年终奖金中的权重调整为原比例的 20%。”

向小强的每句话都在刺激着我们一部 3 个人的神经。他的逻辑陷在路径依赖性里面不能自拔，这种故步自封是多么目光短浅！他竟然还妄想切走一大块我们的蛋糕，这种公然的挑衅已经不是单纯的业务分歧可以解释得过去的。参会人员也都明白：向小强正式向一部开火了。此刻，全场的目光都投向亦山哥，我和淑玲更是迫切地想听到他犀利的反击，好好打击一下向小强的嚣张气焰。

亦山哥斜着身子坐在椅子上，一只手搭在椅背上，一只手在桌面上转笔玩。10 秒钟过去了，他一言不发，屋子里静得出奇；20 秒钟过去了，他还是不置一词，只是微笑着抬头望向视频里的吴伟群，一副完全无所谓的表情。

吴伟群同样露出了微笑并开始发言。他并没有被亦山哥或向小强的发言打乱节奏，而是按部就班地先代表李忠董事长和集团领导班子感谢我们在 2015 年的辛勤工作，预祝北方总部在 2016 年取得更好的成绩。接下来，他总结了我们在 2015 年的各项业务指标，逐项进行分析点评，并对 2016 年的工作提出几点建议和要求。

直到最后他才回应刚才的争论：“刚才几位同事的发言都很好，说明大家都在思考公司的前途命运，值得表扬！不过，我感觉业务部门提出的几个问题和建议其实并不矛盾，是不是可以综合一下啊？比如关于我们现在的业务模式，我在全国子公司也做了调研：去年股市大跌以来投资者非常恐慌，到处寻找避风港，固定收益类产品其实很紧俏。另外，房地产商一直是我们最大的融资方，最近楼市回暖正好增加了他们的借款意愿和还款能力。所以在我看来，这正是我们大干快上、异军突起的大好机会！

“从鑫城财富诞生至今，我们的业务模式已经得到了三年的验证，又有强大的募集团队做支撑，确实不能轻易改弦更张啊。不过呢，尝试一些新东西也是有益的。主流也好，非主流也罢，只要分配好时间、精力，还是可以大胆尝试的，没准会打造出和‘918’一样的爆款。

“提到诺佳和恒先，我还得多说几句。去年 11 月我过生日的时候曾经讲过，我们要想追上行业领头羊，一定要弯道超车。到今天，我的信心更加坚定了，不仅因为我们现在的发展势头良好、子公司不断壮大，而且我们自己的 P2P 平台‘鑫城宝’已于今年 1 月 1 日正式上线。这是鑫城财富第一次登陆互联网金融，为此我们已经精心筹备了 4 个月之久，完全是有备而来，而且会一发而不可收！接下来，我们将尽快把线下客户吸引到线上，并大力宣传推广，让更多的人成为我们的客户。

“从谷歌到脸谱网，再到淘宝和腾讯，大家都见识过互联网的积极作用和巨大能量。‘互联网 + 金融’是最新的跨界资源整合，P2P 正是这一领域的代言人。最近可能大家听到很多关于 P2P 行业的负面新闻，这是心理学上典型的‘负面偏差’效应，也就是所谓的好事不出门，坏事传千里。媒体和好事者总嫌生活太平淡，非要放大负面信息吸引人眼球，总拿 P2P 跑路说事，就像有千百万辆汽车正常行驶在路上，却只报道酒驾伤人的案例。科技创新带来的新生事物越来越多，它们能发挥什么样的作用关键要看是谁用、怎么用啊！请各位相信我，在新的一年里，你们一定能够见证“鑫城宝”的发展壮大，它会产生几何级增长动力，成为我们实现弯道超车的最佳武器！”

04

年度工作总结会的第二天上午，我正在威斯汀与小何相拥而眠，手机铃声突然不合时宜地响起来。我睡眼惺忪地摸起手机一看，是亦山哥，连忙接通，电话那端传来的大笑吓了我一跳：“晓波，还是被我抓到了吧！给你一个小时，10：30 在颐和资产付总办公室见！”

什么叫被他“抓到了”？挂断电话，我正在纳闷，突然发现手里拿的是一个有粉红外壳的手机——这是小何的手机！我连忙找到自己的手机一看，原来在静音状态下错过了亦山哥的几个电话。我一下脸红到耳根。我跟小何谈恋爱的事情在北方总部已经不是秘密，不过被间接发现一起过夜还是让我挺不好意思的。好在是亦山哥，他对这种事应该司空见惯了吧！

不到半小时我就收拾完毕，下楼过个马路就来到英蓝国际。前台女孩把我带进付总办公室时，亦山哥已经在里面喝茶了。“真是‘春宵苦短日高起’。”他向我挤眉弄眼，我也做个鬼脸道：“但是君王仍然要早朝！”

“哎哟不错呀，接得还挺快！”亦山哥笑道。过了一会儿，我看他心情不错，小心翼翼地问他前一天为什么不当众反驳向小强。

他正色道：“白让你读纳西姆·塔勒布的《反脆弱》那本书了——不要在乎外界评价，在别人的态度面前要保持韧性！而且你想过没有，他为什么敢公开挑起这次争端呢？我才不在乎这小子怎么想，我担心的是谁可能在背后怂恿。”

“谁？”

“‘阿玛尼’。”

这三个字犹如晴天霹雳，让我无比震惊。

亦山哥进入北方总部时，杜叔叔答应给他许多“特权”，不过，这些承诺在“阿玛尼”面前打了不少折扣。很明显，无论业务还是外表，亦山哥都会成为公司里的超级明星，这会大大抢走“阿玛尼”的风头。而且亦山哥是 1979 年出生的，只比“阿玛尼”小一岁，论业务经验和能力又远超后者，“阿玛尼”自然会把他当作觊觎自己位置的潜在竞争者，毕竟亦山哥又不像杜叔叔那么与世无争、让人放心。因此，“阿玛尼”总是或明或暗、或自觉或不自觉地给亦山哥使绊，比如拖慢一部项目的节奏、卡掉他想招聘的人等。亦山哥呢，这回倒是没有像在信托公司时那样与老板计较，而是韬光养晦，专心致志做业务。再加上有杜叔叔从中调解，虽然少不了磕磕绊绊，但也还算相安无事。所以按常理来看，“阿玛尼”此举毫无必要。

不过，联想到集团和北方总部最近发生的事，玄机可见端倪：在“三巨头”当中，“阿玛尼”对于年终奖金最为看重。他不像杜叔叔早已实现财务自由、不在乎这点钱，又不像陈巧娟可以在集团领取奖金，金额又远高于北方总部。但不幸的是，刚刚差点儿引发集团兑付危机的南京项目正是“阿玛尼”介绍的，吴伟群嘴上不说，心里一定埋怨过他一千遍、一万遍。正因为如此，现在他哪还有脸面去找吴伟群谈奖金的事呢！

这个时候，授意向小强炮轰一部不失为一步“妙棋”：首先，谁都知道向小强是谁的亲信，他力挺现有业务模式一定会得到吴伟群的欣赏，这就成为“阿玛尼”间接向老板表忠心的一种方式。其次，向小强对亦山哥的态度也是世人皆知，他携“918”成功的余威来挑战一部，会让大家都认为这是一场两个部门老大之间的较量，不会暴露自己。最后，通过业务部门负责人的嘴说出调整年终奖金分配结构显得非常自然。等到解开吴伟群的结，“阿玛尼”只要顺水推舟就可以名正言顺地拿走本属于我们的蛋糕了！

刚琢磨到这里，我的思考被脚步声打断，走进房间的竟然是杜叔叔。他脸色灰暗、黑眼圈很深，似乎一夜没睡。他坐到亦山哥对面，说话时的嗓音略带沙哑：“亦山、晓波，今天叫你们来这里碰面是想通知你们：我决定支持你们重启与颐和资产的合作，设计发行定增产品。”

亦山哥深深地点了一下头，我则目瞪口呆，杜叔叔见状特意把脸转向我：“昨天的会议情况你们都心中有数吧！大家都明白，所谓的‘主流产品’就是高收益产品，多做这种产品，眼前是会多赚钱，但是风险谁担呢？如果业务部门都往这个方向走，最后谁都不承担责任，只想赚一票就走，我们离倒闭也就不远了。

“我们这种传统的私募基金的确应该迅速转型，但不是盲目提高收益率，也不是孤注一掷押宝 P2P。昨天亦山说得很对，负债端要去拿金融机构的钱，私人投资者都转到线上好了；资产端一定要丰富我们的产品线，实现从单纯的固定收益产品向多元化产品的转变。不做这种系统性变革，我们会在一条错误而孤单的道路上越走越远！

“我现在最担心的是黄总带着向小强完全倒向吴总的思路，那可要把我们带沟里去了。我会去努力影响黄总，但是咱们都现实一点，不要指望改变吴总和整个集团，只要能把握好自己和北方总部的命运就行了。你们尽快拓展权益类产品，我会全力以赴支持你们。记住，从现在开始，你们的工作只对我负责！”

听完杜叔叔这番话，我惊出一身冷汗。他今天对我们吐露心声，相当于告诉我们北方总部已经产生了两个派系（“保皇派”和“革命派”）并让我们站队，这样不会使公司分裂吗？难道我也要深深地卷入公司政治的旋涡了吗？

“杜总，我完全认同您的判断。我和晓波没说的，您指儿哪我们就打哪儿！”亦山哥的语气无比坚定。他一定是把这个关于站队的表态当作修补两人关系的绝佳机会。

这时，付总推门而入。亦山哥把杜叔叔介绍给他，我们几个人寒暄几句后一同落座。付总兴奋地说：“今天早上7点多收到岳总的信息说见面，我很高兴！上次说的定增项目也有别的私募来找我谈过，但我只认岳总这个人，还是可以给你们做。”

杜叔叔彬彬有礼地回应道：“抱歉打扰您周末休息！岳总是我们公司的顶梁柱，他也非常仰慕您，一直讲应该与您合作。这不，我们就登门拜访来了。”他突然话锋一转，“不过现在比起一个月前形势起了点变化：新年A股两次熔断，大盘下跌幅度很大，搞不好还会进一步下挫。您是怎么看待后市的呢？”

“我对二级市场的判断是：短期不乐观，长期不悲观。所谓‘熊市不言底’嘛，很难说跌到什么点位，我估计在2400~2800点会有比较强的支撑。不过我认为中国A股市场的涨跌和经济的好坏没有必然联系。大家都比较悲观的时候，其实机会就出来了。很多人都说A股估值太高了，但是个股分化很大呀，这里面还是有很多金子的。这段时间我的仓位不高，如果跌到我刚才说的区间再加仓吧。”说到熟悉的话题，付总侃侃而谈。

“如果跌破了这个区间呢？”亦山哥追问道。

“那更求之不得！”付总看我们迷惑不解的样子，笑了起来，“我做股票有几条原则。第一，到现在这个阶段，我只管理自己的钱。代人理财心态会有变化，影响发挥；都是我的钱，就不用在乎别人怎么看、今年是否盈利，没有外界的干扰更容易成功。第二，我已经开始分散投资，二级市场上的资金只占整个投资组合的40%，定增接近20%，PE投资只有10%，剩下的都是现金。只要市场出现机会，我随时可以大举杀入。第三，我买股票的心态是以合适的价位买到放心的东西。大盘点位需要参考，但是个股更重要。只要是好股票，越跌越买，碰到暴跌才好呢，那不是送钱嘛！”

付总给我们上了一节股票投资课，我们对他的理念心悦诚服。不过杜叔叔提醒说，毕竟市场已经跌了这么多，之前的项目方案对鑫城财富来说显得风险过高，我们是否应该重新审视一下条款呢？付总打开电脑，指着K线图给我们解释说，从我们探讨方案以来沪指下跌9.6%，而定增方案里的两只股票同期下跌都不到5%，安全性依然很高。杜叔叔则指出，如果说去年12月初沪指在3500点以上的时候还算观望期的话，现在已经明确进入下降通道。倾巢之下无完卵，股票很容易触碰到警戒线，方案必须要相应调整。

付总两手一摊，不满地说：“股权价值是以质押前20个交易日均价为基准计算的，咱们最终签合同之前跌多少我都认了，不就是融资金额多一点少一点的事嘛！”

“这个本来就是要随行就市、动态调整的。我是想另加一条：咱们借鉴资产证券化里面的增信措施，设立一个‘现金抵押账户’，也就是由颐和资产额外拿出一定比例的现金放入双方共管账户，以确保在限售股锁定期结束前能够及时补仓，如何？”杜叔叔提出新的建议。

付总一听断然拒绝：“那怎么行！我再拿出现金白白放在那里，不是等于把抵押率降低了吗？不可能不可能！”他夸张地挥着手，房间里的气氛顿时紧张起来。

这个时候还是“顶梁柱”发挥了作用，亦山哥思考片刻，计上心来：“现金改成股票怎么样？而且买什么股票都行，等于把颐和资产的一部分投资组合拿出来，随时用来变现补仓。”

这个方法折中了各方立场，大家拍案叫绝。最后经过讨价还价，付总同意拿出相当于质押股权价值10%的等值股票设立补仓账户。这样一来，我们的方案得到了完善，安全性大大提高。

我用周末的时间把新的交易方案写好，亦山哥修改后发给陈律师。这次我对项目信心满满，但是一想起杜叔叔那天早上说的话，还是不免忧心忡忡：颐和资产项目会不会成为北方总部走向分裂的导火索呢？很快我就发现这个担心是多余的。在引发矛盾的焦点事件里，我们的项目很快就被淹没了。

05

兑付危机刚一结束，“阿玛尼”把全部注意力都投向了年终奖金问题。搞定陈巧娟之后，他自己不好意思直面吴伟群，就委托杜叔叔代为沟通，但是毫无成效：老板装聋作哑，一拖再拖。向小强在工作总结会上的发言也没有得到正面回应。

就在“阿玛尼”一筹莫展之际，又一个惊天新闻发生了：1 月 12 日，北分传来消息，据说魏老大正在秘密接洽一家私募基金，准备带队跳槽！大家都相信这绝对不是空穴来风，“阿杜”一下子又都紧张起来。

失去北分可是他们绝对不愿承受的打击。2015 年，北分为北方总部募集了 4.5 亿元，占到了项目总募集金额的 35%，是我们所有项目募集成功的重要基石。这支队伍对集团同样不可或缺。虽然深圳总部讳莫如深，“太祖”仍然打探出北分为他们全年贡献了 4 个亿左右。

吴伟群也深知魏老大一直对成立北方总部的事耿耿于怀，于是想尽办法拉拢和安慰他，明里暗里给了他不少好处。不过，显然这些举措没能解决更根本的问题：北方总部去年的很多项目募集费用较低（不幸的是，大多是我们一部的），项目整体数量和规模都不大；而深圳总部项目虽然不少，还以高收益居多，但是安全性又饱受质疑。因此，北分不断膨胀的募集能力在集团里远远得不到发挥，只好偷偷飞单。

此外，亦山哥和我都认为单纯提高募集费用已经不能满足魏老大的野心，他的最终愿景是贯穿上下游，自己做一家私募基金公司。李帅帅告诉我，几天前，魏老大在北分的年终总结会上当着全体员工的面说：“北方总部有啥了不起的，不就是有几个业务和风控人员！市场上人才一大把，咱们想自己设计产品是分分钟的事，一定会比他们干得更好！”

魏老大怀有二心已经不是一天两天，但是突然爆出这个新闻还是让“阿杜”措手不及。他们俩自知没有把握挽回魏老大，还是决定第一时间告诉吴伟群。杜叔叔拨通手机，电话另一端传来的声音生硬而又急促：“我已经到北京了，正在往酒店赶，一会儿魏总来找我。你们先假装不知道，等我消息吧！”

“阿杜”傻眼了：吴伟群竟然比他们早得到这个消息至少半天以上。没想到即便是在千里之外，老板的耳目还是比我们厉害多了。

我和小何那天一下班就先走了。离开时，我们看到马楠楠在食品间泡了两碗方便面。小何叹息说，看来对于“阿杜”来说这一定又是个漫长而难熬的夜晚。我却认为他们俩对这件事的态度应该不尽相同：“阿玛尼”刚刚摆脱一场由自己带来的兑付危机，现在又在争取拿到年终奖金，这会儿最怕再捅娄子；而杜叔叔认为北方总部应该调整负债端的资金来源、逐渐剥离线下募集团队。虽说这次事发突然，但是如果真失去北分，没准客观上能够加快公司转型。

恐怕这也不会是两个人最后一次“同床异梦”吧！

第二天早上，从他们俩上班时候路过“平民区”的表情来看，我的猜测是正确的：杜叔叔 9 点准时到达，心事重重地快步通过走廊；“阿玛尼”9 点半才姗姗来迟，一脸轻松，昂首阔步。不一会儿最新消息就流传开来：吴伟群马到成功，说服魏老大留在鑫城财富！

所有普通员工都松了一口气。魏老大另谋出路的消息对大家的信心是个打击，很多人都有地动山摇的感觉。不论“保皇派”还是“革命派”，我们都不希望就这么失去北分。最终能够留住魏老大自然是好事，不过以他的个性，不知吴伟群做出了怎样的让步才挽回了他的心呢？

大家正在乱猜一气，吴伟群来了，他带着轻松的笑容走进“阿玛尼”的办公室。一分钟后，杜叔叔也走了进去。

时间一分一秒地过去，转眼已经到了中午，3 个人完全没有要出来的迹象，甚至都没人去过厕所，高腾在微信上问“阿杜”午饭怎么安排也没有回音。不知为什么，办公室里的气氛随着时间的流逝变得越来越紧张，同事们大多安安静静地待在办公室或工位上，即使互相交流也都不由自主地压低声音，那种感觉好像一群中学生在上自习课，而老师们正在隔壁开会。

直到下午 1 点，CEO 办公室的门终于打开，吴伟群面无表情地走出来，“阿杜”

隔了几步远的距离跟在后面，神情严肃。3 个人走出公司大门，直到下午 4 点钟杜叔叔才一个人回来。快下班的时候，他把亦山哥和我叫了过去。

“怎么样，今天恶战一场？”亦山哥想调节一下气氛，用轻快的语调问道。

杜叔叔显然没有这个心情。我看他面容疲倦、眉头紧皱，仿佛正在经历一场大病。他的大脑里肯定正在同时思考几件事情，他没有回答亦山哥，过了好一会儿注意力才重新回到我们身上。“亦山、晓波，你们做好准备，北方总部已经走向拆分。”

听到这句话，我的心一下子凉了：难道“保皇派”和“革命派”这就要摊牌了？“阿杜”之间的矛盾已经不可调和了吗？不过杜叔叔继续声音低沉地解释说，这是强留魏老大的代价。“吴总昨天已经答应北分自行组建业务部门和风控部门，并且独立注册公司，成为企业法人。也就是说，北分以后也是一个独立完整的私募基金公司了。吴总说他们仍将服从咱们的业务指导，但是显而易见，从股权上和业务上咱们都已出局，北分实际上获得自主权。

“在我看来这是最差的结果。北分这样半死不活地拖着会严重影响北方总部在子公司中的权威，也同样会让全国其他有野心的子公司心里发痒，还不如完全脱钩来得干脆。可是黄总竟然对吴总说感觉影响不大，因为北分与鑫城财富过去一直没有股权关系，大家一样合作良好；而且北分募集能力强，从来都‘吃不饱’，自己去寻找项目也不会影响我们的募集。我真不知道他是想讨好老板还是真的仍然抱有幻想！你们也知道魏总一直不把我们放在眼里。现在让他打通整个业务链条、独立注册公司就如同放虎归山，人家还怎么可能帮我们呢？”

“这个结局也是吴伟群的一个败笔。”亦山哥接过来分析道，“按理说他这么精明的一个人不可能看不到这些问题。可能他太在乎募集规模，无论如何都不愿放走募集团队，所以宁愿让北分名义上留在集团内。其实北分已经是颗发炎的智齿，舍不得拔掉反而会影响旁边的牙。”

这是亦山哥又一个判断失误——当时我们都还不了解让魏老大动了跳槽念头的真正原因是什么，更不知道吴伟群与魏老大之间到底达成了什么协议。

杜叔叔接下来告诉我们，北分的事情只是个引子，吴伟群借机狠狠地责备了他和“阿玛尼”一番：北分是北方总部最重要的分支机构，可是我们成立以来没有做任何努力去拉近与魏老大的关系，事到临头也没有任何解决办法，还得他亲自出面。他对北方总部设立子公司的速度也非常不满意，批评我们根本没有投入足够多的时间和精力去拓展渠道，一直在坐享其成地利用鑫城财富的募集体系发行产品。

“这是我第一次看到他发火。本来南京项目捅出那么大娄子还没来得及算账，这回他把所有的不满都发泄出来了。”杜叔叔说，“另外，他对于我们营利性的关注还在其次，最不能容忍的还是主动壮大血脉的意识不强……”

“也许老板跟我们关心的就是不一样呗！”亦山哥抢着解读道，“咱们具体干活的人觉得资本家就是要利益最大化，只要给公司创造了利润就万事大吉。可是老吴更看重现金流吧，毕竟这才是私募基金持续生存的基础。这几年公司扩张这么快，听说他很少提取分红，一直在滚动投入。”

“你还没明白，他是要借着这些理由控制北方总部！”杜叔叔停顿了一下，我的心也一沉，“后来，他提了几个具体要求，比如严格执行陈巧娟去年 8 月提出的费用包干制，而且超出限额还要报他审批，以及 2016 年必须新增至少 4 家子公司，为深圳总部完成 3 个亿的募集量（交叉销售）等等。这里面影响最大的是最后一条：以后我们的所有项目通过评审会后还要上报集团总裁办，他拥有最终决定权。原来他一直抓住年终奖金的事不放就是想用它作为谈判条件。”

亦山哥和我都是一副难以置信的表情。吴伟群这样做就等于卡住了北方总部的脖子，以后我们只能拿更多的募集量向他进贡，以换取他对我们项目的批准。

“那黄总是怎么说的呢？”我焦急地问道。

一提“阿玛尼”，杜叔叔苦笑起来：“黄总今天是一边倒，对吴总言听计从。”

“他是不是想奖金想疯了？”亦山哥没好气地说。

“我也觉得他今天过于软弱，但是应该还不至于像你说的那样。不过，我最担心的事情还是发生了：下午回来前我和他单独谈过，他认为吴总的思路是正确的，应该先确保抓好募集这条生命线。”杜叔叔平静地说道。

亦山哥缓缓起身，在房间里踱起步来。“完了，这回他真的倒向老吴了。

但是他应该更看重利润吧！就这样任由老吴夺走项目审批权，人家要是卡住不让咱们发产品或者少发，利润从何来？”

杜叔叔的眉头皱得更紧了。“他倒是信心满满，认为自己一定能说服吴总让我们的项目都通过。这些都是后话，我现在也不去计较，目前我坚决不能同意的是他新提出的建议：在北方总部全面放开‘918’。”

06

1月中旬的北京处于深冬时节，金融街的夜晚显得比其他地方更冷清一些。如果你仔细观察，就可以在上海陆家嘴、香港中环和纽约华尔街都看到相同的现象：这些金融聚集区里堆满了写字楼，白天人们在这里热火朝天地拼命工作，一下班（无论那会是几点）就会匆匆离开，投身到更轻松、更温暖的地方，留下空荡荡的街区，零星的行人穿行其间，任由寒风宰割。

1月14日下午5点，我就是这样的一个行人，从中国人寿广场出来，冒着大风走在金融大街上。

那天下午，吴伟群约我共进晚餐，考虑再三我以已经有约来婉言谢绝。他说：“那就饭前聊一会儿吧！”我没有理由再拒绝，况且我也想看看是否有机会对他施加影响，帮助“革命派”扳回一局。

更早的时候，“阿玛尼”单独与吴伟群聊了一个小时，双方达成一致意见：一是“阿玛尼”确认执行吴伟群前一天提出的几项要求；二是吴伟群同意按照20%的比例发放年终奖金（太阳简直是从西边出来了）；三是吴伟群支持“918”在北方总部由试点改为全面放开。

“阿玛尼”认为自己取得了重大胜利，得意扬扬地回到办公室，不料要求却遭到杜叔叔的强烈反对。他一直没有答应吴伟群的“无礼要求”，更坚决反对

“918”的扩大化，认为这几件事加在一起会使北方总部丧失大部分独立性，并且走上传统影子私募的错误路线。

杜叔叔的态度让“阿玛尼”十分恼怒。平时他们两个人对彼此都很客气，小心翼翼地勾勒权力边界，逐渐形成双方一个主外、一个主内的格局。“阿玛尼”也越来越乐于当甩手掌柜，只过问重大事项，让杜叔叔操持公司具体事务。可是一来二去，当大家平时都习惯去找COO汇报工作的时候，CEO又开始觉得冷清，有种大权旁落的感觉，心中已经积累了一些不满。这次不知他使用了什么手段，竟然说动吴伟群在年终奖金问题上做出巨大让步，为北方总部全体员工（特别是他自己）争取了一大块利益，这算是个重大“外交胜利”。可是杜叔叔竟然不以为然，还想在鸡蛋里挑骨头。于是，两个人之间爆发了有史以来的第一次争吵。

争吵归争吵，冷静下来大家还是要从权力大小上掰手腕。北方总部的第一大股东是深圳总部，第二大股东是“阿玛尼”（30%），杜叔叔只有19%的股份。只要吴伟群和“阿玛尼”达成一致的事项就等于通过了股东大会，杜叔叔也无可奈何。最后，他只能以在评审会层面枪毙未来所有“阿玛尼”中意的项目作为威胁，逼迫“阿玛尼”做出两点承诺：“918”的销售必须要与项目匹配；年终奖金分配时不对“主流产品”和“非主流产品”做出区分。

两个人不欢而散：他们都认为自己在为公司大局着想，却还不得不向对方妥协，谁都没有完全达成自己的愿望。亦山哥对这场争端的评价是：“保皇派”大获全胜，而“革命派”虽然保住了奖金，却输掉了路线。

我见到老板以后能向他争取些什么呢？我边走边想，不知不觉已经来到了约定的地方——金融大街甲26号的“东方大班”。说来有趣，我天天在这条街上下班路过都没发现这家高档SPA店，吴伟群却有一种特异功能，能在各种陌生环境里找到最好吃、最好玩、最有趣的地方。

服务员把我带进包间时吴伟群已经到了，他坐在沙发里泡脚，脸色很难看，好像在生闷气。见到我，他故作轻松道：“晓波，现在把你叫出来，高腾不会记你早退吧？”

我连忙说不会的，杜叔叔知道我们要见面。

吴伟群又是微微一笑："那就好。你晚上还有饭局，天气又这么冷，咱们就趁现在泡个脚、按摩按摩，舒筋活血，顺便聊聊天。"

于是我们俩坐在沙发上，技师开始为我们忙活起来。吴伟群一边翻看手机，一边貌似不经意地问了一句："这两天公司的事你都听说了？"

我被问懵了。这两天北方总部可发生了不少事，在我这个层级肯定只是道听途说地了解一部分，几位大佬之间的对话和协议不可能都搞清楚。他指的是哪些事呢，还是想知道我了解到什么程度？看我沉吟未答，他放下手机，身子倾斜过来，认真地盯着我的眼睛："老弟，你得理解哥哥啊，我做很多决定也是身不由己！"

第一次听到老板以这么诚恳的口气说话，我诚惶诚恐。见到我的表情，他的眼神缓和下来，坐回到沙发里。"你应该听说北分的事了吧！这个量级的队伍如果离开，无异于一场大地震，对整个公司的打击都会很大，有可能造成一系列连锁反应，比如其他子公司军心不稳、客户信心降低、募集资金速度减慢什么的。所以魏总要是走了，带走的可不止几个亿的募集量啊！这个时候就是公司的关键时刻，我必须出手，你说对吧？"

"那当然，吴总。您能把魏老大……魏总留下来真了不起，公司上下都非常佩服！"我恭维道。

"但是回过头来看，出了这么大的事，黄总和杜总后知后觉，即便发现了也束手无策，我只好飞过来收拾局面，你说哥哥有多操心啊！北分是我交给他们俩最大的一块资源，结果还维护不好，导致魏总意见很大，甚至不想在鑫城财富干下去了，你说我能不对他们俩有点儿小意见吗？"吴伟群似乎并不在乎我的评判，只是在向我倾诉。当时我也不得不承认他的抱怨有道理，谁能想到他的描述与事件真相差着十万八千里呢！

"我这次也和他们俩严肃地谈了，2016 年的工作必须要有大幅度的调整和进步，特别是子公司和募集量上都设定了量化指标。不这样真是不行啊！老弟，这次北分出事之前，我只给北方总部下放了产品设计权，你知道之前包括魏总在内，有多少募集团队老大争着向我要这个权利！可是黄总和杜总不好好珍惜，总搞一些低收益的项目不说，还得依赖集团既有的募集渠道。”吴伟群说着激动起来，不顾技师的抗议点上一根香烟，“你看过《三体》没有？到最后一些文明私自割据很多空间，搞得整个宇宙都要崩溃了。在咱们鑫城财富的体系里也是一样，必须要讲规矩、有秩序，自私自利、只进不出可不行啊！”

“您别着急，黄总和杜总肯定不是自私的人。去年他们都非常辛苦，尽心尽力做业务，一年下来还是取得了不少成绩。”我连忙辩解道，“正好我也想跟您汇报一下我的想法。咱们募集速度的增长确实很快，但是去年年底南京项目的事已经给我们提了醒：募集社会资金去匹配高风险、高收益的产品是把双刃剑，稍不留神就有可能自毁前程。

“咱们集团如果现在转型是有一定基础和经验的：我们一部有的项目已经使用过银行的钱，我听说大江也一直在募集使用银行资金。这个时候如果能丰富产品种类，抓住一些优质资产再去对接金融机构资金，把风险和收益预期双双降下来，发展会更加稳固、持久。去年集团的盈利状况应该还不错，咱们趁着家底雄厚的时候转型，是个蜕变重生的机会呀！”

吴伟群抽完一支香烟，又点了一杯果汁，半晌没有说话。我的劝说打动了他，还是他对我的执迷不悟很失望？我从来都没猜透过他的想法，这次也不例外。喝完果汁，他又把身体倾过来，耐心地说：“老弟，等咱们将来规模足够大了，你说的‘双降’肯定能实现。但是在目前这个阶段，没有那么容易啊！在资产端，现在竞争这么激烈，不做高收益的项目哪能满足利益相关方的胃口？在负债端也不是你想象的那样：大江那头大多还是跟银行业务员的私人合作（其实就是飞单），真正能算作与银行的业务合作也就一两次，但是成本降低了吗？一点都没有——要么是付出风险溢价，要么花在打点关系上。

“实际上金融机构的钱既不好拿又不好用，综合成本又不低，纯粹是鸡肋。咱们要转型也不可能一步到位，资产和负债就是鱼和熊掌不可兼得啊！老弟，你说说看，对私募基金来说哪一端更重要？”

我犹豫了一下，回答说：“还是负债端吧！”

吴伟群一拍大腿：“没错！这就是为什么我这么重视募集、重视现金流的原因。我再问你，募集的成本重要还是速度重要？”

我挠着后脑勺说：“应该都很重要吧！”

“老弟，当然是速度啊！”吴伟群的口气有些失望，似乎在叹息我怎么这么缺少悟性，“不管教科书怎么说，西方商业银行经营理念当中我最赞同的是负债管理理论。所有金融机构想要生存，靠的都是现金流。就算咱们是宇宙第一大行，如果停掉几天存款业务，你看还能不能运转得开？只要资金进账速度不降，哪怕你有些失误和损失，长期来看也都会被源源不断的资金冲洗消化干净。

“当然了，你说得很对，南京项目已经是个警告，用传统的募集渠道找来追求高收益的钱，逼着我们做高收益的产品，最后很容易出事。这就是为什么我要把‘鑫城宝’推上线的原因。我考察了这个行业一年多，一直在找思路、找团队、找资源——哥哥可不是拍脑袋做决策的人啊！行业里头鱼龙混杂是正常的，新生事物出现些问题也是正常的，在我看来，P2P 是最佳私募工具。等到‘鑫城宝’成了气候，那会是 10 个，甚至 100 个北分的能量！

“我希望你明白，黄总和杜总生活一直比较优越，从来没有生存的压力，也就缺少一针见血地抓住关键问题的能力。好在黄总多少有些醒悟了，还主动申请把‘918’搞大。你也得多帮着他和向总劝劝杜总和岳总，让他们看清本质啊！向总这个人真是既有本事又有思想，这不，他约我一会儿吃个饭，谈谈他们正在看的一个大型 P2P 平台股权转让的机会。

“老弟，哥哥经营这么大个集团不容易，你得多理解、多帮助我。以后有什么事，咱们可要一条心、共进退啊！我今天跟你说这么多，是真心觉得你有能力、有资源，在咱们集团大有前途，南京项目的事让我更加确信了这一点。哥哥一定会帮你，早晚把你打造成为金融街上的私募之王！”

07

1月15日是个星期五，同事们都早早下班了，可是心都在悬着：前一天吴伟群已经同意北方总部的高比例年终奖金发放计划，但是具体方案却非常难产。“阿杜”之间分歧重重，闭门协商数次仍没有最终敲定。为了做到完全背对背保密，我们的薪酬、业务提成和年终奖金的发放都是外包给人力资源公司完成的，指令都是由“三巨头”直接发出。因此，直到那天下班，关于大家能否在当天拿到奖金、能拿多少，都没有一丝消息透露出来。

那天晚上我和小何在京滨饭店住下，准备第二天带她在我家周边转转，熟悉一下我在北京生活了将近20年的环境。吃完晚饭，我们依偎在被窝里看《橘子郡男孩》。这是一部二十年前的美剧，讲述美国加利福尼亚州橘子郡两对高中生及其家人的生活，整部剧充满了阳光、海滩和俊男靓女。我们俩都很喜欢女主角玛丽莎，她美丽、柔弱、善良，特别像小何。

看到剧中的激情片段时我问她，每次和我在一起夜不归宿怎么向她爸妈交代。她说：“这还不简单，去闺密家了呗！”我装作恍然大悟的样子说：“原来我在你心里只是个闺密！”她扑哧一笑，倒入我怀里：有这样的闺密吗？我心头一热，在她背上吻起来……

就在这时，我们俩的手机短信提示音同时响起来。我迫不及待地放下小何，打开手机，入账提醒短信里的数字是：48375.6元。虽然这笔钱没有之前任何一笔业务提成高，但仍然相当于我3个月的薪水。后来亦山哥告诉我，这个数字只比“阿杜”和3个业务部门总经理的低！我欣喜地转过身，却看到小何轻叹一声，低头不语。哄了好一阵她才告诉我，她的奖金只有7000元出头。我有点惊讶，转而替她难过，赶紧安慰她说，我的就是你的呀，你想买什么直接拿我的卡去刷！她淡淡一笑，大眼睛望着我，流露出一丝忧伤，说出了一席让我终生难忘的话：

“猪头！我不是想买什么东西，我只是想知道公司领导认为我做了多少贡献、创造了多少价值，或者说我在公司领导眼里值多少钱吧。这次发的钱比平均数低很多，我也就清楚答案了。我也能理解：一个中后台部门的出纳，年纪小、资历浅，‘阿杜’是不会关心在意的。其实吧，到公司之前我根本不懂金融，现在也只是一知半解。不过来了以后我一直在琢磨一个问题：金融企业怎么衡量一个人的价值呢？如果只看给公司挣了多少钱，那不就是鼓励大家冒险吗？那这个游戏规则就太危险啦！

“想这么多，是因为我也想在公司有好的发展。但是我没有什么资源，更没有争强好胜的性格，不可能转到业务部门，也永远都做不到陈巧娟那个份儿上。那么我在这么大一个私募基金里的发展机会在哪里呢？我觉得公司要是能更全面地评价人的价值就好了。像在平时，我们部门和合规部加班都不比你们业务部门少，对公司的正常运转同样有很大贡献，只不过没有直接创造利润罢了，但是我们也应该得到公司认可呀！”

真没想到，一向安安静静、似乎与世无争的小何竟然有这么多的思考和感悟。她说得没错，在鑫城财富，除了赚钱没有其他任何评价标准。想在庞大的影子私募大军中脱颖而出，唯一的办法就是比别人为公司赚到更多的钱，这样才能得到领导的赏识，晋升更快，掌握更多资源，并且自然而然地赚到更多的钱。不用说，只有业务部门才有这样的能力和机会。

这恰恰与国际金融机构发展趋势相背离。

2008年美国次贷危机爆发后，很多著名投资银行、保险公司和对冲基金已经认识到单纯的业绩导向和金钱文化存在巨大缺陷，并开始从制度上和文化上进行变革。例如，不少机构开始从业务部门选调人员到风控部门工作，并拉平两个部门的薪酬待遇。这就使风控部门能够留住具有实战经验的人才，运用其丰富的实操经验迅速有效地衡量风险和收益，使之达到动态平衡。

中国银行业更是早在2003~2004年进行股改、引入战略投资者，在上市的时候就对组织架构进行了调整，普遍开始设立首席财务官、首席风险官，强化财务体系和风控体系的专业化和独立性。中国保险监督管理委员会则在2006年发文要求保险资产管理公司引入首席风险官制度，以便及时防范和化解重大风险。中国证券业协会也在2014年制定了《证券公司全面风险管理规范》，要求证券公司任命首席风险官，并建立健全授权管理制度，确保前、中、后台相关部门之间相互制衡、相互监督。

中国的影子私募显然还没有这样的意识和机制。在这个行业的大多数公司里，合规、财务等岗位只是业务部门的辅助角色，是私募产品发行流水线上的一颗螺丝钉，经常会被要求按照业务人员的意志提供意见或服务（我自己就干过无数次），缺乏独立性甚至专业性。这个问题在鑫城财富深圳总部尤为突出，各种重大会议都成了吴伟群的一言堂，没有人敢挑战老板的权威。北方总部情况要好得多（多亏了杜叔叔），但是在 2016 年年初的领导层纷争之后，“保皇派”路线占据上风，“阿玛尼”对项目的直接干预越来越多，小何这样微弱的声音进一步被淹没在我们这架私募机器高歌猛进的轰鸣声中。

在 1 月 15 日的那个夜晚，一向在女孩子面前嘴笨口拙的我不知道该怎样回答小何的问题，也不知道该怎样抚慰她，只好把她搂过来，用我的身体温暖她那颗冰冷的心。

我和小何度过了一个轻松惬意的周末，直到周日晚上才依依不舍地分开。回到家，我照例给亦山哥发了个微信，询问他周一早上的业务例会要准备哪些内容，却没有得到回复。快到 11 点，我给他打手机，没人接。

亦山哥的周末生活虽然丰富多彩，但是只要和工作相关的事他都会及时处理，从不会拖延或遗漏，所以这还是我们共事以来第一次出现这种情况。不过我也非常理解，毕竟我们处在新年刚过、临近春节的业务淡季，大家经历了非常压抑的一周，又刚发了年终奖金，也许他周末玩得有些嗨吧！本来最近也没多少业务进展值得汇报，最后我决定让淑玲随便写写了事。

1 月 18 日，星期一，北京的气温降到了零下十几摄氏度，冻得人不想起床。早上我出门晚了一些，等到慢慢悠悠登上中国人寿广场的电梯时，已经迟到了 15 分钟。

走下电梯，只见公司的玻璃大门大敞四开，前台的小姑娘并不在座位上，手提包却放在非常显眼的位置。好一个空城计！我暗暗发笑的同时走进前厅，却吃了一惊：从门口望进去，“平民区”里连一个人影都没有！我快步向前穿过走廊来到“老板区”，“阿杜”的房间和储藏室也都空无一人！

这时我已经感觉到后背冒出冷汗，突然想起电影《香草的天空》里的片段：汤姆·克鲁斯饰演的男主角做了一个噩梦，在梦里整个纽约人去楼空，他一个人绝望地在空旷的时代广场上飞奔着……

我突然想到小何，赶紧掏出手机，一边拨号一边跑向财务室。熟悉的铃声在前方响起来，我心头一喜，穿过空荡荡的“富人区”冲进财务室一看——老天啊，房间里不见芳踪，只有她的手机静静地躺在桌子上。

我完全无法解释眼前这一切，站在财务室的门口彻底愣神儿了。因此，当不远处大会议室的门突然打开时，我差点吓得魂飞魄散！只见两名手提大衣、身着制服的警察从门里走出来，后面是“三巨头”，他们低着头、拖着沉重的步伐从我身边经过，一言不发地陪着警察走进小会议室。好像没人注意到我的存在。

糟了，出大事了！看到“阿玛尼”脸上那副如丧考妣的表情，我瞬间从恐惧转换到忧虑，眼前闪现出无数种可能性，大脑快要超载。过了片刻，同事们陆续从里面走出来，个个脸上惊魂未定。终于等到亦山哥的身影，他习惯性地正要点烟，抬头看到我，便放下打火机，走过来搂住我的肩膀：“晓波，向小强不在了。”

真不愿意再次回顾整件事情的经过。简要地说，那是在 1 月 15 日的晚上 10 点左右，也就是在我和小何卿卿我我的时候，向小强带着老婆从电影院出来，在地下车库与别人发生刮蹭。之前晚餐时他喝了些酒（他总说“没人在金融街查酒驾”），一出事控制不住情绪，跳下车大声咒骂对方车主。没想到从那辆车里跳下两个毛头小伙，其中一个二话不说一刀刺向他的颈部！

在爱人的怀里，他永远地闭上了眼睛。

在接下来的一周时间里，整个北方总部都笼罩在悲伤的气氛之中。无论关系远近，一个朝夕相处的同事就这样永远地离开了我们，简直让人无法相信也无法接受。直到后来我离开鑫城财富，他的办公室都一直空在那里，接替他职位的程霞就是不肯搬进去，似乎期待着有一天房间原来的主人还会回来。

我无法用文字描述失去独子的向父向母是多么悲恸欲绝，我唯一一次见到他们是老两口到公司收拾向小强的私人物品。程霞和后来二部选调来的项目经理汪晨迎把他们接上来，一起走进向小强的办公室。老太太猛然间看到柜子上儿子身穿西装、意气风发的艺术照，立刻扑上去把照片抱在怀里，大声哭喊着瘫倒在地。程霞连忙上去安慰老人家，结果话未出口，泪已先流。不一会儿，两个人竟然一起抱头痛哭起来，最后杜叔叔和亦山哥一起劝开二人。那真是一个让每个在场的人都心碎的时刻。我坐在自己的工位上，和旁边的几个同事也都默默流下眼泪。听着向母撕心裂肺的哭声，我暗自发誓：一定要照顾好自己，更要关爱父母，绝不让他们伤心难过！

在意外发生之后，“阿杜”是最早得知消息的，杜叔叔在周日清晨又依次通知了高腾、程霞和亦山哥。按理说这件事与亦山哥并无直接关系，但是他表现出真正的绅士风度，从早到晚一整天都陪在这几个人身边处理善后事宜。在 1 月 22 日，也就是向小强的“头七”，亦山哥给北方总部全员发送了一封悼念信，我把这封电子邮件打印出来，珍藏在抽屉里。

各位同事：

七天前，我们失去了一位同事，这是我们鑫城财富大家庭的巨大损失，我们将永远记住他。

我想，可能很多人和我一样，在此之前没有亲身经历过类似的事件，也从来没有想过这种事会发生在自己身边。只有事到临头我们才能深切地感受到世事无常、人生短暂！

大家都知道，在公司里我和他并非密友。但正如爱因斯坦所言：个人的存在都是宇宙这个整体的一部分。我们自以为与其他人和物是分离的，其实这是一个错觉的监狱，会把我们仅仅限制在对最亲近少数人的爱里。尼古拉·特斯拉也说过这样的话：每一个生命都是推动宇宙运转的引擎，虽然它看起来只能对周遭事物产生影响，但实际上这种影响的范围却是无限大的。要知道，组成我们身体的原子也是宇宙的基本组成单元。因此，我在宇宙，宇宙在我！我是人人，人人是我。

当然，每个人又都是独特的，不可复制的。物理学家争论有多少维度、多少宇宙；在我看来，每个人就是一个维度，每个人就是一个宇宙。当一个人离世，就意味着一个宇宙的关闭。也许他还在别的地方以某种形式存在，但是与我们的心智已再无交集。我们眼前的这个宇宙还在膨胀阶段——也就是说，别的天体都在离地球远去，就像所有的亲朋好友终将离我们远去一样。既然如此，我们现在还有什么理由不好好珍惜彼此呢?

我总觉得有些人活得像狗：世事巨变，看不明白；脚步匆匆，停不下来；缺少尊严，活不舒心。他们缺乏信仰，迷失自我，没有底线，充满戾气，就像这次事件中的两个小青年。在这种情况下，我们必须学会保护自己，与人为善；能忍则忍，得过且过。切莫一时冲动，后悔莫及！能在金融街工作，我们已经属于这个社会里境遇不错的人群，应该有一颗感恩和知足的心，而不是处处与人计较。逞一时之勇、胜口舌之争，于我何益?

这些话的意义不在于批判，而在于反省。我们应该从悲剧中汲取力量，从而活得更加明智和从容，能够像史铁生说的那样，镇静而又激动地欣赏生命过程的美丽与悲壮。

愿逝者安息，生者珍惜！

第八章

01

1 月 23 日，星期六，北京经历了号称 30 年来最冷的一天，全天最高气温竟然都在零下 10℃以下。那天吃完早饭后，我冒着严寒赶往机场，从北京直飞澳门——吴伟群叫我先去那里和他碰头，之后一起回深圳参加 1 月 25 日举行的鑫城财富 2016 年年会。

这是我第一次踏上澳门的土地。和深圳一样，这里一片南国风光，非常舒适。我到达澳门国际机场的时候，气温处于七八摄氏度左右，凉爽宜人。早有司机在出口等候，把我接上一辆黑色丰田商务车，车驶向酒店。好像并没走多远，司机向前一指："到了，就是这里。"

我沿着他指的方向望过去，只见两座巨大的白色阿拉伯式城堡出现在眼前，阳光照射在城堡的玻璃和金顶上，反射出一片耀眼的金黄。在两座城堡周围簇拥着一大片相同风格的小城堡和小房子，构成一个庞大的阿拉伯式宫殿群。我们的车开进这片白色和金色的建筑海洋，路边巨大的招牌上写着"GALAXY 澳门银河"。

车停在酒店门口，我看到大门对面的路边停了一辆超长悍马、两三辆宾利和十余辆商务车。司机告诉我，这是酒店接送贵宾的一部分专车；在他们外侧的几辆超跑则是澳门本地土豪的座驾。他拿出一张房卡让我直接入住，说其他人会晚些过来与我会合。

我提着箱子走到门口，门童推开大门，一个身穿蓝色短裙制服、身高在 1.75 米以上的礼仪小姐向我微笑致意，把我迎进钻石大堂。

这是一个令人目眩神迷的世界。

首先映入眼帘的是从大堂穹顶垂下来的巨型水钻吊灯和下方光彩夺目的圆形喷水池。我走到跟前，正在惊叹于灯光变化的丰富多彩，雄壮的进行曲突然从四面八方响起，一个耀眼的庞然大物从喷水池里缓缓升起——好家伙，那是一颗巨大的钻石！我身旁的一个男人对女伴说："这个叫运财银钻，有差不多 6 吨重。

赶紧拍下来，一会儿去赌场就会赢钱的！”我望着这个壮观的景象呆住了，过了一会儿才缓过神来掏出手机。可是就在这时，从喷水池里又升起一个巨大的水帘把钻石包住，然后一起缓缓沉入池中。错过了好彩头，我懊恼不已。

回忆起那一幕，我感到那就是一个预兆：运财银钻的转瞬即逝，就像有一笔财富曾经摆在我眼前，最终却又可望而不可即，如同过眼云烟。

进入酒店房间时，我又一次被震撼了。房间装修华丽、陈设高档，屋子中间一张大床足够睡下 3 个人，是金融街任何一家酒店都无法媲美的。放下行李，我兴致勃勃地下楼闲逛。银河真是太大了，我走走停停转了一圈，竟然用了一个小时。原来这个建筑群里还有好几家五星级酒店，这一圈酒店由 3 段布满商铺和餐厅的时尚大道连接在一起，各种商品和美食让人目不暇接、流连忘返。

在这一圈酒店和商业的中心，处于众星捧月位置的是占地超过 7 万平方米的赌场。走进这片乐土感觉气氛骤变，到处都是闪烁的屏幕、赌客的惊呼和金钱的味道。我沿着一眼望不到尽头的走廊一直向前，边走边看。大多数项目我都看不明白，唯一一个一瞅就懂的是扔骰子赌大小。看到有的人赢得那么容易，我强忍住冲动才没换点筹码也去玩两把。看着围在一张张桌子和一台台机器面前目不转睛、全神贯注的赌客们，我分辨不出谁只是试试手气、玩玩而已，谁又是真想战胜赌场、赚钱回家。但是谁输谁赢却再好分辨不过了：在结果出来的一刹那，胜负清清楚楚地写在每个人的脸上。

逛完一圈回到房间，我累倒在床上，心想：如果说写字楼是金融街的神殿，那么酒店和赌场就是澳门的神殿吧！

刚想歇歇脚，吴伟群的电话来了：“老弟，10 分钟后你下楼，咱们在酒店一层丹桂轩吃饭。”

我准时来到饭店门口，足足等了半个小时吴伟群才姗姗来迟，身后跟着王仁豪、袁宁、一个斜挎着腰包的小伙子和一个锥子脸、嘟嘟唇的年轻女孩。吴伟群一把握住我的手，亲切地说：“兄弟，久等了！哥哥刚才连赢几轮，把晚饭钱给挣出来了。”

“老板，就那几万块，都不够你上次给晶晶买的那个包吧？对了，她不在总裁办工作了吧？”王仁豪酸酸地说。

听了这句话，我心里很不是滋味，吴伟群脸上也很难看，呵斥道：“胡说什么！”说着，搂过我的肩膀走进饭店。领位员把我们一行6人带到一个足以坐下12人的大包间里，吴伟群拉着我坐在他旁边，指着两个新面孔对我说：“这位大美女是凯莉，广东著名网络女主播，我已经邀请她给‘鑫城宝’做代言。这个小伙子是阿志，赌厅的，他负责在这边照顾咱们。”

我向凯莉打招呼，她眼皮都不抬一下，勉强挤出一丝笑容算作回应，然后拿起手机开始给菜谱拍照。我又转向阿志，他殷勤地递上一支香烟，满脸堆笑地对我说：“老板请多关照！这几天在澳门有什么事就吩咐我。”

“你先关照好我们的胃好啦，赶紧把菜安排好！”王仁豪刚才被老板训斥，就把怨气发到阿志身上。

阿志闻言立即唯唯诺诺地一溜小跑出门而去。过了几分钟，一位身穿制服的中年男子跟着他走进包间，用一口“粤普”介绍自己是饭店经理，欢迎明总的客人来用餐，一定会给我们安排妥当。

果然，不到15分钟服务员就端上来八九盘菜，5个男人狼吞虎咽地吃起来，只有凯莉一口未动，而是兴致勃勃地给每道菜拍照留念。她好像活在照片的世界里，也许在朋友圈里晒出完美的美食图片远比用心感受和体验真实世界更重要——对她来说，哪个世界才更真实一些呢？

填饱肚子之后，吴伟群打发凯莉自己去做SPA，然后问我想干什么：去赌场试试运气，还是看看演出，或者发挥外语优势找个洋妞聊聊？我说只要跟着他就行，王仁豪拊掌笑道：“晓波，那让我们带你见识一个完整的澳门之夜吧！”

吴伟群和阿志露出会心的笑容，而袁宁却直截了当地说：“人家第一次来，你们还是尊重他自己的意愿吧。我先回房间休息了，明天早餐见。”说完，他不顾吴伟群和王仁豪的一再挽留，与每个人道别后，离开包间。

王仁豪耸耸肩：“他总是这样扫兴。澳门的一天才刚刚开始，他却躲回房间去，真没意思！”

“没关系，袁总可能是真的累了，咱们先玩嘛！”吴伟群大度地说。他抬起左腕，手腕上露出一枚镂空双陀飞轮的手表。“现在还不到9点，那咱们还是去打会儿牌吧！阿志，你安排一下！”

阿志的眼睛一下子亮了。他迅速掏出手机拨通一个号码，短促而有力地说道：“开工！”

往外走的时候，吴伟群搂着我悄悄地说：“老弟，过来就是要好好放松，你想怎么样哥哥都满足你。记住：在这里发生的一切都仅限于这里！”

最近我才偶然发现，吴伟群当时的那句话是拉斯维加斯的一句广告语：What happens here, stays here. 不过，就在那个晚上，我已经体会到它的含义了。

02

阿志没有带我们去下午我参观过的赌场大厅，而是穿过酒店大堂，从东翼贵宾会坐电梯来到2层，进入赌场贵宾厅。公关小姐把我们带入一个VIP房间，3位工作人员笑脸相迎。这是一个大约20平方米的房间，正中间靠窗户的是牌桌，大概能同时坐下6个人。牌桌左手边是一组能坐下5个人的沙发和配套茶几，右边是能供4个人同时用餐的小餐桌。小餐桌旁边有个按摩椅，客人可以边休息边看电视。挨着按摩椅的是卫生间，位于房间右手边靠近大门的角落位置。

吴伟群在牌桌前面正中间的位置坐下，我和王仁豪分坐两边，阿志挨着我坐下，给我当起了讲解员：这个牌局叫百家乐，牌桌上有“庄”“闲”“和”三个主要选项，玩家三选其一并下注，然后由荷官给“庄”和“闲”各发2张或3张牌并计算点数，数字1~9按牌面计点数，K、Q、J、10计0点（没有大小王）。对于选“庄”或“闲”的玩家，哪一方的点位相加后，最后一位数最接近9即为赢家；选“和”的则要寄希望于“庄”“闲”双方点位相同。还有一个选择是“对子”，只有在“庄”或“闲”分别首发的两张牌里有一方出现对子才能赢。“庄”和“闲”获胜，1 赔 1；“和”是 1 赔 8；“对子”是 1 赔 11。

吴伟群签了几份文件，随即有工作人员拿给他一大摞筹码。我定睛一看，大吃一惊：最小的面值竟然是 10000，这些筹码总数至少有 100 万！吴伟群随手拿出几个放到我身前：“老弟第一次来肯定赢，你试试！”望着超过一个月工资的两个筹码，我慌忙摆手说不会玩，坚决不肯碰一下。

“我来！”王仁豪撸起袖子高喊一声，从我面前取走筹码放在“闲”上。荷官开始发牌，王仁豪把两张牌折了一个角，然后一点点向上掀，直到逐渐能看到牌角显示的数字和花纹，他紧皱的眉头一下子松开，一把将牌甩给荷官。荷官先把这两张牌亮给大家看——J 和 8，接着慢条斯理地翻开自己手边的两张——9 和 4，这一局“闲”以 8 ∶ 3 获胜，阿志一边记录，一边叫起好来。王仁豪精神大振，扬言今晚要大胜而归。不料他的运气急转直下，接下来输多赢少，也就 40 分钟的时间净输 20 万！

吴伟群可一点儿都不着急，气定神闲地拿出一个 10 万的筹码叫荷官“打散”。荷官马上换给他 1 个 5 万和 5 个 1 万的筹码。吴伟群又喊了一声“飞”，荷官就在无人下注的情况下自行发牌、亮牌、计算点数。阿志告诉我，这是在观察“线路”。“飞”了四五局之后，吴伟群拿起一个筹码放在“庄”上，待荷官发完牌并亮出“闲”的两张牌是 2 和 5 后，抓起自己面前的两张直接翻过来——是一对 4！这局“庄”以 8 ∶ 7 险胜！

就这样，吴伟群一点点往回追。虽然中间几经反复，半个小时之后还是赢回了 20 万。他玩这个游戏一点都不拖泥带水，头脑清楚、动作干脆，与王仁豪大不一样。我感觉他下注有一套规律，但又看不明白具体是什么：好像输赢的局数差不多，却往往能在下重注时获胜。就这样又过了半个小时，他已经净赚了十几万！

“老板，还是你厉害，出手不凡哪！”王仁豪恭维道。

“仁豪，咱们可不是第一次来了，你玩得太任性了啊！”吴伟群笑眯眯地说。

“我玩牌可是为了乐趣。”王仁豪反驳道，“你看你每次都打公式，还要算来算去的，多累人哪！”

“天下想赚钱的事，哪有不辛苦的。”说着，吴伟群站起来伸伸懒腰，又坐进按摩椅，阿志赶忙招呼服务员端茶倒水。

他不愧是赌场高手。牌局重新开始后他有如神助，又顺风顺水地赢了整整30万！又赢下一局之后，他说今晚的任务已经完成，任凭王仁豪百般央求仍然决定收工。20分钟后，几名工作人员拿着一捆现金走进来，阿志清点后交给他（原来赌场赢钱都是现场结算）。老板心情大好，拿出一沓钞票，给讨赏的工作人员一人一张1000港币的票子，然后把剩下的钱装进一个崭新的手提袋，在众人的簇拥之下走出贵宾厅。

已经过了午夜12点，我哈欠连天，王仁豪还没玩够，想去赌场大厅再玩会儿别的游戏，吴伟群则想再去打会儿德州扑克。于是三个人分头行动，吴伟群掏出一沓钱打发王仁豪先走，然后对我小声说：“你先回房间，有惊喜给你！哥哥晚点再去找你说说话。”

惊喜？一定是在时尚大道买的礼物！我听“太祖”说吴伟群经常会给高管和子公司老大们送手机、名牌衣物乃至豪华手表，这是他对下属表达亲近和收买人心的一贯方式。那么这次他会送给我什么东西呢？

我一边猜一边走，打开房门的时候还在琢磨要是苹果手机也不错，突然听到漆黑的房间里有动静，还以为自己走错了门。确认无误后开灯一看，真的有个人躺在我床上！我还在发呆，她已经醒过来，慵懒地坐起身来，衣冠不整，睡眼迷离，让人不忍直视。她望着我似笑非笑地说：“你终于回来了。快来吧！”

是凯莉！原来这就是吴伟群的惊喜……

我当时感觉身体像被雷电击中了，整个人微微颤抖起来，困倦一下子消失无踪，大脑里闪过很多画面，一片混乱……不过，当小何微笑的脸庞出现在我脑海里的那一刹那，杂念消失了，头脑变得异常清醒。我站在门口，把门打开到90度，坚定地对凯莉说：“对不起，我困了，请你早点儿回去吧！”

凯莉的眼睛瞪得圆圆的，脸上露出不可思议的表情，也许这是这辈子她第一次被人扫地出门。“吴总没跟你说清楚吗？”她问道，一定在想哪里出了差错。

“我真的困了。谢谢你。”我避开她的眼神。

凯莉愣了半分钟，突然掀开被子跳下床，一只手抓过外套披在身上，另一只手拎起手机和包，蹬上鞋就往外走。经过我身边的时候，她扭过头，几乎就贴在我耳边狠狠地骂了句“痴线（神经病）”。我无言以对，甚至不敢抬头，任凭她气呼呼地离开，留下一阵冷笑声和刺鼻的香水味道。

凌晨 4 点多的时候，房间电话突然响了起来。我强忍着困意摸到话筒，接起来一听，是吴伟群：“老弟醒一醒，过 5 分钟我来找你！”还不到两分钟他就敲响了我的房门。我把他迎进房间，他把提在身后的一个拉杆箱递到我手里：“老弟，哥哥送给你一个 Rimowa（日默瓦）钛金箱，拿这个坐飞机既实用又有面子。”我连忙道谢，问他刚才玩得怎么样，他拍了拍胸脯：“哥哥玩德州更是高手啊！刚才连赢两局比赛，就把你这个箱子的钱挣出来喽！”接着，他眉毛一挑，露出狡黠的笑容，“你是不是不喜欢凯莉这种类型啊？哥哥再帮你找一个？”

我尴尬地摇摇头：“吴总，真的不需要，我正在谈恋爱，感情还不错。”

“老弟，男人出来玩一下，很正常嘛！而且你又没结婚，这算什么！”吴伟群劝道。

“吴总，说实话，我是一个有点精神洁癖的人，不太能接受这种方式。而且最近向总的事让我心情也挺沉重的。不过您对我这么好，我都记在心里呢！”我恭恭敬敬地答道。

吴伟群露出失望的表情，他肯定没想到我是这么无趣的一个人：“老弟啊，岳总的邮件我也看到了，说得很对，要学会珍惜，所以就要‘人生得意须尽欢’嘛！不懂得享受，奋斗有什么意义。好了，你早点儿休息吧。”

我不能理解吴伟群和“阿玛尼”为什么在男女关系上都这么开放，我甚至一想起亦山哥和陈巧娟的事心里都会有个大疙瘩。这些情况在我工作过的会计师事务所里是做梦都不会发生的。是不是我太过拘谨，用各种清规戒律把自己禁锢成了一个“套中人”呢？这只是鑫城财富的个例，还是私募基金的普遍风气呢？想想真头晕，还是看看老板的礼物吧！

打开旅行箱，里面有一个看起来很眼熟的手提袋。再打开它，我瞬间屏住呼吸、困意全无——那正是吴伟群在贵宾厅赢的钱！

03

阿志按门铃把我叫醒的时候，已经是周日中午 12 点了。我吞吞吐吐地咨询他如果有一笔港币在手里要怎么处理，他很爽快地说："老板，你有多少都交给我好了，马上按今天汇率打人民币到你账户。或者我直接帮你存起来也行，省得换汇麻烦，下次过来还可以用。"我想了想，最终与他商定：先把 5 万港币兑换成人民币现金交给我带走，剩下的港币由他们公司代为保管。

阿志带我到楼下的群芳自助餐厅与大家共进午餐，随后一行人出发前往深圳。到了港澳码头我才知道，吴伟群给大家订了直升机。

我们乘坐的是能容纳 12 名乘客的中型直升机，每张票 4000 多港币，从澳门到深圳只需 15 分钟；相比之下，坐船只需要 200 多港币，航行时间为 1 小时 15 分钟。

坐直升机对超重行李要收费。凯莉大包小包买了不少东西，称重时多花了 2000 多港币。有钱就是这么任性！她坐在吴伟群旁边，看到我登机上来，故意伸出一只手搂住吴伟群的腰。这个举动让两个男人都很尴尬，吴伟群赶紧把她的手拿开，我则假装没看见，坐到距离他们最远的地方。

这是我平生第一次坐直升机。准备就绪后，飞机在楼顶停机坪慢慢向前移动，螺旋桨的轰鸣声越来越大。飞机前进了十几米，似乎距离隔海相望的金沙娱乐场的霓虹灯标志越来越近。我正担心我们再往前走会不会跌到楼下，机身突然像是被外力猛地向上一拽，我们旱地拔葱般地向上飞了起来！

坐惯了普通大型商业航班，这回才发现飞行原来可以如此自由！我们在低空掠过几艘渡船的船顶，几经起伏后稳定在一个巡航高度，轰鸣着向一望无际的大海飞去。脚下偶尔出现一只船，慢得好像在海面上静止不动，只是点缀我们旅途的布景道具而已。

我兴奋地对坐在旁边的袁宁说："真刺激，坐渡船的旅途感受肯定差多了！"不知为何，袁宁一路都板着脸，没好气地回应道："那是，差了 20 倍的票价呢！这都是钱烧出来的。"

可不是，一张直升机票的价格超过了很多人一个月的收入。听他这么一说，再回想这次澳门之旅，除了新奇和兴奋，我也第一次产生了一丝负罪感。到达深圳后，一辆敞篷宝马接走了凯莉，其余人坐上吴伟群的房车，一路开到京基 100 隔壁的瑞吉酒店。高速电梯把我们送到 96 层的大堂，我被眼前的景象震撼了：作为深圳的第二高楼、罗湖区的制高点，站在这里可谓一览众山小，独在云中笑。我靠近一块玻璃望下去，顿时感觉头晕目眩，不由自主地往回撤了几步。再仔细向下一看，不远处不正是万象城和上次住的君悦酒店吗？

"怎么样，一山更比一山高吧？"王仁豪不知什么时候出现在我身后，"这次咱们享受的可是顶级待遇。"

我一直不太欣赏他的浮夸风格，所以只是赔着笑脸点头称是。可是他丝毫不在意我的敷衍态度，在确定吴伟群正专心与袁宁聊天、不在我们声音所及的范围后，又凑近了一些对我说道："兄弟，我告诉你件事：老吴在澳门分别跟我和袁宁谈了，让我们开始搞'918'，而且一再嘱咐不要透露给你们北方总部。估计他这两天还会陆续跟其他子公司谈，深圳总部项目部正在做产品说明书。"

我一下子懵了。在之前的传言里，吴伟群和"阿玛尼"的协议只是让北方总部全面放开"918"。另外，王仁豪与我非亲非故，为什么要出卖老板，向我打小报告呢？

"兄弟，我知道你是很有能量的人，南京的事多亏了你才起死回生。"王仁豪双眼滴溜溜地一转，"我可是第一个告诉你这个消息的人，将来出了什么事，你可要记得我这个情哦！"

原来他是想向我卖个人情。不过我更糊涂了：将来会出什么事呢？我与他素无交集，又怎么才能还上他的人情呢？

再来不及和他多说什么，公司行政办好入住把房卡交给我们。我的房间在80层，落地窗外，整个深圳城区由近及远铺向山脚和天际，景色宏伟壮丽。站在城市之巅，我突然想起从詹总办公室出来后吴伟群对我说的话，心中顿时豪情万丈：金融是所有产业链的顶端，私募基金又是金融行业的顶端（这是老板的名言），我们处于这样的巅峰位置，身上的能量已经超越了千千万万的普通人，是这个社会上精英中的精英！

快到下午6点的时候，北方总部代表团的大部队也到达酒店。这次带队的是杜叔叔，“阿玛尼”说要留在北京协助警方和向小强家属处理后事，只派了马楠楠作为代表。不过，我总感觉真正原因是他不想与杜叔叔共同面对吴伟群。亦山哥当然也来了，他和杜叔叔还成功劝说程霞也一同参加：一是代表二部，二是出来散散心。“太祖”也想来，软磨硬泡终于得到了“阿玛尼”同意。他一办好入住就跑到我房间，不断地搓着双手，笑得合不拢嘴：“兄弟呀，这次‘阿玛尼’没来，马楠楠可是来了。我和她孤男寡女，总算能好好聊聊天了！”

“看你那副德行，别搓手了，跟苍蝇似的。公司刚出了这么多事，你还想着泡妞！”我劈头盖脸地骂他，可是他一点不以为忤：“那又怎么啦，食色，性也。你是饱汉子不知饿汉子饥，小何再瘦也是块肉。你不知道，上次从洲际出来马楠楠就像变了个人，甩下我就走了。我天天只能看着她的直播舔舔屏，难受坏了！这次我非把她拿下不可！”

我们聊了一会儿，亦山哥的电话来了，叫我跟他一起参加饭局。“太祖”高声大笑：“天助我也！我知道马楠楠暗恋岳总，今晚没有他竞争，我的事就差不多成了！”

晚上吴伟群在瑞吉酒店的欧尔巴意大利餐厅设宴招待几位投资额较大的VIP客户，杜叔叔去看望做投行时认识的老客户，亦山哥受邀和几个平时交往较多的子公司老大聚会，顺便叫上我同行。我们俩叫了一辆出租车，驶向位于盐田的师公会海鲜酒家。

一路堵车，车子走走停停，司机不停地抱怨。其实子公司总经理们这次也和我们住在同一家酒店，为什么不就近吃饭呢？亦山哥说，吴伟群目前最依赖的就是这帮人。他生性那么多疑，很担心这些人联合起来对付他，所以大家聚首还是小心为妙。

快到 8 点时我们终于到达饭店。来到位于二层的包间时，屋子已经快坐满了，我认出大江、王仁豪和路总，还有 4 个人自我介绍是分别来自南方几个子公司总经理。他们已经开喝，桌子上一片狼藉，几乎每个人都是红头涨脸。

大江今天做东，他刚招呼我们坐下，路总就嚷着说迟到的要自罚 3 杯，亦山哥只好带着我连干 3 杯二锅头。热辣辣的白酒空腹下肚，我整个人都不好了。亦山哥却依旧谈笑风生，问王仁豪怎么不见袁宁。

“他呀，老吴把他拽去跟 VIP 客户吃饭了。这几天老吴对他软硬兼施，逼着南京公司包销一个苏州的项目。说到底还是想让他爸发动资源帮着卖产品。可是上回刚得罪了人家，现在又去求助，真不知道老吴的脸皮怎么那么厚！”王仁豪骂着自己的老板，表情和去年说大江是“夜壶”时如出一辙。唉，还不知道他在背后是怎么骂我们的呢！

“脸皮薄就干不了私募，咱们哪天不得到处求人？”路总说道，“别看老吴在咱们面前永远都是威风八面的，他求人的时候也多着呢！我估计有的时候他连陈巧娟都搞不定吧？”

“哎，那你说陈巧娟把老吴睡了没有？”也只有王仁豪能问出这种问题。

大江似乎也不喜欢王仁豪的作风，把酒杯啪的一声蹾在桌子上：“他们睡了没有关你屁事，看看你自己去年才做了几百万的单吧！”

王仁豪刚要发作，眼珠一转，后背重新靠在椅背上，冷笑着一言未发。看来他去年业绩不佳是事实，想打架又绝不是大江的对手，还是老老实实别再招惹事端。

在亦山哥的提议下大家又干了一杯，缓和了一下气氛。这时，安徽公司总经理醉醺醺地问道：“不知道哥几个注意没有，前天快下班的时候，深圳总部子公司管理部发了个文，要求咱们以后要多搞‘主流业务’。我也没来得及仔细看，什么叫‘主流业务’？听说是你们北方总部什么人提出来的？”

清醒的人立刻想到向小强，大家都沉默了。亦山哥看看我，我马上给那位稀里糊涂的老兄讲解：所谓主流业务就是做超额收益较高的固定收益类产品。

大江听罢露出诡异的笑容："你这个解释可不准确。除了北方总部，绝大部分子公司都在做这种业务，老吴没有必要再下文强调吧！"

"大江说得对。我跟着老吴的时间比你们都长，他的心思我最清楚了。"路总的声音里没有了往常那种轻松，"我感觉他今年以来想法变化很大。要我说，现在他心目中的主流业务其实就是面向老百姓分散募集，还要超募，并且资金尽量流向自己可控的公司。"

屋子里再次安静下来。不知是空调作祟还是路总的话太过惊悚，我突然感觉后背一阵发冷——如果吴伟群真的这样操作，那就是多重风险叠加，我们将会坐在一个巨大的活火山口上！

"我一直觉得魏老大要跳槽这件事很蹊跷。"成都公司总经理若有所思地说，"他一直都在给外面飞单，里里外外挣了不少钱，老吴也不敢说什么。为什么南京出事之后就急着想走人了呢？他一定是看到了我们没看到的东西，说不定就是发现老吴搞的什么主流业务有风险吧！"

众人都在点头，大江却摇了摇头："我来鑫城财富之后，有几次发现银行的朋友帮别人卖的产品除了名称和联系人，与我们的产品一模一样——我估计魏老大真正发现的是吴伟群在外面的'影子团队'，说不定规模还相当庞大！所以啊兄弟们，鑫城财富也许只是咱们老板私募帝国的冰山一角！"

04

1 月 25 日，星期一，下午，鑫城财富集团 2016 年年会在万象城 5 层的迎囍皇宫召开。

宽大的宴会厅被挤得满满当当，全场大约 40 桌，每桌 10 人，一共 400 人共襄盛举。“太祖”告诉我们，这次活动盛况空前，是鑫城财富历史上邀请嘉宾人数最多的一次。

除了杜叔叔被邀请到吴伟群那桌外，我们北方总部的其余 5 人和 5 位深圳本地的高净值客户被安排在同一桌，居于舞台下面第二排中间，正是最好的位置。

4 点钟刚过，大厅的灯光突然暗下来。片刻之后，随着铿锵有力的音乐声响起，舞台大幕逐渐拉开，几束灯光集中射向舞台中央，8 对一身红袍的女孩子正在向观众挥手致意。她们每人面前放着一只红色大鼓，随着音乐节奏及灯光颜色的变幻，她们拿起鼓槌开始敲击，同时绕着大鼓翩翩起舞。她们的表演刚柔并济，整齐划一，隆隆鼓声与曼妙舞姿构成美好的视听享受。一曲终了，鼓声骤停，台下爆发出热烈的掌声。

这时，深圳总部两位帅哥美女作为主持人登场。在开场白里，他们回顾了鑫城财富在 2015 年取得的辉煌业绩以及为客户创造的丰厚回报，并对 2016 年的前景做出了美好的展望。接下来他们邀请李忠和吴伟群分别上台发言。

李老爷子吸取了上次的教训，讲话提纲挈领、言简意赅，中规中矩地完成使命，迅速把舞台交给真正的老板。吴伟群握着话筒，显得有些激动：“感谢各位尊贵的来宾和同事能够亲自参加我们今天的活动。这是鑫城财富第三次举办年会，我希望这样的欢聚能够成为公司的一个传统一直延续下去。

“这个活动有几层含义：第一，是要让我们所有员工牢牢记住客户是我们的衣食父母。西方有个感恩节，这个年会就是鑫城财富的感恩节，是我们对客户表达谢意的机会啊！在此，我代表鑫城财富的全体员工衷心地感谢所有客户的信任和支持。谢谢你们！”

说到这儿，吴伟群深鞠一躬，台下响起一片热烈的掌声，有几位大妈客户尤其兴奋，看来都是吴伟群的“脑残粉”。

待掌声逐渐减弱下去，吴伟群继续说道：“第二层含义，是要表彰一下过去一年付出辛勤劳动并取得优异成绩的员工们。刚才主持人已经介绍了我们的业绩。去年是私募基金的多事之秋，鑫城财富能在极为不利的市场环境下取得这样的成绩非常不容易，这是我们全体员工团结一心、努力拼搏的成果。在此，我也要代表集团公司股东们对每一位员工说一声谢谢！”

吴伟群再次鞠躬，这回台下的掌声更加热烈，一帮坐在中后部的员工代表跳起来鼓掌叫好。

就在掌声即将消散之际，从最后面一桌传来几个女孩的喊声：“吴总我爱你！”吴伟群马上回了一句“我也爱你们”，这一来一回两句话瞬间引爆全场！无数尖叫声、起哄声、笑声、掌声混杂在一起，把年会的气氛推向第一个高潮。

这还不算完。这波声浪好不容易平息下去，吴伟群刚要继续发言，“太祖”不知哪根神经错乱，突然也高喊了一句“吴总我也爱你”！没想到这可把吴伟群搞懵了，他看了看“太祖”，使劲眨了眨眼睛，含混不清地发出“啊？哦！”的声音，顿时引得全场哄笑。

终于等到大家平静下来，吴伟群才继续发言：“另外，这个活动还有一层含义：新年前后啊，有谣言说李总和我负债潜逃了（台下又是一片笑声）。今天我们都站在这里，就是告诉大家可以放心，我们没有跑路！鑫城财富一向遵守着稳健经营的策略和对客户负责的态度。从成立至今，我们没有一单出现兑付延期。我们将一如既往地为客户打造一个值得信赖的财富城堡。最后，我在这里给各位拜个早年，恭祝大家阖家幸福，春节快乐！”

接下来的两小时穿插进行了节目表演、奖项颁发、客户代表发言和抽奖。北方总部获得了一系列奖项，杜叔叔也一次次代表“阿玛尼”上台领取。

最耐人寻味的是颁发“最佳募集团队奖”时，老战不知从哪里钻了出来，上台代表北分领奖。魏老大事先并没有通知北方总部他们会派人出席并领奖，看来，在他们心里已经没有我们的位置。

最有趣的是抽取二等奖时，主持人念出“133 号”，大江大叫一声“中了”，手舞足蹈地跑上台，结果主持人发现他拿的是 113 号，把他轰了下去，逗得全场哈哈大笑。

而最让我难忘的是吴伟群作为颁奖嘉宾把“最具潜力新人奖”颁发给我的场景。我事先完全没有想到自己会得奖，匆忙上台领取奖杯并与吴伟群合影留念。

聚光灯打在脸上晃得双眼发花，只见台下黑压压一片都是人影，看不清任何一个人的面孔，我的目光只好越过他们的头顶，投向远处。那一刻，与吴伟群并排站在两米多高的舞台正中央，我忽然感觉自己远离了台下的喧嚣，超越了大厅里的芸芸众生，就像在直升机上，就像在瑞吉酒店里。成功之路、上升之门就是这个样子吗？

晚宴开始的时候已经是 6 点半。有支乐队在舞台上演奏轻音乐助兴，每桌 6988 的餐标保证这是一顿丰盛的晚餐。不过我已经从上次的庆生活动中学到经验——参加活动可不是来吃饭的，而是为了交往。匆匆扒拉几口菜，我就在杜叔叔的带领下和其他北方总部的同事组成敬酒小分队，一桌一桌地给公司内外所有熟人拜年。我的酒量明显不够应付这种场合，不一会儿就喝多了，去卫生间吐了一次，回到我们那一桌喘口气。

马楠楠也脱离大部队坐到我身边，关切地递过来一杯温水。我心里有些小感动：看来她还挺会关心人的，也许为人没有我想象的那么糟糕吧！马楠楠正想说些什么，乐队的演奏突然戛然而止，我们望向舞台，只见吴伟群拿起麦克风：“各位好朋友，咱们这里有乐队，大家可以来唱歌啊！希望每个人今天都玩得开心一点，我先唱一首刘德华的《今天》献给大家，这首歌代表了我的心声。”

音乐再次响起，吴伟群的歌声充满沧桑：

走过岁月我才发现世界多不完美
成功或失败都有一些错觉
沧海有多广，江湖有多深
局中人才了解
……

歌曲开始不久，程霞也回到自己的座位。看得出这个倔强的女孩一直在强颜欢笑，显然还没有从向小强离世的阴影中走出来。其实我有些纳闷：为什么那件事对她的打击会那么大，真的仅仅是出于部门同事之间的工作情谊吗？

很快，吴伟群的歌曲已经接近尾声：

等了好久终于等到今天
梦了好久终于把梦实现
前途漫漫任我闯幸亏还有你在身旁
盼了好久终于盼到今天
忍了好久终于把梦实现
那些不变的风霜早就无所谓
累也不说累

歌曲结束，台下爆发出一阵掌声和叫好声，很多人自发起立鼓掌。想必每一个为了梦想努力工作、无悔付出的人都会在这首歌里找到共鸣吧。

接下来亦山哥跑到舞台上，从吴伟群手里接过麦克风：“各位，我响应老板号召也来一首吧！我也唱首刘德华的，并把这首歌献给在座所有单身女士，特别是北方总部的单身姑娘们，祝福你们早日找到另一半！这首歌叫作《你说他是你想嫁的人》。”

所有人的目光都投向我们这桌并报以掌声，程霞不好意思地低头喝水，马楠楠却大大方方地微笑着向大家挥手致意。音乐再次响起，歌曲非常婉转哀伤，亦山哥又唱得十分投入，大家都听入迷了。可是听着听着，程霞把脸埋在双手里，半天一动不动，而笑容也逐渐从马楠楠的脸上褪去。

很快歌曲来到高潮部分，亦山哥望着我们这桌动情地唱道：

你说他是你想嫁的人
可是他一直只让你等
到如今你们都未明确地表露身份
也难怪你心底还藏着郁闷
你说他是你想嫁的人

何时你不做等待的人

我这局外人并非是什么恋爱顾问

只愿你珍惜自己把握青春

这时，我发现程霞的身体颤抖起来——她竟然开始抽泣！马楠楠试着安慰她，伸出一只手放在她的背上摩挲着，可是她自己也咬紧嘴唇，一脸幽怨。看来，这首歌触碰到她们俩心里最柔软的地方，只是不知她们分别为谁黯然神伤呢？

歌曲来到尾声，亦山哥缓缓地唱出最后一句：

反正嘛还有别人

想娶你过门

随着音乐停止，整个大厅再次被掌声和叫好声淹没，我也跳起来为亦山哥的精彩演绎鼓掌。可就在这时，马楠楠狠狠地瞪了我一眼，一扭头转身离席而去。我看她费力地穿过人群，跑出大厅，随后，“太祖”远远地追了出去。

05

到晚宴结束的时候，很多人已经烂醉如泥。好在有亦山哥的保护，我没有醉倒，不过前前后后也灌下接近一瓶红酒，走路都要扶墙。

按照活动安排，客户招待到此结束，鑫城财富部门助总及以上级别员工和外地参会员工到金丰城大厦里的乐爵 KTV 继续唱歌。由于人数太多，公司订了五六个大包间。北方总部的代表被安排与深圳总部的几个中后台部门共处一室，不过杜叔叔护送程霞提前回酒店休息了，马楠楠和“太祖”又双双缺席，老战更是不见踪影，就只剩下亦山哥和我与一帮常年坐办公室的陌生呆瓜坐在一起唱歌，无趣至极。我们俩找个借口溜了出来到处乱转，正巧遇到路总，就被拉到他们的包间。

吴伟群还是对募集团队的老大们不放心，把他们统统放在一个包间，让陈巧娟陪着这帮家伙。我们一进门，陈巧娟就嚷嚷起来："岳亦山你个死鬼跑哪里去了，老娘一晚上找不到你！"

在众人的起哄声中，亦山哥不慌不忙地说："要怪就怪老吴喽！我刚才看了，你们财务部有个小伙子很帅，你不是要睡遍帅哥嘛，是不是已经得手了？"

"嘁，美国人不是说过嘛，权力是最好的春药，对不对？权力越大的人越容易推倒别人。就我们部门那几个小男孩，老娘随便睡，只不过我看不上他们罢了！"陈巧娟的一番话逗得大家嘘声一片，她却大笑起来，"怎么啦？谁不服气？不服气的敢不敢跟我玩骰盅？你们这些搞募集的，天天就会骗老百姓的钱，看谁能把我骗倒！"

"好，谁怕谁呀！"王仁豪自告奋勇，首先上阵。看他的脸色和眼神就知道他已经喝多了。"陈总，咱们先说好，五局三胜，谁输了今晚就让对方推倒，好吧？"

"想什么呢，美得你！我说的是骗倒，不是推倒。老规矩，谁输了吹一瓶啤的。"陈巧娟的提议比较公平，王仁豪见占不到便宜，也只好答应。两个人面对面坐下来，其他人围成一圈观战。

他们玩的叫"吹牛"，在各种饮酒场所里是最通行的游戏。基本玩法如下：每人一个骰盅，内有 5 个骰子。两人同时摇动骰盅后分别查看自己骰子的点数，进而推测全部 10 个骰子的点数情况，并轮流以"M 个 N"的形式从小到大报数。下家可以选择相信上家并继续报出更大点数，也可以选择不信并叫开。直到其中一方叫开后发现对方所报点数大于或等于实际情况，则叫开一方判负；另外，1 可以代替任何数字，但当有玩家叫过"N 个 1"时，它将失去代替作用。

举例来说，第一位玩家报出"3 个 5"，意思是猜双方的 10 个骰子里至少有 3 个 5 点。如果下家选择相信，必须至少报出"4 个 5"或者"3 个 6"。而如果一上来有人叫了“3 个 1”，下家就要格外小心，比如自己再叫“3 个 5”时，就代表认为双方骰子里实实在在至少有3个骰子的点数是5，不能再把1当成5用。

一看王仁豪就是老手。只见他一手握在骰盅上，突然沿桌面横着向侧面一拉，在骰盅脱离桌面的那一刻手腕一抖使盅口向上一翻，连骰盅加上里面扣着的 5 个骰子都被带到半空，摇动几下之后重新扣在桌面上。他把骰盅稍微掀起一点点，刚好够自己看到骰子点数，然后露出得意的笑容，向陈巧娟伸手做了一个“请”的动作，示意对方先叫。

陈巧娟的动作慢得滑稽可笑，让人担心她是否只是初学者：只见她一手拿起骰盅，另一只手把 5 个骰子从桌上捡起来放进骰盅，使劲摇晃几下再次扣在桌面，再用双手捂住盅口，缓慢地掀开一条小缝看了看，又想了半天，报出“3 个 3”。

“5 个 5！”王仁豪张口直接报了个大的。

陈巧娟好像有些拿不定主意，又看了一下自己的点数，报出“6 个 4”。

“7 个 4！”王仁豪又是脱口而出。

陈巧娟更加举棋不定，在大家的催促下选择开。

结果王仁豪的点数分别是 1、1、4、4、6，而陈巧娟是 1、3、3、4、5，算在内只有 6 个 4，这局王仁豪输！

其实本来这是一个很简单的局面：陈巧娟看上去经验不足，上来叫得很保守，被对方报了大数之后慌了神，报出更大一组刚好碰到对方最多的数字 4。而王仁豪以为对方作为新手敢报 6 个 4，手里至少会有 4 个，所以才结合自己手里点数报出 7 个。谁知对方手里只有 2 个！大家都没想到这局王仁豪会输，惋惜之余也都归因于陈巧娟运气不错。

不过接下来的两局套路相同，结果让人大跌眼镜：陈巧娟总是报得非常保守，王仁豪则是直奔大数而去，可是被陈巧娟一开就输！王仁豪顷刻之间就以 0 ： 3 完败，还想赖酒，连声说自己“不行了”。陈巧娟轻蔑地说：“男人怎么能说自己‘不行了’？必须喝！”话音未落，王仁豪就被大江等人死死按住，一瓶啤酒灌下去彻底醉倒，在沙发上呼呼大睡起来。

游戏还在继续，挑战者非常踊跃。这一屋子男人（除了我）都是 KTV 和夜店常客，大家都觉得自己久经沙场，又看透了陈巧娟的套路，一定会取胜。没想到陈巧娟也变了招，接下来在对阵两位子公司总经理时一改拘谨作风，咄咄逼人地直接报出大数，逼得对手进退两难：叫开，偏偏桌上总有那么多点数；再报下去，陈巧娟又会立刻叫开，桌上的点数往往又不够了。很快，两位挑战者都以1 ：3败下阵来。大家终于明白过来：原来陈巧娟是位真正的高手，之前她的动作和报数方式都是伪装！

这时，大江推开众人，坐到陈巧娟对面。好戏来啦！大江可是靠喝酒打下的天下，堪称鑫城财富的夜店之王，“吹牛”游戏肯定也是行家里手。他已经观察陈巧娟半天了，一副胸有成竹的样子。

果然，他一上来就先声夺人，赢下两局，陈巧娟被逼到了失败边缘。可是她一点也不急躁，对大家的起哄和嘲讽也毫不在意。这回她不再伪装，也像王仁豪那样熟练地耍起骰盅，扣在桌面后轻瞄一眼点数，报出“4 个 1”。这属于剑走偏锋的策略，大江愣了一下，报出“5 个 1”。没想到陈巧娟马上叫开并亮出骰子——只有 1 个 1。大江用粤语咒骂了一句什么，不情愿地打开骰盅，众人一片惊呼——他只有 2 个！陈巧娟这局偷袭得手！

第四局场面十分胶着，两个人你来我往依次报数，结果陈巧娟险胜，追平了比分。大江有些恼怒，一脚踢开无辜的垃圾桶，用力摇着骰盅，狠狠地扣在桌上，看完点数后报出“4 个 6”。

就在这时，后来在公司内被传为经典的一幕出现了：陈巧娟摇完骰盅，待大江报数后，一眼都没看自己的骰子就直接报出“5 个 5”！

按照常规玩法，绝对不会有人盲报，更不用说直接报这么大的数字。如果大江恰巧没有 5 和 1 的话，完全可以直接叫开，陈巧娟自己手里有 5 个 5 或 1 的概率实在太小了。所以以我有限的经验来看，这根本就是自杀！

大江的脸上也露出难以置信的表情，仿佛在说：大姐呀，你怎么不按规矩玩呢！

陈巧娟正全神贯注地盯着他的眼睛看，两个眼珠都快成斗鸡眼了，眼皮好像已经不会翻动。她的身体前倾，一只手扶在桌面上，一只手按在骰盅上，一副咄咄逼人的样子，似乎随时准备叫开。

观众们看着眼前不可思议的场面都呆住了，房间中只剩下电视里一个歌手声嘶力竭的声音。

就这样过了三四秒钟，大江好像终于下定决心，喊出“6 个 5”。

陈巧娟按在骰盅上的手动了动——不过不是直接叫开，而是微微向外倾斜，露出角度让她可以看到点数。随即，她把骰盅拿开，盯着大江轻轻喊了一声“开”。我们定睛一看，不由惊呼起来：她的点数是 2、4、5、6、6，这样一来大江需要有 5 个 5 才能获胜！

大江顿时面如菜色，往后一靠，瘫坐在沙发里。路总好奇地掀开他的骰盅，大家唏嘘不已：1、1、5、5、6，就差一个 5！陈巧娟赢了！

大江接过别人递过来的啤酒，还很不甘心：“陈总，你刚才怎么敢盲报 5 个 5？”“那就是冒险一搏呗，输掉就输掉喽。”陈巧娟笑道，“你的水平其实比我高，不用险招，很难翻盘嘛！”

“那你怎么敢开我呢？”大江又问道。

陈巧娟的眼神突然变得犀利：“大江，这一局和刚才的第四局一样，在停顿的那一刻，你就已经输了。我玩这个肯定不如你多，但是有个领悟很管用的：骰子点数是很重要，读人更重要！”

06

在乐爵 KTV 玩了大约一个小时，我又喝下一些啤酒，这一晚已经远远突破了自己的正常酒量，浑身都生起红斑，脑袋痛得好像快要炸开了。亦山哥看我这副模样没法再坚持下去，不顾陈巧娟和众人的挽留，送我回到酒店。

我冲了一个热水澡，倒在床上回想这几天的事，感觉这次旅程是如此不可思议。我在澳门见识了那么多新奇的事物，在深圳又参加了一场盛大的庆典，都是以前从未经历过的。而更值得回味的是昨天深夜吴伟群对我说的那番话。是呀，我在这么努力地奋斗着，眼前又是充满希望的私募基金生涯，是否应该放开一点对自己的约束，多享受一些胜利的果实呢？

突然，房间的座机响了起来。我看到床头的电子时钟正好显示 22：00，这么晚了会是谁呢？

我接起电话，喂喂两次无人应答，正准备挂断，一个并不熟悉的女声在电话那端问道：“你、你回来了？”

“我是杨晓波，你找谁？”我的问话没有得到答复，那边挂断了电话。

又过了几分钟，我已经关灯准备入睡，门铃又响了起来。这个晚上老天是要折腾死我吗？我极不情愿地重新按亮主灯，指挥着麻木的手脚穿上浴袍，慢腾腾地走到门前，透过猫眼一看——是马楠楠。

我怎么招惹这姑娘了，她来干什么？我正想打发她离开，忽然想到晚宴时她的表现，既有点同情又有点好奇。再说，要是又得罪了她，人家回去给小何说我坏话就糟了！

于是我打开门，把她让进屋里。她坐到写字台前的椅子里，我只好摇摇晃晃地坐到落地窗旁边的沙发躺椅里。

“马秘书，你今天没事吧？”我吃力地问道，舌头有些打结。

她看了看我，幽怨的表情再度浮现：“你就非叫我马秘书不可吗？”

听她沙哑的嗓音我就可以断定两点：一是刚才打电话的人就是她；二是她肯定哭过了。

“好吧，女神，看在你心情不好的分儿上，我就向‘太祖’学习一下。”在级别差不多的年轻人中间，关系疏远的人经常会以职位称呼对方，关系一般的会彼此直呼其名，最熟悉的朋友之间才会叫外号。马楠楠是北方总部公认的女神，但是她在公司里朋友不多，也只有“太祖”一个人这样肉麻地称呼她。我叫她一声“女神”是想逗她开心，万万没想到这句话刚一出口，只见一颗泪珠从她的眼睛里滑落下来。

见到女孩子的眼泪，我一下子就慌了。“对不起，楠楠你怎么了？是不是‘太祖’欺负你了！”

马楠楠转过头去，用手背抹去泪水。“你知道吗，我从来都没在乎过他。”

从来都没在乎过他？那这几个月以来她都在哄着他玩吗？一切都是为了让傻乎乎的男人给自己花钱？这不是典型的“钓凯子”吗！我立刻为好“基友”鸣不平：“楠楠，你这样做就不对了，我对你非常失望！”

她干笑了一声：“我对你也很失望。晓波，你真是书呆子！他是你在公司最好的朋友，我和他的接触都是为了让你嫉妒——到现在你还不明白吗？我喜欢的人是你！”

那一刻，我完全无法相信自己的耳朵。我一直把她当成冤家，两个人之间一直在掐架。如果她要在北方总部里挑喜欢的人，怎么说我也会排在最后几名。我又想起她与“阿玛尼”、“太祖”和亦山哥的种种故事或者风言风语，更加难以置信。

但是从她哀伤的眼神中，我看到了不容置疑的坚定。天哪，她是说真的呢！

只听她继续说下去：“你好好回想一下就明白了，我认识你以后对你说的第一句话是什么？”

“那是去年有一次我加班，用了你的床补觉，第一句话应该是骂我吧！”当时的情景可不是什么美好的回忆。

“我对你说的第一句话是‘亲爱的杨经理’，现在想起来我都觉得好笑，我第一次就叫你亲爱的呢！”

“那只是在讽刺我罢了！”

“好！那说正经的，我问你，为什么当初我会告诉淑玲小何有男朋友了——那是为了让你赶快死心！你从陕西回来，是谁送你的纸鹤——是我！你知道新年前我为什么会因为心不在焉把脚崴了——还不是因为你跟小何确定了关系！还有，你知道刚才年会的时候我是为谁落泪吗？”

所有的场景串在一起，我一下子明白过来。我好傻！就拿纸鹤的事来说，原来那是她的礼物，可是偏偏促成了我和小何的和解。真是阴差阳错，造化弄人！

“可是……我……你知道我已经跟芳笑在一起了。”

“唉，我知道。”

“那你想怎么样呢？”

马楠楠陷入了沉默。过了一会儿，她起身打开窗帘。站在落地窗前，她一边向下张望一边小声对我说：“把灯关了吧，玻璃反光看不清楚外面。”

我乖乖照办。室内暗下来，窗外的景色逐渐变得清晰。

虽然夜色已深，我们脚下的城市依然灯火通明。一些高大建筑上的霓虹灯像是在夜间降临地面的星星，而车流和街灯的红色与黄色连成一条条线，仿佛是这个城市的血脉，时刻提醒着我们这是一片年轻而充满激情的土地。

我重新坐下来。这个躺椅的靠背是向后倾斜的，我坐在椅子前部靠不上去，又不好意思在她面前向后躺倒，只好费劲地用双手撑在身后。这个晚上该怎么收场呢？但愿这一切快点儿过去吧！

在沉默中度过了几分钟，她突然转身向我走来。在黑暗中我看不清她的脸，也来不及反应，她已经走到我面前，一伸手把我向后推倒在躺椅上。我想挣扎着坐起来，可是她已经叉开双腿坐到我身上，使劲向下按住我的肩膀。在下一秒，她的嘴唇已经重重地压在了我的嘴上。

那一刻的感觉复杂极了，我的第一反应是把她推开。

不过，她的嘴唇唤醒了我身体里的一种能量。这种能量太过强大，它像一股热流迅速冲进大脑，让我感到一阵剧烈的眩晕。紧接着，它接管了我的全部身心，驱逐走刚才那几种不安的念头，并指挥双手紧紧抓住马楠楠的身体。

我想我们一定是罪人——否则身体里那种能量为何能转化成胸中如此炽烈的火焰，似乎要把我、马楠楠乃至整个世界都化为灰烬！这种能量在我的身体里怒吼着、奔腾着，也毫不留情地冲击着、燃烧着我身上的这个女孩，直到耗尽了我们所有的体力，它才咆哮而去，直上云霄。

两个人的身体分开之后，马楠楠先去洗澡。换我洗完出来，她已经穿上浴袍，坐在床上望着窗外发呆。我坐回到躺椅里，想说点什么，却找不到合适的话题，亏我还是个北大文科生！

“你知道公司里女孩们都怎么说吗？”马楠楠喃喃地说道，像是在自言自语，“她们都说：在公司里应该跟岳亦山谈恋爱，跟杨晓波结婚。”

这应该是表扬我的意思吧！“那就是说，玩够了找个老实人嫁掉算了？”我想幽默一下，脱口而出之后又觉得这玩笑很不恰当，只好赶紧打圆场，“我有那么好吗？你为什么会喜欢我呢？”

“可能是我从小就学习不好，一直特别喜欢读书好的人。”马楠楠幽幽地说，“而且，你是少有的对我没有什么企图的男人。”

“可是这两条亦山哥也都符合吧！”我有些迷惑不解，“而且你不一直都很喜欢他吗？”

马楠楠把视线转到我身上：“所以说你是书呆子，笨蛋！刚开始是个女人都会被他吸引的，但是我就喜欢你这种弱不禁风的样子，好像需要人照顾。”

虽然酒劲儿还在，我依然感到一阵脸红：原来我在女孩心里是文弱书生。

马楠楠突然一本正经地问道：“喂，咱俩以后怎么办？”

我顿时冒出一头冷汗：“你、你想怎么办？”

“你说呢？”马楠楠的目光里既有挑衅，也有期待。

可是我已经清醒过来，对自己的行为万分懊悔：我都做了些什么，以后该如何面对小何？“太祖”是那么喜欢马楠楠，我却……对了，还有“阿玛尼”，如果他知道了今晚的事，会不会找我算账呢？都是酒精惹的祸，这就是放开约束的代价！

想到这里，我噌的一下站起来，绝情地说：“不好意思，都这么晚了，你还是快回去休息吧！”

有几秒钟，马楠楠的眼神就像一只小猫，无辜地望着虐待它的主人。现在每次回想起那一幕我都会觉得无比揪心。老天哪，当时我怎么会那么粗暴狠心！

我以为她又要流下眼泪，可是她忍住了，冲进卫生间换好衣服，大步流星地走到门口，回过头对我轻蔑地一笑：“放心吧，我不会告诉芳笑的。不过，你也记住：她可不是什么清纯玉女！”

07

时间已经快到午夜 12 点，我却无论如何也睡不着。刚才发生的一切反反复复在脑海里闪现着，马楠楠临走时那句话更让我心烦意乱。我索性穿好衣服，来到大堂这层，绕着闲逸廊酒吧闲逛赏景。转了半圈，突然看到一个熟悉的面孔：那不是杜叔叔吗？他一个人坐在沙发上，愁眉不展地望着窗外，直到我坐到他对面轻轻地打了个招呼。

“怎么还没睡？”杜叔叔一看是我，挤出了一个微笑。

“喝多了有些难受。”我可不敢告诉他实情。

“这几天玩得怎么样，听说吴总带你去澳门了？”杜叔叔的消息很灵通。

“还好吧！其实挺累的。”当时我突然涌上一股倾诉的欲望，我详细地向杜叔叔介绍起澳门之行，特别是在赌场的经历，只是隐去了那个晚上发生在我房间的所有事情。

最后我问起他去过澳门没有，他略一迟疑，还是给出了肯定答案：“去过。上次还是跟吴总一起去的，而且那一次跟他学了不少东西。他可是个赌场高手。”看着我惊讶的表情，他倒是来了兴致，“以前我在投行的时候，有几次赶上周五在广东出差，就和同事顺便到澳门玩。其实是我一个同事很有瘾，总想从赌场赢钱，不过几乎每次都是铩羽而归，最后一次去的时候甚至连信用卡都全部刷爆，返程的钱都没有了，还是我给他买的票，他这才发誓再也不去给赌场送钱了。

“吴总恰恰相反。他也好赌，但却设定了清晰的规则，只要去赌场就会严格执行。以百家乐为例，他有一套据说经过高人指点过的公式，在每次的下注选择、下注金额以及总筹码规模上都非常讲究，只要能够严格遵守，总是能够立于不败之地。

“其实百家乐是最公平的赌场游戏，‘庄’和‘闲’的概率相差不大。我和吴总只去过一次，没看懂他的公式是什么。不过你注意到没有，他有几个规矩是不变的：一是从不押‘和’和‘对子’；二是接连输掉三局之后，他就会要求

‘飞’，看几局再入手；三是事先设定盈利目标，达到即停，绝不恋战。正是因为这么严格的自控，才让他成为百家乐的常胜将军。”

联想到两天前在赌场的经历，我也有所顿悟：“您这样说我就明白了：‘和’和‘对子’的概率不高，在它们身上下注就会无谓地损失；有的时候‘飞’一下，可以避免头脑发热、陷入连败的局面里；而设定盈利的目标相当于事先约定好退出机制。确实高明！”

杜叔叔这次放松地笑了起来：“更高明的还在后头呢！他对我说过，每次去玩百家乐是为了战胜赌场，纯粹打公式而已；而玩德州扑克则是为了战胜自己，全凭临场发挥。你没去看他打德州是吧？真是太可惜了，那才是咱们金融圈最流行的扑克游戏，我听说金融街上就有好几个自发的德州扑克俱乐部。为什么搞金融的人这么喜欢这个游戏？我觉得它对玩家的一些素质要求和这个行业很像。

“拿最基本的来说，玩家一定要懂索罗斯的‘反身性理论’和博弈论：从坐到牌桌前开始，你的一举一动都会影响别人的判断，而这些判断导致的结果又会反过来影响你的判断，多轮循环，重复博弈。再比如说，每局牌是否要打下去、下多少注其实就是风险与收益的测算。还有，很多高手 10 把里也就会打两三把，也很少做出很差劲的跟注，这就是超强的风控意识。

“吴总最了不起的地方就是能够把这些要素融会贯通，虽然万变不离其宗，却又让对手无迹可循。我见过他手里拿到一对 K 还放弃，也见过他在河牌出来后只有一个小对还全押。他说手里有什么牌不如别人认为你有什么牌重要。要让我来总结，就是‘真亦假，假亦真’。”

“真亦假，假亦真。”我轻轻念了两遍，“去赌场用真金白银换来印着数字的筹码去玩各种游戏，赢了可以换成现金带走，输了也就真的损失掉，不就是这个道理吗？”

说到这里，杜叔叔的表情突然严肃起来：“吴总也是用同样的道理做私募基金的：面对融资方说自己有钱，面对客户说自己有好项目，把两头都唬住，然后让客户把钱换成基金产品交给融资方使用，要是用得顺利就能按时兑付，拿回现金；不顺利的话，真的会发生损失。好在鑫城财富目前在这个游戏里还没有输过。”

“但是上次南京的事已经很危险了呀！而且这几天几个子公司总经理谈了一些消息……”我把从大江、路总和王仁豪那里得到的信息原原本本地讲给杜叔叔听，他的脸色越来越难看，逐渐恢复到刚才见到我之前的样子，特别是听说吴伟群暗中推动各子公司销售“918”后，更是深深地叹了一口气：“我早就料到他会有这么一手，只是没想到这么快。也许经过南京的事之后他的现金流出了问题，需要尽快填补吧。”

“这不是饮鸩止渴吗？越往后越不好处理。”我焦急地说道，“不过年初我私下也了解过，南京项目兑付之后好像整个集团的账上没有再出现窟窿。”

“是的，所以我刚才跟你说的是‘他的现金流’，而不是鑫城财富的现金流。”杜叔叔沉重地说，“晓波，刚才你来之前，我的几个本地金融圈朋友刚走。他们有的在商业银行，也有的做私募基金，他们从多方汇集来的信息跟你刚才说的差不多：吴总很可能在鑫城财富之外还有一套人马，募集规模相当巨大！”

我心里咯噔一下，看来大江所言不虚，吴伟群在外面还有庞大的影子团队——一个影子私募的影子系统。他的私募帝国到底有多大？

“吴总瞒天过海的本领真够强大的，不过最终纸里包不住火，南京的事成为揭开盖子的触发点。”杜叔叔继续分析道，“你还记得吗？去年圣诞节与张总和严总谈判时，他突然报出只借 1.5 亿，说要自己解决 2 个亿。咱们把时间往回推一下：找到跑路老板、发现钱被挪用是在 12 月 20 日，兑付是 12 月 31 日，也就是说，吴总最多用 10 天时间募集 2 个亿，一天 2000 万元！这可能就是影子团队的募集能力吧。”

我感觉头皮开始发麻：鑫城财富的日均募集能力只有 1300 万元，而影子团队的募集规模比我们大了近 50%！我定了定神，做了个深呼吸：“这么说，最终 8400 万元的缺口就是影子团队解决的？”

杜叔叔的手指在腿上下意识地画着圈：“影子团队的嫌疑当然是最大的。不过我担心还有一种可能性：吴总有可能向外——比如张总和严总——借了 8400 万元过桥资金，一两天之后再从刚刚完成募集的 4 款产品中抽出资金再还上。”

“可是那几款产品募集的资金都划给项目融资方了呀！难道融资方会同意再把钱倒出来给他？”我疑惑不解。

“你刚才提到路总定义的‘主流业务’，这个信息很重要。所有深圳总部项目部发行的产品现在都有‘主流化’的嫌疑，没准那几款产品早就与融资方约定好超募。集团内部有谁监控过后续资金流向呢？”杜叔叔沉痛地说道，我的心情也随之变得更加沉重。我们默默坐在那里，半天都没有说话。

过了一会儿，杜叔叔似乎觉得不该给自己的员工传递如此悲观的信息，安慰道：“咱们也不要着急，毕竟这都是猜测，没有得到证实。鑫城财富现在正是如日中天，发展中出现的问题一定会在发展中解决。退一万步讲，哪怕真的出现几千万元的缺口也并不可怕，公司完全可以消化掉。”

我想起吴伟群关于募集速度和公司现金流的论述，感觉杜叔叔说得也在理。以吴伟群的能力，以及现在鑫城财富募集资金的实力，玩转这个盘子还是没问题的吧！不过我心里还是有些阴影：“杜叔叔，我对公司还是充满信心的。只是想到吴总的种种表现，还是有些不放心的地方。就拿他爱好赌博这个事儿来说，我看管理学书上讲，一个大公司的领导人不应该有这些不良嗜好或者任何上瘾的东西，这些弱点会带来很大的隐患。而且我发现他和陈巧娟都特别敢赌敢拼，风格太激进了。”

“敢赌敢拼也不一定是坏事，各有各的生存之道嘛！没有这种精神，可能也就没有鑫城财富。你要知道，他是草根出身，生存能力非常强大。既然你说对公司有信心，那就也要对他的自控力有信心。”杜叔叔说道。

“嗯，不过吴总见人说人话、见鬼说鬼话，几乎从不把真实的自己展现出来，就像个变色龙，让人不敢信他。”我心里依然不太踏实。

杜叔叔呵呵地笑了：“你说得很对！如果说他有什么‘处事艺术’的话，非此莫属。他面对所有人的时候都一样：假假真真，真真假假。不过，面具戴得太久就会迷失自我，假作真时真亦假！”

第九章

01

临近春节，金融街上又是一派节日景象，但是北方总部成立以来的和谐氛围却是一去不复返。

最首要的问题当然就是“阿杜”组合的裂痕。经过1月中旬的争吵，两个人在发展路线的选择上已经产生分歧，并且谁都无法说服对方。同时，他们又都明白对方对于公司的重要作用，于是两个人的关系进入了一种躲避见面、很少冲突、绝不妥协的奇怪状态。“阿玛尼”基本不再参加业务例会，在公司出现的次数更少了，连马楠楠也经常联系不上他。需要CEO拍板决策的很多事项都迟迟得不到批复，特别是杜叔叔与他意见相左的部分，干脆都被搁置起来。

不过，这可不代表“阿玛尼”对公司治理趋向消极。恰恰相反，他开始运用中国人的传统智慧，绕开各种规则的约束展开行动。他明白杜叔叔对“918”的态度不会改变，于是暗度陈仓，遥控“太祖”偷偷指挥下属子公司进行销售，募集的资金全部交给深圳总部使用，我们只拿一个通道费。这样一来就不需要我们自己找项目与这款产品匹配，也就不再需要上立项会和评审会，堂而皇之地绕开了杜叔叔的控制范围。

如果放在过去，“太祖”与我无话不谈，会早早地把消息透露给我，那么“革命派”也就很快能掌握这个动向，及时做出反应；可是这次“太祖”选择了保持缄默。事实上，从深圳回来之后，他对我的态度发生了不小的变化，我明显感觉到他的疏远：我们再没有出去吃过一次饭、喝过一次酒；以前我没事就跑到他办公室侃大山，可是现在他平时会把门反锁上；过去我们几乎天天在微信上分享各种资讯，现在只剩下几天一次的工作沟通。最最让我忍受不了的是他看我的眼神，似乎我是一个处于保释状态的重罪犯！

不用说，他肯定知道了我和马楠楠之间的一些事——我猜不会是那个晚上的那件事（马楠楠没有任何理由告诉他），而是他多多少少发现了马楠楠对我的感情，所以才会感觉受到伤害并迁怒于我吧。我感到很无辜，却又不知该如何向他解释，我们的兄弟关系不复存在，这让我痛苦不已。

让我更加痛苦的是与小何的关系。那次从深圳返京是小何去机场接我的，她歪歪斜斜地开着新买的小汽车来到三分钟停车通道，开开心心地投入到我的怀里，可是我却无论如何都不敢看她的眼睛。晚上在一起的时候，最可怕的情况出现了：人家都说“小别胜新婚”，可我抱着小何，眼前却总出现马楠楠。当小何安安静静地睡去，我望着她纯真的面容流下了热泪。我怎么能够背着她做出那样的事情！对不起，我的爱人！

虽然痛心疾首，但是木已成舟，那一夜的事情无法挽回。是否应该向小何坦白呢？这成为一个时刻敲打着我心灵的问题。我一直觉得两个人如果最终走到一起，一定要相互坦诚、不留秘密。也许提起彼此的前任都会有些嫉妒，不过总体上我们俩之间是没有什么心结的，也一直互相信赖。现在出这么大一件事，隐瞒下去，我会拷问自己一辈子；可是如果她知道了，还会原谅我吗？即使原谅，是否也会在心里留下一辈子的阴影呢？

还有一个同样令人心神不宁的问题：那晚马楠楠临走之前说的话是什么意思？小何也出了什么问题吗？我反反复复、仔仔细细回想我和她的交往过程，实在想不出有什么可以怀疑的地方。在我眼里，小何绝对是最清纯善良、值得信赖的人。她与陌生人说几句话都会脸红，怎么可能做出出格的事，八成还是马楠楠想破坏我们之间的关系吧！

这已经不是第一次了。还记得最初是马楠楠提到小何打过美白针，让我对小何心生隔阂；后来又是她把小何交了男朋友的消息散播出来，让我备受打击；现在她又在挑拨是非。真是贼心不死。

不过说实话，我对她却怎么也恨不起来：首先，我希望她（哪怕是跪求她都行）不要把那一夜的事泄露出去，否则我与小何就完了，我在北方总部也会成为众矢之的。其次，她是真心喜欢我，做的一切也都是为了能和我在一起，可是偏偏我和她的闺密走到了一起。我一想到她在这段单相思中的压抑和痛苦，心也就软了。

她还在生我的气，对我视而不见；我也尽量躲着她，减少两人接触的机会。但是毕竟我们已经捅破了那层窗户纸，未来在合适的时机，还是应该坐下来把这件事彻底谈透吧。

总而言之，刚巧从这个阶段开始，北方总部的人际关系变得复杂起来。其实在一家公司里不怕有分歧和争吵，那是正常经营的有机组成部分；怕的是大家明明意见不合或心怀成见，却没有光明正大地公开表达，而是相互闪躲甚至暗中下绊。这样一来，人心会很快开始涣散，各种帮派或小团体开始出现，浪费大量公司资源在无谓的内耗上。

这还不算完。2016 年 2 月 2 日，也就是春节假期开始前 5 天，突然从深圳传来消息：深圳总部发行的一款 1 月 3 日到期的产品没有如期兑付！这在鑫城财富历史上可是头一遭。我们刚刚经历了一次兑付危机，这么快第二波危机又来了吗？公司上下顿时流言满天，员工们互相之间传染着不安的情绪。“阿玛尼”终于又在公司露面了，并且与杜叔叔闭门磋商。看来只有出现危机才能把他们捏合在一起。

2 月 5 日，深圳总部子公司管理部发来邮件，正式对事件做出解释，但却带有一种语焉不详、敷衍了事的感觉。按照官方说法，深圳总部在处理 1 月 3 日到期的一款总金额为亿元的产品时出现“网络技术故障”，在融资方已如期还款付息的情况下，未能及时将其中的 2800 万元支付给来自南京、常州和宜兴的 11 位客户。这部分资金已于 2 月 4 日支付完毕，且未对其他客户产生影响。

看完邮件我并没有觉得安心，反而产生另外一种担忧。这时，亦山哥把我叫到杜叔叔办公室，直白地问道：“晓波，你对这事是怎么看的？”

“虽然我不懂公司的财务系统，但是感觉很蹊跷，为什么只有南京和宜兴的客户会受影响呢？”我抛出疑虑，亦山哥张口就答：“这还用说，老吴对袁宁动手了呗！”

还是杜叔叔老成持重，并没有着急下结论：“晓波，上次出差只有你和袁宁近距离接触过。你把和他在一起的情况，以及关于他的所有信息仔细地对我们说一遍吧。”

于是，我详细回忆起袁宁在澳门和深圳的种种表现，也把王仁豪在子公司老大聚餐时透露的信息又复述了一遍。

杜叔叔一边听一边在本子上写写画画，不时和亦山哥交流一下眼神。待我全部说完，他终于得出结论：“这样看来，所有事情都串起来了，这件事的来龙去脉已经很清楚：你们都还记得吧，吴总在南京项目上曾经得到过人家的帮助，但是人家没有同意进一步拿自己的信用去给吴总担保借钱，最后闹得不欢而散。双方交恶之后，我听说老袁总跟儿子谈过，让他尽早脱离鑫城财富。小袁拿不定主意，和南京公司的人探讨过几次，结果被吴总安插在他身边的人听到了，就把消息传回深圳。”

“老吴最看重募集团队了，他是绝对不会允许这些老大脱离他的控制范围的。他都能让魏老大回心转意，不可能让袁宁成为打响分裂第一枪的人。”亦山哥插嘴道。

“是的，所以他就想胁迫袁宁包销一个项目，并不单纯为了募集，实际上是希望借此把他绑得更紧。”杜叔叔评论道，“照你们说的情况来看，袁宁非常反感他这种做法，一直没有同意。所以出现这次的事就不足为奇了：什么叫‘网络技术故障’？根本闻所未闻。怎么偏偏是南京公司的几个客户拿不到钱呢？分明就是吴总利用定向延期兑付来逼袁宁就范！”

“一共就延期 3 天，说明老吴还是有分寸的，并不想把事情搞大，免得引火烧身。现在完成兑付，息事宁人，马上又要过春节，集团外部没有人会再关注。接着又是一个漫长的假期（集团规定春节休息到正月十六），也足够内部人淡忘这件事。为了收拾一下小袁，老吴真是用心良苦！”亦山哥一向能从身边所有人身上学到东西，尤其喜欢观察和分析吴伟群。

“袁总去年的业绩还是相当不错的，他们一家人在宜兴项目和南京项目的事上也已经做得够多了，吴总这样做有些过分吧？”我问道。

亦山哥瞅了瞅杜叔叔，又瞅了瞅我：“你小子怎么这么没悟性！所有子公司对老吴都是又爱又怕：爱是因为他给的提成点位高，跟着他赚钱很爽；怕是因为他在集团里一直是绝对权威，谁不听话就会要收拾谁，他希望自己在子公司面前永远都是一尊神。结果去年在老袁总面前碰了钉子，今年一开始魏老大又整出跳槽的事，这都打击了他无所不能的光辉形象。所以他才不惜对袁宁下手，这也是做给其他子公司看。”

“没错，吴总是个很现实的人，不会无谓地纠缠在过去的事上，敲山震虎才是他真正的用意。”杜叔叔也附和道，“另外，上次在深圳朋友们给我讲了他几件事。依我看，以他的手腕，能成就一个人，也能毁掉一个人。接下来，我倒是真的有点替袁宁担心。”

02

春节假期开始，终于有十几天时间可以放下单位的烦心事。我把这段时间一分为二，前面几天陪老妈到珠海，2 月 13 日回到北京，和小何在北京共度后半段假期。

回到北京的第二天就迎来了我们确定关系之后的第一个情人节。怀着对她深深的愧疚之情，我在金购给她买了一大束玫瑰和一个白色的古驰（GUCCI）手提包，足足花掉了我一个月的工资。当时我可一点都不觉得心疼：在坦白之前，为她花钱是我能做的最小的补偿吧！其实，那些钱不仅花在她身上，也是花在我身上：那是自我惩罚的成本，也是自我救赎的价格。

不过那天过得并不算开心。小何似乎对我产生了一丝陌生感，刚见面的时候面对我的目光竟有些闪躲，直到我拿出礼物给了她一个大大的惊喜，她才渐渐松弛下来，恢复到正常状态。我把她带到金融街洲际酒店负一层的新荣记餐厅共进晚餐，一是尝尝闻名遐迩的红烧辣螺肉和黄金脆带鱼，二是想重温旧梦，晚上就住在洲际——这可是我们第一次的纪念地。

我订了上次的那个房间。不知什么原因，这一次的亲密接触双方都略显生疏和尴尬。匆匆事毕，小何突然说晚上还是回家比较好，否则父母会起疑心。等她离开酒店，我再打电话过去她已关机。我心里一沉，不由又想起马楠楠的话，难道小何真的有了什么情况？还是她已经知道了我竭力隐瞒的事？

那是我一个人度过的最漫长的情人节之夜。

在春节前后，还有两个人之间的关系变化引起了大家的注意：从向小强出事开始，亦山哥和程霞的联系逐渐密切起来。原本一入职程霞就对亦山哥不太感冒，甚至还有人说她一直暗恋与自己性格相近的向小强。而她相貌平平不说，又与向小强沆瀣一气，谁都想不到她能入亦山哥的法眼。可是人世间的规律就是一物降一物。回想起来，可能“武定侯街金城武”就是被这个武汉姑娘专业认真和力争上游的精神打动了（想想网球天后李娜的性格），才会放着大把年轻漂亮的妹子不追，甘愿拜倒在她的石榴裙下吧！

不过，他们在同事面前可从来没有表现出一点亲密，谁也说不清他们俩当时是否在谈恋爱，就连我也不好意思开口问。如果非要捕风捉影，倒是有一件事露出了蛛丝马迹：春节假期刚过，他们俩一起找“阿杜”谈话，希望由两个部门联合操作一个大项目。

一部与二部合作？这可是破天荒头一回！在向小强时代谁都不会想象能有这种情况出现。但是随着他的过世，二部失去了绝大部分社会资源，实力受到巨大削减，与我们部门联合作战双方都会受益：一部的特点是亦山哥的项目承揽和承销能力超强，我和淑玲则只是初出茅庐，在他和陈律师的辅导下承做工作才算勉强合格；而二部程霞那边工作非常扎实认真，悟性极强。亦山哥曾经说过，找遍北京的私募基金也挑不出 5 个她这么出色的承做行家。我们一联手，正好组成一个实力强大的互补型团队。

那么我们合作的大项目是什么呢？程霞召集了一个业务碰头会，把两个部门全体同事请过去，给大家做了一个详细介绍：原来是一家互联网金融公司“金牛家园”正在进行 B 轮融资，我们准备参与这次股权投资。这也正是 1 月中旬吴伟群在东方大班对我提到的项目。

其实金牛家园是一家非典型性 P2P 公司，它对外更愿意称呼自己是一个“互联网非标资产理财平台”，主要运作模式是与第三方金融平台公司合作，将其作为商户引入自己的交易平台，再由商户发布经自己审核过的产品，供平台用户投资。这部分产品占公司日常交易额的 80% 左右，还有 20% 是传统 P2P 业务，即个人借款业务。

金牛家园成立于 2011 年 11 月，只比鑫城财富早一年，已经发展成为国内最大的独立第三方互联网金融平台之一，交易人数达到 90 万人，累计已经实现近 200 亿元的交易额，并且增长势头明显。2016 年 1 月交易额突破 25 亿元——也就是说，它一个月就能完成我们半年的募集规模！

不过，我们怎么会看得上纯股权投资的项目呢？

长期以来，吴伟群一直大力鼓吹利用 P2P 实现弯道超车般的业绩爆发式增长。向小强投其所好，四处寻找相关机会。他从朋友那里得知金牛家园融资的事，于是把它引荐给老板。

面对这样一个庞然大物，吴伟群异想天开，第一次接洽就要求整体收购对方，自然被金牛家园的董事长胡进婉言谢绝。吴伟群退而求其次，要求吃下全部 B 轮融资份额。胡进说回去研究一下，就再无音信：程霞说对方做了个调研，感觉和我们这种中等规模的线下私募基金没什么好谈的。说白了就是落花有意流水无情呗！

吴伟群并没有善罢甘休，他要求向小强“必须做成”，哪怕不能控股至少也要参股进去，以便学习经验并开展业务合作，未来再找机会控盘。他还承诺运作成功后将给北方总部一笔“重大奖励”。

经过充分的市场调研并与金牛家园的几位中高层沟通之后，向小强和程霞形成了一个非常独到的判断：现阶段对方最需要的是大型机构投资者的支持，补充资金只是其次。为什么这样说呢？

一般来讲，狭义 P2P 公司的业务代替了银行的传统个人贷款业务。金牛家园只与金融平台公司合作，是传统 P2P 模式的升级版，但是与前者面临同样的一个核心问题：信用不足。与持有牌照的常规金融机构不同，互联网金融公司发端于民间，缺少行业监管和行业标准，跑路事件频频发生，难以得到广大投资者的信任。这类企业发展得再好再快，信用问题都会像一把达摩克利斯之剑悬在头顶，一点点风吹草动——比如一次兑付失败或者一个谣言——都有可能引发群体性恐慌并导致灭顶之灾。

在此基础上向小强与程霞得出结论：只有拉一家实力雄厚的金融机构入局，对金牛家园起到一个信用背书的作用，才能解决这个生死攸关的问题，并在这个过程中体现我们的价值，得到入股机会。

应该说他们得出了十分正确的结论，但是若想实现他们的设想却绝非易事。

在那段时间里，中国的 P2P 行业正经历着“成长的烦恼”。据统计，2015 年全年 P2P 成交额达到 9823 亿元，是 2014 年的 4 倍，P2P 平台数量也大幅攀升至 2500 余家。与此同时，2015 年出现问题的 P2P 平台有 900 余家，是 2014 年的两倍多，其中有一半以上跑路。特别是 2015 年 12 月接连爆出 e 租宝和大大集团的违约事件，使这个行业成为众矢之的。

随之而来的是猛烈的监管风暴：2015 年 7 月，央行等十部委发布《关于促进互联网金融健康发展的指导意见》，明确 P2P 机构“要明确信息中介性质，主要为借贷双方的直接借贷提供信息服务，不得提供增信服务，不得非法集资”；12 月 28 日，银监会等部委起草了《网络借贷信息中介机构业务活动管理暂行办法（征求意见稿）》，提出备案管理制度，并禁止 P2P 发放贷款、拆分融资项目期限等行为；2016 年 1 月底，由央行牵头、公安部门配合实施互联网金融专项整治启动，整治范围涵盖整个互联网金融。

在这种市场环境下，以商业银行为代表的众多金融机构纷纷与 P2P 公司切断业务、划清界限。它们想躲还来不及，二部能去找谁谈呢？这个难题还没来得及解决，向小强就出了意外。亦山哥接手后，引导大家把目标指向了市场上的“大象”——保险公司。

中国保险业正处于最好的发展时期。经过多年持续的高歌猛进，截至 2015 年年底，中国保险业总资产达到 12.36 万亿元，保险资金运用余额 11.18 万亿元。各保险公司积累了巨额资金，已经成为投资市场上一股令人生畏的力量。就拿资本市场来说，2015 年保险资金共举牌（持有一家上市公司已发行股份达到 5%）3 次，合计买入 67.89 亿股，共动用资金 1104.75 亿元。如果能拉到这种金主做靠山，金牛家园绝对喜出望外。

在北方总部，“阿杜”对这个项目的态度不尽相同。“阿玛尼”完全拥护吴伟群的主张，并且希望向小强投入的心血能够得到回报。而杜叔叔虽然认可金牛家园的价值，并且也乐于见到我们做股权投资，但是对吴伟群的用意不太放心，希望我们边做边看，不要操之过急。

不过，他们俩倒是都对亦山哥的建议表示赞同。于是，我们按照这个思路精心准备了一份 PPT 文件递交给金牛家园，果然一下戳到他们的痛点，引起管理层的高度重视，胡进亲自打电话给程霞约我们面谈。

在杜叔叔的建议下，这次会面没有让吴伟群参加（老板的贪心显然已经吓到了对方），而是由“阿杜”、岳亦山和程霞拜访胡进。据说他们 5 个人聊了整整一个下午，沟通非常顺畅。在大部分时间里，他们详细探讨了互联网金融公司的现状和未来，以及金牛家园发展战略和业务模式。最后，胡进拿出 PPT 听取了亦山哥的详细讲解，对我们的想法深以为然，当即决定请我们帮忙与保险公司洽谈 B 轮融资，并且答应事成之后就与鑫城财富及“鑫城宝”建立业务合作。

项目走上了我们预定的轨道，大家都非常兴奋。但是第二天金牛家园的财务总监告诉我们：公司早就聘用了财务顾问（财顾，即 FA），所有融资事宜必须要请他们把关。

与这帮家伙打交道可就没那么顺利了。

03

按照杜叔叔的说法，金牛家园在财顾问题上的做法纯属业余。但这与他们公司的发展历程有关。

胡进早年从清华大学毕业后去美国留学，拿到博士学位后在美国几家大型互联网公司工作了 11 年，最终看中了互联网金融在中国的发展前景，于 2011 年回国创业。最初他的思路也是做传统的 P2P，但是很快发现这个领域存在诸多强大的竞争对手，而且行业极不规范，风险较高。几经调整，他决定在资产端转型，只与第三方金融平台公司合作。这样一来，能成为商户的公司需要先经过金牛家园的审核，所有的基础资产与投资者见面前还要经过商户和金牛家园两道审核，这就使总体风险大大下降。

不过，也有不少人不认同这种模式。曾有人质疑说，这样做等于把宝押在了商户身上，并没有更安全：如果资产来源于个人，风险还是分散的；而来源于商户时，如果某个业务量较大的商户自身出现风险，很容易传导到金牛家园并形成系统性风险。

的确，在新业务刚开始的时候，商户数量比较少，业务集中度较高。正因为如此，金牛家园 A 轮融资的历程并非一帆风顺。国内的投资机构大多追逐业务模式相对成熟的传统 P2P 公司，吃不准金牛家园这种新型模式。这时，胡进以前在美国的老板起了重大作用：他介绍来多家外资投资机构，最终有三家投资银行的人民币 PE 基金和一家创业投资基金同意为公司注资。金牛家园就是靠着那一轮融资拿到的 2500 万美元度过了痛苦的转型期。

到 2015 年 11 月，也就是金牛家园成立 4 周年的时候，公司实现了当月盈利。虽然 11 月和 12 月的小幅盈利无法改变财务报表连续 4 年亏损的局面，但是传达出来的积极信号是非常令人振奋的：公司很有可能从此开始实现持续盈利。更重要的是，这两年公司业务结构不断优化，商户业务集中度显著下降，没有任何一家的份额能够超过 5%，发生系统性风险的概率显著降低。

到了这个阶段，参与 A 轮融资的 3 家外资机构都觉得自己居功至伟。其中一家投行的业务部门首先要求成为金牛家园的财顾，另外两家马上跟进，互不相让。胡进很感激它们，但是又不好平衡，谁也不想伤害，到最后只好安排它们 3 家统统成为财顾。这在行业内几乎无例可循：除非本身是特大型公司，否则两家财顾都显得多余，3 家更是毫无必要。

事已至此，我们只好去拜会这些财顾。不知是因为时间难以协调，还是对我们不够重视，3 家投行足足用了一周才排出一个会面时间。见面前我还有点小兴奋：毕业求职时我的首选就是投行，不过根本没得到机会，现在终于能与这些金融街上最高大上的外资机构坐在一起啦！

那是3月初的一个早上，3个西装革履的年轻人走进北方总部的办公室，那种气宇轩昂的样子让人感觉他们就是这座大厦的业主。我与亦山哥、程霞、淑玲和汪晨迎组成的项目小组坐在大会议室的长条桌前，仔细打量着这3个人：他们的着装风格与杜叔叔很像，只不过西装颜色更深、面料更加有光泽，凸显出他们的年轻精干。这3个人的年纪应该都不到30岁，坐在中间的那位"光头强"年龄应该最大（也可能只是严重谢顶给人造成的错觉而已），他落座后掏出笔记本电脑放在桌面，看来他是今天的主要发言人。而另外两位除了手机之外，从始至终都没在桌上放过其他东西，显然只是来"打酱油"的。

会议开始，亦山哥介绍了我们的建议和与胡进会面的情况，并把打印出来的PPT发给他们。不过令人恼火的是，三个家伙谁都没翻一页。等亦山哥发言完毕，"光头强"清清嗓子，努力用比较和蔼的语气说道："你们的建议 sounds good（听起来不错），但是你们有机构投资者的资源吗？我们与中国主要大型保险公司都有业务往来，可以与它们的主要领导直接对话。"

好啊，一上来就要抢活儿！如果让他们去对接保险公司，那还要我们有什么用？不过从财顾的角度来说，反倒感觉是我们抢了他们的活儿：本来应该由他们全权负责B轮融资，但是我们通过敏锐的观察和分析介入，给金牛家园指出一条通途，也给自己带来一个机遇。这让投行家们在胡进面前很难堪。

无论如何，到了这个时候我们不可能把机遇拱手相让。

"我们集团总部是在深圳，但是我们北方总部的CEO和COO都曾在主要金融机构担任重要职务，我本人也在中国人寿工作多年，与保险公司对接应该不成问题。再说，这么小的一单业务，在工作层面正常推进应该就行了吧！"亦山哥的回答不卑不亢，同时也在告诫对方不要拿领导说事——那是大炮打蚊子。

"光头强"微微一笑，向前探出身子："这单是很小，但是你们公司有股权投资经验吗？"

说实话，鑫城财富还真没做过股权投资。亦山哥正在斟酌该怎么回答，程霞站了出来：“我以前在诺佳财富设计过很多款股权投资产品，并全程参与过 PE 的发起设立工作。股权投资是我们公司下一步要大力开拓的业务领域，目前正在组建团队。我们研究过金牛家园的这轮融资，这是一个非常简单清晰的股权投资，不是非要动用火箭科学家才能完成。”

亦山哥也受到了启发：“对了，当年对金牛家园做出投资的是你们旗下的 PE 吧？这种股权投资根本进不了你们自己的资产负债表，说白了也不是你们投行团队操的盘。”

他们这对组合的配合太给力了，把对方的质疑一巴掌扇回去。“光头强”被呛住了，沉默了几秒钟，然后打开笔记本，开始介绍 B 轮融资方案：“金牛家园本轮融资金额为 6.5 亿元，投后估值 13.5 亿元，募集资金将主要用于品牌宣传、风控建设和收购老股。公司从 2015 年 11 月开始盈利，目前已经实现连续 4 个月单月盈利，预计在 2017~2018 年申请上市或寻求并购，届时本轮投资者有望实现 3 倍以上的回报。”

他自以为简明扼要的介绍，在我们看来却是语焉不详，亦山哥立即发问：“为什么一部分募集资金要用来收购老股？难道有的股东对公司未来发展信心不足，要借机套现退出吗？”

“光头强”脸上掠过一丝不屑：“岳总，你不知道吗，PE 都是有 duration（存续期）的，到了约定期限一定要 exit（退出）。大家都知道金牛家园是个好公司，但是时间不等人哪！”

“那我们不成了接盘侠？”亦山哥这一问让北方总部的同事们联想到南京项目的事，不免心有余悸。

可是“光头强”却露出了得意的神情，好像在说：看看，没几句就暴露出无知了吧！“这在股权投资里再正常不过了。受到 duration 约束的早期投资者只要能实现合理回报，在这个阶段退出是可以接受的。从某种程度上说，新投资者还捡了便宜呢！各方只要能得到自己满意的 IRR（内部收益率）即可。”

这次轮到亦山哥沉默了，连我也觉得很尴尬。没办法，我们毕竟不是股权投资的行家。还是程霞出来解围：“那么投资者 3 倍的回报是怎么算出来的呢？”

“光头强”的手指掠过键盘，对着屏幕读道：“按照 2017 年 10 倍市销率或者 40 倍市盈率计算，届时公司估值将至少达到 42 亿元，本轮投资者回报将超过 3 倍，IRR 达到……”

“等一下！ 10 倍市销率？”亦山哥提高嗓门打断了他。

“光头强”勉强笑了笑：“岳总又有哪里不明白了？市销率是指每股价格除以每股销售收入，反映了投资者愿意为每元销售收入支付的价格，常用来给尚未实现盈利的公司估值。市盈率是指……”

“哥们儿，我当然知道什么是市销率，只是觉得这个估值有点离谱！”亦山哥拍了拍桌子，再次打断他，“既然你英文那么好，我就请教一下：PB 是市净率，PE 是市盈率，PS 是市销率，对吧？那么 PD 是什么？”

“光头强”愣了一下，很不甘心地说：“不知道。”其他两位投行家也终于放下手中的手机，饶有兴趣地盯着亦山哥。

“PD 就是‘市梦率’嘛，专门衡量投资者愿意为每个梦支付的价格！”亦山哥哈哈一笑，“我在网上查过，美国最大的 P2P 公司 Lending Club 的市销率也就 7 倍。金牛家园还没上市不说，在国内也不是前几名，你说 10 倍市销率的估值高不高呢？”

“光头强”被亦山哥戏弄了一下，脸色阴沉下来：“岳总，我们的测算是非常全面客观的。其实我们一共做了 8 倍、10 倍和 12 倍市销率 3 种情景假设，最后选取中间的一种作为估值依据。另外，刚才我也提到用市盈率估值的方法。目前 A 股整体市盈率是 17 倍，确实不高；但是互联网金融概念的企业的股票的市盈率却高得多，动不动就有几百倍甚至上千倍的。金牛家园在盈利保守测算的前提下只估了 40 倍，你说算不算高呢？”

北方总部一端再次哑火。对方的分析有理有据，而且融资方案已经得到金牛家园方面的认可，我们也没有必要再纠缠下去。程霞转而询问 6.5 亿元的份额如何分配，“光头强”表示本轮融资后公司管理团队将持股 40%，对应股权价值为 5.4 亿元。为保持第一大股东地位不变，这一轮的融资单一投资者最大额度不能超过 5 亿元。

“如果我们找到一家保险公司出资 5 个亿，剩下的份额可以也由我们包销吗？”程霞问道。如果我们能负责募集剩余那 1.5 个亿就能多创造些收入，否则整个项目做下来就只有吴伟群那笔奖金了。

“当然不可以！”“光头强”显得对我们越来越没有耐心，“你们只负责寻找保险公司这类的机构投资者，其他份额就不劳你们操心了。说实话，有其他很多投资者想参与这轮融资，如果没有你们出现，全部份额早就可以认购完毕。最后提醒你们一下：胡总希望最晚在 4 月中旬定盘并签署相关协议，在那之前如果你们不能完成任务，all bets are off——他对你们的承诺将一笔勾销！”

04

2016 年 3 月 7 日，星期一，北方总部下发文件任命我为高级经理。

我并没有很兴奋：每个月多发 3000 元而已，还是干一样的活儿。而眼前的烦心事还很多：小何那里出了什么状况不得而知，还没想好怎么与马楠楠解开心结，“太祖”依然躲着我走。

人际关系的复杂让我心事重重，工作上的负担同样压得我喘不过气来。

从那次与投行的会面结束开始，亦山哥带着我和淑玲恶补股权投资知识。通过程霞的讲解我们才搞明白 PE 的准确概念。

这是一种专门投资于未上市公司股权、以其上市或被收购为主要退出获利手段的基金。实际上它应该被叫作“私人股权投资基金”（Private Equity Fund），而非“私募股权投资基金”，否则会让人误以为重点是非公开募集资金，其实它最主要的特征是以私人股权（与已上市的股权相对应）为投资标的物。

弥补知识不足的压力还只是其次，当时最紧迫的任务是在规定时间内找到愿意入股金牛家园的保险公司。一部、二部的大多数同事几乎都对这些“大象”

一无所知，到底从何入手呢？

亦山哥召集我们一起讨论，淑玲首先抛出疑问：“保险公司不是卖保险的吗？怎么搞起投资了呢？”

“卖保险换回来的钱，不做投资做什么？将来拿什么赔付？”亦山哥反问道，“我们把保险公司的业务模式叫作‘双轮驱动’，‘双轮’指的是保险业务和投资业务，二者不可偏废。”

“那有哪些保险公司适合做这种投资呢？”汪晨迎问道。

亦山哥略微思考了一会儿，在黑板上画了3个圈，并往里面填字：“在我眼里，从投资能力的角度来看，主流的保险公司分为3类：第一类是在2013年之前保费收入排名前几位的老牌保险公司，他们实力雄厚、发展平稳；第二类是近两年靠万能险、投连险冲上来的五六家公司，规模增长很快，是这个圈子里的新贵；最后一类就是那些占绝大多数的中小公司，受保费规模、经营理念和专业能力等方面的限制，投资规模都很小。”

“那我们就主要在前两类里面寻找了吧？”汪晨迎指着前面两个圈问道。

亦山哥的回答是在后面两个圈上都画了叉：“刚才说的是投资能力，还有一个角度很重要：哪些公司能给金牛家园带去我们设想的附加值，也就是信用背书？我认为只能从第一类里面找。毕竟这些大公司存续时间都很长了，大多一贯稳健经营，在市场上的口碑也不错。第二类虽然上来得很猛，但是风格比较激进，也缺少声誉积累，恐怕达不到金牛家园的预期。”

“那可就没剩几家了。”程霞算了算，“而且还得刨除安平，它们已经有了泸金所，不会考虑金牛家园的。”

“除非泸金所整体并购金牛家园。不过人家要是真看对眼，和鑫城财富就没半毛钱关系了。所以咱们就来个按图索骥，从剩下这几家里面一个一个来吧！”亦山哥最后总结说。

我们首先把目光投向中国民寿——经过研究我们发现，它是市场上重大股权投资项目参与最多的保险公司。

亦山哥通过老同事的关系约到中国民寿另类投资平台民寿投控的股权投资

部人士。不过，我们一上来就被泼了一盆凉水：对方表示高度关注互联网金融公司最近出现的一系列问题及监管政策的变化，暂时没有在这一领域投资的计划。

亦山哥还不死心，谈了一通与金牛家园合作会给民寿带来哪些好处，但是对方的态度却毫不松动：好处虽多，风险更大。处在这样一个行业敏感时期，看不清楚宁可不做。再说，不用投资股权也可以和他们先开展业务合作嘛（那就又没我们什么事了）。

首战失利，而且是被人家 20 分钟就打发出来，这对大家的信心是个不小的打击。我们的思路是不是过于异想天开了呢？

亦山哥可不这么想，他才不会轻易放弃一件事，从来都是不达目的誓不罢休。我们总结了一下与民寿投接洽的情况，从短期防范风险、长期战略布局的角度准备下一个会面。

这套方针在面对民保资本的时候还真的起了作用。在西单的民保大厦，对方几位参会人员顺着这个思路提了很多问题，甚至进一步询问了交易结构，临走前还要求我们补充一些详细资料。

不过几天之后，从民保资本传来的还是否定的答案：一位投资经理通知我们项目被大领导毙掉了，理由是集团正在筹建“民保金服”，未来的互联网金融业务将由这家公司统筹开展，暂不考虑投资其他类似平台。也许新公司组建完成后还有合作机会，但是在我们 4 月中旬的大限到来之前绝无可能。

虽然还是没能成功，但是看到我们的思路得到对方的积极回应，大家重拾信心。亦山哥吸取了教训，打探一圈之后把下一个目标锁定为天平保险集团：天平内部只有一个规模不大的天平电商，业务上与金牛家园并不冲突，甚至可以互补，有很大的整合空间。

我们在广宁伯街的铁通大厦拜会了天平保险的团队。这帮家伙相当专业，围绕业务模式、盈利构成、财务测算、估值方法和交易结构提了一大堆问题。几个来回之后，天平保险表现出初步投资意向，并且开始和我们探讨交易结构。正在这时，一件震动资本市场的大事发生了。

3 月 15 日，有媒体报道称《中华人民共和国国民经济和社会发展第十三个五年规划纲要（草案）》中删除了“设立战略性新兴产业板”的表述。上海证券交易所拟推出的战略新兴板曾经得到资本市场参与者的广泛关注，它的一个突出特点就是对战略新兴产业收入占比 50% 以上的企业降低上市要求，这类企业即使亏损也可以被接纳。但是这次文件的删改意味着这个板块在未来数年内将不会推出，这也堵住了一大批相关企业的上市之路。

对金牛家园来说，这件事的潜在影响非同小可。原本按照 B 轮融资方案的规划，这一轮的投资者有望在 2~3 年内实现退出。鉴于公司尚未实现一个完整财务年度盈利，登陆战略新兴板是可能性最大的退出途径之一。现在突然爆出这个板块夭折的消息，之前的预期就不得不重新修正了。

天平投资当然明白这一点，马上要求我们重新上报方案，并且趁机压低估值。我们向金牛家园反映情况，胡进把问题甩给财顾们。“光头强”的回复一点都不出人意料：方案可以调整，退出时间延后，投资者收益倍数和 IRR 重新测算，但是估值不能变。他还强调说，这个估值依旧在合理区间，并且仍然得到他们手里的其他潜在投资者认可。如果我们不能搞定，干脆就让他们接手算了。

“让你们接手？门都没有！”亦山哥罕见地发起脾气来，挂断电话，把手机重重地拍在桌子上，然后转向程霞，“这种投行业务我们完全可以胜任，绝不能让这帮兔崽子看咱们的笑话。咱俩两头做工作：你去劝劝胡进，看看能不能让他松口；我再跟天平磨一磨，摸一下他们的预期到底是多少。”

这几天亦山哥又感冒了。他一向身强体壮，从去年底到现在却病了两次。说实话，我和淑玲看到他这个样子都挺心疼的，明摆着他是为了程霞才把这个活儿揽过来，又是他提出寻求保险公司合作的思路，现在北方总部上上下下都在看着我们，所有的压力都落在他肩上。这根本不公平！

其实在发放年终奖金后，我一度担心他会离职：以他的才干，完全可以在金融街找到一家知名机构赚更多的钱。听说以前他在信托公司的时候，每年赚 300 多万元再正常不过了。而在鑫城财富这大半年时间下来，他也就拿了 100 万元而已（年终几万元的奖金对他而言简直是个笑话），又在“阿玛尼”和向小强那里受了不少排挤，套用他的话讲：没有必要非吊死在一棵树上。

有一天我忍不住把自己的担心和盘托出，问他会不会抛弃我和淑玲另谋高就，他很认真地对我说：“晓波，别看我换过三次工作，其实我最不喜欢折腾。在哪个地方生存下去都不容易，你都要十二分地努力去适应和融入那个环境。一次一次地从头来过对生命是一种浪费，看着锅里的还不如吃好自己碗里的。

“咱们北方总部能在金融街活下来很不容易，去年刚开张就实现盈利已经是奇迹。严格讲咱们都是私募新兵，先在这里学学业务、积累点资源也没坏处，以后一定用得上的。再说我是投奔老杜来的，总得做出点成绩吧，要不也对不住他嘛！只要有他在，不管深圳总部那帮鸟人搞成什么样，咱们北方总部都不怕。

“还有，你也别太在乎眼前的利益得失，现在你我赚的这点钱根本改变不了生存状态。这么说吧，在金融街上，别看很多人张口就谈几个亿的生意，每年赚不到100万美元的都是金融民工！但是谁说没有那么多钱咱们的生活就过不好了？科幻作家韩松有句话说得好：‘过分压缩的宇宙中缺少梦想。’现在这个社会已经被压缩变形，大家天天想的都是成功和金钱，缺少的是梦想和快乐。”

也许，我们90后缺少的就是70后那份踏实和坚持！当时我被他的一席话深深地打动，下定决心要跟着他在鑫城财富施展拳脚，大干一场！

05

就在与天平投资相持不下的时候，小何的生日（3月20日，星期日）临近。她说想和父母一起过，4天后我过生日时再两个人一起庆祝。我满口答应，却还是准备好礼物。

在20号那天，我准备送去礼物，可她从下午开始就不回微信、不接电话。陪父母也不至于如此吧？是不是手机丢了，或者出了什么意外？我越想越心急，可是越心急偏偏越联系不上她。那天我足足拨了30遍她的电话号码，仍然听不到她的声音。

眼看天黑下来，我根本没有心思吃饭，脑筋一转，拨通了一个号码，听筒中又传来经典而冗长的《致爱丽丝》（我发誓它已经变成我这辈子最讨厌的一首世界名曲）。当我快要绝望准备挂断的时候，电话竟然接通了，一个熟悉的女声用熟悉的语气问道："杨经理，你在芳笑的生日这天给我打电话，到底是几个意思呀？"

我低声下气地说："对不起，楠楠，打扰你了！我找了她一下午，可是一直联系不上，你方便帮我找找她吗？"

"哎呀，什么时候你对我这么客气了？"马楠楠在电话那端笑了起来。

我想起在深圳那一夜分别前我对她的粗鲁，不由脸上一热，无法正面回答。"你们是好闺密，能不能帮我……"

"帮你找她？凭什么呀！"她趾高气扬地说。

"这个……说实话，这也不是第一次跟她失联了，我不能再这样下去，必须得找到她。如果你不帮忙，我就去她家楼下等着！"说着，我已经下定决心。

电话那端沉默片刻。

"等我消息！"她说完就挂断了电话。

我直直地坐在沙发里，目不转睛地盯着手机，等待的每一分钟似乎都有一个小时那么长。终于，屏幕上又出现"马楠楠"三个字，我飞快接通电话，她冷冷地说："一个小时之后在金宝街的金宝汇见。"

我来不及收拾，抓起大衣就飞奔出门。

周日晚餐时间，北京的交通一般是瘫痪状态，大大小小的马路都成了停车场。别无选择，最快的方式就是坐地铁。从三里河到金宝街不算太远，但也绝对不能说近。等我气喘吁吁地从东单地铁站跑到金宝汇楼下找到马楠楠时，距离刚才挂断电话已经快过去一个半小时了。

"现在知道着急了？"她看着我，既想责备又似乎有些不忍，"快上去吧，5层的大董烤鸭，都这么晚了不知道还在不在。"

我来不及说谢谢转身就要上楼，她又一把抓住我的胳膊：“你先有个心理准备，她可能和别人在一起吃饭。你要答应我一件事：只是去看一眼，不要让他们发现，更不许闹事，行吗？”

我有种不祥的预感，只想赶快一看究竟，没有回答。

她却不依不饶地大声喊道：“杨晓波，你欠我那么多，这事你必须答应！”

我转过身愤怒地看着她，她同样对我怒目而视。相持了几秒钟，我还是点头同意——是呀，马楠楠，我欠你的太多了！

我沿着最近的扶梯一层层往上跑。距离真相越来越近，心跳也越来越快。这个时候我还在试图安慰自己不要着急，也许只是他们一家三口在吃饭而已。

不过，在我迈进餐馆大堂的那一刻，心底仅存的一点点希望就彻底破灭了。

在极富浪漫情调的红蓝黄三色灯光下，我一眼就看到了小何的背影。她穿着我最喜欢的那件白色外套，座椅旁边放着一大束红玫瑰和我给她买的白色手提包，坐在她对面的正是王一萌。

我极力想告诉自己这不是真的，隔着很远的距离小心翼翼地绕到侧面偷看。没错，即使没有看到正脸，我还是能够确定那个女孩就是小何——那个侧脸的轮廓是多么熟悉！每次同床共枕的时候，特别是她睡着以后，我都会侧过身面向她，欣赏那张侧脸。每次我都会想：天下怎么会有这么完美的脸庞，又怎么会就在我身边，我真是天下最幸福的人。

可是此时此刻，我浑身的血液都沸腾起来，迈开步子朝他们走过去——就在这时，身后有人把我死死拉住。

又是马楠楠！我咬牙切齿地望着她，而她使出全身的力气拉着我，眼神中满是哀怨。看到她这副模样，又想起楼下的承诺，我突然泄了气，在惊动其他人之前麻木地跟着她退了出去。

走出餐馆很远我们都没有说话。马楠楠把我带到三层的质馆咖啡，又默默买来两杯咖啡和两个面包，掏出纸巾让我擦干泪水。过了许久她才开口，声音里不再有那种对我一贯的盛气凌人：“晓波，你别难过。芳笑只是和他吃个饭而已。”

“他们俩一直没中断联系吧？”我想起平安夜和情人节时小何反常的举动。

一向直爽的马楠楠突然变得字斟句酌：“我只知道她爸爸很喜欢那小子，一直撮合他们。估计今天也是这么回事。”

我一听，又不争气地流下眼泪。

马楠楠叹了口气：“其实你学历、家世都那么好，本来她就觉得配不上你，所以才没有安全感，怕跟你走不到最后，担心你只是玩玩而已，或者遭到你爸妈的反对。再说了，他们俩也只是偶尔吃个饭、喝个咖啡，不算什么啦！你不知道吗，我身边的人谈恋爱谁不多找几个备胎，至少也得在微信里撩着几个吧。你也得转变思维，别太落伍。”

“我落伍？脚踏两只船我可做不到！”我几乎是吼了出来，引得周围的人纷纷侧目。

“好啦好啦！我没有批评你的意思嘛！”马楠楠连忙安抚我，“但是现在技术这么发达，工具这么先进，想始终如一真是太难了。对了，你知道咱们公司有多少人约过我吗？说出来你都不信。所以呀，这不是芳笑一个人的问题，也不是你我的问题，这个时代就是这样。”

我想：那这个时代一定是病了。

我不想在马楠楠面前再表现得太脆弱，我抹抹眼睛，喝下一大口咖啡：“科技进步并不代表社会也在进步。我相信大多数人不是这样的。”

看我恢复镇静，马楠楠也放松下来，随口应道：“那你呢？”

我们俩同时想到那一夜的事，连忙躲开对方的眼神。是呀，我不是也做了对不起小何的事吗？她在和别人吃饭，我不是也和发生过一夜情的对象坐在这里吗？我还有什么权利责怪她呢？想到这里，我羞愧难当、郁闷难忍，一拳砸在桌子上：“楠楠，我就想简简单单地谈恋爱，怎么搞得这么复杂呢！”

马楠楠抬起头认真地看着我：“人就是最复杂的动物，恋爱怎么可能简单呢？而且这么跟你说吧，我比你早进入社会几年，早就想明白了：人世间这一切操劳奔波，最终都是为了性！”

06

“真是个怂包蛋！”亦山哥听完我的倾诉，又揶揄起我来，“我要是你，一定冲上去打断那小子鼻梁骨，或者被他打断鼻梁骨——反正怎么也不能眼睁睁看着他泡我的女人。”

“哥，不是你说不要和疯狗计较、不要一时冲动吗？”我无精打采地望着他。

亦山哥一听连忙摸着后脑勺笑起来：“对对对，我这不是跟你开玩笑嘛！打伤别人还得进局子呢。昨天你做得很对，确实没必要正面冲突。现在你掌握主动权，想怎么处理余地很大。我不是早就提醒过你这个女孩不简单吗？要我说你就趁这个机会跟她和平分手算了。把事情说清楚，让她该找谁就找谁去。”

我当然不会这样做：“但我还是很爱她，想和她在一起的，只是……”

“只是不能接受她和别的男人藕断丝连？”亦山哥替我说了出来，“如果光是谈谈恋爱，现在发生这一切都不算稀奇。如果认真起来，那就要好好考虑考虑了。”

“我当然是认真的，从一开始就希望和她长久。只不过现在信心有些动摇。”我语气沉重地说道。

亦山哥轻叹了一声，视线从我身上移向窗外：“那你就只能向自己内心寻求答案了。谈恋爱的时候，你喜欢一个人，想和她在一起就足够了；而要是谈婚论嫁，最重要的是愿意包容和忍耐一个人——你要给你们的关系设定一个底线，只要没有突破，再苦再累都要坚持自己的选择。

“一辈子长着呢，哪能没有磕磕绊绊？冯仑不是说了吗，‘伟大是熬出来的’。要我说，婚姻也是熬出来的。别学我，我还下不了决心跟谁慢慢去熬。你小子书生气太重，还是早点找个情投意合的姑娘结婚吧。”

亦山哥说的都是肺腑之言。这几句话深深地刻入我的心房，我一定会铭记终生。

话说到这里，我也壮着胆子试探道：“亦山哥，就没有一个女人能让您放弃自由吗？咱们身边就有很优秀的人选。”

亦山哥听出我的暗示，板着脸转过头来：“你小子胡说什么！咱们大事当前，你那些儿女情长也先放一放；事成之后，我给你一个月的假去扯闲篇儿！”

程霞在胡进那里毫无所获。胡进坚持认为 B 轮融资的估值已经很有诚意，即使拉长一两年仍然会给投资者创造远超市场一般水平的投资回报。不用说，肯定是“光头强”给他打了强心剂，告诉他有的是投资者排队等着以现有估值入股。没准这家伙还说了我们不少坏话，搞得胡进对我们的思路都动摇起来，一再问程霞有没有把握搞定保险公司，不行就趁早按照财顾最初的方案做算了，公司还等着用钱呢！

亦山哥这边的工作同样无功而返。天平投资的一位董事总经理表示：如果投资者想维持最初测算的 IRR 水平，公司估值至少要下调 30%。亦山哥在测算方法、估值依据、退出渠道等方面和他们探讨了一个晚上，可是人家就是不肯松口，打发他回来跟金牛家园再谈谈。

我这才体会到投行业务的艰难，各方都有自己的利益诉求和思维方式，怎么能够填补他们中间的鸿沟真是门学问。这时，还是老投行家杜叔叔想出了一个主意：让买卖双方直接见面沟通。

3 月 22 日下午两点，北方总部项目小组陪同胡进来到铁通大厦隔壁的七彩云南茶楼与天平投资会谈。刚一进旋转门，“光头强”同志一个箭步冲上来紧紧握住胡进的手，热情地打着招呼，上次对我们的那副高冷嘴脸全然不见踪影。胡进回头对亦山哥说：“根据协议，融资的事还是得叫上财顾。我跟他们说了，今天的场合不宜人多，就派一位代表，没问题吧？”

事已至此，我们又能说什么呢？亦山哥大度地与“光头强”也握了握手，大家客客气气地一起坐进包间。等候片刻，天平投资的几位也到了。大家相互介绍之后重新落座，胡进就直接和天平的人聊开了。他是个推销高手，先介绍了自己的专业背景，又对互联网金融的前景侃侃而谈，最后说到股东背景和潜在投资者，给对方描绘了一个美好的蓝图。天平保险方面对他的表现很满意，也表达了对金牛家园的溢美之词。

眼看双方气氛融洽，北方总部同事们紧绷的神经也稍微松弛了一些。不过我心里一直在打鼓：真正的交锋还没开始呢！

终于谈到估值问题了。我没想到的是，亦山哥教我的那句“人怕见面，树怕扒皮”又一次显灵了——明明双方分别对我们表达过寸土必争、绝不退让的态度，可是这次才面谈了两个小时，他们的立场都开始松动：天平保险希望到金牛家园这样有特色的优质公司实地参观和学习，估值问题可以等回来再进行“开放式探讨”；胡进也说只要天平这种大保险公司愿意参与，他可以考虑给予对方更优惠的政策。虽然这些话都不代表实质让步，但是足以证明双方在增进互信后合作意愿正在加强。

快到4点半的时候胡进起身向大家致歉：难得来一次金融街，他已约好顺便去拜访会里（银监会）的一个朋友，留下财顾跟大家再聊一些细节，自己先走一步。

送走胡进，会谈的气氛马上发生了变化。“光头强”恢复了本来面目，跷起二郎腿，对天平投资方面的提问一概哼哼哈哈，避重就轻。程霞实在看不下去，提醒他应该以财顾的身份给出专业答复，他却不紧不慢地说，请天平投资先与金牛家园签署保密协议才能提供进一步信息。

天平投资的几个人听了这话有点吃惊，不过也还是答应下来，问“光头强”什么时候可以安排他们到公司考察？

“光头强”想了想，字斟句酌地回答说：“实地考察的事不在我的工作范围内，可以直接向金牛家园方面询问；但是B轮融资的事是由我们三家财顾牵头的，一切信息都要以我的口径为准。”

天平投资的人直接叫起来：“刚才胡总都说要开放式探讨了，难道你们比他还权威？”

“光头强”却表示胡总可能并不了解最新进展，作为财顾他们要尽职尽责，为客户拿到最优报价。他还暗示说现在已有多家知名机构和个人投资者同意接受以现有估值为基础的报价，如果天平想保持竞争力，至少应该给出同等价格。

“真是浪费时间！”这是天平投资一行人在气呼呼地离开茶楼前留下的最

后一句话。

望着他们的背影，我的内心在呻吟，我们十几天的辛勤劳动就在这 5 分钟里被葬送了！再看亦山哥，他早已气得脸色发紫，一把拦住笑吟吟并准备离开的“光头强”：“我说，你知道自己在干什么吗？他们是金融央企，天天不知道有多少人追在屁股后头要钱，你还想让他们参与竞价？”

“光头强”不为所动：“金融央企怎么了？大家都要遵循市场规律对吧！我为客户的利益最大化服务，无可非议。”

“报价高就叫利益最大化吗？找保险公司的初衷是为了得到信用背书，那不是用钱能衡量的！”亦山哥努力压低声音，但却压抑不住愤怒的语气。

“光头强”往后退了一步，脸上还挂着那令人生厌的笑容：“看来咱们的理解有所不同。但是我说的话没有任何不妥，你们可以将原话转述给胡总。我也会写一个 memo（备忘录）给他并 cc（抄送）你，最后看他怎么说，好吗？”

亦山哥厌恶地说：“不必了，留给你自己看就行了！说来说去，你们这帮人只是想赶紧把东西卖给出高价的并尽早拿到更多佣金，对客户根本就没走心！”

“光头强”板着脸说：“你这么说有依据吗？我做过的 deal（交易）多了，每一个客户都对我们的服务非常满意！”

亦山哥嘲讽道：“真是太可笑了！跟着 MD（董事总经理）屁股后面开开会、写写文件就变成你做过的 deal 了？别以为穿一身杰尼亚就是投行精英！”

“哼，就你每年赚那点钱，别以为自己是金融街精英！”面对劈头盖脸的指责，“光头强”的情绪也有点儿失控。

“精英都是用钱来衡量的吗？”亦山哥反问他。

“当然不是，”“光头强”指指自己的光秃秃的前额，“用 brains（头脑）来衡量！”

亦山哥向前逼近一步：“那我告诉你，你们投行的人并不比别人更聪明，只是更自私，并且把聪明和自私都搞到了极致！”

“你在投行工作过一天吗？有资格这么说吗？”“光头强”嘴上还挺硬，脚下却又横挪一步，绕开亦山哥向门口撤退，“你的偏见一文不值，做好自己该干的事吧！”

07

那应该是我唯一一次见到亦山哥失态。但是他一直拒不承认，坚持说当时就是想当众羞辱一下“光头强”。不过那已无关紧要：那天会面的唯一重要结果就是我们的项目在天平投资那里被判处死刑。

大家都很失望。这是我们最接近成功的一次，没想到竟然坏在财顾的手里。去找胡进投诉他们？人家提出的理由都很冠冕堂皇，胡进就算生气也不可能在B轮融资还没搞定的节骨眼上废掉他们。再说人家已经找好潜在投资者，而我们还两手空空、寸功未立，要是闹起来，没准我们就成了被踢出局的一方。看来我们只好哑巴吃黄连，有苦自己吞。

第二天一上班，亦山哥又和程霞召集项目小组开会探讨下一步工作计划，完全看不出昨天的事对他们有什么打击。

亦山哥让每个人都发言总结与天平投资沟通的得失，我们异口同声地把责任推给“光头强”，而他却提出不同意见：大家都清楚，从一开始几家财顾就反对我们的思路，但是我们自己工作太不细致，明明知道他们负责B轮融资事宜，竟然没想到胡进会带“光头强”参会，是我们自己给了他可乘之机。

说来说去，根本原因还是我们投行业务经验不足、能力不强。“光头强”是可恨，但是不可否认人家确实技高一筹，抓住一次会面的机会来了个四两拨千斤，轻轻松松就让我们的努力付诸东流。真是高手过招，一击致命！从今往后我们一定得对这些投行家小心提防，再也不能吃这个亏了。

会议结束前，汪晨迎提出一个新问题：一个做保险资管的朋友说，像这种另类投资项目再怎么快也得需要3周才能完成审批，在4月中旬的大限之前我们还来得及吗？我算了算，顿时绝望了：把当天算在内，只剩下24天的时间了，还没有一家保险公司有一丝丝投资意向呢！

亦山哥是老保险人了，想必对此也很清楚。但是他的回复很简单：不用想太多，还没到截止日期，一切皆有可能！

但是说实话，当时我对这个项目的信心已经跌到谷底，感觉我们这一仗必败无疑。

更头疼的是午饭后杜叔叔把亦山哥和我叫过去，闷闷不乐地告诉我们：吴伟群已经正式下文，在整个集团全面放开“918”。

对于“革命派”而言，我们对此早有预期，只是等到第二只靴子落地而已。但是这个消息对“保皇派”来说则是重大打击，吴伟群公开违背了与“阿玛尼”之间的默契：北方总部在集团内拥有“918”的独家发行权利。他们俩在一月份的时候还讨论过“918”的事，当时的共识是这款产品在北方总部由试点改为全面放开，只是碍于杜叔叔的强烈反对才没有全力执行。后来我们参加集团年会的时候，已经听闻吴伟群私下里让深圳总部设计产品说明书，并且暗中与子公司老大沟通。原本我们猜测吴伟群会和“阿玛尼”一样暗度陈仓，悄无声息地发行产品，没想到他这次竟然正式下发文件，这不是公开扇“阿玛尼”的耳光吗？难道“保皇派”与“皇帝”本人也闹翻了吗？

“我估计是‘太祖’向‘阿玛尼’通风报信，‘阿玛尼’又去找吴总讨说法。两个人一言不合，吴总就一不做二不休，索性把事情公开了，让大部队名正言顺地卅卖。”根据我的理解，这个逻辑比较合理。

亦山哥也表示赞同，又提醒说：“为什么‘918’在咱们这里试点成功后老吴没有马上在全国放开？维持好与‘阿玛尼’的关系只是一方面，别忘了他还一直把 P2P 当作核武器呢！不过从我得到的财务数据来看，这两个多月以来“鑫城宝”做得可不怎么样。毕竟是个新平台上线，客户不熟悉，又赶上春节，业绩一般也正常。但是听说老吴可没有这个耐性，最近很上火：他在里里外外那么多人面前都已经把牛吹出去了，现在的状况相当打脸，这也是他为什么这么急着控盘金牛家园的原因。”

据说鑫城宝的运营状况是最高机密，从来不对外公开，就连大江他们都打探不到。整个集团能掌握实情的算下来也就三四个人而已。亦山哥是从哪里得到的财务数据呢？恐怕不用多想也能知道，答案只可能是一个……

“吴总不会真和‘阿玛尼’翻脸吧？那我们可就没好日子过了。”我担心地问道。

“放心吧，不可能！老吴花了这么多心血把北方总部搞起来，不会轻易放弃的。再说他在北京没什么资源基础，还得靠‘阿玛尼’给他撑门面、搞关系呢！”亦山哥显得很有把握，“要我看，就像去年他任命陈巧娟来当 CFO 和后来陈巧娟做主提拔一批人一样，这次老吴只是向‘阿玛尼’展示一下权威，不会真撕破脸。”

在亦山哥和我热烈探讨事件原委的时候，杜叔叔安安静静地当起了听众。当时我并没有在意：也许他赞成我们的讨论，无须多言；也许作为一个一贯务实的现实主义者，他一心只往前看。可是后来我才知道，亦山哥和我分析的都只是皮毛，杜叔叔掌握的真实原因恐怖得令人毛骨悚然！

沉默许久，杜叔叔把话题引向事件对未来的影响，提出两个问题：现在整个集团都放开了，我们能否不受冲击？如果不能，我们怎么应对？

亦山哥征得杜叔叔的同意后点燃一根香烟（他一吸烟就来灵感）。他连抽几口，又在烟雾中沉浸片刻，这才再次开口：“独善其身是不可能了。上次试点成功之后，全国的子公司早就看着咱们眼红。深圳总部一旦也开始发行‘918’，他们会如狼似虎地扑上去销售。可以预见资金会汹涌而来，挡都挡不住。有募集量就有提成，人家都拿了高额提成，北方总部控制的这几家子公司能坐得住吗？

“而且现在有了这个文，‘阿玛尼’也不用再偷偷摸摸地下指令，一定会要求子公司开足马力卖产品。反正也挡不住，那咱们就得抓紧时间找项目去匹配；否则我们很快就会被短期兑付压力搞垮。这就跟治理洪水一样，宜疏不宜堵，借这个机会正好还可以缓和一下和‘阿玛尼’的关系。”

趁他又抽几口烟的空当，我不解地问道：“为什么把找项目的压力都压在咱们自己身上呢？这些钱不能买别人的产品吗？”

亦山哥也不搭话，从杜叔叔桌上拿起纸笔给我们演算起来。

北方总部设计的“918”分为 A、B 两档（90 天和 180 天），客户最低 10 万元起投，按照购买金额大小的不同在 A、B 两档之间获得相应的年化收益。假设客户购买金额为 a，则：

客户购买（单元：万元）	A 档的年化收益（%）	B 档的年化收益（%）
10 ≤ a<30	9	9.2
30 ≤ a<50	9.2	9.5
50 ≤ a<100	9.5	9.8
100 ≤ a<300	10	10.5
a ≥ 300	10.5	11

写完之后，他解释说：“以 A 档为例，如果再加上 1.5% 的销售提成，成本非常高，只能把钱投向高收益项目。这类项目对应的产品风险那么高，买别人的肯定不如自己做更放心。”

“A 档最高年化成本是 10.5%+1.5%=13%，这也不算太高吧！咱们以前有的项目光给客户就要 13% 呢！”我指着表格傻傻地说道，马上被亦山哥骂了个狗血淋头：“1.5% 只是销售 A 档的一次性费用，如果做满一年差不多等于买了 4 次（别忘了 A 档是 90 天），那么 1.5%×4=6%，A 档总成本就是在 15%（9%+6%）~16.5%（10.5%+6%）之间了。”

杜叔叔又问业务部门有没有把握相应地匹配好项目，亦山哥直接给出否定答案：不可能。目前一部、二部被金牛家园项目拖住了，三部蔡依然正在忙一个小项目，大家最快要到 4 月中旬金牛家园的事见分晓之后才能腾出时间和精力。

“那可来不及了，”杜叔叔瞄了一眼日历，又翻了翻笔记本，“试点的时候咱们北方总部卖出日均 1000 万元的速度。现在失去北分，日均 400 万元还是有的，一个月下来就是 1.2 个亿。”

“看来这已经不仅仅是业务部门的事，咱们必须发动一切资源争分夺秒地去找项目！”亦山哥又习惯性地拍打起桌子来。

“嗯，我会和黄总谈谈，你们也得兼顾一下这个事。”杜叔叔稍稍停顿了一下，

“当然了，如果实在匹配不及的话，也还有一个出路，就是现在黄总的做法：只负责募集，而且只卖 A 档产品（90 天），资金就交给深圳总部好了——好歹他们盘子那么大，资金三个月就回来应该不成问题，这也算是独善其身吧。”

当时我们也确实没有更好的办法。自己消化不完，那就干脆来个“祸水南引”，以保护自己不被这股洪水淹没。当时我们都认为只给深圳总部做 90 天期限的产品应该相对比较保险，至于他们的业务部门有没有能力完成项目匹配，我们想都不敢去想，只能像鸵鸟一样把头埋进沙子里。

现在回过头来看，“918”这款产品从一出生就带有明显的瑕疵。它想在高收益、短期限、低风险之间取得平衡，这根本就是一个私募基金界的“不可能三角”。也许在个别项目上可以在总量控制的前提下阶段性使用，但绝非长久之计：别说鑫城财富，任何一家私募基金都没有足够强大的流动性管理能力来驾驭它。

而在 2016 年 3 月下旬，鑫城财富对“918”毫无保留地敞开了怀抱。我们不知道的是，其实潘多拉魔盒早已打开。

第十章

01

2016年以来，北方总部进入一个多事之秋：北分实质上独立，“阿杜”开始冷战并分立派别，多种原因导致人际关系恶化，金牛家园项目陷入泥潭，其他小项目收益不大，子公司拓展尚未开展，“918”前途未卜。这一切都给我的私募基金经理生涯蒙上一层阴影，也给我的26岁生日平添了几分忧虑和不安。

3月24日一早醒来就收到小何的庆生微信消息，可我还没消气：说好今天要与她一起庆祝的，要不要趁这个机会问清楚她的想法？或者干脆彻底摊牌，也向她坦白我和马楠楠的事？这样做会不会就此失去她？我对她设定的底线在哪里，还能否接受她？这些没有答案的问题无休止地折磨着我的心灵，整个白天我都在纠结中度过。

终于等到下班，我带着小何到西单君太百货的麻辣诱惑和一帮死党吃饭。我事先提醒过他们：小何很腼腆，千万不要有什么过分的举动。吃饭的时候大家倒还规规矩矩，到了第二场去金库KTV唱歌的时候，这帮家伙再也按捺不住，开始不停地恶搞我们俩。

被以各种名目灌下数量可观的啤酒后，我已经有些招架不住，小何更是早早沦陷，趴在我肩膀上一动不动。一看这架势，狐朋狗友们顿时没了兴致，一致决定提前撤退。

大伙儿七手八脚地把我和小何塞进出租车，我问小何想去哪里，她趴在我怀里一声不吭。我只好对司机报出她家住址：白纸坊桥西侧的天伦北里小区。

出租车在长安街上一路向西，路过我们最熟悉的金融街，从复兴门盘桥向南，很快到达小区门口。我扶着小何下了车，她用微弱到几乎听不清楚的声音在我耳边说道：“送我上去，家里没人……”

虽然已经不是第一次在一起，但是听到她这样说，我还是有些脸红心跳——我还没进过她家门呢！

从下车地点到她家那栋楼还有大概300米的距离，这一路我一边背着她走（有个体重轻的女友真是蛮不错的）一边犹豫：我和她的事到底应该怎么处理？以她现在的状态还能再进行严肃谈话吗？

到了她家门口，我从她的包里翻出钥匙，费了好半天劲儿才打开门。进了客厅，她伸出手指向一扇关着的门，想必那就是她的卧室。我把她背进去，她顺手拉开房间的顶灯，我一瞬间愣住了——在她的小床背后的那面墙上，贴满了用A4纸打印出来的彩色图片，大部分是我和她的合影，有些是她给我画的人像素描，还有我们微信聊天记录的截屏，以及我送给她所有礼物的照片。

我把她轻轻放在床上，然后仔细翻看那些图片。翻着翻着，我不禁心潮澎湃起来：每一张都是那么生动有趣，都饱含着一份浓浓的爱意，其中有一张我在张嘴大笑的人像素描，表情非常夸张。我假意不满道："这张太失真了，我笑起来嘴会咧那么大吗？"

小何慢慢坐起来，看了看我指的图片，脸上又浮现出淡淡的微笑："会的，我亲眼看见过。"

"什么时候啊？"

"就是咱俩去看《恶棍天使》那次。看你平时挺严肃的一个人，没想到那么爱笑，从头一直笑到尾。有几次声音太大，旁边的人都看咱们呢，我都不好意思了！当时你的表情就是这个样子的。后来我就在想，可能因为那段时间正好赶上南京项目的事，你的压力比较大，所以看个搞笑片才会那么开心——那就是在释放压力嘛！"

我感觉心头暖暖的，于是也坐到床边，紧紧搂住她的肩膀："亲爱的，原来你这么有心呢。"

"那当然了，谁让我是你的'小公举'呢！"她骄傲地说，"我知道你最近的工作压力很大，希望你跟我在一起的时候能放松一些。只要你开心，我做什么都愿意！"

此时此刻，我已经感动得无以复加，把所有的那些狗屁问题都抛到了九霄云外，一把将她搂到怀里，对准"樱桃"亲了上去……

当她疲惫地睡去，我又侧过身欣赏起她的脸来。不过这时，几天前在大董看见的那一幕突然出现在眼前，所有的纠结和郁闷顿时浮上心头。我一皱眉，扭过头去……

时间很快来到深夜两点。我正准备睡觉，看到微信又弹出一条新消息，是马楠楠：“生日快乐，晓波。”

我马上回复：“谢谢楠楠。怎么还没睡？”

“想你，睡不着。”

“……”

“芳笑在旁边？”

“是的。”

“你不介意她和那个姓王的发生的事吗？”

我不由得妒火中烧：“她是我的！”

隔了一会儿，马楠楠才又发问：“那你从来没喜欢过我吗？”

我再次卡壳，想了半天，勉强打出一句话：“对不起，是我不好，我们从一开始就是个错误。”

马楠楠迟迟没有回复。在这深夜寂静无边的沉默中，我似乎能够感受到她的挫痛和失望。

足足过了 5 分钟，手机才又振动起来：“有个电影叫《记忆裂痕》，里面有句台词：‘人生中有些最美好的东西是彻头彻尾的错误’。晓波，记住这句话，你会后悔的。”

在鑫城财富的日子里，有 3 句话触动、改变甚至融入了我的人生哲学。一句是吴伟群教我的“当你的能量超出这个界限，规则将会为你而变”，一句是亦山哥教我的“尚未得到，何谈失去”，还有一句，就是马楠楠告诉我的这句电影台词了。

在这个世界上有很多事情规则明确、不容含糊，就像一般社会车辆见到红灯要停车，公共场所禁止吸烟，吃饭购物要付钱，都是天经地义、没的商量。

但是在感情的世界里事情就复杂得多了。在最基本的法律和道德底线之上，没有那么多非黑即白、泾渭分明的约束。就像发生在我和“仙女姐妹”身上的故事，究竟孰是孰非，又该何去何从，恐怕世上没有标准答案。

不过，在那个深夜，放下手机入睡之前我想通了纠结多日的那几个问题。通过刚才发生的一切，我相信小何还是爱我的；更重要的是，我发现自己也深深地爱着她。毕竟我们还没有谈婚论嫁，那么王一萌的事即使算作她犯的错误也情有可原，相比之下我在深圳那一夜的错误更严重吧！至于我们俩关系的底线，我想应该就是从此“新老划断”：过去既往不咎，未来专属一人。

于是我做出决定：坚持与小何在一起，但是不与她摊牌。早上我将会和她说清楚，希望从今往后我们都专情于对方，但绝口不提我们各自的错误。在以后的日子里，我要用全部的爱去感动她，就像她今天感动我一样。

如果当时的设想能够实现，现在的我们应该会很幸福吧！可惜我还是低估了感情的复杂性，特别是低估了马楠楠——我理解了那句台词，却没有理解她最后的那句话。

我也将为此付出巨大的代价。

02

被天平投资拒绝后，符合我们要求的已经所剩无几。亦山哥和程霞都不直接认识那几家的高管，只好求助于杜叔叔。杜叔叔打了一个电话，在便笺纸上记录下一个名字和号码给亦山哥。于是，我们就这样认识了 TAI 资产管理有限责任公司（以下简称“TAI 资产”）另类投资部的总经理辛莹。

金融圈并不大，TAI 资产也在金融街办公，从我们公司出发步行可达。初次会面就是在他们会议室进行的。我们这次的准备时间并不太充裕，会谈进展也不太顺利：辛莹认真看过我们预先发送的介绍材料，就关心的一些问题细致入微地“拷问”我们（比天平投资有过之而无不及），其中一些角度比较独特，涉及金牛家园的战略研判和内部运营等方面，我们根本答不上来（我们又不是金牛家园的员工或财顾），只好留下一句“回去再研究研究”就灰溜溜地落荒而逃。这次会面唯一的正面反馈是，辛莹说虽然TAI资产内部已经有了一个初具规模的互联网金融平台，但是在TAI资产层面可以只考虑股权投资，不会出现民保那种状况。

其实我们干的活儿完全应该由财顾完成，也只有他们才能很好地完成。但是让“光头强”他们接手就意味着我们投子认负、自动出局，我们无论如何都不会接受这个结局，所以即使再勉为其难也要自力更生，闯出一条路来。

在这次会议上，我对辛莹的印象尤为深刻。她是个川妹子，年龄也就在30岁上下，看得出妩媚俏丽的底子但却不过分修饰。她思维敏捷、言语犀利，对我们带有一种纡尊降贵的态度，好像我们这种私募机构能得到她的会见已是莫大的荣幸。

后来我们才听说，她的作风十分泼辣，特别是筛选项目的严格和谈判中的强硬都是出了名的，能进入她法眼的项目凤毛麟角，项目本身需要具有优秀的潜质自不必说，一般还要给予TAI资产非常优惠的条件。她在生活中，也是同样的作风：一年前发现老公出轨，坚决不肯原谅他，斩钉截铁地离了婚并争取到了儿子的抚养权，成了一位单身母亲。

摊上这样一个女强人，我们真是叫苦不迭！

根据第一次会面的情况，程霞做了一个清单，把对方关注而我们未能有效解答的问题一一列出。项目小组经过详细讨论整理出相应的答复，并由杜叔叔修订后交给胡进审阅。

由于上次的无功而返，胡进对我们的信心已经大打折扣。财顾们又趁机吹风说，仅在2016年1月就有短融网、泸金所和借贷宝3家P2P公司完成B轮融资，鑫城财富迟迟不能落实保险公司的投资，分明是在拖金牛家园的后腿，于是程霞给胡进打了一整天电话才终得一见，并且被告知：他可以再配合我们与TAI资产接洽，但这将是给我们的最后一次机会。

得，现在不仅没搞定保险公司，就连金牛家园都快放弃我们了。背负着这样的压力，每个人都很郁闷。可是没办法，走到这一步，我们已无退路。

好在经过胡进修改的问题答复得到了辛莹的认可，她给了我们第二次会面的机会。这次我们有备而来，把有关金牛家园的公开信息和公司提供给我们的所有材料都研究了一个遍，并把那份问题答复背得滚瓜烂熟。

可是这一次辛莹不再按上次的套路出牌。一坐下来她就开门见山地说："上次会面我都是发散式提问，基本是按照个人感兴趣的话题跟你们沟通的。昨天我看了你们发的问题答复，已经回答得很详细，咱们不再赘述。今天我想按照股权投资的逻辑——'募、投、管、退'——跟你们系统性地探讨一下这个项目。下面你们先说说看吧！"

这时的我们就像一帮应试者，进考场拿到试卷才发现考试题型变了！

那么什么是"募、投、管、退"呢？这是股权投资的四大基本要素：募资、投资、管理、退出。

在做股权投资的时候，募集资金是根本保障：首先要能找到足够多的钱，否则巧妇难为无米之炊，后面的事无从谈起；投资是核心环节：能否找到好项目、怎样设计交易结构、如何与公司股东谈判等，从方方面面考验着操盘者的综合能力；投后管理是必要手段：对被投公司持续地跟踪、监督或者帮助都会对退出起到积极作用；退出是终极目的：前期所有工作都是为了实现成功套现，能否通过漂亮的退出获得高额回报永远是股权投资成败的判定标准。

既然无路可退，那么硬着头皮也得撑下去。项目小组里唯一有股权投资经验的程霞接过话来："您这个提法很专业，机构投资者归根结底还是要从这 4 个角度来分析。首先，我认为募资应该不在话下：TAI 资产资金充沛，出 5 个亿做股权投资不成问题，而且这也是我们此行的目的。其次是投资，我认为……"

"请等一下！"辛莹干脆地打断了程霞的发言，"我个人认为股权投资应该'未思进，先思退'，我们毕竟最终看的是退出收益，你们就先说说退出吧！"

思路被一再打乱，程霞显得有点儿措手不及，磕磕巴巴地介绍了退出方案。辛莹并不满意："财务数据看起来还像模像样，不过现在 P2P 公司想上市可不容易吧？投资者能实现这么高的 IRR 吗？"

幸好亦山哥早有准备，他翻出一份材料："有数据显示，2014 年至 2015 年上半年，共有近 60 家上市公司投资 P2P。即便监管政策趋紧，去年下半年以来仍有一大批知名企业进入 P2P 行业。所以我们认为金牛家园上市是可以预期的。退一万步讲，哪怕最终 IPO 有难度，借壳上市或者与这些上市公司做并购都还是大有希望的。总而言之，B 轮投资者按照方案中的时间表通过资本市场退出应该是大概率事件。"

我认为这个答复非常完美，心里暗暗叫好，辛莹却依旧不依不饶："到我这里的每一家公司都说自己一定能上市，最后真都能上吗？"亦山哥正要张嘴回应，辛莹加快了语速，根本不给他机会，"而且'大概率事件'这个提法很不科学，本身就是个伪命题。从美国次贷危机以来发生过多少黑天鹅事件？不要讲什么概率——如果你们这么有信心，叫公司来签对赌协议吧！"

面对对方咄咄逼人的气势，亦山哥这回没有半分生气的意思，并且抢在正要发作的程霞之前应承下来："好的，辛总。我非常理解你们保险资金最看重安全性。我们把这个要求记录下来，回去和金牛家园商量一下，请我同事先接着往下说。"说罢，他笑着看了看程霞。

程霞也是聪明人，马上收起情绪，一板一眼地讲起"投资"这个环节。其实这个话题很宽泛，很多内容已经包含在第一次发给辛莹的材料里，程霞刚讲了几分钟又被她打断："这些内容我都看过了。对于这个项目来说我只关注一个核心问题：估值。现在对互联网金融公司的估值方法比较乱，有收益法、市销率法、市场比较法，还有按贷款余额、历史累计交易量或投资人数量估值的，你们怎么看？"

被她这么一问，项目小组所有人的头都大了：我们哪懂这些内容啊！也许她已经看过不少互联网金融公司，我们可是仅仅接触过金牛家园一家。

见我们都直眉愣眼地坐在那里，一声不吭，辛莹合上笔记本，不苟言笑地说道："各位，我可以很坦诚地告诉你们，我之所以和你们谈到现在，一是因为金牛家园这家公司确实不错，我很感兴趣；二是因为你们领导找了我们一位副总打招呼。我看你们也做了不少功课，但是对互联网金融和股权投资领域都还不是很熟悉。另外，你们又不是人家公司的人，什么事都拍不了板，再这么谈下去就是浪费彼此时间。

“这样吧，出于对所有人负责的态度，你们先回去落实几个核心问题：第一，在投资环节，公司估值应该用哪种方法最好，当前估值是否合理？第二，在投后管理环节，如果 TAI 资产成为公司第二大股东，我们将获得几个董事席位？还可以获得哪些权益？第三，在退出环节，公司如何保证投资者能够获得目前交易结构中测算的回报率？等这些问题都搞清楚再回来找我，好吗？”

话音未落，她已起身送客。

03

我这人有个倒霉的定律：每年的愚人节都会摊上点事。2016 年的愚人节“礼物”比以往时候来得更早一些：3 月 31 日上海快鹿投资集团爆发兑付危机，并且因为在早前涉嫌票房造假引发各路媒体争相报道。

愚人节那天，我只要有空就会坐在电脑前一遍遍刷新网页，了解快鹿兑付危机的每一个最新进展。随着事件不断发酵，我的心也越来越凉：本来就跟 TAI 资产谈得不顺，这件事一出，我们哪还会有希望呢？

“还没到放弃的时候！”亦山哥看我一副哭丧脸，在我背后狠狠地拍了一巴掌。他与杜叔叔谈了谈，杜叔叔建议让客户直接和资方面谈，他会再打电话给 TAI 资产的领导。

看来在这些大机构里层级关系非常重要，即便如辛莹般桀骜不驯也无法打破这个规则：很快她就给亦山哥打来电话说下周一下午 4 点有空见我们，不过还是强调让我们准备好核心问题。

一接到这个消息，程霞马上带着汪晨迎去找胡进。后来汪晨迎告诉我，他们在金牛家园的会议室足足等了一个半小时才被召见。程霞竟然也学会使用诈唬的计策（以前在北方总部这可是亦山哥的专利），对胡进说我们与 TAI 资产沟通很顺利，对方最后有几个问题希望得到解答，最好他能在下周一参会并进行当面陈述。

胡进一开始犹豫不决，想让财顾代他出席。程霞态度坚决地说：“我们一直都在为你的公司拼尽全力去争取机会，现在是背水一战，你一定得去！”胡进最终答应下来，并且表示会认真准备。程霞又提出这次不要让财顾参与，以免人多嘴杂。胡进断然拒绝：于情于理都必须带上他们，不过我已经知道上次发生的事，会提醒财顾注意分寸的。

那个周末我过得很糟糕，毫无征兆地又染了肠胃感冒，在床上躺了两天，连见小何的心情都没有了（谁愿意让女朋友看自己 5 分钟跑一趟厕所呢）。到了 2016 年 4 月 4 日星期一下午 4 点，当我再次坐到 TAI 资产的会议室里时状态极差，总有点快要虚脱的感觉。亦山哥让我休息，我可不答应：很有可能这是我们的最后一搏，无论如何也得坚持住。

这次参会的人最多：辛莹带着两个项目经理，胡进带着“光头强”，北方总部项目小组还有 5 个人，共计 10 个人。一开场辛莹就给我们一个下马威：“非常抱歉，最近我们项目非常多，我今天可能只有一个小时的时间。如果到时还没谈完，就请我的同事继续跟大家沟通吧。好，咱们抓紧时间开始。”

这番话的含义只有我们心里最清楚：她是碍于领导面子才肯出来见我们，给我们一个小时的时限，能把事情说清楚则罢，说不清楚就拜拜喽！

胡进是被程霞诱骗来的，没有想到辛莹会是这种态度，有点儿吃惊。不过他也是见过世面的人，笑容满面地请“光头强”把特意为 TAI 资产准备的文件发放给大家，然后亲自解释起来：“感谢辛总给我们这个机会。上周末我拿到了贵公司提出的几个问题，发现每一个都非常专业而且切中要害，咱们 TAI 资产团队的专业实力果然名不虚传！我和公司财顾准备了一个通宵，现在做出答复。

“首先是估值的问题。的确，目前市场上针对互联网金融公司有五花八门的估值方式。公平地说，我认为没有哪一种是完美的，因为这是一个全新的行业，我们的参照物并不多，大家都在摸着石头过河。要我说，互联网金融公司的估值更像是一门艺术。

“如果非要做个估值，那就应该综合考虑企业运营平台的资产质量、待收余额、月交易额、投资人数，以及运营时间、团队、品牌等。我们这份材料介绍了金牛家园这些方面的基本状况，供大家参考，也烦请大家保密。

“我们从众多方法中选取市销率法，是因为这个方法最接近资本市场的规范，有可比性，容易被投资者接受。在材料里我们把自身估值水平与国外已上市同行、A 股的 Fintech （金融科技类公司）做了一个比较，大家可以看到我们是有很大折让的。而且今天我还可以告诉大家，我们今年前 3 个月的盈利一直在攀升，3 月刚刚创造了单月盈利最高纪录！我们已经迈过业绩拐点，开始加速腾飞。所以在我看来，我们 B 轮融资的估值合情合理。”

我差点儿就鼓起掌来。不愧是个 200 亿交易额级别的互联网金融平台掌门人，胡进的发言无懈可击。我相信即使苛刻如辛莹也不得不认同他的逻辑和结论吧！

可是人家辛总异常冷静，既不肯定也不否定，只是顺着胡进的逻辑说道：“既然是用市销率估值，归根结底看的还是业绩情况。胡总如果对未来这么有信心，咱们是否可以签一个对赌协议？”

对赌协议在股权投资领域很常见，是投资机构为保护自身利益向被投公司索取的一种安全阀，更准确的叫法是价值调整机制，内容一般为股权出让方和受让方就公司业绩或重大事项（如上市时间）做出“对赌”，如果被投公司达不到承诺，将有义务向投资机构支付股份或给予现金补偿。换句话说，如果公司不能实现预期，就等着向投资者“割地赔款”吧！

辛莹的话顿时让项目小组的人又紧张起来：这个要求是不是太过分了？金牛家园对 TAI 资产的资金和信用背书再渴求也不会接受这种城下之盟吧？

没想到胡进竟然哈哈大笑起来：“辛总总是直奔问题的核心，佩服佩服！其实我正准备回答关于退出环节的问题，昨天我已经与公司管理层和财顾们达成一致：如果 TAI 资产最终决定参与我们的 B 轮融资，我们愿意与贵公司签署对赌协议，对赌内容可以为 2016~2018 年净利润达到 4000 万元、1 亿元和 3.5 亿元，也可以为 2019~2020 年登陆资本市场，否则管理层愿意无偿转让部分股份或以 10% 的年化利率回购 TAI 资产的股份。怎么样？”

这回辛莹终于稍稍露出些笑容：“谢谢胡总，具体条款咱们可以慢慢再商量。还剩下投后管理的事情怎么安排呢？”

“董事会现在有 5 人，B 轮融资后可以给贵公司其中一个席位。”胡总答道，“您还有什么其他要求吗？”

辛莹笑道：“其实一个席位没有太大控制力，是否可以给我们在公司重大决策事项上的一票否决权？再由我们派驻一位财务总监怎么样？”

胡进刚刚做了那么大一个让步同意签署对赌协议，辛莹还要蹬鼻子上脸吗？“光头强”和胡进相继发言，从公司治理的角度指出这样操作不合乎规范，而且公司现任 CFO 是资深专家，绝无撤换可能。

可能辛莹的本意也只是试探一下，一看对方反应强烈倒也不再坚持。不过她可不会善罢甘休，与两个下属低语几句之后再次发难：“今天很有效率，我提的 3 个问题都解决了。但是刚才同事提醒我最近 P2P 平台出了很多事，互联网金融正处于监管风暴之中，避避风头可能更为明智。如果我们推迟 3 个月再参与你们的 B 轮融资怎么样？那样更容易获得我们公司领导和保监会的支持。”

我惊呆了，这么出尔反尔的谈判对手我从来都没遇到过，甚至听都没听到过！我们屁颠屁颠地跑过来，详细回答了所谓的核心问题，结果她又想推迟，不带这样折腾人的啊！

屋子里脸色最难看的人是胡进。他满怀希望地走进这间会议室，也做了精彩陈述，谁知对方最终竟然给出了一个从一开始就不可能接受的选择。他先转头望向程霞，程霞和汪晨迎不好意思地低下了头；他又转向另一边看了看“光头强”，这家伙的脸上则是一副自以为是的表情，朝着胡进耸耸肩、噘噘嘴：怎么样，早跟你说过会是这个结果吧！

我的肚子特别难受，头也疼起来，满头都是虚汗，勉强用胳膊撑住桌面，感觉自己随时都要坚持不住趴倒在桌面上。

就在这个时候，那天一直一言未发的亦山哥开口了：“辛总，在座的都知道，金牛家园的 B 轮融资已经拖了很久，再推迟三个月是不可能的。你的这个说法非常不负责任！”

所有人的目光瞬间都聚焦在亦山哥身上，连我也慢慢地扭过头去，惊恐而不解地望着他。

辛莹却一点儿都没有恼怒的意思，反而一直微笑，似乎很喜欢看他生气的样子，并听他继续说下去：“我想，你这话有两种可能：一种可能是谈判策略，制造点紧张情绪，想在一些具体条款上再争取有利条件。那我就实话跟你说吧，还有一家保险公司已经给金牛家园出具了 Term Sheet（投资条款清单），它们双方已经很接近达成一致。如果不是我们 COO 认识你们领导，我们压根就没必要来！

“你们都很清楚金牛家园的优势：它是独立第三方平台，相当于无门无派，不受任何外部控制；模式独特，已经开始盈利，市场少见；核心团队成员都有强大的技术背景，整个公司专业化程度非常高；不以烧钱为手段，获客成本低。总而言之，它是互联网金融领域难得的优质公司，几乎不可复制。如果你锱铢必较、因小失大，眼睁睁看着同行投了的话，不仅有可能错失一个未来的 BAT（百度、阿里巴巴、腾讯），在领导那里也交代不过去吧！”

辛莹的笑容逐渐退去，目光也变得有些呆滞，好像在回味亦山哥的话。

可亦山哥并不给她思考的时间：“第二种可能就是你确实觉得有困难做不下去了，想放弃。那我只能替你惋惜，这么好的机会就在手边溜走了。我以前在信托公司带团队遇到过几个很棘手的项目，在做和不做两可之间。其实哪个项目会没有瑕疵呢？只要我断定值得做的，又没有触碰红线，就一定会全力以赴、用尽心思去争取。这既是考验团队在内部争取资源的能力，也是考验人的意志品质。你知道最终结果是什么吗？”

辛莹面无表情，没有说话。

“无一例外，全部做成！”亦山哥直视她的双眼，“任何一个团队负责人，甚至一个项目经理都要明白，容易的项目早被别人做完了，留给我们的一定是充满挑战的，唯有以真诚才能换‘真成’！”

说到最后，亦山哥紧握双拳在桌子上砸了几下。我感觉他不仅敲击着桌面，也在敲打着辛莹的心，让这位女强人第一次在我们面前花容失色。

04

如果没有亦山哥出其不意的反击，恐怕北方总部已经从金牛家园的 B 轮融资中出局。那天会后，辛莹终于同意将项目提交一周后召开的公司立项会。

不过老天就是爱跟我们开玩笑。仅仅隔了一天，4 月 6 日，上海“中晋系”被公安机关立案侦查。

“中晋系”大概发端于 2012 年 7 月，比鑫城财富早了半年，到被查时已有 50 多家子公司，通过网上宣传和线下推广开展私募基金业务，据说累积募集金额 340 亿元，波及 13 万投资者。

在这种局面下金牛家园项目还有戏吗？辛莹的回答很干脆：别想那么多，决定做了就认真努力！于是程霞派汪晨迎到 TAI 资产待了几天，专门帮着辛莹的团队收集资料和撰写上会材料。

本来大家已经在为项目的命运提心吊胆，没想到周五传来一个更加让人心惊肉跳的消息：深圳总部再次搞出兑付危机，这次不仅涉及南京，还涉及广西！

2016 年 4 月 11 日，星期一，早上我又差点儿迟到，把包扔到工位上就跑到亦山哥办公室，没想到“太祖”也在里面，我和他尴尬地打了个招呼。看样子他是被亦山哥抓过来问话的，坐在椅子上难受地扭来扭去，如同受刑一般。

他告诉我们，造成这次兑付危机的是一个山西煤老板的煤矿技术改造项目，3 月 31 日到期，不料前几天煤矿倒闭，遂引发兑付危机。当初这个项目是袁宁和路总包销的，客户主要来自南京和广西，总共有 8000 多万元未能如期兑付，有人已经跑到深圳总部讨钱。好在吴伟群的危机公关做得不错，事件没有被媒体报道出来。

“这次又是老吴想收拾人搞出来的事吗？”亦山哥问道。

“不是不是。老板这次也急坏了，到处找钱堵窟窿呢！”“太祖”连忙替吴伟群辩解。

“那怎么又有南京的客户受到损失？这分明是老吴手撕袁宁的节奏。”亦山哥盯着他的双眼。

“太祖”愣了愣，又堆出笑容：“我也不知道，刚好碰到这个项目，也许巧合吧！”

“巧合？嗯……那我问你，‘918’全面放开之后，整个集团日均募集量能到多少？”亦山哥的语气已经明显表露出不信任来。

“这才刚开始几天，统计数据还没上来，我估计刚开始一两个月会有个业绩井喷，日均冲到 2000 万元都不稀奇。其实我知道你真正关心的是什么！”“太祖”笑呵呵地答道，“你想知道公司这几天的进账远远大于兑付缺口，公司会不会把钱挪过去补窟窿？这两天我和其他子公司领导一直在探讨这个问题，我们的结论是不会。前两次南京兑付危机咱们都没挪用，这次也同样不会做违规的事。”

亦山哥步步紧逼：“那前两次，特别是第一次兑付危机时，哪来的钱填补资金缺口的？”

“太祖”无辜地摊摊手：“老板从外面搞的钱呗！也许是他自己的，也可能是借来的，老天才知道。反正既解决了兑付问题，又不进鑫城财富的负债，这不是好事吗？管那么多干吗！”

一个小时后亦山哥带我来到杜叔叔办公室，我们一边等 TAI 资产立项会的消息，一边讨论最新的兑付危机。我转述了“太祖”的话，杜叔叔听了连连摇头：“天下哪有这样的好事？这可不是我儿子玩的电子游戏，搞个什么作弊器，每次出状况就让系统自动补救，咱们这都是真金白银的得与失。”

“我看‘太祖’这小子越来越油滑，嘴里没一句实话！”亦山哥气呼呼地说道。

杜叔叔也点了点头：“他肯定没有老实交代。早上我跟黄总聊了一下（果真只有危机才能把他俩拽到一起），他说：其实在此之前这个项目的融资方已经有违约的苗头，袁宁也去找过吴总，可是吴总跟他的结还没解开，就没做任何处理，任由项目烂掉。这个项目是 3 月底到期的，我想当时吴总肯定是准备好让袁宁好好吃点苦头的，可是谁能想到这几天接连爆出快鹿和中晋两个事来，对整个行业的打击都很大。这下他也不好搞得太过分，这两天应该就会收手。”

“那路总怎么会也给牵扯进去呢？”我问道。

“这一单是两家子公司包销的，路总是附带伤害品呗！这次也不能再专门对袁宁搞个‘网络技术故障’，要不这个坑也太明显了。”杜叔叔早就想明白了。

“那兑付的钱到底会从哪里出呢？”我觉得他还没有说到问题的关键。

杜叔叔的眼神里闪过一丝忧虑：“没有确切的消息。恐怕还是会从他的体外循环资金里解决吧。这次的事其实还暴露出一个更严重的问题：黄总说，这个项目的部分资金到了融资方手里后又转出来买了另外一家私募基金发行的产品，这是一个典型的超募操作。现在大家都很关心这是哪一家基金的什么产品——说不定，这就是吴总影子团队存在的证明。”

他的话让我联想到天体物理学家证明黑洞存在的努力。

就在这时，亦山哥的手机响起来，他马上接通并按下公放键：“辛总您好！情况怎么样？”电话那端的声音语气平和得让人不敢相信：“不好意思，岳总，项目没过会。”

我的头顿时嗡的一声响，沮丧至极。我望向杜叔叔和亦山哥，他们俩同样呆若木鸡。我们太渴求项目的成功了，在每个环节都拼尽全力，可能谁都没敢想象失败的后果。直到这一刻，我们似乎不得不去思考一下如何吞下这枚苦果了。

当天下午辛莹再次把我们叫过去，看到项目小组清一色垂头丧气的样子，她突然掩着嘴笑起来：“哎，不是说还有一家保险公司已经快跟金牛家园谈成了吗？看你们这个样子可不像哟！”

这时大家已经没有心情再去掩饰，亦山哥也只是哼哼哈哈，辛莹见状收起笑容：“你们可能对现在的保险资管行业不是很了解（她半似责备、半似挑衅地看了一眼亦山哥这位老保险人），没通过股权投资立项会并不代表就没有机会了。我可以毫无保留地告诉各位，我确实很看好金牛家园，非常希望把项目做成，所以哪怕大费周章变通一种方式也在所不辞。”

看来我们忽略了一点：辛莹也是一个绝不轻言放弃的人哪！我们都竖起耳朵听她继续说下去：“我的思路是：对 TAI 资产来说，既然做不成股权投资业务，那就比照通道业务的模式去做。”

什么是通道业务呢？它是指信托公司、基金子公司、券商或保险资管向其他金融机构提供资金或产品通道，从中收取费用的业务，初衷是帮助商业银行将理财资金以金融产品的形式投放给一些不符合监管要求的企业，达到躲避监管的出表作用。

这项业务最初是由银行与信托的“银信合作”开始的，经过 2012 年的那轮监管放松后蔓延至其他金融机构，特别是券商和基金子公司（小邵总他们做的出表业务都可以归入此类），甚至 PE、投行、私募基金等也都参与其中。截至 2015 年年底，通道业务规模已经超过 20 万亿元，其中保险资管约占 1 万亿元（后来被保监会叫停）。

可是我们的项目似乎和商业银行也不沾边。辛莹解释说：“我们可以借用通道业务的原理进行操作：金牛家园最希望得到的是保险公司的信用背书，财顾又说过还有其他投资者跃跃欲试，那就干脆让那些投资者借 TAI 资产的通道投资金牛家园，使 B 轮融资挂上 TAI 资产的名义。这样一来，金牛家园既变相拿到了保险公司的信用背书又拿到了资金，TAI 资产没有实际参与投资却可以收取通道费用，我们则完成了撮合的任务，一举三得。”

这样问题就全解决啦！我正在兴奋，亦山哥冷静地问道：“那具体的交易结构是由你们发行一个保险资管计划，然后由财顾找来的投资者认购吗？”

“那还不行，保险资管计划要事先报保监会审批，搞不好会被卡住。”辛莹隔着桌子扔过来两份材料，那是一家 TAI 资产控股的投资管理公司介绍手册，“还是发行一个私募基金吧！这是我们的一个平台，可以用来做 GP。”

程霞认真地翻了翻手册又放下：“可是你们没有实际出资，外界不会认为金牛家园得到了信用背书吧！”

“别这么死心眼！”辛莹白了程霞一眼，“咱们将来的口径是‘TAI 资产旗下股权投资基金投资了金牛家园’。不仔细研究交易结构的话，就连这条街上的人都会以为是我们公司做的投资，一般老百姓更搞不清谁是实际出资人了。只要老百姓认为我们投了，增信的作用其实就达到了嘛！”

“那你们怎么收取费用呢？”亦山哥再次发问。

“我们的投资管理公司作为 GP 每年收千分之三的管理费。”

“辛总，作为通道这个点位太高了吧！我找信托也就千分之一。”

“岳总，如果你觉得信托做通道能带来足够的信用背书，那请你去找它们好了，在 TAI 资产这里就是这个价。坦白讲，我还看不上这点费用呢！投金牛家园的股权才是我最想干的事。这两年我们保险资管另类投资很不好做，我尤其看不上非标业务——就是拼利差、拼关系，没意思，也就股权投资还值得搞搞。”

被辛莹抢白几句，亦山哥不作声了。程霞抛出新的疑虑：“您说的这个方案应该行得通。不过，现有的投资者都是财顾找的，我们鑫城财富不可能向人家收费，还是赚不到什么钱哪！”

“不好意思，那就不是我的问题了。”辛莹的话是冲着程霞说的，眼睛却瞄向亦山哥。见他还是愁眉不展，她又露出了微笑：“其实你们也可以自己去找投资者呀，募集不是你们的强项吗？到时候咱们做双 GP 共同管理基金，你们也能收管理费。我只能帮你们到这里了，剩下的事就要看你们自己的运作能力喽！”

05

胡进听了我们的汇报后欣然同意辛莹的方案：他明白，在这个时间点上，这是他能拿到的最优选择。他也是个讲义气的人，不顾财顾们的强烈反对，许诺把截止日期放宽至 4 月底，在那之前我们可以去募集基金并收取管理费，但是如果不能凑够预留给 TAI 资产的 5 个亿额度，缺口将全部交给财顾手里的投资者。

对我们来说，这是一个死缓判决。虽然辛莹给我们指明一个出路，胡进也给我们留下一线生机，但是要在剩余不到 20 天的时间里找来 5 个亿资金做一只纯股权投资基金，这是一个重如泰山的任务。鑫城财富从来都没做过股权投资，募集经验和客户积累严重欠缺，上哪儿去找这笔钱呢？

“钱不是问题啊！”吴伟群听说我们的沟通结果后欣喜异常，在电话会议上直接向“阿杜”表态：北方总部的任务已经圆满完成，不用担心募集的事，5 个亿全由他筹措，并给我们 500 万元的奖金以示鼓励。“阿玛尼”唯唯诺诺没个主意，杜叔叔当时一言不发，却在会后马上召集项目小组开会，给我们下了死命令：这些钱必须由北方总部自行解决，绝不能让吴总出一分钱！

为什么要跟老板唱反调呢，把压力从自己身上卸下来不好吗？杜叔叔说，现在集团一方面有大量资金进账，一方面却又在兑付时处处紧张，很蹊跷。吴总现在突然答应拿出这么大一笔钱做长期股权投资，来路实在可疑。再说了，大家付出这么多艰辛努力，他想用 500 万元就打发掉我们，没门！

“会有什么不可控的风险吗？”淑玲问道。

“这不明摆着吗，流动性风险呗！老吴的钱没准就是子公司募集来的资金，期限最长也就一两年，却要投到长期股权投资项目里，这就叫久期错配。”程霞见淑玲又在冒傻气，没好气地答道。说来也是，这姑娘加入公司的时间比我还长，业务秘书的工作已经做得非常熟练，思考问题却仍旧缺少悟性，总是一根筋。

“还有一个风险：如果资金来路不明，那就涉嫌洗钱。所以千万不能让他参与甚至控盘。”亦山哥的话把我和淑玲都吓了一跳，我们压根就没考虑过这个问题。

一个股权投资项目怎么会在鑫城财富引出这么多意想不到的潜在麻烦！我亲身体会到影子私募从债权类投资向权益类投资转型有多么艰难。

决定自力更生之后，大家都意识到仅靠“革命派”这几杆枪是远远不够的。杜叔叔带着程霞游说“阿玛尼”，对他动之以情、晓之以理，成功地使他和我们统一了立场，抵制吴伟群接管项目的企图。

“阿杜”与项目小组马上开会商讨各项计划，程霞过去的工作经验起到至关重要的作用。在她的主导下，我们首先制订了基金方案。

这将是一只标准的有限合伙制 PE，定向投资于金牛家园的股权份额，存续期为 4 年，总规模 5 亿元，最低投资份额为 1000 万元。基金采取双 GP（北方总部和 TAI 资产）的模式，在存续期内向投资者（有限合伙人）收取每年 2% 的管理费和投资净收益 20% 的收益分成，其中，前两年的管理费（共计 4%）在基金募集完成时一次性收取，后两年的管理费将从收益分成中补收。

经与胡进确认，基金将会获得金牛家园的承诺：如存续期内无法上市，合伙人大会可以要求公司以 10% 的年化利率回购基金持有的股份。

随后，我们决定在北方总部展开全员营销：为调动大家的积极性，“阿杜”同意凡是销售出基金份额的员工都将获得 0.5% 的一次性奖励。在具体的销售策略上，程霞的思路是抓大放小：一是多去找成熟的销售渠道而非单打独斗；二是主抓大客户，在有希望一次性出资 5000 万元以上的大客户身上用力。

重赏之下必有勇夫。大家在拿到二部做的一份 4 页的投资概要和一份几十页的私募融资备忘录后（这是程霞熬了两个通宵的成果），就像上足了发条一样忙活起来。

一部决定团队作战。按照程霞的建议，我们首先把目标锁定在北分身上。其实到了这个时候，魏老大那里已经不能再被称为“北分”：他们已经建立起一套完整的私募基金体系并开始独立运作，基本中断了与北方总部的联系，与深圳总部也若即若离，据说春节后只是象征性地给他们的一个项目募集了几百万元而已。不过魏老大还真给亦山哥面子，马上答应了我们的见面请求。

当我们三个人走进北分的办公室，我的内心充满感慨：旧地重游，这里还是一如既往的忙碌，与我去年实习时相比毫无变化，只是来来往往的每一个人都那么年轻而陌生，没有一个我熟悉的面孔。（对了，李帅帅和魏老大的秘书呢？）

直到坐进会议室我才终于见到熟人：魏老大和老战正在等我们。魏老大扫了我们一眼，眼神亮了一秒钟又暗淡下去，随即又低头耷脑起来，那个样子仿佛只是房间里默默无闻的配角，害得淑玲把老战当成他，直接走过去握手寒暄。

亦山哥说明来意，递上文件。老战拿起投资概要看起来，魏老大却视若无睹，一边看手机一边问道："岳总，你们公司最近咋样？"

在他眼里，我们已经是另外一家公司了。亦山哥并不想在这个问题上纠缠，含含糊糊地应付几句，重新把话题引向金牛家园项目，但是魏老大的兴趣显然不在这里，接连问起我们"918"卖得咋样？今年募集计划是多少？陈巧娟还经常来北京吗？是否参与具体运营管理？最近"阿杜"都在做什么？

亦山哥很知趣，索性不再尝试讨论募资的事，而是耐心地对魏老大的问题一一作答。

最后，还是魏老大自己回到我们关心的话题上来："岳总啊，你这个项目不好整。你也知道，我这块都是债权融资，没卖过股权的产品。"

"老大，我知道您手里客户资源广，特别是一些大客户，都跟着您好多年了，不管什么产品，您让他们买什么他们就买什么。您随便介绍几个这样的客户给我们就够用啦！"亦山哥笑嘻嘻地说。

魏老大闻言笑了一下，目光仍然没有离开手机："随便介绍几个？我这么多年下来才能留住几个这样的客户！"

亦山哥热切地向前探出身子："老大，您放心，我们这个项目非常优质，连TAI资产都认可并且跟我们一起组建基金……"

"你哪回的项目不优质！"魏老大抬头瞪了他一眼，"这回打算给我们多少个点？"

"公司规定有千分之五的销售奖励，我们都给您。"

"才半个点！整了半天花样跟上回一样，就是想花小钱办大事呗！是不？"

"老大，不是那个意思……"

"我看就是这么回事！行了，你也别费那个劲儿了，今天也没外人，我就跟你明说吧：鑫城财富的产品我是不会再碰了。"

我们早该料到！魏老大从上次跳槽事件开始就去意已决，吴伟群下大力气名义上把他留下来，可是他却不再给鑫城财富认真出活，募集量急剧下降。估计春节前的南京第二次兑付危机又一次刺激了他的神经，现在坚决不想再跟我们扯上关系。

既然如此，他为什么还要叫我们来一趟呢？接下来他说的话吓了我们一跳，也揭开了谜底。

只见他啪的一声合上翻盖手机，聚精会神地盯着亦山哥说道：“老弟，你是个人才，到我这儿来，你就负责做项目，我给你找钱，咱哥俩啥事做不成？我给你股份，还有啥条件你尽管开，工资、业务提成比例、配个什么车啥的，你随便提！我知道你重感情，带上这俩孩子也行（原来他一直把我当个孩子）。

“我干这行年头不短了，什么人、什么事没见识，这半年你们那头发生的事我心里都跟明镜似的。就这么说吧，鑫城财富撑不过一年的。你早点找个出路，省得以后引火烧身！”

我们三个人面面相觑，内心波涛汹涌。魏老大可是私募老江湖了，他给鑫城财富判了死刑，我们还有救吗？但是从另一个角度看，这会不会是他为了招募亦山哥而故意吓唬我们的策略呢？

“老大，您为什么说鑫城财富要出问题呢？是不是发生了什么我们不知道的事？”亦山哥轻声问道。

魏老大闭了一下眼睛又睁开，扬扬眉毛：“我也就是凭个人感觉，加上道听途说，没啥准确消息。要真发生了什么事，该你们知道的时候，你们自然就会知道的。”

这话怎么听都有问题，我们更加紧张不安了。亦山哥向魏老大表示感谢，但是表明不会跳槽的立场：他答应过杜叔叔要一起在北方总部做点事的，不会轻易半途而废。

“老杜咋去的鑫城财富你们知道吗？”魏老大一听杜叔叔的名字顿时换上一副不屑的面孔，“我都打听过了，他在以前单位整出点麻烦，又受人排挤，没出事就不错了。他在你们那又咋样，跟黄天海还是尿不到一个壶里吧？你们可别迷信他！”

听他这样诋毁杜叔叔，我们心里都不太愉快。要知道，杜叔叔是我们在公司里最敬重和最信赖的人。亦山哥知道多说无益，干脆带我们起身告辞。

魏老大和老战把我们送到公司门口，大家一一握手告别。轮到我和老战时，我向这位老领导多问了一句好，结果他故意一扭头避开我去和淑玲握手。真是见鬼了，他怎么就这么讨厌我！

魏老大看在眼里，冷笑了一声，又转向亦山哥："老弟，好好想想我说的话。哪天想通了，我这里随时欢迎你！"

06

在 2016 年春节假期后的那段时间里，虽然我在身体上不算特别劳累，心理上却一次次承受着打击：从一个个保险公司到北分，再到几家北方总部的子公司，我这辈子还没被这么多人拒绝过。

在一次次的铩羽而归中我悟出了一个道理：商务人士要经得起挫折。每个项目成功的背后可能有几个、十几个甚至几十个失败的案例。就像亦山哥说的那样，容易的项目早被别人做完了，我们拿到手的都是硬骨头，总会有这样那样的瑕疵，只有靠我们逐渐积累的经验和坚韧不拔的意志品质，最终才能有所收获。

另外一个感悟与小何有关：人在承受压力的时候，爱人的关心和陪伴至关重要。有多少个沮丧的时刻，她的一颦一笑让我一扫阴霾；又有多少个疲惫的夜晚，我在她的怀里找到安慰。回想起来，当时如果没有她的持续支持和鼓励，我这么一个脸皮薄、耐心差的人没准早就得了抑郁症呢！

话说回来，金牛家园项目也确实做得太辛苦了。被 3 家保险公司否定后，好不容易在 TAI 资产这里找到一线生机，可是融资又是一个艰巨的考验，特别是对于我们一部："阿杜"叫我们去跑北方总部的下属子公司，按理说这是最容易出成绩的渠道。可是似乎我们的好运气在 TAI 资产身上用完了，不仅被魏老大拒绝，在其他子公司面前也全军覆没：他们无一例外都告诉我们客户不接受一年期以上的产品，更别说纯股权投资了。

我和淑玲很纳闷：有些募集团队成立得很早，客户基础也很扎实，我们这么好的项目，难道他们真的一单都卖不出去吗？亦山哥讲了两个原因，我们才明白其中奥妙：一是在私募基金公司里，这些子公司和母公司的关系很微妙，并非严格的上下级关系。能生存下去的子公司们肯定都有自己成熟的销售渠道和稳定的客户来源，他们面临的诱惑也很多，经常在公司之间跳来跳去，即使今天在鑫城财富旗下也不会只忠心于我们一家，所以母子公司之间的关系更像是一种松散的合作机制，我们别想用行政命令强压人家。二是这个项目在我们眼里是很优质，可是在子公司眼里却不一样了：股权投资无固定回报、期限长、金额大、销售提成低，把客户资源拿出来给我们完全没有什么好处，还挤占了销售其他产品的空间。对他们来说，“918”才是最理想的产品。

跑了一圈，时间已经来到 4 月下旬，距离截止日期只剩下一周时间。值得安慰的是从其他同事那里陆续传来一些好消息：“阿玛尼”募集了 5000 万元（托他家老爷子的福），杜叔叔贡献了 2 个亿（姜还是老的辣啊），二部也弄到 7000 万元（程霞真是好样的），“太祖”和高腾各搞定 2000 万元，陈律师弄到 1000 万元（完全没想到他也会做出成绩），最令人意想不到的是马楠楠，她竟然也卖掉了 1000 万元！原来她在直播间里随便提了一句，一个“国王”级别的土豪看到后私下联系她，她就请“阿玛尼”出来，3 个人一起吃了顿饭，竟然就把这位“国王”发展成了我们的客户。

一部三个人既为大家的成果感到开心，也为自己还未出成绩感到焦虑。我灵机一动，劝亦山哥跟深圳总部下属的子公司沟通一下：他们都那么推崇你，这个忙应该多多少少能帮上一些。亦山哥想了一下，在他熟悉的子公司总经理当中，袁宁和路总自身难保，王仁豪根本没什么能力，还有两个家伙春节后和吴伟群一刀两断跳槽走了，看来只剩下大江尚可一试。

我们先把投资概要和私募融资备忘录发了过去，大江抱怨看不懂，于是亦山哥带上我飞赴深圳当面解释。

一下飞机我们就被拉到酒桌上：大江带着几个下属招待陆丰过来的两个客户，对方拿来一条蛇做下酒菜。恰巧我从小就怕蛇，直看得头皮发麻，只想躲得远远的。大江可不答应，扯着大嗓门嚷嚷道：“这是我大哥带来的美味，今天每个人都要吃，不吃就是不给我大江面子！”

亦山哥喊了一声“好”，夹起一块肉就放进嘴里，吃得津津有味。我还在犹豫，亦山哥啪地一掌拍到我背上：“你小子真完蛋，这么好吃的东西，你怕什么，赶紧趁热吃！”

我看他着急的眼神就明白了，入乡随俗，听主人吩咐是最基本的礼仪。本来我们就是来求人的，现在怎么说也不能因为这点儿小事让大江不高兴。我只好也夹起一块肉，努力不去想象它上桌前的样子，就着白酒咕噜一口吞下去，顿时起了一身鸡皮疙瘩。

大江看我狼狈的样子哈哈大笑，连连招呼大家喝酒。结果那天晚上我醉得一塌糊涂，吐了自己一身，一句跟业务相关的话都没来得及说。

第二天说好中午一起边吃边聊，可那又是一场招待客户的酒局，大江只顾不停地叫我们喝酒，根本没有谈项目的意思。

两场酒下来，亦山哥还能撑得住，我可实在受不了，脑袋就没有清醒过，一直疼得厉害。而大江每天的日程就是从一个酒桌到另一个酒桌，真想不明白他这种天天泡在酒精里的日子是怎么坚持下来的。酒已经变成他生命的源泉，与他的工作和生活紧紧地捆绑在一起，无法分开。

午饭后送走客户，大江说要不大家都休息一下，晚上再聊。亦山哥坚定地挡在他面前：“别了，时间不等人，还是下午谈吧！”大江一看这架势，知道终究推脱不掉，叫我们 4 点钟到他办公室见面。

等我从昏昏沉沉的梦中醒来，摸到手机一看，时间已经是下午 5：30。真是烂泥扶不上墙！我狠狠地捶了自己一拳，连忙给亦山哥打电话道歉，他却没有骂我：“没事，我们刚谈了谈，现在去嘉宾路的强记海鲜菜馆吃饭，你也过来吧！”

顾不上头晕，我连滚带爬地跑出门。好在酒店距离饭店不远，15 分钟后我就坐进了大江订的包间。又过了几分钟，大江和亦山哥一前一后走了进来。一看亦山哥的脸色我就知道：下午没谈拢。

大江大大咧咧地说：“岳总，从来都是我请别人吃饭，没有别人请我，今天你就别客气了！”

“不是客气，咱们兄弟不分你我，但是每次来深圳都是你请客，明天一早我们就走了，总得给我一个机会吧！”亦山哥的声音有些沙哑，看来下午没少费口舌。

“机会有的是，到北京你再请嘛！这可是我的地盘，你问问他——”大江伸手指向进来点菜的服务员，“他会收你的钱吗？”

服务员热情地喊了声“江哥”，笑着摇了摇头。

亦山哥仍在坚持，大江点上雪茄抽了一口，苦笑起来：“兄弟，这不是吃饭能解决的事。我知道你很有毅力，但是真的死了这条心吧！刚才我都跟你说过了，不是我个人不看好这个项目，也不会骗你说找不到客户，是我真的不想得罪老吴。公司这么缺钱，都搞出几次兑付危机了，他还说要投 5 个亿，你说他对这个项目有多上心！我可不敢违背他的意思。这么说吧：只要我偷偷给你募来一分钱，他肯定叫王仁豪这种家伙来挖我墙脚，或者干脆叫陈巧娟把我的销售提成停掉。为了这么一个项目搞出这么多手尾，不值得。”

亦山哥从他的话里听出了问题：“兄弟，你说公司缺钱是什么意思？全面放开‘918’之后现金流应该更充沛了吧？”

大江突然激动起来，脸红脖子粗地咒骂了吴伟群半天才又恢复常态：“你们不知道，我听说他在外面弄出不少事，最近开始从公司抽钱。没错，进的钱是更多了，但是他抽得也更多了！你们看看今年以来深圳总部才发行了几款产品，可是我们给公司募集了多少钱哪！山西那个项目到现在刚兑付了一半，你们说钱都去哪儿了？”

据说今年以来深圳总部最少的时候一天也会进账 1000 万元，到“918”全面放开之后甚至有时能翻倍。山西项目才 8000 万元的缺口，就算为了维稳，吴伟群也应该先用进账的钱堵上缺口吧，可是逾期 20 多天了竟然才兑付一半。以我的了解，他可绝对不是“太祖”嘴里遵纪守法、不肯违规的模范老板。但凡资金宽裕，他完全有可能挪去填补窟窿。那么他究竟在外面做了些什么导致资金链紧张呢？天哪，我的头更晕了。

亦山哥盯着眼前的餐具发呆，半天没出声。大江开始点菜，问我们是否还有客人，亦山哥清了清嗓子，耐心地解释道："兄弟，真不是跟你客气，今天我和小杨确实还要请一位客人……"

他的话说了一半，一个熟悉的身影出现在包间门口："哎哟，谁说我是客人，我可是主人好不好！今天说好了我埋单哦！"随之而来的是一阵豪放的笑声。

望着来者，我呆住了。

大江也像被牢牢地钉在椅子上一样，一动也不能动，点燃的雪茄耷拉在桌子上，已经把桌布烧出一个小洞。

而亦山哥看着大江，嘴角露出微笑。

进来的人是陈巧娟。

说实话，后来我对那顿饭基本失忆了：一上来又开始喝酒，没多久我就烂醉如泥，但那是多么重要的一场饭局——第二天亦山哥和我返回北京，三天后就收到了大江发来的客户认购意向书，4 个人共计 9000 万元！再加上同期彭总拿出来的一笔钱（据说是他的自有资金），我们在不到 20 天的时间里成功募集完成一只 5 亿元的 PE，创造了北方总部成立以来最不可思议的壮举！

项目小组聚到小会议室，怀着兴奋的心情看着亦山哥用桌上的"八爪鱼"（会议电话系统）拨通了辛莹的电话，可是那边的声音显得有些冷漠："恭喜岳总，你们私募做事就是有效率。不过最近我们公司有些变化，这个项目可能还是做不成了。"

听到这句话，我的心像被谁狠狠地拧了一下，疼极了。

07

2016年4月29日下午，在辛莹的要求下，亦山哥单独去找她进行最后的磋商。

在他们会面的两个小时时间里，北方总部里充斥着紧张的气氛，大家都为这个已经做了两个多月、倾注了公司核心员工绝大部分精力的大项目捏了一把汗。

这时我却出奇地平静：可能是因为在这个项目上经历了太多挫折和转折，我已经见怪不怪。亦山哥和程霞是那么执着，一路走来克服了多少个看似不可能解决的困难，才把项目推进到只差“最后一公里”的程度。但是此时此刻，最终能否成功谁都没有把握，毕竟项目的命运已经不掌握在我们手里。

办公室里的压抑气氛是在前台首先被打破的。

亦山哥回来一进门正好遇到马楠楠在给前台女孩交代工作，他迎着她们殷切的目光做出了一个代表胜利的V字手势。两个女孩欣喜若狂地尖叫起来，瞬间震动了整个公司！最先是“平民区”的同事们，随后“富人区”的每一个人也都跑出来，大家在食品间的门口围住亦山哥又跳又叫，活像一群正在参加祭祀仪式的原始人。

“阿杜”也从办公室走出来，脸上都洋溢着成功的喜悦，两个人还互相握了握手。随后“阿玛尼”对大家宣布：“下周各方正式签字后，北方总部将举行庆祝晚宴，全员参加！”屋子里更是一片沸腾。

我注意到亦山哥避开众人悄悄溜回办公室，于是也跟了过去。推开门，只见他坐在沙发上，双脚架在茶几上，面无表情地抽着烟。

“亦山哥，刚才谈得还顺利吧？”他的表现让我摸不着头脑。

“哼哼，不算太好。”他笑得有些诡异。

“是不是辛莹又要什么花招了？”

见我一脸紧张，他摆了摆手：“别担心，都过去了。刚才她故意说咱们交易结构还有不少瑕疵，直到最后一刻才提出一个附带条件：如果想让项目在TAI资产内部过关，TAI资产控制的GP有权在咱们的基金里分享一半的超额收益。”

“啊？您答应了吗？”

“怎么能不答应，到了这个时候咬着牙也得答应！我当时给‘阿杜’打电话，他们二话不说就同意了——大家都明白，这个时候不能因小失大。辛莹这一手很高明。”

“费了九牛二虎之力拿到的权益，人家随便设个套咱们就得拱手相让，实在太可惜了……”

“唉，正所谓‘人为刀俎，我为鱼肉’，咱们只能任由她宰割，还不是因为鑫城财富这种影子私募没有地位、受制于人！晓波，你也明白，这个项目咱们真的推到极致了，其实已经超出公司的驾驭能力。还记得我对你们说过的‘成功之路各有门’吧，想与‘大象’共舞，我们必须拿到一个金融业务牌照，成长为一家大型常规金融机构。只有拥有那种能量，才算在金融街真正站稳脚跟。”

2016 年 5 月 3 日，星期二，这是金牛家园项目正式签约的日子。在经历种种磨难之后，这次幸运女神终于小小地眷顾了我们一下：几天之后（5 月 11 日），媒体报道说证监会已经叫停互联网金融、游戏、影视、VR（虚拟现实技术）4 个行业的上市公司跨界定增。幸好那时投资者都已签完合同，否则，这个消息肯定会对投资信心产生打击。我们也算躲过一劫。

无论怎么说，5 月 3 日都是一个值得庆祝的日子。我们成功募集了一只前所未有的大型 PE（对北方总部来说），证明转型做股权投资的路线是有可能行得通的。更重要的是，扣除一次性销售奖励和给 TAI 资产两年的管理费，北方总部的第一笔管理费收入就将达到 1450 万元（我们去年的盈利才仅仅 400 万元左右）。而且一旦金牛家园在 4 年后上市成功，我们还能够收取一大笔管理费，并在最终退出时收取金额没有上限的收益分成。

不仅如此，这也是一场更为普惠的“奖金盛宴”：以往的项目完成后只有业务部门和募集团队可以拿到相应的提成，其他人只能等到发放年终奖金时尝尝大锅饭。可是这次不同，凡是在销售上做出贡献的同事都可以得到奖励。像陈律师和马楠楠就可以拿走 5 万元；“太祖”和高腾则翻个倍；最厉害的是杜叔叔，一把就是 100 万元；我有点小惆怅：一部也募集来 9000 万元，但是费用都给大江了，我们一分钱也得不到。算了，不是还有业务提成嘛！

这还是北方总部成立以来第一次举行全员聚餐，在中国人寿广场办公的同事一个不落全部出席。出于礼貌，“阿玛尼”也向陈巧娟发出了邀请：她不仅是我们的 CFO，也在募集上出了力。没想到她欣然应允，坐飞机专程来赴宴。

总而言之，当天晚上在公司对面的华融大厦的湘香和人饭店聚餐时，大家的好心情溢于言表。“阿杜”事先已经下了命令：今天要尽兴而归，谁都不得以任何理由逃酒。“阿玛尼”带来几瓶气泡酒，杜叔叔则拿出家里窖藏的 4 箱纯正奔富 407，大家一起举杯，热热闹闹地为金牛家园项目的成功干杯！

我从来没有经历过气氛如此热烈的公司聚会。“三巨头”先后致辞，随后大家简单吃了几口东西，很快就进入相互敬酒阶段。刚开始每个人还都客客气气、礼貌有加；可是随着时间的推移，房间里的温度似乎越来越高，大家的情绪也越来越高涨，场面一片混乱。

其实这是一个难得的沟通感情的机会。借着酒精的作用，所有人平时紧绷的神经都放松下来，不讲究级别和部门，也不分平时亲疏远近，互相勾肩搭背、称兄道弟。我看到高腾搂着“阿玛尼”的脖子倾诉衷肠，蔡依然在杜叔叔耳边说着悄悄话，汪晨迎和陈巧娟握着手亲密地交谈，就连小何这么腼腆的姑娘都和陈律师碰起杯来。

我也不例外，自己拿着一瓶酒满场转，和每个人都单独碰杯痛饮。和“太祖”相遇时我已经开始走路摇晃，他也处于半醉状态，不过我们同时露出笑容，紧紧搂住对方的肩膀，像过去一样。

“恭喜呀亲，你们这次牛大了！”

“牛个屁，一起发财！”

我们往各自杯子里又多添了些红酒，使劲一碰，一饮而尽。

遇到马楠楠时，我已经快喝到极限，随时都想呕吐。她看我那副难受的样子，抿着嘴一把抢过我手里的酒杯，把里面的酒都倒进自己的杯子里然后一饮而尽，再把我的空酒杯往旁边的桌子上啪地一放，转身走开。

她是当晚唯一没有和我说话的人。

晚宴在推杯换盏、把酒言欢的气氛中进行到一个小时左右，每个人已经至少与其他人喝完一轮。这个时候的酒就像一把万能钥匙，打开了每一个人的心房。如果我们能一直保持那种情谊该有多好哇！

突然，一阵敲击盘子的响声压过了房间里的其他声音，大家循声望去，原来是陈巧娟："请大家安静一下哈！金牛家园项目的成功主要是项目一部和二部的功劳，我提议，咱们一起敬他们一杯酒，再请岳总和程总发表一下感言好不好？"

这个建议得到热烈响应，大家欢呼之后全体干杯。

随后在女同事们的尖叫声中，亦山哥被推到"三巨头"身边，弯腰颔首向大家致意，然后开始发言。也许是喝得太多，他的表情竟然有些忧郁，讲的内容也出人意料："感谢陈总，其实这是同事们共同努力的结果，我们两个部门只是多跑了点腿儿而已。

"不过说真的，项目做成之后我的心情还是挺复杂的，因为在这段时间里我悟出一个道理：咱们帮金牛家园找靠山求增信，其实自己也同样需要。咱们和P2P、和所有私募机构一样，都是在玩一个现金流的游戏。在这个游戏里头，如果没有大型金融机构的信用背书，即使玩得再出色，game over（玩儿完）都只是分分钟的事。就像电影里说的，'出来混，迟早要还的'。

"因此咱们需要尽快像金牛家园一样找个好婆家，或者干脆拿到一个金融牌照，才能活得更好、活得更久。如果不能做到的话，那就让我们在音乐停止之前好好享受眼前的这一切吧！"

亦山哥的话就像一盆凉水，让房间里的温度骤降。"阿玛尼"见状大笑起来："开什么玩笑，岳总讲得很有道理嘛！我甚至觉得到最后靠的都不再是机构信用，而是政府信用。从咱们四大行的上市，到 2008 年次贷危机后美联储和财政部入股商业银行、投资银行和保险公司，都是一回事。对了，现在不是在讲'混改'吗，这就是私募机构的出路，咱应该往岳总说的这个方向努力。"

"黄总啊，你得改改口头禅了。"陈巧娟笑嘻嘻地说道，"你们大家可能不知道，黄总第一次到深圳见吴总的时候，在万象城有个美女跟他搭讪，要借他的手机打个电话。结果他一激动，习惯性地张嘴就来了句'开什么玩笑'，还来不及往下说，人家气得一转身走掉了！”

陈巧娟的笑话逗得大家哄堂大笑，使晚宴的气氛又活跃起来。她又把程霞叫过来。程霞满脸通红，口齿不太清晰地说道：“以前吧，我是给一些高净值客户做金融产品的，以为金融行业就是高大上。可是到了鑫城财富我才知道，金融也是个体力活，也得跑来跑去与各种人沟通，处理千奇百怪的问题。岳总说的‘金融民工’就是这个意思吧！特别是做完金牛家园这个项目，我也悟出一个道理：想在金融街上做成事，一定要谦虚低调、能屈能伸，同时更要坚定执着、永不放弃！”

程霞的言语朴实无华，却赢得了最热烈的掌声。亦山哥更是卸下忧郁，望着她开心地笑起来。

陈巧娟把这一切都看在眼里，脸上闪过一丝愠怒，但只有一秒钟就消失了——也可能只是我的错觉。

杜叔叔放下酒杯，严肃地说道：“我们这个项目的成功确实来之不易，中间几经挫折，特别是 TAI 资产没有过会那次，我都已经认为没戏了，结果用通道业务的原理做下来，借用 TAI 的信用或者说影响力实现一种套利，不得不说是个了不起的创新。

“其实整个 P2P 行业就是一种套利——监管套利。目前国内商业银行放贷有大约 8% 的资本充足率约束，通俗来说，就是放出 100 块钱的贷款，要有 8 元钱资本金对应。而 P2P 也在做放贷的事，却没有多少资本金限制，有的地方要求几千万元的注册资本，与业务量根本不成比例。哪一天监管部门要是堵上这个口子，这种套利也就结束了。再说得远一点，金融就是套利——现在宏观经济形势和金融监管政策都是日新月异，套利形式和空间在不断变化，我们必须像岳总一样居安思危，在不断变革中求生存。

“最后，我也与各位分享一个小小的感悟吧！那是在 2009 年，有一次我来金融街开会，正赶上有个人跑到威斯汀的一个房间，打碎窗户、骑在窗台上向外撒传单。他一半身子在屋里、一半身子悬空，随时都可能掉下来，楼下来了好多警车和救护车。我不知道最终他的下场如何，但是却深受震动——

“站在金融街上，当你向上看，闪闪发光的尖顶在向你挥手；当你向下望，无比漆黑的深渊却是一眼见不到底。当你想向上爬时，过程是如此的缓慢和痛苦；可当你掉头向下时，却会异常迅速和无法挽回，有时甚至只需纵身一跃。

“无论取得怎样的成功还是遭遇何种失败，在历史长河里，我们的职业生涯都是短暂的。既然注定会像流星一样划过金融街的天空，那就让我们拼尽全力，让这片天空和我们的人生一样绚烂多彩！”

第十一章

01

在为金牛家园项目奔忙的日子里，小何的支持和鼓励给了我莫大的动力。我不止一次充满感动和感激地对她说：“你要是嫁人不要嫁给别人，必须要嫁给我！”她总是眨着大眼睛问我算不算求婚，我的答案每次都一样：咱们还是先入洞房吧！

现在想想，如果当时有一次——哪怕仅仅一次——我能把嬉皮笑脸换成郑重其事，不是自作聪明而是换位思考，然后要么认真考虑清楚并确定下我们的关系，要么读懂她眼神里的不安全感并把一切都坦诚地说开，那么到了今天，我们的结局一定会有所不同。

但是人生买不到两服药：一服是长生不老药，一服就是后悔药。

就在公司聚餐后的那个周末，本来我们说好一起爬山，可是她突然推说肚子疼，取消了活动。

周一，她请了病假，也没有回复我的问候。

周二早上上班时，我在公司楼下遇到高腾，他跟我打了个招呼，热情地说：“哥们儿你真厉害，准备金屋藏娇啦？”看我一副茫然的样子，他又笑道，“行了，别装啦！你一做成大项目，芳笑就辞职，这不是明摆着的吗？”

芳笑辞职了？这个消息犹如晴天霹雳，让我的五脏六腑都翻滚起来，再也没听清高腾说的任何一个字。

一进公司我就直奔财务室，只见小何的座位已经清空，只剩下电脑屏幕周围的装饰贴。我连忙冲向马楠楠的工位：“马秘书，我有事找你，咱们单独聊聊可以吗？”

“去储藏室吧！”马楠楠似乎早有准备。储藏室是整个公司里最安静私密的地方：屋子在走廊的尽头，隔壁的“阿玛尼”很少来单位，除了午休平时大家也很少往这边走。我们一前一后走进储藏室，关上门，她叉着腰，大义凛然地看着我：“是我告诉她的，你想怎么样？”

“什么意思？”

“你……你还不知道吗？”

“我只知道小何辞职了，和你有关系吗？”

“她辞职了？”马楠楠显然还不知道这个消息，她的表情突然缓和下来，抱着双臂望向窗外，“对不起，我的意思是，上周五，我把咱俩在深圳的事告诉她了。”

那一刻，我胸口猛地一痛，脑袋里钟鼓轰鸣，被火车撞了会不会就是这种感觉呢？

马楠楠还在嘟囔着什么，并且伸出一只手扶在我的胳膊上。我轻轻把那只手拂开，不顾她在身后的呼唤，失魂落魄地离开储藏室，离开公司，打上一辆出租车直奔小何家。

她家没人。

我走到一层，坐在楼门口安安静静地等待。手机不断有电话打进来，我索性直接关机——到了这个份儿上，反正她是不会打给我的。

不知又过了几个小时，宁静的小区又躁动起来。出门购物买菜的老人们回来了，中午放学的孩子们回来了，赶得及午休的上班族也回来了，可是我最期待的那个身影却没有回来。

这样等下去也不是办法，我魂不守舍地回到公司。

那个下午我过得浑浑噩噩、心神不宁。别说工作，就连上网看新闻都读不进去一个字。我不断给小何发微信，道歉、恳求、倾诉……可是毫无回应。

看着手机上的时钟一分一秒地向前推进，终于到了下班时间。我顾不上吃饭就赶回天伦北里，时间还不到晚上 7 点，她家里还是没人。我走到小区门口，徘徊起来。

不知过了多久，那个熟悉的身影终于出现了。

我慌忙迎上去，她却把脸别开，声音冰冷地说：“你来干什么？”

“我……对不起，我错了。”我急切地望着心爱的女孩。

可是对方却冷若冰霜：“晓波，你现在说什么都太晚了。”

一阵绝望涌上我的心头："芳笑，我愿意做一切事弥补过错！"

小何对我的话置若罔闻："咱们从一开始就不该在一起。"

我脸色惨白，脑子里闪过许多事，最后定格在大董餐厅里的那一幕，反诘道："那我问你，你和王一萌是怎么回事？一直以来我只是你的备胎吗？"

小何突然抬头直视我的眼睛："晓波，请你尊重我的感情！你做出那样的事来，我又算你的什么？"

我哑口无言，只听她说下去："这几天我认真考虑过了，咱们真的不适合，还是分手吧！"

"芳笑，我知道错了！"绝望的情绪更加浓烈，我有些喘不过气，"那只是一个意外，不是我主动想……那样的。你现在肯定还在气头上，先冷静一下好不好？"

"我没有在气头上，只是到现在，你都不知道自己错在哪里。我早就想过，你的条件那么优越，会受到很多诱惑；真的发生这种事，我也可以给你改过的机会。可是我不能原谅的是你竟然和我的闺密发生关系，还瞒了我这么久！晓波，事到如今我说句心里话吧，你活得太不真实了，从小父母就给你安排好了一切，上学、工作、联系个大人物什么的都不在下……"

"我是凭自己的本事考的北大，工作也是自己找的。"

"没错，你是很优秀，又有了不起的父母，所以你可以随便换工作、找女孩。可惜的是，你拥有那么多东西、那么多见识，却像生活在一场梦里，只是看着别人为了生计忙来忙去，自己永远体会不到那种艰辛。"

"你说得都对，都是我不好，但是你不要惩罚自己。我知道你很不容易，金融街的工作很难找，你千万不能辞职！"

"唉，我刚说的就是你这种不接地气的梦！金融街有什么了不起的？也许在你和岳总心里，那条街代表了各种'高大上'，可是对我来说那只是上班谋生的地点罢了。再说咱们公司本身能在金融街出现就挺偶然的，岳总不是说了吗，咱们是'非主流'，比起真正的大机构差远了。别把自己想得太高！"

"我没有这个意思，我只是说你在公司干得挺好，不要这么冲动。如果你觉得我们没法再共事，我可以辞职！”

“不不不，公司需要你，你就继续好好发展吧！我做了半年出纳，也算有点经验，已经说好了去我爸爸战友的公司，就不用你操心了。另外也请你以后尊重我的隐私，不要再来找我。”

说罢，她坚定地一转身，一路小跑离我而去。

望着她的背影，我突然感到一阵空虚，觉得自己的心也随她而去了，身体只剩下一个空壳——此时此刻，在她眼里，我不就是一个生活在父母羽翼下的空壳吗？难道我们之间的感情如此脆弱？想到这里，我紧紧闭上眼睛，任凭泪水滑落……

第二天一上班，我就去找马楠楠算账。

在储藏室里，她对我的怒气不屑一顾：“杨经理，敢做就要敢当，你以为一完事就可以无所谓了吗？是不是想一直对她隐瞒下去？这都是你自作自受，不要怪我！”

“不怪你怪谁！”我压低声音责备道，“你不觉得像这样破坏我和她的关系，是一件不道德的事吗？”

马楠楠反唇相讥：“你呢？你对我不负责任，还欺骗芳笑，良心让狗吃了吗？”

“我从来都没喜欢过你，负什么责！”我脱口而出。

马楠楠半天没有说话。她向后靠在一面柜子上，双手紧抱双臂，眼圈红起来。这个大大咧咧的北方女孩又一次在我面前掉下眼泪。为什么我们俩总是能深深地伤害到对方呢？

过了一分钟，她用手背抹了抹眼睛，调整了一下呼吸，缓缓地说道：“晓波，都怪我好了，是我主动的，因为我喜欢你！可是说实话，别看你有那么高的学历，有的时候还是挺傻的。世界上有两种人：一种很清楚自己想要什么；另一种不知道。我是第一种，你是第二种。我从小就得靠自己，必须知道自己想要什么、怎么得到。可你不一样，你家庭条件优越，从小生活在蜜罐里，什么都不缺，也就缺少分辨力，看不出什么是真的、什么是假的，也不懂哪些东西真正可贵。你的眼睛就像被蒙上了一层纱，可是自己却一点也察觉不到，我替你感到悲哀！”

02

我的眼睛上蒙着纱吗?

我揉揉眼睛。没错，手机屏幕上的数字就是 307,245.1 元。收到这么大一笔业务提成真的太不可思议了，但是银行的提醒短信不会骗人。在那个工作和感情都动荡不安的 5 月，这 30 万元让我感觉沉甸甸的，心里既兴奋又踏实，这可是我这辈子到目前为止收到的最大一笔钱哪！即便如此，只要小何能够回心转意，我宁愿失去它也在所不惜，只可惜金钱永远买不来爱情。

金钱同样买不来的还有北方总部的安宁状态。

我以为金牛家园项目的成功以及随之而来的高额业务提成和销售奖励会提振士气、增强凝聚力，毕竟公司的目标就是获取利润，只要赚了钱就应该你好我好吧。没想到我大大低估了北方总部的复杂性。在 5 月里发生的很多事最终让我明白：一个公司赚钱并不代表风平浪静，反而可能引起各方对利益的角逐，这恰恰是麻烦的开始。在这个过程中会出现各种矛盾，有时甚至连赚钱都不再是焦点，人与人互相争斗的原因变成了控制权、荣誉、面子或者感情等，就像首先公开闹出矛盾的蔡依然和马楠楠。

在此之前，蔡依然一直是公司里的“傻白甜”，她不太懂业务（虽然是在业务部门），也不太懂人情世故，几乎不与“阿玛尼”和彭总之外的其他人来往。同事们也都没把她放在心上：反正哪个公司里都有关系户，她又“人畜无害”，大家各走各的路好了。

回想起来，我猜她最初的心理变化来自马楠楠的升职。其实客观来看，以她的业务水平（基本为零）和“阿玛尼”的关系（说不清道不明），让她去做 CEO 秘书比较合适。可是陈巧娟从公司政治的角度考虑把这个位置给了年纪比她小、入职比她晚的马楠楠，肯定让她很受伤。这次项目一部、二部在金牛家园项目上得到丰厚的业务提成，马楠楠又得到销售奖励，她什么都没有，于是积攒的怨气终于爆发出来，当着马楠楠的面来了一句“卖笑换来的钱有什么了不起”，差点儿让马楠楠对她大打出手。

按理说，这两个女孩都是“阿玛尼”的“近臣”，他完全应该出面调解。但出乎意料的是，他躲出去一周没在公司露面。这个时候蔡依然才醒悟过来：自己已经失宠。她在公司里没有朋友、没有业绩，也不再有领导的特殊关照，只得走人。

她选择了不辞而别。不过离开前，这个姑娘以自己的方式在北方总部留下最后的印记——用刀子在“阿玛尼”的实木办公桌上刻下一个大大的“X”，高腾气得要报警，却被“阿玛尼”拦下来。当一周后新的办公桌更换到位，蔡依然在公司的一切痕迹便都消失了，她的名字也再没有被大家提起过，似乎北方总部从来没有存在过这个人。

如果说当初成明项目失败时“阿玛尼”不肯保护我是因为需要一个非嫡系的替罪羊，那么这次蔡依然的离职就让他的追随者们寒心了：原来他是一个回避矛盾、不护犊子的家伙！

就在“保皇派”人心惶惶之际，“革命派”阵营里也出现了不和谐的声音，而且造成了更为恶劣的影响。意想不到的是，这次的麻烦制造者竟然是杨淑玲。

淑玲一向耿直、敬业，经过一年的锤炼，已经从向小强嘴里那个知识和经验为零的“小羊”成长为一名合格的业务秘书，是亦山哥和我的得力助手。虽然亦山哥经常骂她死心眼、一根筋，但明显还是喜欢和照顾她的。

一个人的优点往往也可能是他（她）最大的缺点。淑玲一旦认真起来就爱钻牛角尖，太容易被人利用了。不知是谁从中挑拨，她突然关心起业务提成分配问题来。

一直以来，薪酬分配机制就是北方总部的一个“暗箱”。按照公司制度，所有人的工资和各种提成、奖金都是保密的，杜叔叔严禁同事之间讨论这个话题。毫无疑问，这样设计的目的是为了避免大家互相比较、扰乱军心。虽说关系好的同事之间私下里会通个气儿，但是从来不会大范围公开讨论。

这次金牛家园项目的业务提成比较丰厚，也是整个集团第一次获得股权投资项目的管理费收入，很多同事都在猜测一部、二部到底拿了多少钱。不过，第一个直白地问我提成数的人却是淑玲。我犹豫了半天，还是把大致数字告诉了她，结果她的脸色一下子变得煞白：“差这么多嘞！”

“不会差多少吧？”我不好意思指出我比她高了两个级别，同时也对她会拿多少提成感到好奇。

这姑娘二话不说，直接拿出手机给我看银行的提醒短信，那个数字大概只有我的一半。

“你知道吗，汪晨迎来得那么晚，他拿得都比我多！”淑玲气呼呼地抱怨道。

“可是他的级别是项目经理，又全程参与了金牛家园这个项目，多拿一点也正常吧！”我努力给她说明道理，可是她根本听不进去，固执地认为自己被“剥削”了，直接跑到杜叔叔那里告状。

淑玲的鲁莽举动使自己连带我和汪晨迎都因为违反公司规定被杜叔叔狠狠地批评了一顿。而亦山哥对她越级汇报的做法也很生气，又把她单独训了一顿，并且告诉她：这次的业务提成分配方案是经过他和程霞共同研究并获得“阿杜”一致同意的，综合考虑了每个人的级别和贡献程度，是一个公平合理的结果。

其实问题的根源在于淑玲没能早些理解金融行业里利润分配的原则：领导吃肉，下属喝汤　除非你能做出重大贡献。从我掌握的不完全信息来看，虽然亦山哥和程霞这次得到的金额绝对数字很高，但是比例并不夸张，二人合计应该占总数的 65% 左右，我在 15% 上下，汪晨迎约占 12%，淑玲约占 8%。

我认为这个比例无可非议，可是淑玲心里还是转不过弯来，又被两个领导狠批，觉得非常委屈，不免向关系好的同事发发牢骚。这一下全公司都知道了我们每个人大致的业务提成金额，不免引起很多非议和嫉妒。是呀，我这两个多月工作换来的报酬远远超过了中后台部门很多员工（甚至领导）一年的收入，让人家怎么能够心平气和地接受呢？

总而言之，这个事件的恶果就是打破了很多同事的心理平衡。在接下来的一段时间里，有好几个人申请调到业务部门（比如填补三部的空缺），还有几个人以各种理由要求升职或加薪，让杜叔叔应接不暇、不胜其烦。而最让他头疼的是“阿玛尼”的心态也发生了变化。

虽然个人直接贡献不大，“阿玛尼”还是把金牛家园项目的成功当作重大业绩四处吹嘘，更把它当作自己在集团里的一个翻身仗：作为南京项目的制造者，他一直背负着差点搞垮公司的罪名。这次的成功让他终于可以扬眉吐气、一雪前耻。

5 月中旬，吴伟群挖来一个广州的著名募集团队，并任命团队老大为集团副总裁，这还是鑫城财富注册成为集团公司之后首次设立副总裁的职位。“阿玛尼”一听到这个消息就跟弹簧一样马上跳了起来，向吴伟群提出也应该提拔自己到同样的位置。

杜叔叔苦苦相劝，希望他不要跑到集团任职，以免北方总部和深圳总部的事掺和在一起，纠缠不清。可是“阿玛尼”哪肯听劝：鑫城财富已经完成在北、上、广、深 4 个一线城市的布局，目前业绩最好的就是深圳和北京，而且北方总部名字叫得这么大、业绩又这么好，连广州的外来户都给了副总裁的位置，他“阿玛尼”没有理由不同样占有一席之地嘛。

要知道，在职场上，没有无缘无故的升迁，每一个进步都需要付出代价——有时是苦与汗，有时是血与泪，还有时是灵与肉。有的人总自以为劳苦功高，却没有想想老板的要求是什么、对自己的定位是什么。

“阿玛尼”这次无疑就遇到了这种情况，与吴伟群的出发点大相径庭。首先，北方总部没有听他的话，擅自做主完成了金牛家园项目的募集，没有给他一分钱的出资机会。更可气的是，在最终敲定细节的时候，杜叔叔把本可以拿在手里的董事会席位拱手让给 TAI 资产，名义上是使项目在投资者面前更可信，实际上则是不想让吴伟群通过北方总部染指金牛家园的董事会，这就让他的如意算盘全部落空，空欢喜一场。

其次，吴伟群最关注的是扩大公司血脉，不是盈利。按照与“阿玛尼”达成的共识，北方总部今年应该新增至少 4 家子公司，为深圳总部募集 3 个亿的资金。可是 5 个月快过去了，我们动作非常迟缓，包括金牛家园项目也还是借了集团原有渠道（大江）的光，分明是躺在他积累的资源上睡大觉。

基于这两点，吴伟群认为“阿玛尼”的要求毫无道理，让李忠出面把他的要求驳了回去。“阿玛尼”当然愤愤不平，趁着吴伟群又来北京出差的机会想讨个说法。老板根本不给他单独会面的机会，连公司的门都没进，只是在行程的最后把“阿杜”和金牛家园项目小组同事叫到太平桥大街的毛家饭店共进午餐，以他的家乡菜给大家“庆功”。

这顿饭北方总部的 7 个人吃得都很不是滋味：“阿玛尼”想提职务的事却没有机会；杜叔叔反对“阿玛尼”的想法却又制止不了他；项目小组成员知道吴伟群对我们自己完成募集的做法心怀不满，时刻担心他会发火。可是老板却像没事人一样谈笑风生，整顿饭都在讲他最近出差遇到的奇闻逸事，对我们关心和担心的事一概不提。

饭局尾声，“阿玛尼”忍不住问起新加盟的广州募集团队的情况，吴伟群很清楚他想把话题引向哪里，对他大大方方地说道：“这个团队可不一般啊，其实他们不仅在广州，在佛山和中山这些经济好的地市都有很强的募集能力，他们的总经理承诺今年下半年给我募集 10 个亿。这种人不给他高官厚禄不会来的嘛！”

程霞替北方总部辩解道：“吴总，他只是承诺而已，我们可是一直实实在在地在做募集工作。我们今年‘918’已经募集了……”

吴伟群没有听下去的意思，一挥手打断了她：“集团里每家公司的募集量我心里都有数。这么说吧，到年底能排进前三位的，都可以当集团副总裁！”他停顿了一下，突然话锋一转，“不过啊，你们也别把职务太当回事，那都是虚的。咱们做私募基金的，赚钱更实在。”

“阿玛尼”忍不住反驳道：“吴总，您是大老板，可以不在乎职位；我们下面人还是希望有上升空间。”

吴伟群转过头来，认真地看着他：“黄总啊，人只有知足才能常乐。老李（李忠）给我讲过一个故事，你们大家听听就明白了：南北朝时期有个末代皇帝叫宋顺帝，让位给齐国时，军队去宫里把他接走。他擦着眼泪问人家是不是要杀自己，还说，但愿以后转世投胎，世世代代都不要再生在帝王家。你们看看，皇帝尚且如此，咱们普通人更别天天只想着往上爬——上面可是高处不胜寒啊！”

03

有人想拾级而上，有人却想急流勇退。

就在吴伟群离京的第二天，魏老大突然亲自造访北方总部，与“阿杜”进行长谈。他离开之后，“阿杜”又单独谈了一个小时，随后在下班前召集各部门负责人开工作餐会。第二天早上一部开部门会议时我才知道：北分正式要求终止与北方总部的合作，提前收回为我们募集但尚未到期的全部资金！

“这不可能啊，没到期拿什么给他们！”魏老大这么做完全不讲私募规矩和江湖道义，把我气坏了。

亦山哥点上一根烟：“魏老大当然知道这一点。他建议我们用‘918’新募集来的钱先垫付给他，中间的利息损失他愿意承担。”

“如果答应他的话，咱们得提前兑付多少钱呢？”我问道。

“财务部已经统计好了。”亦山哥扔过来一张清单。

我在心里仔细盘算了一下，不由皱起了眉头：“他宁愿赔好几百万元也要急着散伙，究竟是为什么呢？”

亦山哥淡淡一笑，说出来的话却如平地惊雷：“这回魏老大向‘阿杜’透露了很多东西。你知道人家为什么年初要跳槽吗？因为他当时发现了影子团队的存在，并且证实南京项目那8400万元的缺口就是影子团队在几天之内募集来补上的。吴伟群给了他一大笔钱（其实就是封口费）独立注册公司才把北分保留下来——回想起来，我当时对吴伟群的判断是错的：他不想放北分走，原来是怕影子团队的事走漏风声。至于魏老大这次为什么要来这么一手，他自己并没有解释。他一向先知先觉，我猜一定是他最近又发现了什么问题，才这么心急火燎地要撤退。”

我和淑玲瞬间怔住了，虽然早有预感，但是我们仍然不愿相信最坏的结果。可是现在这个结果就赤裸裸地摆在面前，无处可逃：吴伟群果然在鑫城财富之外还有影子团队，而且是募集量比我们大50%的超级影子团队！

我后背冰凉、头皮发麻，感觉自己仿佛被一个庞大的影子所笼罩，而那个影子背后是一个无边无际的黑洞，无声无息地吞噬着我所熟知的一切。这样看来，也许小何的离开是好事，至少她远离了这种黑暗的危险。

“那往下怎么办呢？”淑玲的声音把我拉回现实。

“现在咱们和北分僵住了：‘阿玛尼’当场翻脸，坚决不同意提前兑付。魏老大也说了，不同意就等着客户来闹吧！到时候在金融街搞出群体事件，看看谁吃不了兜着走。”亦山哥的话又让大家陷入沉默。他一根接一根地抽着烟，烟雾就像此刻我们 3 个人的愁绪，源源不断地在屋子里诞生、上升和盘旋，久久不能散去。

我又想到一个问题：既然这个影子团队的源头在吴伟群那里，魏老大肯定不是只单独找了我们，一定也会向深圳总部提出同样的要求吧！吴伟群又是什么反应呢？

亦山哥告诉我们，“阿玛尼”连夜给吴伟群打过电话，老板的回复是：我可还没说答应呢，你们也不许同意！他还要求“阿玛尼”保密。可是到了这个时候保密已经不可能了，连我和淑玲都知道了这个消息，传遍整个集团也就是几天的事。

说心里话，回想起吴伟群在前一天饭局上那若无其事的样子，我还是很佩服他：魏老大在那之前已经找他谈过要钱的事，他当时一定承受着巨大的压力。而他还能有说有笑地组织饭局，并且在饭桌上与“阿玛尼”斗智斗勇。人家都说没有好酒量当不了官，我看没有大心脏干不了金融。

其实吴伟群最强大的能力还不是抗压，而是八面玲珑的太极功夫和真真假假的两面三刀。

“阿杜”和“太祖”分别得到同样的情报：魏老大本来对深圳总部和北方总部都发出找人闹事的威胁，并且已经安排好人准备动手，可是突然又取消了对深圳的行动。从各方面搜集的信息最终归结到同一种解释：吴伟群已经偷偷答应魏老大提前兑付。不过他并不肯承认，仍然在和“阿玛尼”通话时要求我们坚决不能答应——这分明是把矛盾推到我们身上，让我们和魏老大正面起冲突。

吴伟群这样做原因何在呢？难道他对金牛家园的事耿耿于怀，想利用魏老大教训我们一下（就像对袁宁一样）？还是想让我们和北分两败俱伤，削弱我们跟他叫板的力量？可是毕竟我们都还打着鑫城财富的旗号，闹出事来对他也没好处啊！想来想去，亦山哥和我没法完全理解他这样做的意义，可是又有谁能摸清一个走一步看三步的人的心思呢？

不管他是怎么想的，我们很快就感受到了实实在在的冲击。

2016 年 5 月 26 日，星期四，从早上 10 点开始，中国人寿广场 B 座北门前逐渐出现一些无所事事的老年人。快到 11 点的时候，已经聚集了约 30 人。11 点整，组织者正准备带领老头和老太太们喊口号，几个保安冲上去夺下他手里的扩音器，把他请到一边“喝咖啡”。而高腾则带着几个下属给老人们分发现金，告诉他们今天不用出工也可以拿钱走人。

从保安出场到老人们散去，前后也就七八分钟的时间。多亏我们提前就得到了情报，才干净漂亮地化解了一次“群体性事件”。不过亦山哥说，人家魏老大这次就没想把事情做绝，只是给我们一个警告罢了。如果我们不肯就范，下次肯定就要动真格的了。

虽然只是虚惊一场，可北方总部还是受到了明显的震动。以前不关心公司内外形势的同事们都开始讨论北分的威胁以及深圳总部的几次兑付危机，惶恐不安的情绪笼罩在公司上空。

“阿玛尼”对此非常恼火：魏老大一向对自己不服气也就算了，现在又蹬鼻子上脸，欺负人都欺负到家门口，这还了得！于是他不顾杜叔叔的苦劝，直接宣布暂停向北分兑付。兑付可是所有私募基金和募集团队的命根子，“阿玛尼”这种做法等于向北分正式宣战。同事们因此更加担惊受怕：以魏老大的能力和为人，还不知道会怎么对付我们呢！

就在那天晚上，我接到一个陌生的电话，听到的却是一个熟悉的声音：“杨哥，好久不见，最近好吗？”

是李帅帅！虽然联系不多，我对他总有一种亲近感：“前一阵子我还去北分呢，怎么没见到你小子！”

“杨哥，还没来得及向您汇报，4 月底我辞职了，现在正找工作呢。”

“啊？人家都是找好下家才跳槽，你是怎么搞的？”

“老哥，别提了，其实我是被魏老大赶出来的。今年年初的时候我和他的秘书好上了——我可是正正经经喜欢她的——结果上个月被他发现了，愣是要赶我走。女朋友倒是很仗义，就跟我一起辞职了。”

“好啊，你小子真有能耐，把人家的‘贴身丫鬟’搞定了。我和那姑娘聊过天，人确实不错。怎么现在突然想起我来了，准备请我喝喜酒？”

“哪有哇，老哥，最近北分不是跟你们闹得挺凶吗，我也跟着倒霉了：你们去年 11 月底发行了 5000 万元的‘918’，当时我正好有个老乡想买理财，我就推荐他买了你们 10 万元的 B 档产品（180 天期）。这不还有几天就要到期了，你们今天突然说不给兑付，我哪还有脸跟老乡交代啊！”

“哎呀！我们黄总今天很生气，我看他这回不会轻易妥协的。”

“老哥，我就是想跟你说这个事呢！我女朋友打听了，魏老大这会儿正在安排让人明天一大早就再去你们楼下闹事，不过这回是老战和团长亲自坐镇，派的也都是服务保障部和募集团队的子弟兵。”

“不会吧！这回他要动真格的了？”

“可不是！你也知道，我们那些同事都是些年纪不大的热血小青年，又都很听老战和团长的话，让干啥就干啥。你们这回想应付过去就没那么简单了。”

“这个事太重大了，我马上跟领导报告。幸亏有你提醒我，谢谢老弟！”

“老哥，你可千万别告诉领导这是我说的。我现在啥也不求，就希望你们早点和解，让我老乡能顺利拿回钱就谢天谢地了。”

顾不得多想，结束通话后我马上给杜叔叔打电话汇报情况。杜叔叔静静地听完，只是说了句“我知道了”，就挂断了电话。那个晚上他没再联系我。

但是我知道，那一夜一定发生了不少事情：第二天早上金融街风平浪静。北分不仅没有派人来闹，也不再提提前兑付的事；而“阿玛尼”没来上班，杜叔叔悄悄吩咐财务部恢复对北分的正常兑付。双方就这么和解了吗？真是太阳从西边出来了！

后来我才知道，那天“阿杜”连夜去找魏老大谈判，后者基于两点情况决定放弃与北方总部的争斗。

一是杜叔叔分析了一下清单，我们尚未向北分客户兑付的资金主要集中在太阳城项目（1.3 亿元）和海林项目（8500 万元）上，分别将于 7 月中旬和 9 月下旬到期。这两个项目的融资方都比较优质，太阳城在一个半月之后还款肯定不成问题，海林那只并购基金也取得了成功，融资的互联网企业甚至已经口头答应“阿杜”可以提前到 6 月底还款（它们还能节省利息呢）。而其他产品的金额就小得多了，加起来只有 2000 多万元。总体看来，北分的兑付风险微乎其微，没有必要为了提前兑付承担利息损失。

二是“阿玛尼”终于向魏老大低下了高傲的头。说白了，“阿杜”没有足够的砝码与魏老大抗衡，暂停兑付只是“阿玛尼”一时任性的结果，既不合情也不合理，无法持续。而对手只要祭出聚众闹事这一招就能让我们吃不了兜着走——别的不说，全国的高端写字楼都在劝退影子私募和 P2P，闹出一次群体事件没准我们就会被踢出金融街。在这种非对称手段面前，北方总部显得非常脆弱无助。“阿玛尼”在严酷的现实面前终于也务实起来，第一次向魏老大服软，低声下气地说了很多好话。

这样一来，魏老大觉得从虚实两方面都得到了满足，终于在黎明破晓前答应休战，双方恢复正常双边往来。我兴奋地把这个好消息告诉李帅帅。我们俩算是给北方总部立了一功，他本身很出色，正巧又在找工作，我提议他到我们下属其他募集团队上班。没想到他一口回绝，表示未来不会再入这一行，还劝我早日离开影子私募机构。

其实我一直有点耿耿于怀的是，我比他年纪大、学历高、读书多，生活圈子里又有他做梦都见不到的各种政商精英，可是为什么他的预见性和洞察力比我强呢？我这种眼睛“蒙上一层纱”的读书人与他和吴伟群这种“社会大学”的毕业生相比，悟性真的略逊一筹吗？

这次又是一样。我对他的建议只是一笑置之，却根本没有想到，身后已是阴云密布、山雨欲来。

04

2016年5月3日，星期二，杜叔叔依照惯例邀请老妈和我共进晚餐。刚刚再次平息了一场危机，他的心情不错，给在座宾客讲起投行往事，尤其是一个著名交易背后的故事，听得我们时而啧啧称奇，时而扼腕叹息，时而又开怀大笑。那天大家聊得很愉快，又都喝了不少酒，一起度过了一段愉快的时光。

至今我对那顿饭局记忆犹新，因为它是一个重要的分水岭——在那之后很长的一段时间里，我再也没能度过一个那样轻松惬意的夜晚。

2016年6月1日，星期三，下午4点左右，我正陪着亦山哥在杜叔叔的办公室汇报项目进展，“太祖”突然直接推门而入，一脸惶恐地望着我们说不出话来。

“怎么了张总，让狗撵了？”亦山哥笑着问道。

“太祖”看了看他，没有搭茬，转向杜叔叔说道：“杜总，我……我想单独向你汇报个事儿。”

杜叔叔本来就对他印象不佳，也不愿显得不信任亦山哥和我，张口答道：“张总，如果不涉及什么个人隐私，就请直接说吧！”“太祖”舔舔嘴唇，径直走到杜叔叔的办公桌前：“杜总，深圳总部今天又……又发生兑付危机了。”

这家伙结结巴巴的一句话，让我们的心都提到了嗓子眼。

杜叔叔焦急地询问道：“这次是什么项目？受影响的是哪家子公司？”

“这次出事的是深圳的一个旧城改造项目，规模5000万元，应该在5月31日到期。可是客户上周末就听说项目进展不顺利，这次兑付会有困难，昨天果然没拿到钱，当初参与募集的五六个南方子公司现在都快被闹翻天了！”“太祖”哭丧着脸答道。

“你向黄总汇报了吗？”

“他手机关机了。”

“再打！”

“我打了一个小时，一直就是关机，马秘书已经去他家找人了。”

这时，亦山哥拍案而起：“这么重大的事情，你竟然拖了一个小时才想起来要告诉杜总，到底是何居心！”

“太祖”一脸窘相，无可奈何地说：“对不起，刚才我慌神儿了，不知道该怎么处理。不过咱们现在也没什么可做的。”

“当然有了！”杜叔叔大声说道，“你马上口头通知北方总部所有子公司：立即暂停销售深圳总部的所有产品，咱们自己的‘918’也停止发行！”

“可是黄总还不知道这个事。这么重大的决定，要不等联系上了他先请示一下再说？”“太祖”有些为难。

杜叔叔摘下看文件用的眼镜，死死地盯着“太祖”的眼睛，目光如炬：“到了这个时候，我让你做什么，你就做什么！等联系上黄总后我会跟他讲。你再拿他当挡箭牌，或者敢把这个决定透露给深圳总部，我就开除你！”

我从来没见过杜叔叔这么凶巴巴地威胁别人，心中暗暗吃惊：没想到他还有这一面！“太祖”也没见过这个架势，完全吓傻了，连忙应承下来，一转身跑了出去。

等他关好门，亦山哥转向杜叔叔：“老杜，这么做是不是有点过分了？才5000万元的一个项目，影响不会太大吧？”

杜叔叔重新坐下来，脸上愁云密布：“你们有所不知。这个旧改项目可不简单，其实它是鑫城财富目前投入规模最大的一个项目，前后分成几期，总计可能超过10个亿，这次的5000万元只是其中的一期罢了。”

超过10个亿？我以为南京项目已经是集团历史上最大规模的项目了，没想到还有这样一个巨无霸存在！

“那你担心的是这个项目后续再发生违约？”亦山哥的脸色也变了。

杜叔叔点点头：“如果这个项目出了问题，就有可能对集团造成系统性风险。而且你们想想，以前几次延期兑付明里暗里都可以找到些借口，比如技术故障、打击个别子公司等。这次呢，张大祖刚才说了，是项目进展不顺利，又一下子涉及五六家子公司，看来确实是业务上出了问题。”

“而且，从大局出发，吴伟群完全应该挪用公司或者他的影子团队的钱先填上这区区 5000 万元的窟窿再说，毕竟集团内外的募集团队日均募集总量能超过 3000 万元。可是他竟然又一次任凭延期兑付发生，这只能说明一点：他在外面搞的窟窿更大、更危急！”亦山哥也转过弯来。

“我马上让深圳的朋友打听一下，看看他到底出了什么事。你也问问深圳的熟人吧！”杜叔叔说道。

“好！另外，我觉得直接停掉募集不太好。咱们本来为他们做的交叉销售就不多，风险敞口不大。现在可以先把募集量压下来，免得老吴一眼就能看出来，卡住咱们的兑付就不好办了。”亦山哥建议道。

杜叔叔眼睛一亮：“嗯，你说得很对，事缓则圆。从现在开始，与深圳总部逐渐脱钩吧！”

我的心就像一面大鼓，被他们俩你一言我一语的对话敲得咚咚作响。如果他们的分析正确，鑫城财富也许真的遇到了大麻烦。我刚刚才用大部分业务提成买了 20 万元的“918”，不会出什么问题吧！

这时，杜叔叔的手机响起来，他迅速接通：“黄总，事情您都听说了吧！”

电话里隐隐约约传来“阿玛尼”高分贝的声音，显然是在抗议杜叔叔刚才的独断专行。杜叔叔向亦山哥和我摆了摆手，我们赶紧退了出去。

下班前，我、亦山哥和“太祖”又被杜叔叔叫过去。他告诉我们，“阿玛尼”和他商量后，共同决定要求各子公司暗中放缓交叉销售，并停止发行“918”。另外，他要求我们三个人严守秘密，绝对不能让吴伟群有所察觉。

也许吴伟群并没有发现我们的小动作，也许他来不及跟我们计较，因为更严重的问题摆在他面前：虽然这次的兑付危机只持续了三天，但是集团上下很多人做出了与杜叔叔和亦山哥一样的分析，开始对深圳总部和吴伟群失去信心。

那个周末刚过，2016 年 6 月 6 日，星期一，一个小道消息迅速在北方总部传开：南京公司正式宣布与鑫城财富解除合作！

在宜兴项目上我和袁宁也算有些交情，听到这个消息马上给他打电话求证。电话那端声音嘈杂，似乎有很多人在开会。袁宁的声音很小，断断续续说了几句话，我只听清了一句：“吴伟群这个人很危险，你和岳哥趁早撤吧！”

南京公司的脱钩对集团是一个重大打击。在此之前，各家子公司虽然也对接二连三的延期兑付感到害怕，但是大家普遍认为集团实力雄厚，不会出什么大事。特别是3月全面放开“918”之后，资金更是像潮水般涌入。子公司老大们一方面担心深圳总部的资金匹配能力，一方面又觉得反正钱多得是，自己募集那部分的兑付不成问题，大不了多做期限最短的“918”A档产品呗。他们没有魏老大的深厚资源，也没有大江的地缘便利，更不知道吴伟群挪用资金的事，再加上鑫城财富的销售提成在同业内处于较高水平，于是绝大多数人不断说服自己不用担心，继续等待观望。

即便北分的大撤退也没能把他们从自欺欺人的梦中唤醒。他们普遍的解读是：北分本来就是实力最强的子公司，委身在北方总部下面肯定不是长久之计。魏老大眼界很高，从来不和其他子公司来往。年初他就想跳槽，吴伟群不得已同意北分组建成为业务健全的私募基金公司，所有人都预计他们与鑫城财富的脱钩是早晚的事。

可是南京公司的情况就不一样了。袁宁被大家当作是自己人，平时人缘不错，业绩也不错，老袁总还在南京项目上出手相助，可是吴伟群恩将仇报，几个月以来一直在整他，非要把自己的意志强加给他，颇有点杀鸡给猴看的意味。结果袁宁被逼急了，不顾还有资金尚未兑付的风险，直接宣布解除合作，震动了整个集团，大家纷纷开始思考自己在鑫城财富的未来。

吴伟群立即嗅到了空气中的这股躁动。为稳定军心，几天之后他就下令召开整个集团范围的电视电话会议，介绍集团经营状况及大家关心的热点问题。

会议只开了半个小时。前面20分钟由陈巧娟做报告。我曾经领略过她的各种表演，这次又见识了一种：赤裸裸地撒谎。在她嘴里，鑫城财富运转良好、日进斗金，之前发生的延期兑付一概都是客观原因造成的，公司不存在任何危机。

吴伟群接过话头说，鑫城财富一向是非常负责任的公司，从来没有给客户造成过损失。最近有些项目确实出现些客观问题，但是公司努力克服了各种不利因素，以最短的时间解决了所有延期兑付。在当前的市场环境下，别说私募基金了，信托公司晚个十天半个月兑付的情况都时有发生，没什么大不了的。

他最后说，鑫城财富最重视募集工作，一向对子公司不薄。可是有的子公司只能同甘、不能共苦，看到一些风吹草动就动摇，甚至还向外传播集团的负面消息；还有的子公司干脆想搞分裂。想离开鑫城财富的人好好想想，大家都是签了合同的，和深圳总部也都有这么多业务往来，你们要承担多少法律责任和兑付责任！

这个会开下来，也许对绝大多数不明就里的人还有些效果，但是对北方总部里的明眼人来说却适得其反。我对亦山哥说，很少看到吴伟群这么焦躁，让人心里更不踏实。亦山哥也有同感：难道已经到了要用兑付和打官司作为威胁手段的地步了吗？

05

毫无疑问，金牛家园项目是北方总部的骄傲。不过，除了利益纷争，它还带来一个巨大的副作用：全民募集热。

西方有句谚语说，一滴蜂蜜比一加仑胆汁能捕到更多苍蝇。在北方总部，这一次产生的财富效应比在吴伟群督促一年产生的募集热情还要高。以前募集都是下属子公司的事，似乎距离我们“总部机关”比较遥远；可是这一次不同：看到身边的同事通过募集资金获得真金白银的销售奖励，很多人再也坐不住了。

2016 年上半年，北方总部业务部门的精力主要集中在金牛家园项目上。除此之外，我们一共只设计发行了两个规模不大的产品，并早早销售完毕。因此，当很多同事第一次动起募集的念头时，公司在售的产品只有“918”。恰好它是个爆款，期限又是所有产品中最短的，大家很自然把热情投注到它身上。

大概从 5 月中旬开始，我身边的同事们就陆陆续续开始出单。到了 5 月底，绝大多数人（包括两名司机在内）都参与了募集。我倒是没去外面找钱，只是忍不住自己买了 20 万元。其实我们所有人加起来也不如三个人做得多：“太祖”、程霞和淑玲。

“太祖”是子公司管理部老大，天天与募集团队打交道，自然比我们的渠道更广。从深圳开完年会回来，他感觉到追求马楠楠无望，一直闷闷不乐。从为金牛家园项目募集开始，他终于找到了新的兴奋点，把浑身的精力都用到这项很有“钱”途的工作上，毫无悬念地成为我们当中的募集第一人。

程霞也是因为在金牛家园项目上尝到了甜头，一发不可收拾。她出身于诺佳，在募集上还是有些经验和资源的，况且做事又那么执着认真，一旦认定就全力以赴，很快就取得了不小的成绩。

淑玲能排名第三的确不可思议，亦山哥怀疑她背后是“阿玛尼”：他肯定不好意思跟普通员工一样直接出单，干脆借道淑玲（别忘了他们俩可是亲戚）。但是她守口如瓶，不肯透露半点风声——自从她为了业务提成的事大闹一场，似乎就与亦山哥和我有了隔阂，再也不是那个大方直爽的姑娘了。

显而易见，杜叔叔对当时的局面痛心疾首，好几次在业务例会上批评大家不务正业。可是全民募集行为不仅不违反北方总部的任何规章制度，而且还是吴伟群一向大力倡导的，又能给个人带来实惠，何乐而不为呢？

本来金牛家园项目让“革命派”看到股权投资的潜力和公司转型的希望，可是没想到大家的注意力迅速被销售奖励引导到“918”的募集上，公司不自觉地滑向“保皇派”的路线。说到底还是理念败给了金钱，真是一个不大不小的讽刺啊！

南京公司脱钩的事给了杜叔叔一个反转的机会。他借机向“阿玛尼”晓以利害，终于做通“阿玛尼”的工作，决定在北方总部停止发行“918”。可是他并没能高兴多久：财务部发现一些同事竟然直接销售深圳总部发行的“918”。这款产品还真是阴魂不散！

杜叔叔大为光火，要求“革命派”私下劝诫各自熟悉的同事立即住手。但是在金钱的诱惑面前，我们的话大多成了耳旁风。最让我惊讶的还是程霞的表现。

有一天午休后我去找亦山哥，不巧正好撞见程霞指着他的鼻子大喊：“真是多管闲事！”然后夺门而出。而亦山哥同样是一副怒不可遏的样子，吓得我赶紧退了出去。

真是造化弄人。“革命派”想阻止交叉销售，费尽心思却收效甚微；没想到最后恰恰是深圳总部自己让大家认识到其中的风险。6 月初，我们的下属子公司纷纷抱怨深圳总部拖延发放销售提成，有的子公司从 5 月开始就没从总部那里拿到一分钱。到了 6 月中旬，深圳总部干脆停掉我们所有子公司的销售提成，甚至沈阳公司的一笔几百万元的兑付也被推迟了！

这可不是一个好迹象。“阿玛尼”连忙约见吴伟群，老板却说自己最近在香港谈个大项目，对此并不知情，让他直接找陈巧娟沟通（好个太极推手）。于是，身为北方总部的 CFO，陈巧娟却再一次站到我们的对立面：对于“阿玛尼”的质询，她很无辜地表示最近集团对外放款力度很大，资金稍稍有些吃紧，各种提成发放就缓慢了一些，全国的子公司都是同等待遇，无须紧张，过段时间自然就会好起来。

这个谎言的水平可不怎么样。首先，销售提成应该在募集资金到账当天（最迟第二天）就发放，深圳总部相当于只需要在揣到兜里的 100 块钱里当场掏出几块零钱而已，怎么会吃紧呢？其次，无论现在对外怎么放款，与过去产品的兑付都应该毫无关联，一码是一码才对，否则就是违规挪用资金。最后，“太祖”问了一圈，发现其他实力较强的子公司（如广州和深圳）、与吴伟群一向亲近的子公司（如宜昌）都没有出现这种情况，这无疑证明我们已经在吴伟群心中失宠。

“阿杜”商量了一下，决定一起去深圳找陈巧娟谈谈，却被她一口回绝：“最近太忙，千万不要来找我，来了也没有时间跟你们见面。再说我又不能做主，等下周吴总从香港回来再说吧！”

“阿杜”耐着性子等了几天，在 2016 年 6 月 17 日星期五等来集团总裁办发出的一个通知：从即日起，集团统一修改投资确认书，将最终归还本金日期调整为“到期之日起 5 个工作日内”。

投资确认书是一份具有法律效力的文书，一般由私募基金在客户资金到账的第二天出具，内容包括确认收到的金额、基金期限、预期收益率、起息日、付息方式、本金归还方式及日期等内容。这次修改充满了不祥的预兆：以前这份文件规定的是在到期日归还本金，现在的版本明晃晃地要求一律延迟5天兑付。在很多人看来，这是集团经营状况恶化再明显不过的注脚。

“阿杜”焦急地再次拨通吴伟群的电话，要求尽早见面。吴伟群见搪塞不过去，只好答应让陈巧娟下周一先出面沟通，晚些时候他回到深圳再与我们面谈。那个周末我本想躲在家里睡大觉，可是杜叔叔决定让我陪着他和“阿玛尼”去深圳——也许在他看来，我在吴伟群心里还算有点分量，有利于双方更顺畅地沟通。

2016年6月19日，星期日，我陪着“阿杜”来到深圳，再次住进瑞吉酒店。站在96层的大堂，我回忆起第一次入住的情形：那是差不多5个月之前的事了，这段时间里鑫城财富发生了多少变化呀……

我望着窗外的城市，一丝忧虑浮上心头：1月底我们第一次站在这座城市之巅的时候，鑫城财富似乎也处在发展历程上的最高峰；随后形势骤变，公司就一路滑向泥潭。吴伟群还能让公司重回巅峰吗？

第二天一早不到9点，我们一行3人就来到京基100，坐在陈巧娟的办公室里等她。接近9点半的时候，她终于前呼后拥地走了进来，漫不经心地对我们说：“不好意思，各位，周一早上公司的会比较多。”

“哪里哪里，是我们不好意思，跑过来打扰你正常工作。”“阿玛尼”露出外交家似的微笑。

“接访现在就是我的正常工作呀！”陈巧娟坐在写字台前，一边审阅跟着她进来的几个人递上的文件和票据，一边抱怨道，“谁拿不到钱都来找我。我又不是老板，又不是集团CFO，找我有什么用，对不对？”

“集团CFO早晚是你的，那是众望所归嘛！”“阿玛尼”恭维道，“另外，陈总，你可是北方总部的CFO。”

陈巧娟一听，呵呵地笑了笑：“CFO又怎么样，哪个公司里面不是老板说了算嘛！平时你们还不是巴不得我少去北京指手画脚，对不对？怎么啦，有事搞不定这才想起我来？”

这话让我们很尴尬。“阿杜”想等闲杂人等都离开后再详谈，可是陈巧娟好像故意不给我们单独谈话的机会（要么就是一种怠慢），一直敞着门，来找她的人不停地进进出出。“阿玛尼”只好切入主题：“陈总，最近确实遇到些麻烦：深圳总部发放销售提成的速度变慢了，咱们底下的子公司都很着急，沈阳公司有一笔兑付也延迟一周了……”

“沈阳的钱今天就会打过去。”陈巧娟翻阅着一份文件，头也不抬地说道，“至于销售提成嘛，你们嫌慢，可是有人还嫌你们的募集速度变慢了呢！”

我听了心里一阵狂跳：难道他们已经察觉到“阿杜”的小动作，以这种方式来警告或者报复我们？

“阿玛尼”也愣神了，还是杜叔叔反应快：“最近倒闭了好几家知名的私募基金和 P2P，我们的客户比较敏感，销售是受到些影响。不过这只是暂时的，我们对下半年还是有信心的。”

“那就好。哎呀，要我说你们就没什么可担心的：今年你们一共才给深圳总部的项目募了多少钱？那点提成可以忽略不计。”陈巧娟说道。

杜叔叔摇摇头：“钱是不多，但是很影响募集团队士气。有些时候他们还得给别人中介费或者分成，拿不到你们的销售提成就得自己先垫，所以天天都在向我们抱怨。陈总，你也是咱们北方总部的自己人，大家一直都相处得不错，前一阵子在金牛家园项目上你还帮了我们那么大的忙……”

“阿玛尼”灵机一动，抢过话题：“结果你连销售奖励都没要，真是高风亮节。我和老杜都很感激你，岳总和小杨也都一直念你的好呢（我连忙配合他使劲儿点头）。这次还得请你费心给协调一下。”

连我都听出来了，他们是想在陈巧娟面前打亦山哥的牌。可是万万没想到，这个如意算盘落空了。

陈巧娟的脸色大变，抬起头来，突然把手里的文件扔向等在一旁的小伙子，狠狠地砸在他的胸口。只听她对那个可怜虫厉声说道：“你认真看过了吗，啊？行政部给你什么，你是不是就原封不动递给我？给董事们做一套西装要3万多元，你以为是买阿玛尼这种大牌吗？华而不实！你是不是脑子进水了！”

以陈巧娟对北方总部的了解，不可能不知道“阿玛尼”是大家给黄天海起的外号，这不就是在含沙射影地骂人吗！“阿玛尼”的脸色非常难看，杜叔叔也是一脸尴尬，大家都没有说话，只能听见陈巧娟那个倒霉的下属连连道歉。

陈巧娟把他和后面的人都轰了出去。等门一关上，她把头转向我们，露出犀利的目光，让人不寒而栗：“是啊，我高风亮节，你们呢？你们坐享其成！两分钟之前，整个北方总部有谁谢过我一声？你们知道我因为这个事被吴总批了多少次吗？今后，业务上的事情咱们就公事公办，谁也不要再像今天这样来找我了！”

走出陈巧娟办公室的时候，我明白一件事：无论以前亦山哥和她之间发生过什么，到现在都已经结束了；而且，她再也不会与我们站在一边了。

06

与陈巧娟的会面没能解决问题，“阿玛尼”又给吴伟群发微信询问他什么时候回到深圳，得到的回复是：君悦会，晚饭后见！

我上网搜了一下，据说位于万象城旁边的君悦会是全深圳最好的夜总会。晚上不到8点，我们就过去候着，是整个场子里的第一批客人。过了半个多小时，吴伟群还是没来。“阿玛尼”搓搓手，让我们先挑几个女孩。可能因为不是我们埋单的缘故，“阿玛尼”替我们选了6个女孩（“先多留几个，老板要是来得晚就没有好的了”），又叫“公主”开机放歌，房间里顿时热闹起来。“阿玛尼”左拥右抱，和身边两个美女一起喝酒、唱歌、掷骰子，玩得不亦乐乎；而杜叔叔应该很少光顾这种场所，一直皱着眉头看手机，身边的两个陪侍女孩无聊地干坐着；陪我的两个女孩都很热情，你一言我一语地劝酒，不一会儿就把我灌得面红耳赤……

就这样大概过了一个小时，吴伟群终于来了，身后还跟着两个中年人。他热情地与我们寒暄，见到我还特意亲切地拥抱了一下。“阿玛尼”让6个女孩重新到房间前面站成一排供大家挑选。吴伟群的眼睛飞快地扫视一遍，笑呵呵地说：“不用啦，我自己再找。”那两个陌生人谦让了半天，各自就近叫了一个女孩陪自己，恰巧选走了之前陪杜叔叔的两个女孩（杜叔叔和她们俩好像都松了一口气）。

这时，一个打扮妖艳的经理钻进包房，一见吴伟群就像条蛇一样紧紧缠到他身上，大声喊着“老公”。吴伟群尴尬地笑着，在她耳边低语几句，她点点头，马上跑了出去。过了片刻，她又拉着两个高挑纤细、风情万种的佳丽走了进来，一下使屋子里其他的女孩黯然失色。吴伟群确认杜叔叔不想再选女孩之后，满意地把她们留在身边。

互相敬酒的时候我们得知，两位中年人是分别来自两个城市的企业家，都想从鑫城财富融资，约了吴伟群很久一直没见上面，今天主动到文锦渡口岸去接站，陪同他一起过来。他们俩的心思不在玩乐上，一晚上都围着吴伟群，时不时谈几句融资事宜。而我们亲爱的“阿玛尼”正相反：他似乎忘了正事，把注意力都放在女孩和酒上，玩了一整晚的“吹牛”游戏。只有杜叔叔保持着清醒，趁吴伟群在兴头上的时候凑过去，与他聊了10分钟，最后以握手和干杯喝酒结束。看样子应该沟通得不错吧！

就在这个时候，包房门又开了，大江走了进来，直奔发愣的吴伟群而去，笑嘻嘻地对他说：“对不起，老板，都快半个月找不到你人了，只好突然袭击一下子啦！”

“是谁告诉你我在这里的？”吴伟群不由自主地问了一句。

“我要是告诉你，这个人明天就被开了吧，哈哈哈！”大江从“公主”手里接过一瓶啤酒，“来来来，各位朋友，不好意思打扰你们，我自罚一瓶！”说罢，他一仰脖，四五秒钟就喝完了，然后坐到吴伟群身边。杜叔叔和他打过招呼之后就识趣地退回原座，于是老板和大江又单独交流起来。

音乐重新响起，“阿玛尼”和几个新交的女朋友轮番献唱，杜叔叔出去打了半天电话，我和两个企业家以及我们身边的女孩们一起玩起“吹牛”。没多久我就喝醉了，实在坚持不住，靠在沙发上睡了过去。

不知过了多久，有人在耳边叫了几声“老弟”，又轻轻推了推我。一睁眼，原来是吴伟群。我连忙揉揉眼睛端起酒杯，却被他拦下来：“老弟，你不要再喝了，咱们就聊聊天吧。很高兴你能来，以后要多来看哥哥啊！”

“好的，吴总。我刚才就想过去给您敬酒，可是一直有人跟您说话……”

“没关系，老弟，不用客气！刚才杜总跟我说了，北方总部现在遇到些困难，都怪哥哥这段时间忙，没顾上你们。我已经交代财务部和子公司管理部优先处理，放心吧。”

“太好了，谢谢您，那我无论如何也要敬您一杯！”

我坚持和吴伟群干了一杯，他又附在我耳边神神秘秘地说道：“老弟，跟你说实话吧——可别告诉别人——最近这些事只是个压力测试，不用担心！”

还来不及琢磨这句话的含义，酒劲突然涌上来，我一溜烟跑到厕所吐了起来。在我回来的时候，吴伟群还坐在原地没动，只不过身边围了一圈美女，在“阿玛尼”的带领下轮番给他敬酒。等这拨人折腾完，他喝得满面红光，酒嗝不断。

他的一个陪侍女孩也坐过来，一边给他拍背一边说：“吴总您少喝一点嘛！没必要每次应酬都这么辛苦。以您的身价，可以天天去打高尔夫、钓鱼的呀。”

吴伟群马上表示反对：“妹妹啊，你这样说就不对了。第一，我今天不是应酬，是和兄弟们一起玩，喝多少都开心！第二，我们这个行业啊，做起来就停不下来，只有不停向前。”

“吴总，有什么停不下来的，是你给自己压力太大了嘛！”女孩在撒娇。

吴伟群拉着她的手，却把头转向我：“老弟啊，小美女没干过私募，只有你才能理解。物理学最著名的公式是 $E=mc^2$，对吧？意思是能量等于质量乘以光速的平方。这个公式在咱们这一行同样成立：财富等于募集量乘以募集速度的平方。看到没有，就像我以前跟你说过的，募集速度最重要，它能带来几何级的增长。速度如果下降，财富就会下降；速度如果为零，鑫城财富也就不存在了。所以你说能停得下来吗？”

这时，那两位企业家过来给吴伟群敬酒。他一饮而尽，对他们说：“我喝得有点多了啊，要不今天就到这里？”那两个人心领神会，马上抢着埋单。大江说用他的商务车送我们回酒店，吴伟群却一把将他搂住：“他们走路回去也就十分钟，刚才我让司机先回去了，你送我好了！”

聚会就这样散场了。“阿玛尼”正在抱怨吴伟群不近人情地害我们酒后走夜路，他的手机响了一声：大江发短信让我们在酒店大堂等他。二十分钟后，我们在闲逸廊碰面。大江同样满腹牢骚：“老吴明明就住隔壁，非要我送他——就是不想让我跟你们接触呗！他的防备心太强了。对了，你们这次找他什么事？”

杜叔叔介绍了事情的来龙去脉，认为最后的沟通效果还不错：沈阳公司下午已经得到兑付，吴伟群也答应让陈巧娟解决拖欠的销售提成。

大江却揭穿老底：“别听他瞎忽悠了！广西公司的情况跟你们差不多。上周路路来找他，他也是这么说的。可是等他一回去，陈巧娟私下要的钱比以前更多了。你们岳总好像和陈巧娟关系不错，可能会好一些，不过还是不能掉以轻心啊——最近我刚打听出来，这个黑钱老吴也有份儿！”

我们惊呆了：原来这种寻租行为是吴伟群和陈巧娟的合谋！亦山哥曾经判断说吴伟群顶多是个知情者和包庇者，谁知他竟然是参与者和获利者。

我突然想起吴伟群刚才提到的“压力测试”，就把他的话原原本本地告诉大家，大江却嗤之以鼻：“别傻了，那只是老吴的烟幕弹。你们在金牛家园项目上把他得罪惨了，现在他变着法子想收拾你们呢！上个月是不是魏老大派人去金融街闹事？还不是因为老吴自己偷偷给人家兑付了，还把你们蒙在鼓里。你们想想，明明手心手背都是肉，他都敢让你们两虎相争，我看他只想解气、不计后果！”

“阿玛尼”一脸忧郁地说：“哥们儿，你说老吴为了一个赚了不少钱的项目还这么坑自己人，我不相信。”

“没什么不可能的啊！袁宁家帮了老吴多大的忙，你们看他是怎么报答人家的？想在鑫城财富生存下去，就不能违背老板的意志！”说到这里，大江略一停顿，“当然还有一种可能：他现在把每天的到账资金全部抽走，要么是去外面救火，要么就是在转移资产做跑路的准备，总之是不想好好玩下去，所以咱们的生死存亡对他就不再那么重要了！”

我顿时感觉天旋地转，这是今年以来我受到的最可怕、最沉重的打击之一。难道鑫城财富真的到了病入膏肓的状况，吴伟群已经到了快要跑路的地步？那北方总部该怎么办？我又该怎么办呢？

“如果担心他出事，那就找人查一下深圳总部和他的个人账户转账记录不就行了？这事就包在我身上。”“阿玛尼”焦急地说道。

大江顿时流露出鄙夷的神情：“老黄啊，我知道你是银行家出身，可是你们那套方法现在根本就不适用！找人查查并不难，我也能搞定；可是如果惊动了银行，发现存在问题然后冻结账户，整个集团马上就瘫痪了，咱们不也就全完了？”

“哪有你说得那么夸张，把我们小杨吓得脸都白了。”杜叔叔平静地说道，“我问了深圳和香港的朋友，吴总确实联系了好几家金融机构，好像在谈一个资本运作项目。也许他抽钱就是为了这个事，就像当初想收购金牛家园一样。”

大江把面前的柠檬水一口干掉，意味深长地看着杜叔叔：“我真心希望自己能有你们这么乐观。今天我和他谈得并不顺利。我给他募了那么多钱，现在是怕了，得好好想想退路啦！”

07

吴伟群遵守了对杜叔叔和我的承诺，还没等我们离开深圳就结清了拖欠的所有销售提成。不过大江说得也没错，陈巧娟随即暗示“阿玛尼”：北方总部也应该像其他子公司那样缴纳一定比例的“财务费用”，否则以后恐怕没法保证提成到账的及时性。

听到这个要求，我们倒是没怎么着急上火：一是因为早有思想准备；二是因为尚未兑付的交叉销售存量不大，对我们的生存发展不会构成致命威胁；三是因为这次拖欠给北方总部上上下下都上了一课，交叉销售的热情大大降低（正如杜叔叔所愿）——别说销售提成了，本金兑付都会被拖欠，谁还敢给深圳总部效命呢！

到这个时候，大多数人已经偃旗息鼓，只有程霞依旧在拼命出单。我们实在不能理解她的脑子到底出了什么问题：进入6月中旬，深圳总部的兑付危机此起彼伏。虽然每次持续的时间不长就会得到兑付，吴伟群和陈巧娟也一直在竭力掩盖，但是大多数子公司都开始警觉起来，互为耳目、探究真相。一种强烈的不安全感和危机意识已经传遍整个集团，募集速度明显减慢下来。

程霞在这个时候“顶风作案”让“革命派”很郁闷：如果将来出现兑付危机，从我们这个渠道购买产品的客户是会来找我们算账的。杜叔叔特意找她谈了两次话，我猜亦山哥一定也私下劝阻过她，可是这个执着的姑娘却说：北方总部和大多数子公司不同，深圳总部是我们的大股东，出现兑付危机的话最终责任还是落在吴伟群身上，他一定会兜底的。

问题是，如果危机大到谁都兜不住的地步时，又该怎么办呢？

吴伟群试图用登陆资本市场的方式解决全部问题。就在我们返京当天，集团总裁办宣布：鑫城财富已正式启动转板计划，争取年内上新三板。

其实杜叔叔从“转板”这两个字就挑出毛病来：集团旗下公司的确已经在四板挂牌，不过所谓“四板”只是个区域股权交易市场，挂牌条件非常宽松，基本没有什么价值。新三板的门槛要高很多，有一系列指标需要满足，与是否在四板上市并无关联，也就不存在“转板”一说。但是令人惊奇的是，鑫城财富这么大的一家集团公司竟然没有几个人看出破绽，真没想到这些所谓“金融精英”的金融知识是如此匮乏！

就是这样一个遥远而空洞的新三板挂牌构想引发了很多人的热情，让他们感觉在逆境中又看到了希望，就像在暴风雨中的渔船看到了灯塔。因此，在6月下旬，集团的业务迎来了一个“小阳春”，日均募集量一度接近3月前后的正常水平。这让程霞更加确信自己的选择是对的，一周之内就为深圳总部卖掉了400万元“918”A档产品。

2016年6月23日，星期四，北京的天气有些闷热，又是轻度雾霾，天空灰蒙蒙一片。北方总部在这一天迎来了辅导鑫城财富挂牌的证券公司的场外市场部团队。

在中国证券业协会公布的 2015 年度排名里，这家公司的总资产和营业收入都在百名开外，以前也没做过几个新三板项目，连杜叔叔都没和它打过交道，是家默默无闻的小公司。真想不通吴伟群怎么会聘用这种机构呢？

他们来访的目的是对我们做尽调。“阿杜”亲自带着陈律师和他们谈了一上午，中午又叫上亦山哥和我一边吃饭一边聊聊业务实操情况。

券商团队的负责人是个女孩，二十七八岁的样子，很健谈，跟我们聊了很多券商现状。她介绍说，这家公司主要在做三大类业务：经纪业务、资管业务和投行业务；除此之外还有自营和投资等，占比相对较小。目前，经纪业务是券商的看家本领，主要是为客户买卖证券提供服务；资管业务是个新兴板块，其实主要就是通道业务，也有一小部分主动管理；投行业务比较综合，包括上市承销、债券发行、并购重组等。其中，经纪业务纯粹靠天吃饭，与市场行情高度相关，一点都不“性感”；资管业务的通道属性太强，营利性稍弱，未来势必会逐渐萎缩；而投行业务范围广泛、含金量最高、营利性最强，是券商所有业务中最高大上的。

提到投行业务，她的话里满满的都是骄傲。不过提到鑫城财富的挂牌，她却一脸苦涩：北方总部非常配合工作，沟通很顺畅；可是深圳总部却不然。吴伟群什么都应允，到了陈巧娟那里则是什么都没门。特别是财务审计，几乎完全无法正常开展，到最后陈巧娟干脆打发他们先从北方总部开始做尽调。

杜叔叔和亦山哥交换了一下眼神，什么都没说。倒是“阿玛尼”大大咧咧地说，陈巧娟就是这样，老吴不直接发话，她是不会动一动的。

可是事实证明，在大多数时候，吴伟群和她只是在唱双簧罢了。他们肯定动过上新三板的心思，但是一看券商玩真的，让他们做大量细致的工作配合尽调，立马放弃这个念头——连我都知道，深圳总部的账目根本经不起查验。后来，所谓的登陆资本市场纯粹变成他们忽悠人的一个口号。

券商团队确实很聪明（怪不得亦山哥说券商是“猴子”），他们从签约开始只用了不到 10 天时间就洞察到吴伟群和陈巧娟的真实想法，也就把工作节奏放缓下来。反正签约时收了 40% 的费用，拖下去也无所谓。于是，鑫城财富短命的新三板计划名存实亡。

时间到了7月初。出人预料的是，一场席卷整个集团的挤兑风暴毫无征兆地突然爆发了。

那是在2016年7月1日星期五的早上，京基100楼下聚集了20多位客户。他们高呼“鑫城财富还钱”，在试图冲上楼时被大厦保安和赶来的当地警察驱散。个别客户混进大厦来到位于10层的深圳总部，在前台大喊大叫，直到李忠出面安抚，答应尽快安排兑付并请他们吃了一顿午饭，才把事态平息下去。

那天吴伟群并没有在京基100露面。据说老板找了大江一天，最终在晚饭前把大江堵在家门口，两个人大吵了一架。原来子公司管理部发现当天闹事的人都是大江的大客户，而且其中很多人购买的产品还没有到期。再往下问，有个客户交了底：是大江让他们来闹的——他说公司现在不太稳定，资金有危险，根据以往的经验，吴伟群最怕有人闹事，一闹就会提前兑付。

大江在上一家私募基金遇到过兑付危机，那段经历让他这次做出了过激反应，就这样与吴伟群撕破了脸。吴伟群一直在力保他这样的募集主力不受兑付危机影响，可是没想到偏偏是自己的爱将在背后狠狠捅了他一刀！他马上气急败坏地要求陈巧娟停掉深圳公司的一切兑付（“集团一定要严惩这种教唆客户提前挤兑的行为”）。而这个做法反过来引发深圳公司客户更大的反弹。他们经过一个周末的串联和筹备，组织了一个更大规模的示威团，周一上午来到京基100楼下静坐。这次他们学聪明了，并不采取什么过激举动，只是打横幅、喊口号，点名要求吴伟群出面解决问题。最多的时候，大厦楼下一度聚集了50人。这件事也登上了几家当地报纸。

事件很快就平息了，但却留下一个重要恶果：许多宛如惊弓之鸟的子公司和不明真相的客户以讹传讹，把提前挤兑和延期兑付混为一谈，认为集团整体兑付出了大问题，纷纷加入挤兑的行列。

于是，几乎在一夜之间，鑫城财富在三年半时间里辛辛苦苦搭建起来的信用堡垒崩塌了。

很多客户听到风声，马上到卖给自己产品的子公司要求提前兑付。除了北方总部之外，其他子公司都只是深圳总部的募集通道而已，根本没有应对能力。

很多子公司总经理被逼无奈，只好陪着客户到深圳寻求解决办法。

深圳总部自然成为众矢之的。由于京基 100 加强了管理，很少有客户能再直接跑到 101 层，大多数人只能在楼下抗议示威。为了把不良影响降到最低，吴伟群不敢怠慢，每天都会指挥子公司管理部和行政人事部分期分批接待客户代表，自己也天天驻守在公司，耐心劝导客户不要参与挤兑。可是有的客户并不好对付，要么能够动用公安、监管部门或媒体的关系施压，要么死缠烂打、要死要活。吴伟群为了息事宁人，只得开始挪用公司每天到账的资金先行兑付。要知道，那可都是为了别的产品募集而来的，而且随着挤兑事件的发酵，募集量也日渐萎缩。

北方总部的情况则大不一样。我们的风控一向比较严格，做的项目安全性相对较高，一直以来受到下属子公司和客户的广泛认可。另外，我们早就在刻意控制交叉销售的规模，到当时只剩下 1400 多万元。虽然每天都会有客户上门了解情况，但是没有出现挤兑现象——直到老战带着北分的几个小伙子出现在大会议室。

5 月底，“阿杜”答应魏老大在 6 月底完成海林项目 8500 万元的兑付。这个项目本来是三部做的，但是由于彭总并不管事，蔡依然又已离职，杜叔叔让亦山哥负责与融资方沟通提前还款事宜。在这一个月的时间里，鑫城财富发生了太多变故，我们几个业务部门的正常工作都荒废下来（亦山哥天天与杜叔叔琢磨应对各种事件，程霞忙起了销售，三部处于停摆状态），谁都没顾得上处理海林项目的事。但是魏老大可没忘记我们的承诺，尤其是在深圳总部遭遇挤兑之后，他失去耐心，派出了老战。

“阿玛尼”当天又没来上班，杜叔叔叫上我们一部 3 个人一起接待。老战这次来势汹汹，一改沉默寡言的作风，一上来就质问我们什么时候还钱。亦山哥承认这是自己的工作失误，并道歉说最近太忙了，在这次会面之后马上落实。

老战冷笑道：“你忙，我们就不忙？客户最近天天上我们那里要钱，你说这事咋办吧。要不我让他们直接上这儿来讨个说法！”

亦山哥继续赔罪：“战总，真是不好意思，都是我工作疏忽。不过你放心，黄总和杜总答应过的事，我现在一定全力以赴去办！”

“全力以赴啥呀，岳总，他们俩答应6月底给钱，现在都过了几天了？我凭啥再相信你们？”老战反问道。

杜叔叔安慰他说：“战总，你放心，这次一定说到做到！”

“你也少来这一套，就说什么时候能给钱吧！”老战态度蛮横，随行的小伙子像打手一般凶神恶煞，仿佛随时准备扑上来。

我想缓和一下气氛，把一瓶矿泉水慢慢地推到老战面前：“战总您消消气，杜总和岳总说到做到，这次一定会把问题解决。”

没想到老战不但不领情，反而在打量我一眼之后，一巴掌把瓶子打翻，“这里轮不到你说话！你这种家庭出来的孩子我见多了，跟黄天海一样，啥也不是，天天坐个办公室，风吹不着、雨淋不着的，咋能懂得这些钱都来之不易！”

在那一刻，我气得脸色发青、浑身发抖。我终于明白了老战一直看不上我的原因——没想到我会因为家庭背景而被歧视！

他又用手指了指我们每个人的鼻子：“我看你们是一棍子打不出个屁！这么说吧，这都是老百姓的血汗钱，要是不赶紧还上，我就带他们来跟你们拼命！”

说罢，他一拍桌子站起身来，“打手”们也齐刷刷地跟着起立，一伙人扬长而去。

真是岂有此理！明明还没到合同约定的产品到期日，他们凭什么来闹？契约精神在哪里？可是到了这个时候，恐怕很多人都感觉鑫城财富大厦将倾，只求自保。

我也是从这一天起，开始认真考虑自己在公司的未来。

第十二章

01

整整两个月没有见面，她好像强壮了一点，还有点晒黑了，是不是开始健身的缘故？

“晓波，你的饭都快凉了。”她见我望着她出神，皱起眉头提醒道。

在我反反复复的恳求下，小何终于答应与我见面。2016年7月10日，星期日，当我们在复兴门百盛7层的渝乡人家再次面对面坐在一起时，那种感觉熟悉而陌生——还是那张我朝思暮想的脸，却不见招牌般的微笑和温柔的眼神。

我讲起公司这两个月的动态，她只顾低头吃菜，不予置评。我问起她的近况，她也只是回答一句“还行吧”，就再无话可说。最后，在尴尬的沉默中，我忍不住吐露真情：我知道自己错了，快回到我身边吧！

她终于放下筷子，双眼盯着桌面，过了许久才冷冷地说：“其实我觉得你和楠楠挺合适的，而且她天天都在你身边。”

“芳笑，我现在跟她都不说话了，我根本就不喜欢她！你知道我心里只有你！”我连忙辩解道。

小何咬了咬嘴唇：“可我心里已经有了别人。”

这句话像尖刀一样插在我的胸口。想到她会和那个俗不可耐的家伙在一起，我的心就滴血！“芳笑，王一萌根本配不上你。他喜欢读书吗？他也看美剧吗？你们在一起哪有共同语言呢！”小何抬起头看着我：“怎么没有共同语言，他爸爸是我爸爸的老首长，我们小时候在海军大院做了4年邻居呢！”原来如此，他们俩竟然是青梅竹马！

“晓波，一萌哥从高中就开始追我，可我一直没有答应。直到去年9月，在我爸爸的催促下，我才同意和他试着接触。后来我们吵架，正巧被你撞见，本来我一直对你很有好感，又在那个脆弱时刻被你表白，就决定和你在一起了。

“后来我与一萌哥见过几次，但是在心里我只把他当成哥哥，谁让我对你动了真心呢！可是没想到你跟楠楠……我也终于想明白了，其实一个男人的外在条件并不重要，重要的是他是否能够真心对我。说真心话，我一点也不恨楠楠，现在也不恨你了。你应该找一个像她那样真心爱你、愿意为你付出的人，你们一定会过得幸福。”

小何说得很慢，每一个字都深深地刻在我的心里。平时她总是寡言少语，只有我才知道她的内心世界其实无比丰富。

“我离开公司之前最后一次参加集体活动是金牛家园项目的庆祝晚宴。我一直记着杜总当时说的那番话：‘我们会像流星一样划过金融街的天空。’公司现在遇到些困难，是吧？我不懂业务，但是我相信你的前方还会有远大前程；而我已经走完了自己的金融街之旅，虽然平凡无奇，却也有很多收获——至少看清了自己，还认识了你嘛！从今往后，我们还是好朋友，还会彼此关心，对吗？”

听到这里，我的大脑一片空白，我怎么也没想到小何会说出这番话，看来她是铁了心想分手。不过，看到泪水在她眼眶里打转，我明白一件事：她还对我有感情！亲爱的小何，只要还有一丝丝可能，我是不会放弃的，我爱你！

说起来有些不可思议：我在金融街上遇到的巧合总与小何有关。前两次，我分别收获了惊鸿一瞥（入职培训）和定情之吻（金城坊街偶遇），而这一次却没有那么幸运了。

就在我准备继续表白心迹的时候，突然手机铃声大作——是亦山哥。对于他的电话我从来不敢怠慢，只好先接通。还不等我说话，他急促的声音就传了过来：“晓波，你家里和公安熟不熟？”

“公安？好像没有什么联系。出了什么事？”

“唉，老杜今天上午被警察带走了！”

在法律的周围，有一条细细的红线。有时清晰可见，有时模糊难辨；有人退避三舍，有人游走边缘。

那么杜叔叔怎么会跨过那条线呢？后来通过多方了解，我像拼图一样大致还原了事件的梗概，这还得从晶晶讲起。

当初吴伟群把晶晶从北京的夜总会带到深圳做总裁办秘书，表面上是给她一个“从良”的机会，实际上还是为了占有她。杜叔叔一直提醒“阿玛尼”，吴伟群最大的弱点是女人。于是，在2015年11月到深圳给吴伟群庆生的时候，“阿玛尼”给了晶晶一笔钱，把她发展成我们的“间谍”兼他的情人（那天晚上我错怪马楠楠了）。

晶晶给“阿杜”提供了不少有价值的情报，包括深圳总部一些业务违规和偷税漏税的信息。2016年1月中旬，“阿玛尼”正是以这些信息相要挟，迫使吴伟群同意发放高额年终奖金并在北方总部放开“918”，但是晶晶的身份也就此暴露。

吴伟群岂能咽下这口气！首先，他先不露声色地让晶晶升迁到行政部经理的位置，把她调离权力核心。然后又带她去澳门旅游，让她染上赌瘾。第二次再去的时候，就让她自己在赌场贵宾厅玩起来，结果这姑娘一个晚上输掉400万元！这个时候，他却袖手旁观，不肯施救。其实没有他的话，赌厅马仔怎么会给一个90后的小白领出那么多码呢？但是他翻脸不认人，赌厅逼债又很凶，晶晶走投无路，有一天突然失联，再无音讯。有人说她躲债去了，也有人说她被赌厅老板控制起来，以身偿债。

杜叔叔说过，以吴伟群的手腕，能成就一个人，也能毁掉一个人。晶晶就这样被他毁掉了。

去掉了晶晶这个威胁，又把她泄露出来的那些问题弥补妥当，吴伟群变得无所畏惧。他不顾约定，在全国放开“918”的销售，其实就是对“阿杜”的声明：我不再受你们制约了！原本金牛家园项目有可能成为双方重归于好的契机，可是在杜叔叔的力主下我们依靠自己的力量完成募集，让吴伟群的期望落了空。

恼羞成怒的老板决定反击，并选择对杜叔叔下手：“阿玛尼”的老爷子余威尚存，平素又是支持自己的“保皇派”，一直教唆他跟自己对着干的都是这个杜先明！也许刚开始吴伟群只想教训杜叔叔一下而已，可是没想到通过深挖，偶然发现他在投行时期做的几个债券承销项目上收受过回扣（这也是他离开投行的重要原因），于是，老板痛下狠手……

这一切是如此不可思议，简直让我颠覆三观。没想到“阿玛尼”为了争权夺利会用金钱去腐蚀人的精神和肉体；也没想到吴伟群会用各种残酷的手段对付下属，甚至不惜毁掉他们的前途和人生；更没想到也无法接受的是，杜叔叔会因为涉嫌犯罪而被刑事拘留。作为一个初级员工，我每天的工作和生活原来就像过家家游戏，而他们生存的规则却是那么冷冰冰、赤裸裸、血淋淋。在同样一家集团公司，我们完全生活在不同的世界里！

另一个饱受打击的人是亦山哥。杜叔叔被带走后，他一下子变得面容憔悴、精神不振，头顶甚至出现几根白发。似乎一夜之间，平时闪现在他眼里的神采消失了。他试图安慰我说，老杜的行为是国家“债市打黑”前的行业潜规则，没什么大不了的，可是我们心里都明白：如果确实触犯了法律，这根本不是借口。

最让人意想不到的是“阿玛尼”。杜叔叔一出事，他就消失了：不来上班，不回微信，手机关机，大家都担心他也被拘留。但当马楠楠跑到他家时，发现他明明在家，却就是闭门不出。作为公司的 CEO，难道他都不给大家一个交待就做起缩头乌龟吗？

与此同时，严峻的形势已经让我们没有时间去担心杜叔叔的问题了：深圳总部的挤兑危机愈演愈烈，受其影响，越来越多的客户开始向北方总部施压，希望提前拿回投资。老战几乎隔一天就会来闹一次，逼我们在 7 月中旬解决北分的两个兑付。这时，陆续有员工开始辞职，有的甚至直接不辞而别。我每天也都在问自己：北方总部还能撑得下去吗？

在杜叔叔被带走后的第三天，王仁豪从上海飞过来，非要约亦山哥和我到威斯汀酒店 26 层的行政酒廊密谈。刚一落座他就开始发问：“这回老杜的事动静可不小，对集团震动很大，我也替他担心呢，你们有什么消息吗？”

他那一副表面关心、实则幸灾乐祸的样子真是让人恶心，亦山哥却装作看不出来：“陈律师去了解了一下，好像情节不算严重，正在办理取保候审。”

王仁豪点点头：“黄总是不是也不见了？”

在得到亦山哥的肯定答复后，王仁豪露出一副老谋深算的样子：“我看他是不会再露面了，陈巧娟在深圳也是鞭长莫及。以你们兄弟的声望和资源，现在北方总部就是你们的天下。不过，深圳那边的情况你们也都清楚，我估计吴伟群撑不过下个月。他要是一倒，北方总部也就完了。你们都是聪明人，我建议，趁你们的募集团队都还在，咱们一起做个大项目怎么样？”

到这个时候还想着做项目？这家伙吃错药了吗？亦山哥跷起二郎腿，伸出右手做了个“请”的姿势：“愿闻其详。”

王仁豪以为他感兴趣，眼睛里顿时冒出绿光：“是这样：我认识个老板，在上海崇明岛搞了个养老项目，需要 1.5 个亿。只要你们能在一个月之内搞定，怎么分成都好说！”

我实在忍不住了：“王总，都到这个时候了，业务提成怎么分并不重要，关键是还有没有人会买鑫城财富发行的产品。”

王仁豪把脸又凑近了一些：“兄弟，只要提高销售提成，没有卖不掉的东西。再说，谁提业务分成了？我说的可是这 1.5 个亿怎么分！对了，你没忘了我当初在瑞吉酒店给你透风的事吧（吴伟群全面放开‘918’）？现在该你支持老哥一把啦！岳总，你不是也说过宜兴项目算欠我一个人情吗？”

我这才明白过来，他就没准备还这笔钱——他是想在鑫城财富这座大厦倾覆前火中取栗，赚一票就跑。这可是明晃晃的集资诈骗哪！

看我们一脸惊愕，王仁豪急切地说：“你们又不是公司法人和股东，怕什么！而且一旦有了这笔钱，后半辈子在哪个国家都能活得舒舒服服了。岳总，你开个价吧，想要几千万？”

我望向亦山哥，只见他盯着王仁豪的脸，足足看了有 10 秒钟，才一字一顿地说道：“王总，不是每个人都有价格。”

王仁豪一听就急了，还想解释，亦山哥已经起身：“北方总部不欢迎你，别让我再看见你！”说罢，他头也不回地向门口走去。

我连忙跟上去，只听见王仁豪在背后气急败坏地喊道：“除了我，现在还有谁搭理你们？不信联系袁宁试试！都众叛亲离了，还唱什么高调！”

回到公司，我好奇地在微信上跟袁宁打招呼，可是发出的消息竟然被拒收——他果真把我拉黑了！我连忙去找亦山哥，他哼了一声，把自己的手机扔过来，我定睛一看，他也遭到同样的待遇。

“连咱俩都被拉黑了，这是要彻底和鑫城财富决裂的节奏。这家伙疯了吗？

他给公司募集的钱不想要了吗？”我有些想不通。

亦山哥倒是很平静：“我问过‘太祖’，他估计南京公司尚未获得深圳总部兑付的还有 2000 万元左右，没多少钱了。”

“可是咱们宜兴项目的 1.25 亿里面还有他募的 5000 万呢！”

“你傻啊，融资方是他爸的朋友，人家直接把钱给客户就完了，虽然流程有瑕疵，但是完全可以不过咱们的手，反而是咱们剩下的 7500 万才有风险呢！如果深圳总部不给他按时兑付那 2000 万，我怕他拿宜兴项目延期兑付来逼吴伟群和咱们就范。”

“这不是胡搅蛮缠吗！咱们和吴伟群又不是一伙的……”

“别忘了，深圳总部是咱们的大股东。在袁宁眼里，两个总部是一丘之貉！”

02

进入 7 月中旬，整个集团的各个子公司都笼罩在挤兑的阴影中。大多数总经理没有魏老大的手腕，又有太多资金压在深圳总部，难以抽身。很多人只好寄希望于集团能够转危为安：这么大的公司应该有不少家底，不会轻易倒掉吧？不是说集团要上市吗？老板不是还在香港谈一个资本运作的大项目吗？他还有影子团队的钱可以用吧？

亦山哥绝非此类。他深知在当时那种危急时刻，只能用现实主义的方式处理问题，而不能相信虚无缥缈的东西，也不能对未来抱有不切实际的幻想。在“三巨头”缺位的日子里，他成为北方总部事实上的负责人（虽然没有官方任命）。他的目标很明确：在北方总部还能够正常存活的时间里，力争化解眼前遇到的问题，尽可能减少我们客户的损失。为此他首先去见吴伟群和陈巧娟，希望他们能够保证按时兑付。不过这次斡旋显然是失败的：杜叔叔被带走以后，我们再也没从深圳总部收回一分钱。这个结果也很正常：吴伟群和陈巧娟已经是泥菩萨过河自身难保，于公于私亦山哥对他们又都不再重要，看来我们只能自求多福了。

亦山哥一返回北京马上着手处理北分兑付事宜。好在海林项目的融资方在杜叔叔出事后巴不得马上跟我们脱离关系，太阳城又按时守约，两个项目在 7 月 18 日同时得到兑付，让我们去掉了一大心病，从此也基本摆脱了北分的纠缠。

第二天，亦山哥召集下属子公司开会，正式宣布北方总部将暂停一切募集活动——他毕竟不是公司高管，又不便公开刺激吴伟群，只好口头说明。紧接着，他向北方总部全体员工通报这次深圳出差的见闻，详细描绘了深圳总部目前的艰难处境，忠告大家千万不要再做交叉销售。到了这个份儿上，程霞终于意识到深圳总部不再在乎我们，即使购买 90 天的产品也有可能拿不回本息，这才迷途知返、幡然醒悟。

接下来，亦山哥把程霞、“太祖”、陈律师和财务部经理叫到一起开会，分析兑付形势。到那时为止，北方总部尚未向客户兑付的资金集中在 5 个部分：一是宜兴项目中的 7500 万元，二是给深圳总部交叉销售的 1400 万元，三是我们自己发行的“918”约 3.3 亿元，四是新年后做的两个项目合计 7000 万元，五是金牛家园项目的 5 个亿。

其中，交叉销售的钱恐怕是肉包子打狗，难以追回；金牛家园项目是股权投资，严格意义上说不存在兑付这个概念。出于负责任的态度以及受客户压力的影响，我们需要把其余三部分资金的使用情况及后续处理方式落实清楚。

于是，大家兵分两路，开始行动。

北方总部自己发行“918”募集来的资金全部投给 3 家企业，它们都是当初向小强和程霞圈定有实力玩资金池的“大块头”。程霞带着汪晨迎逐家拜访，恳求它们每笔资金到期即还款，逐渐把融资规模降下来。这 3 家企业的老板和海林项目的融资方一样明智，都愿意就坡下驴，趁机与我们慢慢分道扬镳。

亦山哥则先带着我去宜兴与袁氏父子恳谈。他动之以情、晓之以理，并且抓住老袁总好面子的特点，在适当的时候温柔地扔下狠话（“要是不能到期兑付，客户上门讨债可就难看喽”），促使袁家勉强同意把宜兴项目与深圳总部尚未兑付资金脱钩。

亦山哥又马不停蹄地带着陈律师与最后两个项目融资方谈判，据说分别经历了一番激烈的唇枪舌剑，才说服两家企业做出承诺：在融资期限结束时，无论北方总部处于何种状态，他们都将按照约定向客户归还本息。

也许有人会问：现在对半年以后到期的事做承诺有什么用？我们当然明白那只是空头支票，但是在当时那种情形下，这种承诺稳定住了我们的客户，让他们看到我们认真负责的态度，因此北方总部没有发生严重的挤兑或兑付危机。更重要的是，我们无意中也保全了自己：从始至终没有一个客户因为这三部分资金的问题在法律上找我们麻烦。

即便如此，明眼人仍然能够意识到我们大势已去：北方总部已经没有新业务和新收入，亦山哥的努力也只是在使公司苟延残喘、最大限度减少损失罢了。如果深圳总部倒下，光是“鑫城财富”这 4 个字就会让我们难以翻身。

这时，我想起了彭总。作为北方总部乃至集团里最神秘的人物，他每次出手都能起到关键作用。如果按照吴伟群的说法，这就是他的能量超出常人的结果吧！在目前这个混乱的局面下，他是否能找到扭转乾坤的办法呢？

我怀着忐忑的心情给他发了个短信——这还是我第一次联系他呢！可是这个短信石沉大海，当天没有得到回复。直到第二天下午，我已经不再抱希望时却接到了他的电话：“小杨，我联系好了，你叫上吴伟群去香港见我一个朋友，谈收购鑫城财富的事，我一会儿把他秘书的电话发给你。”

收购鑫城财富的事？彭总真的要帮我们逃出生天了吗？我兴奋地把这个消息告诉亦山哥，他也露出了久违的笑容：“你小子可以啊，我怎么都没想起找彭总！快通知老吴，赶快办香港签注！”

2016 年 7 月 26 日，星期二，一大早我从北京直飞香港。这趟旅途并不轻松，用亦山哥的话来说，是去一个没有希望的城市寻找希望。在香港国际机场与吴伟群会合，他搂着我亲切地说：“老弟，你介绍的这个资源太重要了。这次谈成的话哥哥有重奖哦！”我想到澳门的“惊喜”，不由心头一热……

司机接上我们，说带我们去四季酒店与他们老板见面。我们一直没被告知要见的是什么人，但是会面地点成为一个重要暗示。

深谙时事的人都知道，2013 年以来的反腐风暴处理了一批贪官污吏，同时也使一些深陷复杂政商关系的民营企业家避走香港，四季酒店便是他们的集中栖息地。酒店位于中环金融街 8 号，那里正是香港寸土寸金的核心位置。它与国际金融中心（IFC）连通，办公、购物、休闲均移步可得，还拥有两家米其林三星餐厅，举世罕见，金融圈的娱乐中心兰桂坊酒吧也近在咫尺。住在酒店（或者旁边的四季汇公寓），这些老板的生活需求可以得到全港最高品质的一站式满足。

看来这次我们要见的就是这样一位大佬吧！

司机把我们送到酒店门口，大佬的秘书把我们迎进大堂，乘电梯来到 4 层，通过一段走廊，来到露天平台花园，我马上被这里的景色震撼了。平台花园长约 80 米，连接着酒店和 IFC 二期。我们从酒店这一端向对面走去，向右能够仰望中环鳞次栉比的地标性写字楼群，向左可以俯瞰美丽动人的维多利亚港，可谓移步换景，目不暇接。

走到尽头，我们来到 RED 酒吧。秘书把我们引到一张露天桌子前，有几个人正在聚精会神地盯着一台笔记本电脑的屏幕看文件。秘书在其中一人耳边低语几句，那人随即起身走到我们面前，满面春风地说：“吴总、小杨，欢迎！来，咱们一起走走吧！”

人家都说奇人必有异象。此人外貌并无特别之处，奇特的是他的装束：一身厚厚的运动服打扮，看起来至少穿了三层衣服和两层裤子，甚至还戴着帽衫的帽子，与香港 7 月的天气极不相称。也许他身上的能量太过强大，不得不用衣物严严实实地裹藏起来吧！

亦山哥曾经总结过北京金融街上的男士着装：西装颜色越深，越是金融民工；越浅，越是大佬。可是到了香港的金融街我才明白，真正的大佬原来只穿运动服。

从始至终都没有人透露大佬的名字（我们姑且称他为“X”吧），他本人也没有自我介绍的意思，我们只好一左一右陪着他散步，身后远远地跟着秘书和一个彪形大汉。吴伟群简明扼要地说明来意，X 并不急于表态，饶有兴趣地询问了一些关于业务模式和数据的问题。

在平台花园走了一个来回，想必 X 对鑫城财富的情况已经心中有数。回到 RED，他停下脚步，凝视着夕阳下的维多利亚港沉默起来。他在考虑是否接盘吗？我大气都不敢出一下，生怕打扰他的思考；瞄了一眼吴伟群，他也安安静静地垂首而立，像个等候发落的犯人。过了一会儿，X 突然回过头把秘书招呼过来："我想好了！"

我屏住呼吸，紧紧盯着他的嘴，期待着他的判决。也许这就是我们最大的翻身希望，拜托老天爷一定要关照一下啊！秘书跑上前来，我们听到 X 不紧不慢地说："只有老赵推荐的那艘个头够大，站在这里能看清楚，下单吧。"

吴伟群和我都傻了眼：搞了半天他竟然是在琢磨买游艇的事，我们生死攸关的大事在他心里却是如此无足轻重！

这时，X 转向我们报以微笑："哈哈，对不起，你们公司的事，我决定放弃。"

吴伟群站着没动，面部表情倒是恢复了正常。也许刚才他就已经预感到结局了吧。但是我还不甘心："可是您还没听我们的报价呢！"

"报价？你们现在账上有多少现金？上半年盈利是多少？"

我无言以对，望向吴伟群，他却无动于衷。我只好硬着头皮回应："今年行业整体状况不佳对集团影响不小，但是去年业绩还是相当不错的。而且我们最大的卖点不是盈利有多高，而是强大的募集能力。如果您掌握了这个平台，每年能拿到 50 亿用于投资。"

"50 亿吗？"X 和秘书都笑了起来。我的挫败感转化为愤怒，既有对他们莫名怪笑的气恼，又有对吴伟群零配合的埋怨。

X 见状解释道："既然你们是彭总介绍来的，千里迢迢赶过来也不容易，我就把事情说透吧！

"50 亿，也就是我做一个定增项目的钱，吸引力不大，再说，你们募集的成本太高了，模式不可持续。我控了几家银行，现在资金成本是 3.15%。说到底，在现在的金融市场上，只有银行和保险公司能提供长期低成本资金。保险的体量和银行又没法比，所以最终大家都是在给银行打工。

"至于你们公司，走到今天这一步常规的打法已经没救了，如果还能撑得住，不如到资本市场试一试。故事讲得好，没准还有机会。把你们的实体公司包装到虚拟经济市场上，换回实实在在的现金再做下一个轮回，几下不就做大了？这才是搞金融的最高境界：‘实变虚，虚变实’！”

03

从四季酒店出来，我内心充满惆怅和感慨。

我们自以为是一只私募雄鹰，在X面前却是如此微不足道；我们自以为惊天动地的危机，在他眼里也只是茶杯中的风暴而已！我曾经对亦山哥的话深信不疑，以为银行就是面临淘汰的恐龙；可是X的话让我醒悟：银行才是金融体系的真正霸主；相比之下，影子私募简直不堪一击。难道我从一开始就入错行了吗？

同时，我对那天吴伟群的反常表现难以理解。与X会面的时候，他显得力不从心，几乎没有做过任何努力；被拒绝时，他倒是欣然接受，似乎早就知道这个结果；X最后的那番话明明指出公司生存希望渺茫，他却不以为然甚至面露微笑。他到底唱的是哪出戏呀？

我心事重重地回到北京，把会面情况原原本本地告诉亦山哥。他想了想，分析道：“这么重要的事，会有很多核心条款和幕后交易，是不可能让第3人知道的。吴伟群全程带着你一起谈，说明原本就没抱多大希望，或者压根就不是想真心搞成。”

说罢，他点上烟，眼神变得迷离起来。看到他忧郁的表情，我心里很难过，真恨自己回天乏术，不能帮上他一把。他却反过来拍拍我的肩膀：“没关系，本来这事就很难成，你也已经很努力了。尚未得到，何谈失去！”

是啊，尚未得到，何谈失去？我突然又想起小何。亦山哥教授这句话的时候，我还没有机会一亲芳泽；时至今日，她却已经成为过去式。上次见面她把想说的话都对我讲完，随即恢复沉默状态，再也不理我。而见面之后的半个月时间里，我帮着亦山哥处理兑付问题，陪着吴伟群去香港，每天都忙得筋疲力尽。从香港回来，我正准备再联络朝思暮想的梦中人时，集团全面危机爆发了。

准确地说，深圳总部的挤兑危机是在 7 月中旬正式发展成为兑付危机的——在这个关键时刻，“918”的“毒性”开始发作。

春节以来，在影子私募行业问题百出以及深圳总部各种危机不断的背景下，大家多多少少都对公司的前景抱有忧虑。于是，从 3 月下旬集团全面放开“918”开始，A 档产品迅速成为当之无愧的爆款：它在所有产品中存续期最短、销售提成却一点都不少，对募集团队来说性价比最高。

“918”的崛起改变了整个鑫城财富的产品格局，使产品期限严重失衡：一年及一年期以上的产品逐渐无人问津，半年以内的产品成为主流。

在正常情况下，产品到期时客户大多会在销售人员的劝导下选择续投，这样鑫城财富就可以继续使用这笔钱。但是一旦有大量客户选择到期赎回，公司的兑付压力就会骤然上升。这时，杜叔叔在 2015 年 8 月第一次讨论“918”时提到的流动性管理能力就变得至关重要了。

可是产品结构的短期化倾向使得匹配相应期限的资产变成一个不可能完成的任务，深圳总部的业务部门又把精力转向挣钱更容易的募集而非寻找项目（和程霞一样），再加上从 2016 年 4 月开始吴伟群不断从公司账上抽血，同时还要应付挤兑客户，这一切都使得深圳总部的流动性管理能力持续下降。

吴伟群当然也意识到了这个问题。他开出的却是一剂猛药：提高销售提成，快速募集更多资金应对危机。这一招确实对募集工作立竿见影，但是上述几个根本性问题没有解决，蜂拥而至的资金得不到适当的匹配，只能被他抽走或者挪去应付挤兑。到 7 月上旬，“918”开始迎来集中到期和兑付时，他只好拿新进资金去填补窟窿。

最终，临近 7 月底时，深圳旧改项目彻底引爆全面兑付危机。杜叔叔曾经告诉亦山哥和我，那是鑫城财富投入规模最大的一个项目，先后向融资方借款逾

10 亿元。其中有 5000 万元在 5 月 31 日到期，曾经引发短暂的兑付危机，那也成为很多人对深圳总部失去信心的起点。7 月 3 日，该项目又有一期 1.2 亿元到期。购买相应产品的客户一直担心难以得到兑付，终于在 7 月 29 日打探到确切消息：融资方是个黑白两道通吃的开发商，看到鑫城财富的现状，彻底向吴伟群放赖，表示项目进展不顺，无力还钱。

这一次，所有参与该产品销售的子公司都向深圳总部发去警报：客户将组织大规模抗议活动！吴伟群很着急，在那个周末四处调集资金应对。他把手也伸向了我们：陈巧娟命令财务经理周一早上把账上的绝大部分现金（1800 万元）汇入深圳总部账户。

财务经理早已萌生退意，这件事却让他伤透脑筋：他很清楚这笔钱有去无回，按要求操作的话会把北方总部的血液抽干；可是陈巧娟是我们的 CFO，“O”序列里硕果仅存的一位，相当于目前公司最高领导人，从法理上讲又不能拒绝她。两难之下，他向亦山哥求助。

就在亦山哥也一筹莫展之际，陈律师想出一个点子：推说钱都买了定期理财产品，中间无法赎回。财务经理大喜，先去买了理财产品，然后才向陈巧娟复命。陈巧娟勃然大怒，当即决定开除他（正中他下怀），不过于事无补：这笔钱她是拿不走了。

虽然募集量已今非昔比，吴伟群毕竟还是个很有能量的私募大佬，这次兑付在 8 月 3 日就全部完成。但不幸的是，在短短的两天延期时间里，多个子公司受到巨大冲击，不得不歇业。成都的总经理被打了一顿；昆明的头儿干脆卷了些钱跑路了；大江也很惨：他的两个大单是一个银行理财经理做的飞单，银行的理财是不可能延期兑付的，我们的两天延期使理财经理的行为败露，直接被银行开除。这个消息一走漏，大江在银行系统的关系网瞬间崩溃。昨天的死党纷纷变成今天的债主，天天追着他要钱。

总而言之，正是这番冲击切断了集团的许多“触角”，使好不容易通过提高销售提成而回暖的募集量重回谷底。此时的鑫城财富就像一个溺水者，虽然抢救过来，大脑却已受损，身体机能再也无法完全恢复。

事情到了这个地步似乎已经积重难返。可是我发现，随着危机的加深，许多人开启了疯狂模式，变得不可理喻。比如吴伟群竟然给出高得离谱的销售提成，仿佛募来的钱不用还似的；陈巧娟在此基础上狮子大开口，向子公司要的价码比以前更高了；有的子公司为了高额提成拼命出单，对所有危机熟视无睹；鑫城宝上产品的预期收益率也大幅上涨；王仁豪四处找人推销那个养老项目，急着想卷一笔钱跑路……

与此同时，另外一些人则选择了放弃。就在我去香港的前一天，高腾跳槽去一家地产公司做行政总监；8月1日，陈律师和汪晨迎同时辞职；到8月第一周结束，北方总部只剩下1/3的员工，据说深圳总部的员工也流失过半。

我也想过辞职。老妈得知杜叔叔出事，又听我偶尔回家抱怨公司的状况，也一再劝我早点离开是非之地。可是我和淑玲商量过，只要亦山哥还在一天，我们就陪他坚守一天。而且我还投了20万元的“918”，万一收不回来，多拿一天工资也算挽回一点损失吧！

就这样，时间来到2016年8月8日，星期一，一个数字吉利却让我失魂落魄的日子。

这天早上，亦山哥把我和淑玲叫到一起，语重心长地说：“从各方面情况看，公司走到今天这个份儿上已经回天乏术，随时可能崩盘。古人云‘君子不立于危墙之下’，而我已经做完该做和能做的事，准备明天正式辞职，先跟你们俩通个气。我可不想丢下你们不管，所以建议你们也早做打算。咱们共事一场，曾经风雨同舟、同甘共苦，我很感谢你们。这一年多在一起很开心，有时候我过于严厉，你们可别记仇啊！”

淑玲一听这话就流下眼泪来。杜叔叔被带走以后发生的事（尤其是“阿玛尼”的不辞而别和亦山哥牵头的救亡行动）让她看清了谁才是公司真正的顶梁柱，终于明白谁才值得信任。

这时的我头脑发懵，不知所措。我从来没有认真考虑过亦山哥什么时候会离职，他走了我该怎么办。可是当这一天真的猝不及防而又无可避免地到来时，我就像失去平衡的陀螺，一下子失去了方向。

“那您接下来有什么打算呢？”我问道。

“给自己放个假，出门旅行吧！想去的地方太多了，正好一直抽不出时间。”

“那再接下来呢，总要工作吧？您回来到哪里我们也去哪里！”

“别傻了，我还没想那么远呢！这次散伙也是好事，大家都有一个重新开始的机会。”

“亦山哥，不要这么绝情啊，我们俩是因为您才留下来的。”

“废话，我当然知道！但是回去想想你们就明白了，我是为你们好。我这个人，独来独往惯了，也不愿意自己挑头干，这一个月的活儿都快把我烦死了。你们俩的职业生涯才刚开始，应该找个大公司，本本分分地学些规范的东西，别总想着老吴那一套‘弯道超车’走捷径，欲速则不达。好了，我相信咱们的缘分不会就这么结束，将来有合适的机会我一定会想着你们的，好吗？”

“可是……要不我们晚上吃个散伙饭吧！还有好多话想和您说。”

“现在公司这个样子，谁还有心情吃饭？别搞得那么感伤，又不是以后不见面了，咱们来日方长！”

我点点头，心情却无比低落。亦山哥就要离开了，我和淑玲怎么办？路在何方？

我和淑玲离开后，亦山哥把程霞请了过去。他们谈了很久，据说最后程霞气冲冲地跑出来，亦山哥想从后面拉住她，却被她打了一个响亮的耳光……

刨除这个插曲，那一天整个北方总部都深深地陷入一种离别的悲伤气氛。亦山哥的离开似乎带走了公司空气里最后一丝信心和希望。淑玲和另外一个同事随即提出辞职，公司里只剩下我、程霞、“太祖”、马楠楠和出纳。

我没有马上辞职——还有 20 万元压在“918”上，只剩十几天就要到期，总得有个结果再说吧！不过我也知道，自己离开的时间也不会太远了。

当天晚上吴伟群打来电话，任命我为项目一部副总经理，主持一部的工作，并一再强调他已经找到办法渡过难关，叮嘱我千万不要离开。

第二天下午我又来到亦山哥的办公室，这一次面对的已经是一个空空荡荡的房间。我坐在沙发上，怎么也不敢相信亦山哥再也不会出现在这里……

我正在发呆，“太祖”出人意料地推门走了进来：“恭喜呀，杨总！你是鑫城财富历史上最年轻的部门级领导。这间办公室我眼馋很久了，是部门总里最大、最好的一个。你这是在找上任的感觉吧？”

我苦笑了一声，缓缓地说：“兄弟，你就别笑话我了，也就是混几天工资罢了。现在天天都没事做，时不时还要应付客户，我可不想干信访办的活儿！”

“可别这么想，我跟你说，我跟老吴的时间最长，他这个人我太了解了，他肯定有办法卷土重来的。”“太祖”信心满满地说。

“但愿如此，不过我是去意已决。”沉默片刻，我想起一件压在心头大半年的事，也许这是解开这个心结的最后机会了，“兄弟，说句心里话，我从来都没喜欢过马楠楠。”

“太祖”咧开嘴笑了起来：“兄弟，昨天我和她聊天，她告诉我了。本来我跟她也不合适，一直是‘癞蛤蟆想吃天鹅肉’。不过你小子老实告诉我，你们俩到底把那点儿事办了没有？”

我的脸一红，不由避开了他的眼睛。

“哇哦，还是你有艳福啊！”“太祖”走上前使劲拍了一下我的后背，嘴咧得更大了。我转过头，看着他毫无芥蒂的表情，也露出会心的笑容。那一刻，我们好像回到了过去一起分享美女照片的日子……

过了几秒钟，“太祖”转身离去，出门前回过头问道：“你知道她为什么还没离开公司吗？”

我先是一愣，接着恍然大悟，正想张口，“太祖”已经离开了房间。

04

2016年8月10日，星期三，我正式辞职，成为鑫城财富历史上最短命的部门级领导。

程霞不太高兴（在她眼里亦山哥和我都是逃兵），只是答应尽量帮我拿回那20万元的投资，并冷冷地祝福我前程似锦，就不再多说。“太祖”没来上班，我把金购里能买到的最大包装的巧克力放在他桌上，应该够他吃上半个月的了。出纳小姑娘来的时间不长，简单寒暄几句，我就告辞了。

没错，我没和马楠楠当面告别，只是在离开后才通过微信通知她。在“太祖”的启发下，我发觉自己是她留在公司的唯一原因，马上下定决心辞职：本来继续留守也只是一个苟延残喘的寄生者，不可能创造任何价值，更不要让别人因为我而耽误前程。但是在心底，我仍然无法原谅她对我和小何做的事。那天晚上她打来无数个电话，我索性把手机静音：事已至此，还有什么可说的呢？就此别过吧！

我就是这样匆匆忙忙而又冷冷清清地离开了金融街。借杜叔叔的话来说，我就像流星一样划过金融街的天空，而且时间是那么短暂，光芒又是那么微弱，在星光璀璨的金融街上空完全可以忽略不计。以后还能回到这条街上工作吗？还有机会做一个吴伟群所说的“私募之王”吗？

越想越头晕，我昏昏沉沉地睡了过去。就像一个刚出狱的犯人，终于可以一身轻松地睡个安稳觉了。没想到这一觉下去就是一天半。等我再睁开眼睛，已经是8月12日的凌晨4点。拿起手机，弹出的新消息基本都是马楠楠的未接来电和微信，最近的一条却是6个小时前吴伟群发的微信消息：老弟，明天上午10点集团公司召开新闻发布会，请一定要回北方总部看视频直播，有重大消息！

我好奇了几秒钟，随即一笑而过：在我离职前，鑫城财富已经是千疮百孔、无可救药，延期兑付的金额保守估计在6个亿以上，而其他陆续到期的产品还在使数额迅速增加。大家都在讨论整个集团倒下的确切时间。吴伟群就算是个了不起的金融魔术师，也不可能让集团起死回生。

上午10点20分，我的手机响了，是“太祖”，他应该是从北方总部大会议室的视频会议现场打过来的。只听他压低声音兴奋地说道：“有救了，有救了！老板借壳上市搞成了！”我还想再问，他却挂断了电话。

这简直是神经错乱的胡说八道！证监会已在5月收紧跨界定增，在6月又决定修改《上市公司重大资产重组办法》以打击炒“壳”，在这些高压政策之下，我们这样的影子私募想通过审批简直是天方夜谭。

不料，又过了几分钟，北方总部的微信群里就炸开了锅（我和很多人一样，故意没有退群，以便随时了解公司动态），有人发出深圳总部新闻发布会现场照片，我定睛一看，只见吴伟群身后的幕布上赫然写着“鑫城财富收购香港上市公司新闻发布会”！原来他跑到香港去买壳了，这才是他一直在秘密筹备的资本运作项目。

那么什么叫“借壳上市”呢？那是指非上市公司收购一家已上市公司一定比例的股权来取得上市的地位，然后通过反向收购，注入自己的资产和业务，从而实现间接上市的目的。这里被收购的上市公司叫“壳”，一般是指拥有上市公司资格，但经营状况相对较差的公司。

吴伟群在发布会上宣布，鑫城财富集团已与香港上市公司达成一致，将以现金3.2亿港币收购对方60%的股权。完成交割后，该公司将更名为“鑫城金控”，并反向收购集团100%的股权，使鑫城财富变身为港股上市公司，公司的主营业务将变更为财富管理、金融投资和互联网金融服务。

老妈说过，她熟悉的大老板都有个特点：说的不做，做的不说。在这件事上，吴伟群正是如此。看来，他大张旗鼓地搞什么新三板“转板”计划，其实只是吸引人眼球、减轻危机的公关手段。我也终于明白为什么他在X面前会表现反常。杜叔叔曾总结他以“真亦假，假亦真”的手段玩私募，而X讲的“实变虚，虚变实”与他香港借壳上市的思路倒是不谋而合。

3.2亿港币约合2.8亿元人民币，绝对不是个小数目，这些钱可能是吴伟群从深圳总部抽走的资金，也可能是影子团队的贡献。我突然想起上次在深圳他对我说的话，不由陷入深思：难道这一切都是他一手导演的“压力测试”，只是在考验下属的能力和忠心？以他的个性，完全可能做出来这样的事，这可真是一着险棋啊！不过转念再一想，可能性更大的还是他预感到集团将会面临兑付危机的考验，提前开始准备借壳上市事宜。也许正是因为到了胸有成竹的地步，他才顺水推舟把整件事当作一个压力测试来对待吧。

我一直没有机会向他求证这个问题，但是那已经不再重要。重要的是，他一手导演了这场反转大戏，在几乎所有人都心灰意冷之际，使整个集团的命运峰回路转、柳暗花明！

当然，并不是所有人都失去信心，也有人坚守到这一刻，终于等来绝处逢生的救赎，例如程霞。

新闻发布会尚未结束，一向在微信群里沉默寡言的程霞就像变了一个人。她先是发了一个大红包（每人 100 元），然后兴冲冲地留言道：“各位同事，事实再次证明，坚持就是胜利！几个月以来，你们可以看到有多少人都放弃了希望、离开了集团。此时此刻，我身边也只剩下两个人！

“你们都知道，北方总部最近一个月发生了很多变故。我在这里告诉大家一声：杜总已经获得保释，随时可能回到公司上班；吴总答应帮我找到黄总，相信他近期也能够回归。再添上三四个人，北方总部很快就能重新启动。

“事到如今，我更加相信做人还是应该有一份坚持、有一份信念的！只要我们不放弃，老天是不会放弃我们的。往后咱们一定要团结一心，把业务重新做上去！”

她的这番言论点燃了群里每个人的激情，大家七嘴八舌地发表感慨，纷纷表示要借这个机会重整旗鼓、再创辉煌！

看到前同事们群情激昂的宣泄，我的心情很复杂。

冷静下来后，我意识到借壳上市并不能一俊遮百丑。一方面，鑫城财富历史上积累的问题和在最近几个月爆发的危机都还没有得到根本解决，比如风控体系的单薄、高管的腐败、一些项目融资方的恶意拖欠、募集团队的流失，以及规模较大的延期兑付等。吴伟群通过资本运作也许能赌赢未来，但是眼前的局势仍然非常凶险。据说陈巧娟正在牵头设计一套“债转股”方案，考虑把已延期兑付及未来半年内将兑付的部分客户本息折算成股份，以此缓解现金流的压力。如果这一步能走通，整个集团才算真正度过生存危机。

从另一方面看，也许程霞是对的，我应该多一份坚持和信念，陪伴公司走过最黑暗的日子（其实也就再多撑两天而已），就能够亲历它的大反转。是不是该怪我的意志不够坚定呢？

最头疼的问题是接下来该怎么办？

吴伟群并不介意我已辞职，不断催促我回去上班；“太祖”也一天三遍电话叫我赶快收回辞呈。如果回去继续做项目一部副总经理，职务和薪酬都将上一个大台阶，自然非常诱人；但是整个集团有那么多问题尚未解决，即使借壳上市成功，吴伟群又会把公司带向何方，不免让人担忧。真纠结！

在职业生涯的重要十字路口，我想起了杜叔叔和亦山哥。

已经有一个多月没和杜叔叔联系了。程霞说他已经获得保释，但是毕竟还没有结案，这个时候找他恐怕有些不合时宜。

那么亦山哥会是什么态度呢？如果他也愿意回归那就太好了，我还会高高兴兴地跟着他干！可是我从早到晚打了整整两天电话，他的手机都处于无法接通的状态。我只好给他发微信，又过了一天才收到他的回复——

“Let it go（放手）.”

看到这句话，我长出一口气，有种醍醐灌顶的感觉：都到了这一步，过去的就让它都过去吧！我决心就此与鑫城财富彻底告别。

这时，我突然想起在澳门还有一笔吴伟群的馈赠。如果把它拿回来，即使最终那 20 万元的投资遭到损失，也算失之东隅、收之桑榆。

拨通阿志的电话，他的声音却是热情不再。得知我的意图，更是扑哧一下笑出声来：“老板，你还惦记着呢！不过你们吴总欠了明哥那么多钱，你那笔钱——不对，本来就是吴总的——早冲抵他的赌债了！”

我大怒：“那根本不是一回事！当初我们说得好好的，你们只是替我保管，你要讲信誉！”

阿志嗓门比我还高：“谁不讲信誉啦！是你们老板欠钱在先的，你让他把钱赶紧还完，要不就别再找我！”

我努力克制住怒火，并试着安慰他：“好，我帮你要！你先告诉我他欠了多少钱？”

在电话那端，阿志欲言又止，沉默了几秒钟，我“喂”了一声，他却挂断电话。

放下手机仔细想想，我还是有些疑惑：吴伟群是个赌场高手，杜叔叔也给我分析过他稳赚不赔的策略，他怎么还会欠下貌似金额不小的赌债呢？说不定是明总他们得知鑫城财富的危机后来个墙倒众人推，像很多融资方一样赖账吧！不过听阿志的口气又像确有其事，而且开赌厅的人那么有钱，也不会为了区区二十几万港币撒谎吧？我百思不得其解。

闲来无事，我翻出北方总部通信录来个按图索骥，了结与每个人的未尽事宜：不管“阿玛尼”和杜叔叔近况如何，还是给他们发个告别信息吧，也算有始有终；既然“太祖”觊觎亦山哥的办公室，那就通知他我将不会复职（我都能脑补出这家伙第二天手舞足蹈“喜迁新居”的样子）；前几天搬离办公室的时候还发现淑玲落在我这里的一些私人物品，约好这两天给她送过去……

完成这些事后，我在绝大部分名字后都画上钩，只剩下一个人了。我犹豫再三，还是决定做个彻底的了断：在这个世界上，宁可欠人钱，也勿欠人情。

05

亦山哥，您又错了——谁说金融街上芳容少来着？我坐在金城坊街汤城小厨的外摆（露天餐饮区），第一次认认真真打量着下班匆匆而过的人群，不一会儿就见到好几位打扮入时、风姿绰约的佳人。法国雕塑家罗丹说得好：生活中不是缺少美，而是缺少发现美的眼睛。

当一个熟悉的身影映入眼帘，我不由眼前一亮：一身紧致的红色鱼尾连衣裙，薄薄的黑色丝袜，再加上新烫的大波浪发型和大大的墨镜，分明像是从电影里走出的明星，引得周围的人纷纷行注目礼。

她坐到我面前摘下墨镜，正要说话时手机响了，她迅速接听：“嗯嗯，对对……日韩的比较便宜，但是假货太多，还是用台湾的‘贵妇’吧……啊，刘哥又打电话了？这次让他去香港打。瑞士大夫亲自过来，你报价80万——是港币啊……”

等她挂断电话，我正好点完菜，笑着问道：“老板，最近生意还不错吧？”

“还行还行，刚给住威斯汀公寓的一个客户打完针，所以约在这边吃饭了。我现在白天微整，晚上直播，根本没有空闲时间。你看看这黑眼圈……”说着，她把脸凑近了一些。

我看了看，和她四目相对时突然感觉脸颊有些发烫，连忙不好意思地往后靠了靠：“楠楠，才几天不见，你好像……成熟了很多。”

马楠楠白了我一眼：“得了吧，你想说的是更有女人味了吧！其实这才是真正的我。”

“这么说过去看错你了，不好意思，哈哈哈！”

“行了行了，别老那么拘束。你辞职以后我给你打电话，是想约你再见一面——没准是最后一面——把有些话说清楚，也算有个了断。”

“哦……我也这么想。”

“那就好！晓波，今天我只有一个要求：无论谈到什么咱们都坦诚相待，好吗？”

“OK！说吧，你想聊点什么？”

“你和芳笑分手之后又见过面吗？”

我稍一迟疑，还是把我和小何上次见面的情况一五一十地告诉了她。说到动情之处，不免声音哽咽。

马楠楠不耐烦地说：“得了吧，你有什么可难过的？北方总部最漂亮的俩姑娘都让你给睡过，也是没谁了！”

我确实是唯一一个与公司两大“仙女”都有过肌肤之亲的人，但这绝非值得炫耀之事：正是这种生命中不能承受之重，让我痛失真爱！

我抬起头，略带苦涩地问道：“哎，你说旁边这些大楼里的金融机构，也会和咱们公司的男女关系一样混乱吗？”

马楠楠大笑起来：“你没听过高腾对金融机构里的人的总结吗？商业银行和保险公司的，那都是温顺的小猫，发情期里，偶尔发骚；证券公司和信托公司的，那都是淘气的小狗，在家乖乖，在外坏坏；外资投行的呢——欢迎来到野生动物乐园！”

我也跟着笑了起来，脑袋里突然蹦出一个问题：“楠楠，我也问你个事儿，你老实回答：‘阿玛尼’对你……”

“嘁！我跟他？怎么可能啊！”马楠楠不等我说完就嗤之以鼻，“他倒是一天到晚各种暗示，可我根本看不上他！他就像网上说的那种人：魅力不够一夜情，财力不够包小三，人品不够担责任。还有岳亦山，我把他也看透了：别管他多优秀，骨子里太散漫，还不知道要漂多久才能定性呢！说实话，在公司里头，我真正喜欢过的只有你一个人！”

我无言以对，默默地移开目光。一对情侣手挽手从我们桌旁经过，留下一阵欢笑声。

马楠楠轻叹了一声，说道：“我知道，我家庭条件不好，学历也低，一个17岁就出来闯荡社会的女孩，和你这种北大的天之骄子差距太大——不，不用解释，你听我说完——其实你眼前蒙着的就是这层纱！芳笑有哪点比我好？你以为多一个本科学历、部队家庭出身就让她上天了？你错了！唉，好歹我和她也是闺密一场，就不说这些了，你自己慢慢去悟吧！晓波，可能我最喜欢的就是你的善良，但是现在最恨的是你的天真。反正我今天是弄明白了，也就彻底死心了！”

她的话让人心酸。我不想承认她说的是对的，可是好像又无从辩驳。除了深圳那一夜，我以前从未对她有过特殊的感情。可是说到这里，却突然有一种即将失去她的恐惧，为什么会这样呢？

“你别生气。对不起，是我辜负了你的一片心意，以后我们还做朋友，好吗？”

“不必了。如果不能在一起，那就从我的生活里彻底消失吧！”

“那你以后有什么打算？还会在金融行业里做事吗？”

“那就不用你操心了。反正影子私募我是不会再碰了。‘阿玛尼’不是说了，都是玩什么 OPM（other people's money，别人的钱），谁也不负责任，风险太大了。”

“可是总要找个正经工作吧！”

“你看不出来吗，我现在就能自食其力，还需要给谁打工吗？其实，朝九晚五根本赚不着什么钱。我到鑫城财富上班，就是为了有个单位挂着，还能多接触些人，发展些微整客户。告诉你吧，我 7 月份赚了 20 万，8 月份才到今天都 25 万了！你们做金融的，搞来搞去，有几个人一年能挣这么多钱的，还净出事。还说什么‘正经工作’，别逗了！你呀，总是分不清轻重。行了，多说无益，没什么事我就先走了，你自己多保重吧！”

见她站起来，我也只好起身并伸出右手：“楠楠，那我们后会有期！”

马楠楠最后望了我一眼，并没有握手，而是戴上墨镜深沉地笑起来：“晓波，还是后会无期吧！”

半个小时后，我来到天伦北里，在小区的花园里转来转去，直到天黑下来，还是没有看到小何的身影。要不明天再来？我正在打退堂鼓，只见一抹白色出现在花园另一头，缓缓地向我靠近。那正是我的梦中女孩。她穿着一身白色连衣裙，挎着一个小小的手提包。我迎上去，两个人在相距几步远的地方停下脚步。出乎意料的是，那张熟悉的脸上又露出了招牌式微笑，让我的心微微一颤，只听见她说：“你怎么来啦？最近好吗？”

“我……还行吧！公司的情况你应该都知道了，10 号我就辞职了。”

“公司的事儿这么严重吗？”

“我走了以后又有转机，吴总搞了个香港借壳上市。不过我是不想再回去了。你呢，最近怎么样？”

“我还好，工作挺顺利的，最近想考个会计证。”

“哦，好的。那你还……嗯，你和……”

“我和一萌也挺好的，昨天晚上两家人还一起吃饭来着。”

也许放在上次见面，听到小何这样说我一定心痛不已，可是这个时候却莫名其妙地麻木起来。我的心悄悄做好准备接受这个结果了吗？它可没有告诉我啊！我只听见自己不假思索地说：“你们进展还挺快，咱俩在一起5个多月都没见过对方父母。”

“不一样的，我们还没出生，他爸爸和我爸爸就认识了。”

“那你和他在一起开心吗？”

“怎么会不开心呢？在一起之后，我开始发现他身上的优点。他的全部心思又都在我身上，说实话我现在挺幸福的。”

“芳笑，我已经辞职了，我现在的全部心思也都在你身上！”

小何没有说话，示意我陪着她在花园里散步。走了一会儿，她突然说：“其实我觉得你心里已经有别人了。”

“芳笑，我……”

“只是你自己还不知道，相信我，女人的第六感很强的。”

我真想用“阿玛尼”的口头禅来回应她：开什么玩笑！“芳笑，别看北京这么大，却只有你和我老妈让我觉得像亲人——对了，还有亦山哥，难道你说的是他？”

小何和我一起笑起来。天完全黑下来，我们在沉默中并肩而行。走到她家楼下，我鼓起勇气去牵她的手，她优雅而坚定地躲开，轻声细语地说：“我到家了，你也早点回去吧！谢谢你给过我的一切，不过以后真的不要再来找我了，一萌会生气的。”

这时，我如梦方醒：“芳笑，不要再折磨人了，我是不会放弃你的！”

小何轻叹道：“晓波，现在是你在折磨我，也在折磨你自己。我已经找到归宿了，你为什么还要这么执着呢？记得我上次说的话吗？快去找真心对你的人吧，她肯定在等你呢！”

真心对我的人在等我？难道她说的是……

我一怔的工夫，小何转身而去。至今我也无法解释清楚，为什么当时想追上去却迈不开腿，想叫她却又张不开嘴，只是眼睁睁地看着她的身影消失在铁门后面。

一切就这样结束了吗？

06

一切远未结束——

对鑫城财富的许多人来说，噩梦才刚刚开始。

2016 年 8 月 19 日，星期五，就在吴伟群宣布收购香港上市公司整整一周之后（也是我的 20 万元投资兑付前的最后一个工作日），一个爆炸性新闻以各种方式在鑫城财富的员工和前员工之间疯传：李忠、吴伟群和陈巧娟同时被警察带走了！

在随后的两天里，这个消息引发了全国客户的挤兑风潮，当时仍在正常经营的子公司又各自遭受到一轮不同程度的冲击，有的关门大吉，有的奄奄一息。这时，纸再也包不住火，鑫城财富的名字开始出现在各路媒体的报道中。

2016 年 8 月 22 日，星期一，早上，据说北方总部只有程霞和出纳两个人到岗，等待她们的是蜂拥而至的客户……到了中午，程霞被警察带走去做笔录，出纳小姑娘不知去向，公司也被贴上封条。

北方总部就此终结。

深圳总部也没能撑过那一周。

集团首脑被刑事拘留的事实震惊了所有人。员工们群龙无首，纷纷自动离职，其中很多购买过公司理财产品的员工一转身加入了追讨大军。京基 100 的第 101 层办公室很快变得空空荡荡，而楼下却热闹非凡，来自全国的客户和媒体在这里安营扎寨，追踪着事件的每一个进展。这种状态只持续了两三天，深圳总部就遭到查封，正式告别历史舞台。

随着深圳总部的关门，硕果仅存的子公司们失去大脑，立刻作鸟兽散。鑫城宝的网页也停止更新，运营团队不辞而别。鑫城财富的经营活动彻底终止。

我做梦都想不到，这家曾经喊出“三年打掉恒先，五年赶超诺佳”，号称要成为“百年老店”的私募基金公司在短短几天之间树倒猢狲散，以迅雷不及掩耳的速度全盘崩溃，数百名员工一夜之间离职，给 2 万多名客户留下 40 多亿元的兑付缺口；至于影子团队造成的影响更是无法统计。

在写下这本回忆录的时候，我曾一次次设想：当时有什么方法能够改变集团的命运，避免内爆给各方带来的巨大损失？比如说，假如吴伟群等人没有被带走（或者至少没有在那个阶段被带走）、借壳上市获得成功，鑫城财富是否有望重回正轨、逃出生天呢？

恐怕答案是否定的。在了解到许多真实情况后我认识到：那样做只能将损失转嫁给更多人（继续购买公司产品的客户和香港上市公司的投资者），并造成更多的损失和更大的危机。

得出这样的结论绝非易事。鉴于我已离开公司，且原本熟识的级别较高、消息灵通的同事几乎都已失联，只能根据有限的信息去探究一些真相。

可以确定的是，早在 7 月上旬挤兑风暴发生后不久，就有人向监管部门和公安机关反映鑫城财富正在进行非法集资。随着举报人数的增加以及集团危机的加重，公安机关正式立案侦查，初步掌握了吴伟群等人涉嫌违法犯罪的事实，并将他们刑事拘留。另外，在 8 月 12 日的借壳上市新闻发布会之后，香港证监会也接到举报：鑫城财富的收购款项来源于以“918”等产品名义募集的资金，涉嫌洗钱；拟装入上市公司的资产和盈利不实，涉嫌欺诈。目前，公安机关应该也在协助香港证监会对上述问题进行调查。

我很惭愧：作为一个业务经理，一听到新闻发布会的消息就与绝大多数不明真相的普通员工和客户一样被镇住了。我和程霞都昏了头，竟然没能联想到亦山哥在金牛家园项目上提醒过的洗钱问题，可见我们的法律意识和风险意识是多么淡薄！

后来大家了解到，在接二连三的举报中，吴伟群的影子团队起到推波助澜的作用。

直到今天，影子团队的具体募集规模仍然没有被公开披露，有人估算应该在鑫城财富的 1.5~2 倍。有同事最终与其中一个团队建立起联系，大家这才知道：早在 2015 年 9 月，也就是吴伟群刚刚听说“918”这种产品没多久，他就指挥影子团队照搬其他公司的产品说明书，销售起自己的“918”。而到了 2015 年年底，他不仅面临第一批“918”的兑付，还要应对南京项目的兑付，正常的现金流无法支撑。正是从那个时候开始，他跨过那条“细细的红线”，开始挪用资金、借新还旧。

看着资金缺口越来越大，吴伟群知道凭常规手段已经无力回天，于是从2016年4月下旬开始抽取资金，谋划资本运作。可是这个计划里掺杂了太多违法违规操作和巨大的不确定性（影子团队认为即使上市成功，延期兑付仍然没有解决的时间表，还不如中止交易扣下这2.76亿元收购款用于兑付），最终在个人能量与法律法规的较量中败下阵来，没能实现惊险一跃、平安着陆，而是让公司迅速崩盘、堕入深渊。

吴伟群到底抽走了多少钱？在陈巧娟的安排下，鑫城财富财务部做了几本账，财务系统如迷宫般令人迷惑不解，公安部门最终认定吴伟群从集团账上直接挪用3.5亿元。如果再加上平时的超募资金和从影子团队那里拿走的钱，总数相当惊人！

那么除去2.76亿元的收购资金，其余的钱都去哪里了呢？这个问题涉及复杂的资金往来，至今尚无官方说法。大家一致认为，其中一部分可能被吴伟群用于高利贷投放和个人奢侈消费，而还有一部分肯定用于偿还赌债了。

吴伟群不是赌场高手吗？他怎么会欠下赌债呢？答案很简单：即便他技艺高超、精于算计，还是不足以冲破赌博的必然规律——久赌必输。

据王仁豪透露，2016年3月的一天（应该就在晶晶出事后不久），吴伟群又去澳门一试身手。那天他从晚饭后开始玩百家乐，手风一直不是很顺，几个小时下来略输几万元。时间到了后半夜，他有些疲倦，却坚持要赢几万元再走，不料连输4局，听王仁豪和另一个朋友的建议又连续押错两局，顿时急躁起来，第一次打破公式规定重金押了一把，没想到又输了！

凡是有小学数学基础的人都能算出来连输7局的概率是多少，偏偏在那天晚上被他赶上了。这还不算完，更糟糕的是他的情绪受到极大影响，失去了一贯的冷静沉着，头脑越来越热，全然不顾过去给自己设定的规矩。而自控可是他过去获胜的法宝，也是赌场上最重要的技能。

等他清醒过来，时间已经到了黎明前，而他在牌桌上已经输掉了3000多万元。

也许这就是轮回报应：吴伟群用赌博毁掉了一个女孩的人生，上天又反过来用同样的手段来收拾他。可他显然并不甘心，后来又去过几次试图挽回损失，不过事与愿违，反而使赌债不断增加。据王仁豪侧面了解，他最终的欠债金额超过1个亿！

当所有这些真相大白于天下的时候，我们才领悟到：原来大家不仅没有生活在同一个世界里，简直根本就不在一个宇宙！对于吴伟群来说，鑫城财富也好，影子团队也罢，我们只是他设计的平行宇宙里的一颗颗棋子，存在的意义就是为他输送弹药、积累能量，支撑他过一种锦衣玉食、香车美女的生活，并在更高层面玩资本运作、高额赌博的游戏。

作为一位私募大佬，吴伟群出身寒门，也没有受过正规高等教育，却凭借天生的聪慧、过人的悟性以及大胆的赌性闯出一条路，在短短3年多的时间里建立起一个庞大的私募帝国，称得上是个奇迹。不过，作为草莽英雄，虽然他也酷爱读书学习，却受性格和经历的影响剑走偏锋，奉行弯道超车、敢拼爱赌、资源至上的理念，没有重视法律合规问题，没有清醒的风控意识和严格的措施，也没有深入掌握私募基金乃至金融行业的内在规律，更没有在巨大的财富面前把握好自己，最终眼睁睁地看着自己亲手修建起来的大厦灰飞烟灭。

为了这3年多的浮华，也许吴伟群要付出几十年甚至整个后半生的代价；而鑫城财富和影子团队的数万名客户为了一份信任，又要付出多少金钱和血泪！

对于追随吴伟群的人来说，这个结果又意味着什么呢？

李忠老先生来到鑫城财富当了整整一年的集团董事长，其实一单业务都没参与，只是拿了20万元薪酬，但是也必须因法人身份而成为从犯受审，从退休老干部变成了金融罪犯。

陈巧娟参与了鑫城财富后期所有的重大决策和违法违规行为，配合吴伟群超募、收黑钱、抽取资金，甚至还帮助他给鑫城财富和影子团队两个平行宇宙同时做账。听说目前检察院给她的定性是非法吸收公众存款和集资诈骗，等待她的将是和吴伟群一样漫长的刑期。

子公司总经理们的下场各不相同。

在我认识的人当中，大江是最惨的一个：公司一倒，他身后的金融机构业务人员飞单的事全部浮出水面，引发连锁反应，他很快就成为第一个被公安机关控制的子公司老大。他这人又很讲江湖义气，把所有责任都揽到自己身上。看来无论如何他是难逃牢狱之灾了。

路总的情况要好得多，毕竟他的客户都是私人关系，没有金融机构追责。即便如此，他仍然被搞得狼狈不堪：很多客户都知道他家里有钱，天天上门哭闹。另外，他老爸在公司购买的理财资金最终损失了7000多万元，不可谓不惨痛。

现在看来，袁氏父子的确有先见之明，提早脱离鑫城财富使他们避免卷入更大的风波，潜在损失只有深圳总部未能兑付的2000万元。听说袁宁正准备起诉吴伟群，以法律手段追讨欠款。

除了提心吊胆地去派出所做个笔录并退还一些销售提成，王仁豪并没受多大影响（本来他就没做多少业务）。前段时间他加入了另一家影子私募机构，还时不时给我打电话。至于那个崇明岛养老项目，则再也不曾听他提及。

唯一全身而退的是魏老大。他未雨绸缪、手段强硬，早早拿回为鑫城财富募集的绝大部分资金，没有陪鑫城财富这颗流星一道陨落。他的团队还在像大江那样搞飞单吗？我相信一定没有停止。只要音乐还在继续（兑付没出问题），这种事又怎么能被杜绝呢？

“阿玛尼”怎么样了？我相信他一定也曾被公安机关叫去“喝茶”，但是北方总部的经营活动一直相对较为规范，瑕疵较大的“918”产品也一直能够有条不紊地兑付，其他尚未兑付资金又得到相对妥善的安排，因此他应该不会被追究个人责任。也许过不了多久他又会重新出山，但无论他再做什么，我都希望他能够负起责任、勇于担当，不要再做逃兵了。

和他一样彻底失联的还有“太祖”。自从听说吴伟群等人被带走的消息后，他就人间蒸发了，手机关机，平时一天发三次朋友圈的微信也处于僵尸状态。这家伙肯定是害怕自己为深圳总部募集的“918”出现违约然后被追责，于是一走了之。说真的，我很想念他，毕竟我们在这间到处都是金钱味道的公司里有过一段真挚的友谊。

相比之下，程霞的募集量没他大，却没能逃脱罪责：公安机关接到多人报案，于是对她立案侦查并刑事拘留。好在她积极配合，如实供述了相关情况，且退还全部销售提成，最终法院以非法吸收公众存款罪判处她有期徒刑三年，缓刑五年执行。她曾经那么拼命地出单赚钱，最后竟落得一场空，真是让人唏嘘不已！

当初淑玲也做了不少交叉销售，她却幸运得多：可能是“阿玛尼”（也许还有他父亲）私下做了工作，没有客户闹到公安机关，于是她没有受到法律追究，逃过一劫。不过，经过这次惊吓，她对我说再也不想搞私募了，前不久去了一家电子商务公司做产品经理。

好像我们“革命派”的结局都还比较幸运：陈律师的职业生涯没受什么影响，他一离开鑫城财富就加盟了一家央企新设立的融资租赁公司做法务部长，很快就成为公司的核心骨干，上个月还说推荐我过去呢。

杜叔叔也平安着陆：检察机关最终认定他在投行期间确实有违法行为，但是情节较轻，免予起诉。他正是年富力强的年纪，一定还会再找机会做事。2016年中秋节的时候我们曾经互致问候，但再无其他交流——两个人都想避免尴尬吧！虽然他不再是我的导师和偶像，但我永远不会忘记他：正是因为他（好吧，还有“阿玛尼”）我才踏入金融行业，才有机会在金融街上一窥究竟。

亦山哥就比较超脱了。其实自从 let it go 之后我们一直没再联系，我只是从微信朋友圈里看到他游山玩水的足迹，貌似他并不急着找下家。听说很多人都想挖他，陕西的曹阿姨还报出一个天价年薪聘他搞金融控股公司。我想，以他的性格和能力不可能像电影里说的“无脚鸟”那样一直漂下去，早晚还是会重回大地做一番事业吧！

到那时，如果你是我，无论他做什么都一定会第一时间投奔他的，对吗？

07

蓝海秀天地位于金购二期 5 层，我预订的 VIP5 包间是这家饭店乃至这条街上一个颇具想象空间的地方：从窗户看出去，马路斜对面就是证监会。对于许多像鑫城财富这样的企业来说，上市似乎就是这样近在咫尺，却又遥不可及。

我正在窗前向外凝视，包间门被打开了，老爸走了进来。

“怎么整个这么高档的地方！就咱爷俩吃顿饭、聊聊天，别弄得像见客户似的。”

“没事儿！你也难得来一次北京嘛，这里是金融街，我在这儿上了一年多的班，就想让你来看看。”

“晓波，听你妈妈说你最近老是萎靡不振的，窝在家里头啥也不干。你看，这都胖成啥样了！”

说起来我也在家赋闲一个多月了。也不知为什么，每天总是贪吃嗜睡，好像这一年多的私募生涯耗尽了我所有的精力和体力。而老爸是个特别一本正经的人，一向看不惯别人游手好闲。好不容易见一面，我可不想给他留下一个“二流子”的印象。于是我们边吃边聊，我把这段私募基金经理的经历从头到尾向他叙述了一遍。

等我说完，老爸沉思了一会儿，说道：“你用宇宙来打比方，很形象。鑫城财富确实像一个宇宙，从一无所有开始，在 2012 年国家那轮‘金融大爆炸’之后诞生，随着募集量的增加而不断扩张，出现兑付危机后迎来拐点开始收缩，最终坍塌毁灭。

“这两年出现好多你们这种公司，在很短的时间里迅速发展壮大，但是忽视了金融行业发展的很多客观规律，也忽视了法律法规的底线，积累那么巨大的能量却没有用到正地方，实在可惜。没想到我自己儿子也参与进去了，还瞎了 20 万。这也怪你妈妈，整天就会忙她的工作，一点儿都不懂金融。当初你要是征求我意见，肯定不会整成现在这样。”

我不服气地说：“爸，你这是事后诸葛亮。公司领导最初也是想做点实事的，谁能想到这么大一个公司最后会走到这一步。”

老爸瞪了我一眼：“亏你还在北大读过经济学，我看你这水平还不如我们学校的学生！我一直跟学生说：‘这两年毕业别搞什么金融，要不有后悔的那一天’。”

“真的吗，为什么这么说呢？”我顿时好奇起来。

老爸也来了兴致：“这个问题我可做了不少调查，是有发言权的。先说说你所谓的‘影子私募’吧！证监会应该是在2014年8月出台《私募投资基金监督管理暂行办法》，才算把你们纳入监管视野。但是整个行业处于野蛮生长阶段，一直都不太规范，经营失败的、跑路的很多，动不动就整成非法集资。这是由几个特殊原因导致的。

“一是正规直接融资僧多粥少。沪深两市有25年历史，算上零星退市的，到今天也就3000家上市公司。可是咱们国家有多少中小企业呢？4300万家！美国的中小企业只有2600万家，纽交所和纳斯达克现在有4000家上市公司，而且人家曾经退市的有上万家呢！再看看邻居印度，同样是新兴大国，上市公司也有一万多家。

“二是间接融资倾向国企，民企从正规金融渠道融资困难。中国绝大多数大型金融机构是国有的，资金投放上也明显偏心。很多国企明明盈利能力不强、运转效率低下，却能够依靠金融机构源源不断的信贷资金输血存活，而民企想贷款却难如登天。还有些类金融企业（指业务具有金融属性但并未获得金融许可证的企业，包括小贷公司、融资担保公司、融资租赁公司、商业保理公司和典当公司等）可以作为补充，但是总量太小了。比如融资担保全行业在保余额大概接近3万亿元，也就相当于交通银行一家的对公贷款余额而已。

“紧接着的第三条与前两条是紧密相关的——价格歧视。最近我刚做了个调研，发现银行给地方大型国企的贷款利率能做到基准利率下浮15%——都整到4%以下了；可是民营企业呢，综合成本至少8%！要是让信托和基金子公司上手，那就奔着10%以上去了。常规金融机构都这个数了，你们私募是不是还得加几个点？现在的实体企业，有几个能承受这种利率的？不出事才怪！

“最后还有一条，就是投资渠道匮乏。改革开放以来社会财富大大增加，私人手中掌握了大量资金。但是我们的投资渠道太狭窄了，除了买房、炒股、黄金珠宝，大多数人都不知道还能投点啥，所以民间借贷、私募投资才活跃起来。分析师张化桥说得很对，什么理财产品、信托产品、私募产品、小贷、P2P，其实不都是‘垃圾债’吗？风险当然高了。”

我听了撇了撇嘴：“爸，照你这么说，我们这个行业就注定要失败。”

老爸呵呵一笑：“那倒未必，也有很多成功的影子私募案例。不过，放到国民经济的背景下看，影子私募体量不算太大，我更担心的是帮助银行进行资金体外投放的影子银行。中国的影子银行体系是从2004年发展起来的，从2010年——特别是2012年——开始呈现爆发式增长。IMF（国际货币基金组织）统计过，到去年年底，中国影子信贷产品规模有40万亿元。如果按照瑞银（瑞士银行）的统计口径计算则达到54万亿元，都快赶上GDP的80%了！

“影子银行为什么会产生？最简单直白地说，就是商业银行想逃避监管给房地产企业放钱嘛。违规怎么办？这时候挂着‘资管’名头的通道业务就登场了。后来经济下行，银行坏账增多，通道业务又开始替银行转移不良资产。所以说这是我个人最反感的金融业务：它占用了那么多人力、物力、财力，却不创造什么价值，只是为了规避监管而已。

“而且这个模式下的大部分业务还面临期限错配和信用违约的挑战，但是银行却连相应的资本缓冲都没有，可怕吧？投资大鳄索罗斯说，中国影子银行的快速膨胀与美国次贷危机有相似之处，美国前财长亨利·保尔森也说中国的金融体系——特别是信托公司——迟早会面临清算。你说这40万亿~50万亿的量，对整个金融系统的稳定性是不是有着不容低估的潜在风险？

“好在监管部门也意识到这个问题，今年上半年银监会、保监会、证监会相继出台政策，对通道业务做出限制甚至叫停，这就是对过去宽松政策的调整和补充。前面我反复提到2012年——它是中国金融乱世的起始年，也是影子银行成为助长泡沫经济重要因素的关键一年。我不否认当时的金融创新是有一定积极意义的，但‘世易时移，变法宜矣’，现在到了必须做出修正的时候。

“其实不仅在中国，全球金融行业都面临同样的问题。我很赞同刘珺的观点——最近二三十年以来，金融行业越发务‘虚’：宏观上，虚拟经济逐渐脱离实体经济独立运行；中观上，金融市场的重心转移到衍生品市场；微观上，金融衍生工具使基础资产价格的定价机制偏离了价值规律。美国次贷危机不就是这么产生的吗？

“咱们话说回来，不同国家的影子银行这个概念的外延差别很大，咱们的影子银行只是技术含量很低的‘银行的影子’——帮银行曲线放贷而已。那就更应该让它尽快结束表内表外、真真假假的游戏，脱‘虚’入‘实’，回归金融的本质——服务实体经济，助推社会发展。这才是搞金融的最高境界！”

老爸的话让我陷入深思。他和香港大佬 X 不同的“虚”“实”观，可能就是正统经济学和资本运作在各自维度上对金融的认识差异吧！不过转念一想，我又对他说道：“但是影子银行只是金融体系的一部分，还有很多其他领域值得我们去做。年轻聪明的头脑天生就该搞金融！”

老爸直直地瞪着我说：“孩子，你这个观点很危险哪！没错，金融体系很庞大，当然会有很多机会。不过，谁说年轻人就该搞金融？那其他产业怎么办？你知道金融业增加值占 GDP 之比这个指标吗？它衡量全社会有多少资源和回报投向金融行业。中国这项指标在 2007 年之前一直在 5% 左右，从 2008 年开始攀升，2012 年是 6.6%，2015 年是 8.5%，今年上半年达到 9.2%。相比之下，美国只有 7.2%，欧洲和日本都低于 5%。这说明咱们的金融行业已经过热了！”

“这也没什么不对吧！人往高处走，水往低处流。中国的许多实体行业产能严重过剩，而金融行业的供给还很不充足，那么按照经济学规律就应该配置资源到高边际价值的金融行业。”我回应道。

老爸拿起手机查找片刻，对我说：“那我给你一组数据吧。美国麦肯锡公司研究表明，中国金融行业利润占所有行业利润的 80%，全球最高。美国金融那么发达，利润占比才 20%。要知道，中国的劳动人口有 7.7 亿，金融从业人员只有 558 万，只占 0.7%！这说明我们的金融行业正在吸干实体经济的血液，并且不断制造着更大的贫富差距和社会不公。你一个毕业没几年的年轻人，一年能拿几十万还不知足，管自己叫啥‘金融民工’，其实全社会都在给你们金融行业打工！

“我承认咱们国家的实体经济过剩相对严重、金融供给有些欠缺，但那都是局部的、结构性的，而不是全面的。煤炭、钢铁、水泥是过剩，可是先进制造业呢？基金经理满大街都是，可是能为农民服务的金融机构网点职员呢？你们年轻人有几个能去做的？这个年代，也不指望你们都去老少边穷地区吃苦，但总要搞点国计民生最需要的东西吧！”

我马上辩解说：“爸，北京的生活成本太高了！我又不懂做生意，想在这个城市生存发展，做金融就是最容易成功、赚钱最快的方法！”

老爸叹了口气，苦口婆心地说：“你每天不看新闻吗？现在全球金融行业正处于冬天。从美国次贷危机以来，全球银行业已经裁掉 80 万人了，花旗银行预计欧美未来 10 年还要裁掉 30%。巴克莱银行前 CEO 甚至预言：受科技创新冲击，未来 10 年全球金融业有可能裁掉 50% 的员工！你总说投资银行赚钱多，可是高盛、摩根士丹利、德意志银行、花旗、巴克莱银行都在大幅裁员。

“中国更是如此。商业银行利润都零增长了，五大行今年上半年离职 2.5 万人，薪酬也都在下降。证券公司也在减薪裁员，有的甚至引出员工讨薪的笑话。你再看看信托，有多少人因为以前做的项目烂掉了而被公司扣下，追回钱才能走人？这说明金融行业现在不景气，支撑不了那么多高收入职位。而一味追求高收入只能造成风险加剧、金融动荡。这种野心过剩有时比产能过剩还可怕！

“而且你这么急功近利，考虑过自己创造了啥价值吗？社会是个动态平衡的有机体，有输入才有输出，有创造才有得到。也许个别人能在某一时期获得超额收益，但绝不可能持续，最终一定回归平衡。你说去澳门住过银河酒店，那个酒店的老板、澳门‘新赌王’吕志和曾经说过，他总在思考社会需要什么、大众需要什么，做事一定要惠及他人和社会。你在这方面想的和做的还远远不够。人这一生啊，只知道一味索取是走不长远的！”

老爸说得我一阵脸红。进入鑫城财富以来，在公司氛围的影响下，我一直把金钱当作追逐的目标，把赚钱能力作为衡量一个人价值的标准，认为只有能赚钱的人才是一个“创造者”，否则就是“寄生者”。老爸的这些话让我开始意识到自己的价值判断出了问题。

不过，我虽然心里服气，嘴上却还不服输：“爸，你说的只是一种理想状态，现实中很难做到。别的不说，我这一年挣的钱还不够给一套房子交首付款呢！没房子，哪有女孩愿意嫁给我？我总得先安身立命才行吧！”

“你不是说这一年多在公司里接触过两个女孩儿吗？她们都非要有房才愿意跟你好？”

“那倒不是……但是也没到谈婚论嫁的地步。”

“没到那个地步，你咋得出买房才能结婚的结论？晓波，你得有独立的思想，别那么在乎社会上的所谓流行观点，因为很多人活得懵懵懂懂，自以为知道想要什么，其实那只是消费主义社会提供的需求清单。就像一位西方思想家所说的：‘人们似乎是为商品而生活。’这就叫‘物化’！

“我这可不是唱高调，咱们就拿房子的事来说，人人都应该量力而为，我坚决不赞成年轻人为了买房背负上沉重的财务压力和社会压力，特别是在房价已经这么高的时候。还指望你们去实现中国梦呢，结果一进入社会就被一套房给绊倒了，那么高房价就是在扼杀年青一代的活力，就是在扼杀中国梦！

“说个题外话：我跟学生聊天，发现很多孩子都喜欢歌手邓紫棋。我查了一下，她在 2012 年推出的成名曲叫《泡沫》。这首歌出现得真是恰逢其时，简直一语道出这个时代的特征——‘全都是泡沫’！

“其实这同样不是只有中国面临的问题，全球主要经济体都在泡沫化：美国次贷危机以来，美联储、欧洲央行、英格兰银行和日本央行已经投放 9 万亿美元刺激经济增长。央行把纸当钱一样飞快印着，人们只能把钱当纸一样赶紧用掉，你说资产价格能不膨胀吗？德意志银行有个人说了，这是 200 年来最大的资产估值泡沫。你们搞金融的好好琢磨琢磨该怎么收场吧！

“话说回来，在我心目中，成功和赚钱也不是必需——那只是那首歌里唱的‘一刹的花火’而已——平凡而幸福才是永恒的人生真义。儿子，你要记住：

创造价值远比单纯追求利益更重要。人生不能像你们搞影子私募那样，只追求利益最大化，而是要尽可能减少痛苦与悲伤，增加快乐与幸福！”

和老爸吃完那顿饭后，我回到家一遍遍重温《泡沫》。歌词反复在我的头脑中回荡着：

再美的花朵，盛开过就凋落，
再亮眼的星，一闪过就坠落。

这首歌分明就是为我唱的：亲历鑫城财富的花开花落，身如金融街上的流星陨落。在一切都烟消云散之后，我不禁问自己：在金融街上的这段影子私募基金经理生涯给我留下些什么？

也许可以这样回答：一次成长经历，一小撮好朋友和一笔小钱。对了，还有一个我曾经爱过的人，和一个曾经爱过我的人……

写到这里，人生的这一页算是就要翻过去了吧！未来，也许我还会在金融街写下新的篇章，也许再也不会回到那片伤心之地，但无论如何，我都会记住这400多个日夜里发生的故事以及留给我的思考，积极地去拥抱新的生活。

亦山哥不是说过吗，人生只有一个方向，就是向前。